文
景
———
Horizon

Der Funke Leben

生命的火花

[德] 雷马克 著

郭力 译

Erich
Maria
Remarque

上海人民出版社

献给我的妹妹埃弗丽德 [1]

----

[1] Elfriede Scholz（1903～1943），雷马克的妹妹，因反战言论被纳粹当局逮捕，1943
年被处以死刑。——中译注，下同

1

509 抬起沉重的头颅，骷髅一样的他慢慢睁开眼睛。他不知道自己刚才是睡了一觉，还是昏迷了过去。不过眼下这二者的区别是难以察觉的。饥饿与疲惫早就让他区分不清了。不论是熟睡还是昏迷，都让人觉得好像沉入了沼泽深渊，每一次下沉都好像再也不会浮起来了。509一动不动地躺着，倾听着四周的动静。这是集中营里的经验。危险会自哪个方向降临无从知晓，只要保持原地不动，就有可能被忽略或被当作死人——这是每个甲虫都懂得的大自然的简单法则。

四下静悄悄的，509没听到什么可疑声响。架着机枪的岗楼上，岗哨昏昏欲睡。他的身后也是一片寂静。于是他小心地将头向后方转去。

整个梅伦集中营正在阳光下安静地打着盹。被党卫队官兵戏称为"舞场"的大操场上，此时空无一人。只是大门口右侧的粗大木桩架上吊着四个人，他们被双手反捆，脚不着地，高悬在那里。他们的胳膊已经脱臼了。焚尸场的两个司炉正站在窗户后，向他们身上投小煤块取乐。可这四个人没有一点反应，他们吊在那儿有半个小时了，完全失去了知觉。作为劳工营的大营房里全都冷冷清清的，外出干苦工的人还没回来，只有几个留下打扫营区的人在大营房之间的小路上悄无声响地忙前跑后。

刑讯室兼禁闭室在集中营大门左侧。党卫队小队长布豪尔叫人搬来圆桌和藤椅，此时他正坐在门前阳光下啜饮咖啡。时值 1945 年春天，优质咖啡豆可是难得的珍品。不过布豪尔刚掐死了两个犹太人，这两位在禁闭室耗了六星期了，他认为自己行了善事，得好好犒劳一番。伙房卡波 [1] 刚给他送来一块蛋糕。布豪尔慢慢品着，脸上一副津津有味的模样。他特别喜欢密实地嵌在蛋糕里的那些无核葡萄干。弄死那个老家伙让他觉得没多大意思，那年轻的则坚韧得多，他连踢带喊，折腾了好半天。这时布豪尔一边困倦地狞笑，一边聆听着从苗圃后面传来的乐曲声，那是集中营乐队正在练习演奏圆舞曲《南国玫瑰》[2]——这是营地看守长党卫队大队长纽鲍尔喜欢的曲子。

509 躺着的地方位于集中营的后部。他身旁的几座木棚，被称为小营，由铁丝网包围着与大的劳工营隔开。这里关押的都是些身体羸弱、不能干活的人。这些人送到这儿就是来等死的。来的人差不多都会很快咽气。可尽管如此，木棚里还是人满为患、拥挤不堪，因为往往里面的人还没死绝，新的犯人又会被送来等死。濒死者常常自己挪到过道，擦到其他濒死者身上，或者干脆自己爬到外面空地上凄然待毙。梅伦集中营没有毒气室，纽鲍尔大队长对此尤其自豪，他很喜欢跟人说，梅伦集中营的囚犯都是自然死亡的。小营的正式名称为"静养部"，实际上大多数人顶多"静养"上一两个星期，就挺不下去了。不过 22 号营房里还是有一小组人顽强幸存了下来，他们以面对死亡的残弱幽默称自己为"老兵油子"。509 就是其中的一个。他来小营已经四个月了，还活着，连他自己都觉得是一个奇迹。这时焚尸场那边升起股股黑烟，黑烟很快

---

[1] capo，意为小头目，来源于意大利语。在纳粹集中营中，党卫队会让一些囚犯担任级别低下的管理职务，这些人便被称为卡波。

[2] *Rosen aus dem Süden*，此曲由奥地利作曲家小约翰·施特劳斯作于 1880 年，最初是他的轻歌剧《王后的蕾丝手帕》（*Das Spitzentuch der Königin*）中的一首圆舞曲。此剧是献给意大利国王的，故"南国"指意大利。

被风吹到了小营。一阵阵烟气低掠过营房。那气味闻上去有些甜，有些腻，令人作呕。509 在集中营里已经待了十年，可仍然闻不惯这种味道。那里面今天会有两个"老兵油子"的遗骸，一个是钟表匠扬·希伯斯基，一个是大学教授约尔·布什斯鲍姆。他们都死在 22 号营房，中午被运到了焚尸场。布什斯鲍姆的尸体已经残缺不全，三根手指、十七颗牙齿，所有的脚指甲和部分生殖器都没了，是在接受党卫队让他成为"有用"之人的教育时失去的。有关生殖器的事在党卫队晚间文娱活动时，还引起了阵阵哄笑。那是君特·斯坦布伦纳干的，单单注射一针浓盐酸就完事了，别的什么都不用，如同所有伟大灵感一样简单。斯坦布伦纳是刚来集中营不久的党卫队小队长，就凭这，他即刻赢得了同僚们的敬重。

现在已经是 3 月，天气日渐温和，下午的阳光也有了些暖意，可509 仍觉得身上冷飕飕的。尽管除了穿着自己的衣服外，他还穿着其他三个人的衣服：约瑟夫·布赫的夹克，旧货商人雷本塔的大衣，还有布什斯鲍姆教授那件破破烂烂的套头毛衣。这件毛衣是营房里的人抢在尸体运走之前留下来的。可是如果一个人身高一米七八，体重还不到七十斤，恐怕穿上皮袄也不会觉得暖和。

509 只可以在太阳下待半个小时，半小时以后他得回营房，把借来的衣服连同自己的一起脱下，交给下一位。这是寒冬过后老兵油子们做出的决定。有些人不愿意这样做，他们已经气息奄奄，熬过冬天后，就盼着在营房里静静死去。可贝格坚持要这样：所有的人，只要能爬，都得到外面去呼吸新鲜空气。贝格是这里的组长。下一个该出去的是维斯特，然后是布赫。雷本塔今天放弃了，他还有更要紧的事情要做。

509 把头转回来。集中营的地势较高，他可以透过铁丝网眺望远处的城市。这座城市坐落在下方山谷里，一片乱糟糟的屋顶上可见到座座教堂高耸的塔身。这是座古老的城市，拥有众多教堂和墙垒。那里既有短窄的街巷，又有两边种着椴树的林荫大道。北部是新城区，马路宽阔，有火车站，有公寓区，还有制铜厂、炼铁厂等各种工厂，劳工营里的犯人就是去那些铜铁厂干活的。一条小河蜿蜒曲折穿城而过，静静的河面上常倒映着古朴的桥身和朵朵白云。

509 的头再次贴着地面，他抬头的时间不能很长。因为脖颈的肌肉已经缩成了几根筋，头颅变得格外沉重。再说看到山谷里一个个炊烟袅袅的烟囱，人的饥饿感会陡然增加好几倍。饥饿感不只在胃里，还在大脑里。多年来胃已经习惯了饥饿，如今它除了总会有朦胧的贪馋感外，不会再有别的感觉。大脑中的饥饿感却让人受不了，它会造成幻觉，而且幻觉无边无际，永不疲倦，甚至让人无法入睡。过去的那个冬天，他整整用了三个月的时间，才摆脱掉油煎马铃薯的幻觉。那段时间，他到处都能闻到这种味道，甚至在弥漫着臭气的茅房。而现在他的幻觉是熏肉，熏肉配煎蛋。

这时他往身边扫了一眼，那是雷本塔借给他的镀镍手表。这块表是22 号营房的珍宝，是几年前一个名叫尤里乌斯·希波的波兰人偷偷带来的，而今这个波兰人已经死去很久了。509 在外面还可以待十分钟，但他还是决定爬回营房，他不想再睡过去。每次睡过去他都不晓得是不是还能再醒过来。他小心地向路上看了看，没看到什么可疑的地方，也感觉不到存在什么危险。对这些久遭囚禁的老兵油子来说，这样的小心谨慎已不是因为恐惧什么，更多的是一种习惯。由于痢疾的缘故，小营处于不很严格的隔离状态，党卫队的人很少过来。再说这几年，集中营里的警戒比从前松懈了不少。战争似乎越打越惨烈，党卫队那些人以前天天只知道英雄般地折磨、残杀手无寸铁的囚徒，现在他们中已有一部分被抽调去了战场。到了 1945 年春天，这个营地党卫队的规模只剩下原先的三分之一。这里的内部事务几乎早由囚犯自己管理了。每个营房里都有一个营房长和几个组长，劳工营还有卡波和工头，整个集中营由几个营地总管管理。这些人全是囚犯，他们听命于集中营看守长、营房看守和劳工队看守。这些看守才是党卫队的人。开始时，集中营关押的只是政治犯。后来城里监狱和附近的监狱渐渐人满为患，一般的刑事犯也陆续往这里送。所以，犯人的条纹囚衣上除缝有号码外，还缝有一块三角形标志。三角形分为三种颜色，政治犯是红三角，普通刑事犯是绿三角，如果犯人是犹太人，还要加缝一个黄三角，两个三角叠在一起，就成了一个六角形的大卫之星[1]图案。

509把雷本塔的大衣、约瑟夫·布赫的夹克搭在肩上，开始向营房爬去。他感到自己比平时疲倦很多，连爬都觉得很费劲。很快，他感到天旋地转，便停了下来，闭上眼睛，大口喘气，想休息一下。就在这时，城市那边突然响起凄厉的汽笛声。

开始时只响了两下，可几秒钟内，汽笛声四起，响成一片，好像下面整座城市都在尖声呼号。那声音响在屋顶上、街道里，响在教堂塔楼上、工厂里。这座阳光下的城市，本来看上去安安静静、祥和安宁，可突然之间却呼号起来，好像一头瘫痪的野兽，突然发现死到临头，又断了逃路，于是它以警报和汽笛声向沉寂的天空高声嘶鸣。

509马上在地上蜷缩起来。响警报期间犯人不许在屋外停留。本来他可以站起来，跑回去，可营房太远，他身子又太虚弱，肯定跑不快。要是让一名新来的岗哨发现，一时神经过敏很可能会向他开枪射击。于是他尽快往回爬了几米，把所有的衣服都拉到身上，在一个浅凹处卧伏下来。这时，他看上去像个倒毙在地的死人，这种事经常发生，不会令人生疑。警报反正早晚会停止。过去几个月里，这座城市每过几天就会响上一次空袭警报，不过一直什么都没发生，飞机总是继续朝汉诺威和柏林的方向飞去。

这时集中营也响起警报声。过了一会儿，又响了一次。那声音忽高忽低，好像一台巨大的唱机上转着磨损的唱片。509知道，飞机离这座

---

[1] 又称"六芒星"，这一图案自18世纪起便成为犹太人和犹太教的标志。

城市越来越近了。不过这对他没有丝毫影响。他的敌人是跟前岗楼上的机枪手，他担心岗哨会发现他没有死。至于铁丝网外的事情，跟他毫不相关。

他吃力地喘息着。大衣下令人窒息的空气好像黑棉絮一般，他感到身上越来越沉。卧在这个凹处如同卧在墓穴中，而且慢慢地，他真的有了身在墓穴的感觉，他觉得自己再也起不来了，这次他的末日到了，他会死在这里。自己同临死前的孱弱进行了这样长久的抗争，而这次，孱弱终于要取胜了。他还想抗争，可于事无补，那种感觉反而更强烈了。一种无奈的等待感在身上蔓延开来，那是一种在他体内体外都升腾着的期待，而且忽然之间好像整个世界都在等待着什么——山谷中的城市在等待，天空在等待，甚至阳光也在等待。就像一次日食的开端，当所有颜色开始着上朦胧的铅灰色时，对没有太阳的死寂世界的预感就会腾升，那好似一种真空，一种屏息凝神的等待，不知道这一次死亡会不会再次擦肩而过。

震动并不强烈，不过来得出乎意料。震动来自原本让人觉得最安全的地方。509 感到腹下地面深处传来猛烈的撞击。这时他还听到另一种比汽笛声更尖锐的声音，那是金属般的嚓响声，这种声音越来越响，近似警报声，又完全不同。他不能肯定的是，这两者哪个先出现，是来自地下的重击，还是那嚓响声，以及随之而来的尖利的呼啸声。不过他知道，这两者在过去的警戒状态中都从未出现过，而现在却不断出现在他的下方和上方，而且越来越近，越来越强烈。他终于明白了：这一次，飞机一定没像以往那样飞离这里，而是第一次轰炸了这座城市！

大地又震动起来。509 觉得地下好似有根巨型橡胶棒向他顶来。猛然间他完全清醒了，原先那累得要死的感觉，如一缕轻烟消失在疾风暴雨之中。地下传来的每一次震动，都好像直接撞击他的大脑。他在地上又静静躺了一会儿，然后，不待他意识到自己在做什么，他已将一只手谨慎地向前伸去。他撩起面前的大衣,从缝隙之中看到了下面山谷中的城市。

他看到,眼皮下的那座火车站怎样好像游戏一般缓慢地坍塌下去,又怎样被掀到空中。这画面看上去似乎很优美:金色圆顶仿佛一片船帆似的划过公园树林的树冠,然后消失不见了。一切看上去如此优雅,沉重的爆炸似乎同它们没有一点关联。高射炮的声音被爆炸淹没得一干二净,就像小梗犬的叫声在丹麦大狗的低音狂吠中被完全盖过了一般。又一阵巨大爆炸后,圣卡特琳娜教堂的塔楼倾斜了,然后慢慢倒下,边坠落边断成好几段——一切好像是慢镜头里的景象,全然不像是现实。接着,楼房上升起一个个蘑菇形的浓烟柱。直到这时,509还不觉得这是什么毁灭性行为,好像那下面有几个看不见的巨人在闹着玩。没有受到轰炸的城区平和依旧,那里的烟囱依然冒着炊烟,静静的河水照样倒映着云朵。高射炮呼啸着向天空射击,天空如同寻常无奇的坐垫,被射得缝隙撑裂,灰白色的棉絮四处飞散。

这时,一枚炸弹落到了集中营山坡下的草地上,这里离城区很远。509仍没有感到恐惧,这一切离他熟悉的唯一的狭小世界仍然太远。什么才真正令人恐惧,他知道得很清楚。那是眼前或睾丸前举着的燃烧着的香烟,是"饿室"中几个星期的禁闭——被关进一个让人既站不成又躺不下的石棺材,是躺在上面肾脏会被压碎的上刑台,是大门左侧的刑讯室,是党卫队小队长斯坦布伦纳和布豪尔,是集中营总看守长韦伯。不过自从他进了小营后,这一切也变得不甚重要了。要想积聚起继续活下去的体力,就得让自己迅速忘记一切。再说,已经过去十年了,梅伦集中营对酷刑也有些厌倦了,某些新来的党卫队士兵,满脑子的理想主义还会让他们对此热衷,可随着时间的推移,他们对残害瘦骨嶙峋的犯人也感到兴味索然。因为这些人什么都吃不消,也不会做出够刺激的反应了。只有当又押送进来新犯人时,那些还算受得了折磨的强健身躯才会让从前的爱国主义热情再次高涨。那样的话,人们又会听到从附近传来的曾经熟悉的号叫声，党卫队的人看上去又会精神抖擞一些，就像饱餐了一顿马铃薯甘蓝烤猪肉似的。再者，战争进行的这些年来，德国境内的集中营变得人道了一些，处决犯人还只使用毒气、棍棒和射杀的方式，或者让犯人干苦力直至筋疲力尽，再让他们活活饿死。尽管有时还会出现活人与死人一起被火化的事，可一般不是出于歹意。而是由于犯人劳累过度，倒卧下去后他们瘦骨嶙峋的躯体长时间一动不动，所以会被当成死人处理掉。另外，来了大批新犯人，集中营需对老犯人进行屠杀才能腾出地方，这时也有可能出现活人同死人一起焚烧的情况。在梅伦集中营，失去劳动力的人也不会再像从前那样被活活饿死了。小营里总还会送些食品来，这就使 509 这样的老兵油子创下了不死纪录。

空袭忽然停止了，只有高射炮的射击声还能听到。509 将大衣抬高了些，好让自己看到近前的岗楼。那上面空无一人。他又朝左右两边的岗楼望去，也不见人影。党卫队的人都溜了，溜到安全的地方去了。他们的驻地附近修有坚固的防空洞，一定是溜到那里去了。于是 509 干脆将大衣整个拉下，然后爬到铁丝网跟前，接着他用胳膊肘支起身体，凝望下面的山谷。

城市成了一片火海。起先那些好像游戏中的景象已经成了现实：那里到处是火焰，到处是毁灭。街巷之间，又黑又黄的烟团像一只只巨型软体动物，直着身子游走，吞噬了座座房屋。突然火车站那儿窜起一个大火柱。圣卡特琳娜教堂倒下的塔身开始冒出闪亮的火光，火舌高高卷起，好像道道白色闪电。只是罩着一轮光晕的太阳好像什么都没发生，还挂在天上，蓝白相间的天空，还像先前那样晴朗明媚，城市周围的山峦和森林也依然无动于衷地静立在和煦的阳光下。一切好似一个鬼怪世界，好像只有这座城市受到了莫名的恐怖处罚。509 凝望着下方，他凝望着，忘记了所有谨慎。他从没去过这座城市，对它的了解只是透过这铁丝网遥望到的。可在他十年的囚禁生涯中，这座城市之于他的意义，已远远超出了这座城市本身。

开始时，这座城市几乎象征着他失去的自由，令人无法忍受。他曾天天朝下方打量：在受到总看守长韦伯的"优待"后，在他浑身不能动弹的那些日子里，他望着城里无忧无虑的人们；在他被挂在十字架上手臂脱臼时，他会面对着屋顶成片、教堂耸立的城市；在他肾脏被压碎、小便便血的日子里，他看到过那里在春光中兜风的轿车、在河水上划动的白舟。每每这个时候，他都感到眼睛在灼烧。对这座城市的凝望成了一种酷刑，一个除去所有集中营酷刑之外的额外酷刑。

他开始恨这座城市。时光不断流逝，这座城市却同集中营一样，日复一日，一成不变。这边焚尸场天天浓烟滚滚，那下边的炊烟照旧袅袅升腾；这边"舞场"上，上百个被驱逐的囚犯在急促喘息中倒地毙命，可那边的体育场和公园里还到处是欢笑的人群；夏日里，当这里的犯人将折磨致死和被杀害的人从采石场拖回营地的时候，那下边度假的人们，正高兴地在森林里漫步。他恨这座城市，因为他觉得，他和其他关押在这里的人被它永远永远地忘记了。

后来，这种仇恨也消失了。为面包渣抗争成了比什么都要紧的事。因为他认识到，对于一个身处绝境的人，仇恨和回忆会同疼痛一样，可以毁掉自己。他学着保护自己，学着忘记，学着除了考虑怎样一个小时一个小时地延长生命，别的什么都不去想。他对这座城市不感兴趣了，它那一成不变的画面，不过成了他一成不变的命运的模糊象征。

可现在，这座城市正陷入火海之中。509感到自己的手臂在发抖，他想控制一下却做不到，它们抖得更厉害了。他忽然觉得自己全身空荡起来，彼此没有了关联。脑袋好像也空了，且痛得厉害，好像有人在里面敲打。

他闭上眼睛。他不想这样。他不想再让什么念头出现。所有的希望早让他碾碎埋葬了。他将手臂放回地面，把脸埋进两只手里。他跟这座城市没有关系。他不想跟它有什么关联。他只想还像从前那样，天天什么都不想，对什么都无所谓，只想着喘气和抓虱子，只想着让太阳晒到他肮脏的头皮上——那头皮已经干皱得如同一张羊皮纸了——长久以来，他就是这样熬着时光。

可是他做不到，他不能不想，内在的震荡还在继续。他翻过身，平躺在地，展开四肢。现在他面对的蓝天上还挂着高射炮打出的一块块小云朵。云朵迅速散开，被风卷走。他躺了一会儿，却还是平静不下去。那天空似乎变成了一个蓝白相间的深渊，他好像要纵身飞进。他翻身坐了起来。他不再打量那座城市，而是打量起眼前的集中营。他第一次这样打量它，好像可以从那里得到什么帮助。所有的木棚营房还像先前那样在阳光下打着盹。"舞场"上那四个人还悬在十字架上。党卫队小队长布豪尔已经没了踪影，不过焚尸场还冒着烟，只是烟不再那么浓了——如果焚烧的不是儿童，就是他们得到命令停止了焚烧。

509强迫自己仔细打量这一切。这里没有落下炸弹，它还一如既往、原封不动地守在这里。这里就是他的一切主宰，而外面，铁丝网那边，同他没有关系。就在这时，高射炮停止了射击。这下，绕在他身上的那个紧箍好像突然绷断了。几秒钟里，他觉得自己好像刚刚从睡梦中醒来。他又转过身去。

这不是梦。下面的城市还在熊熊燃烧。四处是浓烟，是毁灭，这同他还是有关系的。他不能看清是什么在燃烧，他只能看到火光和烟，其他一切都一片模糊。可这不重要，重要的是：这座城市在燃烧！它曾经看上去一成不变，像这集中营一样，看似一成不变又不可摧毁。

忽然，他缩成一团。他觉得，所有岗楼上的机枪都在向他瞄准。他快速环视了一下周围，什么都没发生。岗楼上依然空无一人。所有的路面也不见一个人影。可这仍无济于事，深深的恐惧让他觉得好像有只大手正抓着他的脖颈，凶猛地摇晃着他。不，他不想死！不想现在就死！现在不再想死了！想到这，他迅速抓过衣服，开始往回爬。不料腿却缠在了雷本塔的大衣里。他一边喘息着诅咒，一边将衣服拉下膝盖，又急忙向营房爬去。他心里既激动又迷茫，好像除了要逃脱死亡，还要逃脱什么别的东西。

2

22 号营房有两个边房，每个边房由两位组长管理。老兵油子们属于第二边房里的第二组。这里最潮湿、最狭小，可这对住在这里的人没什么妨碍，对他们来说重要的是他们能挤在一起，这会增强每个人的抵抗力。像伤寒一样，死亡也会传染。当周边的人一个个凄惨死去，子然一人不管愿意不愿意，都很容易跟着咽气。大家若能拧在一起，情况就会好得多。如果一个人想放弃，难友们都会想办法给他打气。小营里的这些老兵油子所以能活得长久，不是因为这里食品多些，而是因为他们能够保护剩存的抵抗力。

老兵油子们的住处，挤着一百三十四名骷髅一般的犯人。本来这里只能住四十人。床铺上下一共四层，都是些光秃秃的木板，顶多铺些陈腐的稻草。这里只有几条脏毯子，一旦毯子的主人死去，一场艰苦的毯子争夺战便在所难免。每张床上至少要睡三四个人。就算这些人都瘦得皮包骨，可还是太挤。不管怎样，肩骨和盆骨不会收缩。因而人们只能侧着躺下，如同罐头里紧紧侧放在一起的沙丁鱼。一到夜晚，常能听到有人在睡梦中跌下床铺发出的沉闷声音。很多人只能蜷缩着睡觉。黄昏的时候若有人死了，尸体搬出去后，剩下的人可以在床上伸展一下身子，稍微舒服上一整夜，直到又有新犯人被送来。

老兵油子还剩下十二个，他们集中在门口左侧的一角。两个月前他们还有四十四人，不过大多数没能熬过严冬。他们本来就知道，这里是自己的最后一站。每人一份的口粮给得越来越少，若是一两天没有食品送来，接下来外面就会尸殍成堆。

这十二个人中有一个是疯子，他以为自己是德国牧羊犬。他失去了耳朵，那两只耳朵是在党卫队用他驯狗时被狗撕咬下来的。其中年龄最小的叫卡雷尔，还是一个孩子，捷克人。他父母双亡，他们的骨灰后来落到西村一家虔诚的农户手里，成了他们马铃薯田的肥料。焚尸场出来的骨灰会用麻袋一袋袋装好，被当作人工肥料出售，其中的磷和钙很丰富。卡雷尔十一岁，衣服上缝着红色政治犯的标志。老兵油子中年纪最大的七十二岁，是个犹太人，这老头儿为他的大胡子始终进行着不懈抗争。大胡子是他宗教信仰的一部分。党卫队禁止蓄大胡子，但他想方设法寻找一切时机蓄胡子。在劳工营的时候，他为此没少被按到鞭笞台上毒打。到小营后，他就幸运多了。党卫队对这里的虱子、痢疾、伤寒和肺结核避之不及，因而管得不严，也很少过问什么。那个波兰人尤里乌斯·希波管这老头儿叫亚哈随鲁 [1]，因为他在许多集中营待过，在荷兰、波兰、奥地利、德国，他在十几个集中营里待过。老头子现在还活着，可希波已经死于伤寒。希波的骨灰落到了大队长纽鲍尔手里，成了滋养他花园里报春花的肥料。亚哈随鲁的名字也留了下来。老人的脸到小营后更抽缩了，胡子却照长不误，成了虱子栖息的密林与家园，虱子在那儿一代一代地茁壮成长。

这个小组的组长是艾夫拉姆·贝格博士，他曾是医生，是老兵油子们与死亡抗争中的重要人物。在这里，死亡的幽灵时时徘徊在营房内外。冬天，骷髅一样的犯人在冰上滑倒摔断骨头时，他会提供帮助，安上夹板。这里的医院不收治小营里的人，只收治还有劳动力的囚犯或者

---

[1]　Ahasver，基督教传说中一位永世流浪的犹太人。

一些要犯。冬天里，大营的地面不会那么滑，路面要是太滑了，会有人从焚尸场取来骨灰撒上。此等举措并不是为了照顾犯人，而是为了保存劳动力。自从把几个集中营合并为普通劳工营之后，这变得更加重要了。这样的结果就是犯人死得更快了。不过这倒不会造成人员减少，每天总有足够多的人遭到拘捕。

贝格可以出入小营，他是很少几名有这种特权的犯人之一。从几星期前开始，他被叫到焚尸场的停尸间工作。组长一般不必干活，可这里医生奇缺，因而他被派上了用场。这对他们营房很有好处。贝格认识野战医院的卡波，以前他们就是熟人。通过这位卡波，他有时可以为骷髅一样的犯人们搞到一些用来消毒的来苏水和药棉，还有阿司匹林等所需药品。床铺枯草下他还藏着一瓶碘伏药水。

老兵油子中最最重要的人物当数雷本塔——列奥·雷本塔。他同劳工营里的黑市有着秘密联系，据说，他同外面也有些关系。不过他是怎么进行的，没有人知道。大家知道的只是这里面牵扯两个妓女，她们是从郊外的蝙蝠妓院来的。党卫队的一个成员也跟这些事有沾染，只是这人是谁，没有人真正知道。雷本塔对此守口如瓶。

雷本塔什么生意都做，什么香烟头、红萝卜，通过他都可搞到。有时他还能弄来马铃薯，或者伙房里的厨余垃圾、残羹剩饭什么的，比如一块骨头，这样或那样的面包块。他不搞欺诈，只帮助货物流通。他从未想只为自己搞些什么。他赖以为生的不是生意给他带来的货品，而是生意本身。

509 爬进了营房门口。斜斜的阳光从他耳后射过来，使他黑脑袋两边发出昏黄的蜡样光彩。"城市遭到了轰炸。"他喘息着说。

没有人说什么。509 刚从外面光亮的地方进来，营房里显得一片漆黑，他什么都看不清。他闭了一下眼睛，又睁开说："城市遭到了轰炸，你们没听见吗？"这次还是没人说话。509 看到门旁边的亚哈随鲁，他正坐在地上，轻轻抚摸着"牧羊犬"。"牧羊犬"呼呼喘着气，一副惊恐的样子。他脸上疤痕累累，一双眼睛透过乱糟糟的头发闪着惊慌失措的光亮。"那是一阵雷雨，"亚哈随鲁说，"雷雨，别的什么都不是！放心吧，放心吧，没事的！"509继续向里面爬去，他不明白，这些人为什么如此无动于衷。"贝格呢？"他问。

"在焚尸场。"

509把大衣和夹克放到地上，又问道："你们不想出去了？"

他看了一下维斯特和布赫，他们都不回答。

亚哈随鲁说："你不是知道吗？警报响起的时候不许外出。"

"警报不是已经解除了？"

"还没有呢。"

"已经解除了。飞机都飞走了。城市遭到了轰炸。"

"这话你已经说过很多次了。"有人在暗处抱怨道。

这时亚哈随鲁抬起眼皮："为了报复，也许他们会把咱们这些人毙掉几十个。"

"枪毙？"维斯特窃笑道，"他们从什么时候开始又要枪毙人了？"

"牧羊犬"叫了几声，亚哈随鲁一边紧紧抱住他，一边答道："在荷兰，每次空袭后，一般都要杀掉十几二十个政治犯。说是为了不让他们又想出什么错误主张。"

"咱们这儿又不是荷兰。"

"这我知道，我说的也只是在荷兰枪毙人。"

"枪毙！"维斯特哼哼道，"你是当兵的吧，怎么净想着枪毙？在这儿只有吊死和打死。"

"他们可以换换花样啊。"

"闭上你们的臭嘴！"黑暗里的那个人喊道。

509在布赫身边蹲下来，闭上眼睛。他眼前依然能看到到处是火海的城市，能感觉到那沉闷的爆炸。

"你们觉得今天晚上咱们还能有饭吃吗？"亚哈随鲁问。

"想什么呢！"黑暗里的声音说，"你还想要什么？你先希望被枪毙，然后又想要吃的！"

"咱们犹太人不能没有希望。"

"希望？"维斯特哧哧笑了起来。

"还能是别的吗？"亚哈随鲁平静地说。

维斯特哽咽了，忽然抽泣起来。他得营房忧郁症好几天了。

509 又睁开眼睛说："今天晚上咱们也许没吃的了，因为空袭，他们要惩罚咱们。"

"你就会说该咒的王八蛋炸弹，"黑暗中的那个人喊叫起来，"闭上你的臭嘴吧！"

"谁还有什么吃的东西吗？"亚哈随鲁问。

"哦，天哪！"因这句又一次出现的蠢话，喊叫的人差点背过气去。

亚哈随鲁不急不恼接着说道："我在特莱西恩施塔特[1]集中营时，有一次，有人有一块巧克力，可他自己不知道。关进来的时候，他把巧克力藏起来了，后来忘了。是牛奶巧克力，自动售货机上买的，上面还有兴登堡[2]的头像。"

"还有什么？"后面传来那个沙哑的声音，"是不是还有本护照？"

"不是。就这块巧克力，让我们活了两天。"

"在那儿叫唤的是谁？"509 问布赫。

"新来的，昨天来的。他慢慢会安生下来的。"

亚哈随鲁静静听了一会儿，又说："现在没事了——"

"什么没事了？"

"我说外面。警报解除了。"

---

[1] Theresienstadt，捷克的一座城市。

[2] Paul von Hindenburg（1847～1934），魏玛共和国第二任联邦大总统。

忽然四下里一片寂静。接着有脚步声传来。布赫小声说:"快把'牧羊犬'藏起来。"

亚哈随鲁赶快将疯子推到床铺之间,对他命令道:"躺下,别出声!"疯子经他调教,已经能听从他的指令。要是让党卫队发现他,他马上会被当成疯子注射药剂毒死。

这时布赫从门口转过身说:"是贝格。"

艾夫拉姆·贝格医生身材矮小,两肩下斜,脑袋呈蛋形,头顶全秃了。他两只眼睛发了炎,溢着泪水。他一边走进屋一边说:"城里着火了!"

509站起身问:"他们都说什么了?"

"我不知道。"

"你怎么会不知道?你肯定能听到什么。"

"没有。"贝格疲倦地说,"警报声一响,他们就停止烧尸了。"

"为什么?"

"我怎么知道?这是命令,就这么回事。"

"那,那些党卫队的人呢?你没看见他们?"

"没有。"

贝格顺着一排排床铺向后面走去。509望着他的背影。本来他在等贝格回来,想同他聊聊,可他看上去也跟别人一样无动于衷。509觉得不能理解。"你不想出去?"他问布赫。

"不想。"

布赫二十五岁,到集中营七年了,他父亲是一家社会民主党报社的编辑,就因为这个,儿子遭到关押。509心想,若有一天他能从这儿出去,还能活上四十年,四十年或五十年,可我呢,已经五十岁了,也许我还能活十年,顶多二十年。想到这儿,他从兜里掏出一块木头,嚼了起来,又想,我怎么忽然想这些了呢?

贝格这时走回来说："509，罗曼想跟你说话。"

罗曼躺在后面的下铺，床上没有草，这是他自己要求的。他的痢疾很严重，已经卧床不起了，他觉得这样要干净些。实际上大家对此都习惯了，差不多每人都或多或少患有腹泻。可这对罗曼却是折磨。他已经气息奄奄，每次肠子痉挛他都会请大家原谅。他面色铅灰，看上去像一个失血过多的黑人。他的手一直在动，509向他俯下身去。罗曼的眼球好像闪着黄光，他张开嘴，小声地说："你看见没？"

"什么呀？"509看到了他发青的上颚。

"右边后面，有颗金牙。"

罗曼将头转向一边，那里有个窄窄的窗户，阳光正从那后面射入，光线微弱泛红。"看见了，"509说，"我看见了。"其实他没看见。

"把它取出来。"

"什么？"

"把它取出来！"罗曼不耐烦地小声道。

509看了一眼贝格。贝格摇摇脑袋。

509说："它镶得还挺牢呢！"

"那你把牙拔出来。牙已经松了。贝格可以拔。他在焚尸场也得干这事。你们两个干更容易些。"

"你为什么要把它拔出来？"

罗曼抬了一下眼皮，又让它们慢慢落下来，那眼皮像是海龟的眼皮，上面没有眼睫毛了。"这个你们自己知道。你们可以用金子买吃的。雷本塔可以换到食品。"

509不作声了。用金牙换食品是一件很危险的事。一般来说，牙里的金质镶嵌物在进集中营的时候都要登记，进焚尸场后要取出来，收集到一起。如果党卫队发现登记过的金块少了，整个营房都要受到处罚，不准分发食品，直到金块找回来。金块在谁手里找到，谁就会被吊死。

"把它拔出来！"罗曼喘息道，"这很容易！钳子！或者一根铁丝就够了。"

"咱们没有钳子。"

"铁丝！铁丝也行，把它弄弯。"

"咱们也没有铁丝。"

罗曼合上眼睛，他已经没劲儿了，嘴唇还微微在动，可发不出声音。他身子很平，一动不动，只有又干又暗的嘴唇还可见到它的轮廓——那是一个微弱的生命旋涡，而死寂已像铅一样沉沉注入。509直起身子，看着贝格。罗曼看不到他俩，上层的床铺挡住了他的视线。509问贝格："还能做什么吗？"

"太晚了。"

509点点头。这种事他经历过很多，以致他不再有什么悲哀。斜斜的阳光正照在最上层的五个人身上，他们像瘦猴一样蜷缩着。这时他们中的一位一边抠着胳肢窝，一边打着哈欠问道："他是不是马上会完蛋？"

"干吗？"

"这样咱们就可以睡他的床了，凯萨和我。"

"少不了你的。"

509看了看那缕飘荡的日光，看上去它根本不属于这个臭气熏天的地方。光照下那个发问人的皮肤好像一张豹子皮，到处都是黑色斑块。这个人开始吃起腐败的干草。他们后几排的床铺上，有两个人正在吵架，声音又尖又高，还能听见他们有气无力的击打声。

509觉得有人轻轻拉了一下他腿部，是罗曼在拉他的裤子，他又俯下身去。

"拔出来！"罗曼小声说。

509坐到床边说："我们用它什么也换不了，这太危险。谁也不愿意冒这个险。"

罗曼的嘴角颤抖起来。"不能给他们，"他艰难地说，"不能！这是我，1929年，花了四十五马克镶的，不能给他们。拔出来！"

罗曼突然蜷缩起身子，呻吟起来。他的面孔上只能看到眼睛和嘴唇的肌肉在抽动——此外他再没有肌肉可以表达疼痛。过了一会儿，他的身子平展开来，从他的胸部挤出一些凄惨的声响。贝格对他说："别想那事。咱们还有些水，喝点吧！你会好的。"

罗曼静静地躺了一会儿，又小声说："答应我，趁他们把我拉走前，把它取出来。"歇息了一下，他又加上一句："等我咽气了再拔，也行。"

509 说："好吧，你进来的时候没有登记吗？"

"没有，我保证，绝对没有！"

罗曼的眼睛迷蒙起来，平静了一些，他又问："先前是怎么了？外面怎么了？"

贝格答道："扔炸弹，来空袭了。这是第一次，是美国人的飞机。"

"哦——"

贝格轻轻地但又坚定地说："快了！罗曼，会为你报仇的！"

509 快速地向上望了一眼，贝格还站着，他看不到他的面孔，但能看到他的手。那两只手张开来又攥到一起，好像在卡着某个不可见的喉咙，然后又张开来，再攥到一起。

罗曼一动不动地躺着，他又闭上了眼睛，无声无息。509 不知道，他是不是明白贝格说的话。

509 站起身。"咽气了？"上铺的那个问，他还在抠胳肢窝。另外四个像机器人似的蜷缩在他身边，眼里都是一片空洞。

"没有。"

509 把身子转向贝格："你跟他说这个干吗？"

"干吗？"贝格的脸抽动了一下，"就要说！你不懂吗？"

一道光束照在他的蛋形脑袋上，好像将他罩进了一朵红云，污浊的空气中，贝格头上好像冒着蒸汽。他两眼闪着光亮，里面水汪汪的，是的，他的眼睛总是这样，处于持续的发炎状态。509 能明白贝格为什么要说这番话。可对一个行将就木的人，这会是什么安慰吗？很有可能会让他更难过。此时他看到一只苍蝇落到一个"机器人"的眼睛上，那眼睛的颜色同石板一样，可是那人没有眨动一下眼睛。509又接着想，不过对正走向末日的人，这真会是个安慰，而且会是唯一安慰。

贝格转过身，沿着窄窄的过道往回挪着步子。他不得不迈过一些躺在地上的躯体，看上去就好像一只秃鹳在沼泽地里跋涉。509跟在他后面，等他们走出过道后，509叫住他："贝格！"

贝格站住了，509突然屏住了呼吸："你真相信吗？"

"相信什么？"

509不知道该不该再重复一遍，那句话好像已经溜走了。"就是你刚才对罗曼说的。"

贝格看看509，然后说："不相信。"

"不相信？"

"不相信，我不相信。"

"可是——"509靠在附近的床架子上，"那你为什么这么说？"

"那是为罗曼说的，可是我不相信。谁的仇也报不了，不会的，不会的，不会的。"

"可是，下面已经挨炸了，炸得到处是火！"

"下面着火了，好多城市都挨炸了。可是这说明不了什么，什么也说明不了。"

"当然能说明什么！那一定是——"

"什么也不是！不是！"贝格小声而激动地说道，他一脸绝望，好像一个人刚刚为自己编了一个无比宏伟的希望，又马上将之埋葬了一样。他惨白的脑袋晃动着，泪水流出了红红的眼窝。"一个小城挨炸了，这同咱们有什么关系？什么都不会改变，不会变的！"

"他们还会枪毙人。"蜷缩在地上的亚哈随鲁说。

"闭嘴！"之前黑暗里的声音再次叫道，"闭上你们该死的臭嘴！"

509回到他的地方靠墙抱腿坐下。他上方有个小窗户。营房里的窗户很少，而且都又窄又高。这个时候，窗户那儿射进来一些光亮。这光线只能照到第三排床铺，这就是说，其他的地方总是处于黑暗状态。这个营房是一年前盖起来的，那时509还是施工的劳工之一，那时候他还在劳工营。这本是波兰一个集中营里的营房，那个集中营撤销后，一天之内拆掉了四座这样的营房，运到山下火车站后，又被运到了这个集中营，在这儿重新盖建起来。它们散发着臭虫的味道，散发着恐怖、肮脏和死亡的味道。小营就是由这四座营房组成的。营房盖好后，接着从东边运来了失去劳动力、濒临死亡的囚徒，他们被投进营房后，再没人过问了。没过几天，他们又都被铲出，清空了营房。接着营房里塞进了其他病弱、残疾和失去劳动能力的犯人，这里便成了永久营地。

这时太阳在窗户右侧的墙上投下一个变了形的光亮四方形。墙上光亮处，可以依稀看出一些字迹和名字，那是以前在波兰或者在德国东部时，这营房里住过的犯人写下的，它们或由铅笔写出，或由铁丝、指甲刻划上去。

有几个名字509已经很熟悉了。那四边形正在向暗处移动，他知道那个亮角下将显露出一个名字，"莱姆·沃尔夫，1941"，名字周围刻着深框子，这很可能是莱姆·沃尔夫知道自己不久人世的时候写上去的，加上框子是为了不让他的家人再加入进去。他希望只让他一个人去死，他的家人不会再发生什么，他希望这是最后的定局。"莱姆·沃尔夫，1941"，这些字迹写得又深又密，也为了不让其他的名字再写上去——这是一个父亲对命运的最后恳求，他恳求自己的儿子们能幸免于难。然而就在这个深框下面，紧挨着，好像它们想贴在上边，还刻着另外两个名字：鲁本·沃尔夫和莫伊舍·沃尔夫。头一个字迹很硬，横平竖直，学生的笔迹；第二个歪歪斜斜，滑软无力。旁边是另一个人的手迹：全被用毒气杀死了。

斜下方的墙上，一个木板节孔上方有指甲划下的字迹，"约瑟夫·迈耶"，后面是"Lt.d.R.EK₁&₂"的字样，意思是"约瑟夫·迈耶，后备军少尉、一等及二等铁十字勋章获得者"。很显然，迈耶先生不能忘记这一切，后来他肯定也遭遇了进毒气室的命运。第一次世界大战时他上了前线，成了军官，赢得了荣誉。他是犹太人，为这荣誉，他一定比别人付出了双倍努力。而后来，同样因为他是犹太人，他遭到囚禁，然后像只臭虫一样被灭除了。他一定以为，因为他在战争中立下的功勋，他遭受的冤屈要比别人的大。可是他想错了，他不过比别人死得更艰难些罢了。那些冤屈跟他加在名字后面的那些字母没有关系，那些字母不过成了可怜的嘲讽而已。

四角光斑还在缓慢移动。光角掠过三个沃尔夫的名字，它们随后又消失在黑暗中。接着，光亮下显出另外两组字迹，一组只是两个缩写字母：F. M.。显然这是用指甲划出的，划下它们的人不想像迈耶少尉那样讲述自己，甚至连全名都觉得无关紧要，不过他还是不肯一字不留就离开人世。那下面倒是一个完整的名字，是用铅笔写的：特维·莱贝斯以及一家。旁边草草写着犹太教祷告文开始的一句：Jis gadal……

509知道，几分钟后光线下会显出另一些模糊不清的字迹：写给莱阿·山德—纽约—。后面的街名已无法辨认，后面还有"父"字，一块朽木过后，写着："死了。找莱奥"。莱奥好像是逃出去了。可是这段文字也白写了，在这个营房里住过的人不可能再向在纽约的莱阿·山德通报什么了，那些人都难逃一死。

509心不在焉地盯着这块木板墙。波兰人希波肠子出血躺在营房里时，将这堵墙称作"哭墙"。希波能背出上面的大部分名字，开始时，他还跟人打赌，看哪一个先出现在光斑中。不久希波死了，可每逢晴天这些名字还照样会鬼使神差地出现几分钟，再消失在黑暗里。夏天，日头较高时会照出一些写在下方的字迹；冬天里，四角形又会移得更高些，可光斑之外仍有很多字迹，它们也许是俄文、波兰文、东欧犹太人用的意第绪文，不会再被看到，因为那里永远照不到光线。这些营房盖得很仓促，党卫队根本没时间想到要把它们刮掉。住在这里的囚犯更不会注意它们，特别是那些永远处于黑暗墙壁上的字迹。谁也没兴趣去辨认它们。谁会蠢笨到这种地步，牺牲一根珍贵的火柴去换取更多绝望……

509转过身，他不想再看下去了。忽然他觉得有一种很异样的孤独感，好像其他人在秘密地与他疏远，他们相互间不再理解了。犹豫了一阵，他还是忍不下去了，自己摸索着又蹭到门口，然后爬了出去。

这回他身上只穿着自己的烂衣服，马上感到寒气袭人。爬到外面后，他站起身，靠在营房墙壁上，眺望下面的城市。他不很清楚自己为什么要这样做，只是不想像之前那样再爬着张望了。他想站着。小营岗楼上的岗哨还没回来。对这边的监视从来就不严密，走路都艰难的人，哪里还能逃跑。

509站在营房的右角，集中营是沿着山坡向上建造的，从这里他不仅可以看到山下的城市，还能看到党卫队的营地。它们在铁丝网外边一片树林后。此时树上还光秃秃的。一些党卫队的人正在营房前跑来跑去，还有一些三五成群地站着，情绪激动地望着下面的城市。一辆灰色轿车正顺着山路迅速驶来，接着停到营房不远处的大队长住处前。纽鲍尔已经站在外面等着了，车一停下他就上去，车随即开走了。509在劳工营时听人说过，大队长一家住在下面的城里，他们在那儿有幢房子。509只顾望着汽车向山下驶去，却没听到此时有人正沿着营房之间的小路悄悄走来，他就是营房长汉克，22号营房属他管辖。汉克身材短粗，总喜欢穿一双胶底鞋鬼鬼祟祟地来回溜达。他衣服上缝着刑事犯的绿三角。一般来说他倒没什么危险，可一旦发起脾气，常能把人打成瘸子。

汉克在悄然走近。看到他时，509本可以躲避一下——表现出胆怯一般可以满足汉克简单的优越感——可他没这样做，还是站着不动。

"你在这儿干什么？"

"什么也不干。"

"哼，什么也不干，"汉克在509跟前啐了一口吐沫，"你这只屎壳郎！做美梦了，是不是？"他扬起挑衅的眉头，又说："别白日做梦！你们不会出去的！你们这些臭政治玩意儿，你们会让他们先从烟囱里打发掉的！"

他又啐了一口吐沫，往回走去。509憋了一口气，脑海里闪过一片黑云。汉克跟他不对付，一般来说他会躲开，可这次他没躲，而是一直看着汉克消失在厕所后面。这种威胁吓不倒他，威胁本来就是这里的家常便饭，只是他想思考这后面会隐藏着什么。汉克显然也察觉到了什么，不然他不会说这样的话。也许他在党卫队那儿听到了什么。509深深地喘了口气，心想，汉克显然不傻。

509继续眺望那座城市。此时那里的屋顶上仍然浓烟滚滚，还隐隐传来消防车单薄的汽笛声。火车站的方向也传来了不均匀的隆隆声，好像还有弹药在爆炸。大队长的汽车下山拐弯时，因为太快，车轮打了滑。望着这一切，509的脸突然变了形，他笑了起来。他笑啊，笑啊，没有声响地笑，抽抽嗦嗦地笑，他不知道他上一次笑是在什么时候。他止不住地笑，那笑里没有欢乐，只是笑，还小心地看了看周围，然后举起一只无力的拳头，将它握紧，他就是要笑，直到剧烈的咳嗽将他掀翻在地。

3

那辆梅赛德斯轿车向山谷迅疾驶去。党卫队大队长纽鲍尔坐在司机旁边。他身宽体胖，有一张嗜饮啤酒者特有的海绵似的脸，宽大手掌上的白手套在阳光下尤其耀目。他注意到了这点，把手套摘了下来。赛尔玛怎么样了？还有弗莱娅！还有房子！打电话回去，家里没人接，想到这儿，他对司机道："快开！快点，阿尔弗里德！"

还没进城他们就已闻到焚烧的气味。越向前开，气味越重，越呛人。在新市场附近，他们看到了第一个炸弹坑。储蓄银行炸塌了，还在燃烧。消防车已经赶到，正在救助毗邻的房屋。可是他们射出的水柱实在太细弱，杯水车薪，势单力薄。大弹坑处溢出硫黄和酸的气味，把纽鲍尔熏得胃里直翻腾。"阿尔弗里德，这儿开不过去，咱们走哈肯街。"他对司机说。

司机掉过车头，梅赛德斯绕了个大弯在城南穿行。这里刮着北风，空气清新，座座带有花园的别墅还完好无缺，享受着阳光下的平和。可一待驶到河对岸，烟焦味又迎面而来，而且越来越呛人，又浓又厚，有如秋日弥漫在路上的大雾。

纽鲍尔捋了捋他的小胡子，他的胡子跟元首的一样短。以前他蓄有同威廉二世一样两边向上卷起的胡子。此时他心里又翻腾起来！赛尔玛怎么样了？弗莱娅呢？还有那栋美丽的别墅？他浑身上下极度不安起来。

他们又绕了两次路。一次是因为一个家具店挡住了去路，商店前半部分被炸开，很多家具散落在马路上，一堆一堆地还燃着火苗，从外面能看到每层楼里的家具。第二次撞到了一家理发店，蜡质半身人像被炸出店外，已经化得歪七扭八不成样子了。

车子终于开到了里比格路。纽鲍尔急不可待地将身子探出去。啊，房子还在！还有前面的花园！草地上还立着陶制小矮人和红瓷小獾狗。所有的窗户都安然无恙！一切都分毫未损！心里的翻腾顿时平息下来。他下车走进花园，走上几个台阶，打开了门。真是幸运啊，他心想，真是万幸！本该如此，凭什么该他倒霉？

他将帽子挂到帽钩上——那是一头赤鹿的头角——然后走进起居室："赛尔玛！弗莱娅！你们在哪儿呢？"他嘴里叫着，可没人回答。纽鲍尔大步跨到窗前，把窗户打开。房子后面有两个苏联犯人在干活儿。他们抬头看了看，又继续忙着翻土。

"嘿！布尔什维克！"纽鲍尔叫道。

这时一个苏联人停下了手里的活计。纽鲍尔问："我家里的人呢？"

那个人用俄语回答他。

"蠢货！少说你的畜生话！你不是懂德语吗?！是不是想让我出去教你？"

那个苏联人盯着他看。这时有人在他背后说："您太太在地下室呢。"

纽鲍尔转过身，那是他们的年轻女佣。"在地下室？哦，那是，那是。那，空袭的时候，您在哪儿？"

"在外面！只待了一会儿！"女孩站在门框里，脸红扑扑的，两眼熠熠闪光，好像刚参加了一场婚礼。她兴奋地叫道："他们说，死了一百人，火车站那儿，制铜厂里，还有教堂都——"

"闭嘴！"纽鲍尔打断她说，"这些都是谁说的？"

"外面那些人……"

"谁？"纽鲍尔向前迈了一步，"谁说的？这都是危害国家的言论！"

女孩倒退着说："外面的人……我没……有人说……都这么说……"

"卖国贼！怂包！"纽鲍尔咆哮起来，他终于可以将积郁的紧张释放出来，"都是恶棍！混蛋！就会怨天尤人！您呢？您在外面干什么了？"

"我，没干什么。"

"不干活，开小差了，是不是？传播谣言！传播恐怖消息，是不是！我们会查清楚的！必须在这儿采取措施！一定要采取严格措施！去，去，到厨房去！"女孩走开了，纽鲍尔喘了口大气，一边关窗户，一边想：还好，还好，一切平安，她们在地下室，这个我应该想到啊。

他掏出一根雪茄烟点上火，然后把外衣拉平，在镜子前面躬躬身子，往里面瞧了瞧，然后走向地下室。

纽鲍尔的妻子和女儿正坐在靠墙的一个长沙发上，她们彼此挨得很紧。沙发上方的墙上挂着一幅镶着宽边金框的彩色希特勒元首画像。

1940 年时，纽鲍尔将这个地下室改成了防空洞，当时改建它不过为了做做样子，在这种事情上表现得积极主动做出榜样，也是在体现爱国主义精神。那时候没有谁真以为德国会遭到空袭。戈林 [1] 已经说过，国防空军认为敌军飞机绝不会侵入德国领空。有他这句话，所有实诚的德国人只管把心放进肚子里，根本用不着担心犹疑。可惜，事情竟会是另一副模样。实际上那是财阀政权及犹太人典型的阴险伎俩：他们喜欢做出一副软弱的样子，其实不然。

"布鲁诺！"见到丈夫，赛尔玛·纽鲍尔站起身抽噎起来。她身材

---

[1] Hermann Wilhelm Göring（1893～1946），纳粹党德国党政军领袖，曾被希特勒指定为接班人。

臃肿，一头金发，身着一件橘红色镂花晨衫，那是件考究的法国绸衫，是纽鲍尔1941年去巴黎度假时买回来的。此时她两颊抽搐着，相比之下过小的嘴巴里半天吐不出话来。

纽鲍尔安慰她道："都过去了，赛尔玛，都过去了，你冷静冷静。"

"过去了……"那几个字在她嘴里大得像柯尼斯堡的肉丸，很难吐出，"能平静……能平静多久？"

"永远过去了。他们都跑了，被我们击退了，不会再来了。"

赛尔玛·纽鲍尔把她的绸衫紧紧拉到胸前说："谁说的？布鲁诺，你怎么知道的？"

"至少一半飞机让我们给打下来了，他们要是再来，且得缓一阵呢。"

"你怎么知道的？"

"我知道。这次他们来得出乎我们的意料，下一次，我们会做好准备的。"听他这么说，赛尔玛停止了抽泣，又问："就是这些吗？你能跟我们说的就是这些？"

"难道这还不够？"纽鲍尔知道，他说的这些等于什么都没说，因而他粗鲁地回了一句。

赛尔玛盯着丈夫看，她的眼睛一片浅蓝，水汪汪的，突然她大叫道："不够！这不够！实际上你什么都没说！这都是胡扯！我们什么没听过？之前告诉我们，我们无比强大，绝不会有一架敌军飞机飞入我国领空，可人家说来就来了。然后又告诉我们，他们不会再来了，在边境上就会被我们打下来，可恰恰相反，人家来得越来越频繁，空袭警报一个接一个。现在人家连我们这儿都炸到了，你还跑来说大话，说他们不会再来，说我们会打下他们！哪个有理智的人能相信这套鬼话？"

"赛尔玛！"纽鲍尔不由自主地望了一眼元首画像，然后大步迈到门口，把门摔上，咬牙切齿道，"找死啊！你喊什么？你疯了？振作点！你是不是想把我们都毁了？"

他站到她面前，在她浑圆的肩膀上方，元首正无所畏惧地远眺贝希

特斯加登 [1] 小城的风光。有那么一瞬间，纽鲍尔几乎觉得，元首听到了他们的对话。

赛尔玛没看元首，她大叫道："谁疯了？我没疯！战争前咱们的日子有多好！可现在呢？现在呢？我想知道，到底谁疯了？"

纽鲍尔双手抓住她的手臂，剧烈地摇晃起来，直摇得她脑袋前后晃荡，说不出话来。她的头发散开了，发卡也有几个落到地上，接着她呛着了，剧烈地咳嗽起来。纽鲍尔放开手，赛尔玛瘫倒在沙发上。纽鲍尔对女儿叫道："她今天是怎么了？"

"没什么。母亲是太激动了。"

"有什么好激动的？不是什么都没发生吗？"

"什么都没发生？"他太太又开始说话，"对你们上面那儿来说当然什么也没发生！可是我们这儿——"

"找死啊，你冷静一下！别这么大声！我辛苦经营了十五年，你是不是想用你的大喊大叫把这一切都毁掉？你是不是觉得，想坐我这把交椅的人还不够多？"

弗莱娅·纽鲍尔在一旁平静地说："父亲，这是头一次空袭，以前不是只响警报吗？母亲会慢慢习惯的。"

"这是头一次？没错，这是头一次！我们应该庆幸才是，除了无缘无故的瞎喊，什么都没发生。"

"母亲只是紧张，她会习惯的。"

"什么紧张！"女儿的冷静搞得纽鲍尔有些迷惑，他说道，"谁不紧张？你以为我就不紧张？得会克制自己。想想看，还能出什么事呢？"

"还会挨炸。"纽鲍尔太太笑着说。她躺到长沙发上，又开两条肥腿，脚上穿着粉红绸面的鞋子。粉红色和丝绸对她来说就意味着优雅。她又说道："紧张！习惯！你说起来可真轻松！"

---

[1]　Berchtesgaden，德国东南部边境城市，希特勒在那里有一幢名为"鹰巢"的别墅。

"我？怎么了？"

"你当然什么事都不会有。"

"为什么？"

"你什么事都不会有。可我们在这儿就等于坐在陷阱里。"

"这才是一派胡言！每一个人都一样。为什么我就什么事都不会有？"

"你那儿安全，上面的集中营多安全啊！"

"什么？"纽鲍尔把雪茄扔到地上，一脚跺到上面。"我们没有你们这样的地下室。"他在说谎。

"那是因为你们不需要，你们又不在城里。"

"你觉得这有区别吗？炸弹想炸哪儿就炸哪儿。"

"集中营反正不会挨炸。"

"这可是新鲜事。你怎么知道的？美国人是不是发了传单，或者通过电台专门向你通报了？"

纽鲍尔看了一眼女儿，本指望女儿能支持他的这个玩笑。可弗莱娅只是摆弄桌布边的流苏，把它们编成小辫，桌子就在长沙发旁边。这时躺在沙发上的太太搭了腔："他们不会炸他们自己人的！"

"胡扯！那儿没有美国人，也没有英国人。我们那儿只有苏联人、波兰人，还有巴尔干流氓，以及德国人中间的祖国敌人——犹太人、叛国者，还有罪犯。"

"他们不会炸苏联人、波兰人和犹太人的。"赛尔玛执拗地低声道。

纽鲍尔倏地转过身。"你知道不少啊，"他声音不高，可是怒气冲冲，"不过现在我得跟你说点什么。那上面是个什么地方，他们一点儿都不知道，你明白吗？他们只能看到大营房，他们会以为那是军营。他们能看到一些楼房。那是我们党卫队的兵营。他们能看到一些房子，看到有人在里面干活儿。他们会以为那是工厂，这些都会成为他们的轰炸目标。那上面要比下面危险上百倍。所以我不愿意你们到上面住。这下

031

边没有军营，附近也没有工厂。现在你明白了吧？"

"没明白！"

纽鲍尔惊诧地瞪着自己的妻子。赛尔玛还从没这样过。他搞不清楚，今天她是怎么了，单是害怕不至于成这样。忽然他有一种被这个家庭疏远的感觉，这个时候他们本该齐心合力才是。他有些气恼地又朝女儿望了一眼，问道："那你呢？你怎么看？你怎么不张嘴说说？"

弗莱娅·纽鲍尔今年二十岁。身材单薄，面色微黄，额头前突，长得既不像母亲又不像父亲。听到父亲问，她站起身说："我觉得，母亲现在不那么紧张了。"

"什么？为什么？"

"我觉得她平静下来了。"

纽鲍尔沉默了一会儿，等着妻子再说点什么，见没有声响，他说道："那，好吧。"

"就是说，我们可以上去了？"弗莱娅问。

纽鲍尔不信任地看了妻子一眼。他还不能信任她。他必须让她明白，跟谁也不能说那样的话，跟女佣也不能，特别是那个女佣。不待他开口，女儿先发了话："父亲，上面要好些，空气也好。"

纽鲍尔还站着，拿不定主意。他想，她躺在那儿，圆得像个面口袋，为什么不能说些理智的话？"六点我得去市政厅。迪茨来了电话，得去商讨一下局势。"

"父亲，这儿没事的，什么事都没有。我们得准备晚饭了。"

"那，好吧。"纽鲍尔现在安心了，至少女儿还有头脑，他可以对她放心，那是他的亲骨肉嘛。他走到妻子跟前说："好了，赛尔玛，咱们把这都忘了吧，怎么样？什么都可能出现，不过最后都没什么。是不是？"他笑着向下看着她，眼神冷漠。

她没有回答。

他过来搂她的肥肩膀，又在上面拍了拍，说："行了，走吧，做饭

032

去。做点好吃的压压惊，嗯？"

赛尔玛没情绪地点点头。

"这就对了。"纽鲍尔说。一切又平息下来了，还是女儿说得对，赛尔玛不会胡说什么了，想到这儿，他又说："做些好吃的啊，宝贝儿，小赛尔玛，我这样做都是为你们好，你们在这儿有漂亮的房子，有安全的地下室，不比在山上挨着那些臭烘烘的恶棍歹徒住着强？再说我每星期也会回来住几天，都是一回事。咱们得抱团儿，齐心协力。行了，快做好吃的去吧，我不管了，你们做吧。拿瓶法国香槟来，怎么样？咱们还有好多呢，是不是？"

"是，"他妻子答道，"咱们还有好多。"

"我还想说一件事，"末了，党卫队联队长迪茨说，"我听说，有些先生打算将他们的家属送到乡下，有没有这样的事？"

没有人回答。

"我不会允许这种事发生。我们党卫队的军官一定要做好表率。总撤离令还没下达就让家眷离开城市，这会引起误解。那些牢骚满腹、吹毛求疵的人马上就会对此大做文章。所以我希望，不要背着我让这样的事情发生。"

迪茨又高又瘦，制服裁剪得很合体，他笔直潇洒地站在一队人面前，眼睛盯着前面的军官。这些军官看上去个个意志坚强，纯正坦然，可他们差不多每人心里都考虑过把家眷送走的事，只不过没有一位能让人从眼里看出什么。每人想的也都一模一样：他说得倒轻巧，敢情他家属不在城里；他是撒克逊人，一心想当黩武的普鲁士卫队军官；这倒简单，不涉及你的切身利益，贯彻执行起来自然可以坚决彻底。

"先生们，我的话讲完了，"迪茨说，"我再提醒大家一次，不要忘记，我们正在大批生产最新式的秘密武器，就是 V-1 飞弹，再厉害的武器也比它不及。伦敦已经成了一片废墟。英国还将不断受到轰炸。法国的主要港口也被我们占领了。已经入境的先遣部队急需后方增援。我们的反攻会将敌人统统赶入大海。大反攻正在筹备之中。我们已经做好了大量储备。我们还有新式武器，对此我不能说太多，还有一个消息，来自最上层，那就是：还有三个月，我们将获得最后胜利。所以我们还要坚持下去。"最后他伸出手臂，"现在分头工作！希特勒万岁！"

"希特勒万岁！"一队人吼道。

纽鲍尔离开了市政厅。他想，迪茨没提苏联，没提莱茵河，也只字没提西部防线[1]的攻破，还说什么坚持，他说起来倒轻巧，他一无所有，是个狂热分子，他在火车站附近没有公司、商店，在《梅伦日报》没有股份，他不像我，地产、房舍他什么都没有，可我都有啊，要是这些炸上了天，谁能给我补偿？

忽然，马路上全是人。市政厅前的广场上人头攒动。台阶上安了一个话筒，迪茨就要发表讲话了。市政厅正面的墙上，查理曼大帝[2]和雄狮亨利[3]的石雕头像依然岿然不动，对着下面的人微笑。纽鲍尔坐进他的梅赛德斯汽车，对司机说："阿尔弗里德，去赫尔曼·戈林路。"纽鲍尔的商业大楼坐落在赫尔曼·戈林路和弗里德里希大街的交叉口。一楼是一家时装商店，上面两层是办公楼。

纽鲍尔让车停在商业大楼前，他下车围着大楼巡视了一圈。除了商店的两块大橱窗被震碎以外，他没看到别的什么损失。他又抬头看看楼上的办公区，那里还围裹在从火车站吹来的烟雾中，几处玻璃可能震裂了，不过没有着火的地方，其他部分也都安然无恙。

他静静地站了一会儿，心想，不管怎么说，它至少还值二十万马克。那是1933年他从一个犹太人手里花五千马克买下的，那个犹太人

[1] 亦称齐格菲防线，"二战"前德国修筑的境内防线，于1945年2月遭盟军攻破。

[2] Korl der Groβe（742～814），亦称查理大帝，中世纪早期法兰克王国的国王，查理曼帝国的建立者，享有"欧洲之父"的荣誉。

[3] Heinrich der Löwe（1129～1195），霍亨斯陶芬王朝时期的著名政治家。

叫约瑟夫·布兰克。开始时布兰克要价十万，还一个劲叫冤，说按这个价卖他亏大了，绝不能再便宜了。在集中营待了十四天后，他马上同意按五千马克出售。纽鲍尔想，这可是个公平合理的交易，我本来可以不花一分钱的，党卫队跟他玩了一场后，完全可以让他把大楼送给我，不过我还是给了他五千马克，这也是不少钱呢，当然不是马上付的，那时候我还没那么多钱，是收到首批房租后付的，这点布兰克也同意了。这是合法生意，一个愿打一个愿挨，都是自觉自愿的，有公证书作证。不幸的是，约瑟夫·布兰克在集中营摔了一跤，丢了一只眼睛，断了一只胳膊，身上不是这儿就是那儿还受了些伤，这是令人遗憾的偶然事件。平脚底的人就是容易摔跤，那不是他纽鲍尔下的命令，他没在跟前。他不过把他保护性地监禁了一阵，不让过分狂热的党卫队队员再整他。至于其他的，那都得算到集中营总看守长韦伯的头上。

纽鲍尔转过身，他为什么忽然想起这些陈年旧事来了？他是怎么了？这一切不早就过去了吗？人总得过日子。如果他没买这幢房子，党组织里的其他人肯定也会买的，而且还会买得更便宜，甚至分文不花。他买得公平合理，符合法律条例。元首不是亲口说过嘛，他的忠诚将士们是应该得到奖赏的。他布鲁诺·纽鲍尔捞的这点东西，跟那些大人物比起来算得了什么？比如戈林，比如从酒店门卫平步青云成为百万富翁的省党部领导施普林格？纽鲍尔得到的不是抢来的，不过买得便宜合算而已，他把款付足了，他还有收据，一切都是官方认可的。

这时从火车站那边蹿起高高的火焰，接着传来轰轰的爆炸声，也许是弹药车爆炸了。红色的火光反射到商业楼上，好像墙上在渗血。纽鲍尔想，我这是胡思乱想什么呢，我真的太紧张了，当年从这上面拖走了好几位犹太律师，谁还记得他们，还不早忘了！这里紧挨火车站，是做生意的最佳地段，可又他妈的太容易被炸弹炸到，这当然会让人紧张。纽鲍尔坐进轿车而后说道："阿尔弗里德，我们去宽街。"

宽街上，《梅伦日报》报社的办公大楼完好无损，这点纽鲍尔已经通过电话获悉。这里正在发送号外版。纽鲍尔看到报纸正被送报人取走，一捆捆白包正在迅速消失。每份报纸他可以挣到一芬尼[1]。不断有送报人来取号外版，然后他们登上自行车飞驰而去。既然是号外版，收入也是额外的。每个送报人至少取走二百份报。这些人纽鲍尔总共看见了十七位，这样他可以有三十四马克的额外收入，这至少是不幸中的一幸，他可以用这笔钱换新橱窗。糊涂啊，那些都是上了保险的，这就是说如果交了保险，只要有损失，就该得到补偿。他们当然得补偿！至少得给他补偿。这三十四马克就是净挣的。

他买了一份报，迪茨的简短呼吁书已经登在上面，神速啊。上面说，击落了两架来梅伦空袭的飞机，而空袭明登、奥斯纳布吕克和汉诺威的飞机被击落了一半。这里还有一篇戈培尔的文章，称此等轰炸德国和平城镇为非人道的野蛮行径。还有几段元首语录。一篇报道说，希特勒青年团成员正在搜寻跳伞逃生的敌方飞行员。纽鲍尔扔掉报纸，走进路口的雪茄店，说："来三支德国哨兵[2]。"

店员拿出一盒让他挑，他随意取出三支。雪茄质量不好，全是山毛榉树叶卷的，他家里还有更好的进口雪茄，有巴黎的、荷兰的，之所以在这儿买德国雪茄是因为这个商店是他的。1933年纳粹夺取政权以前，这里属于雷瑟－萨赫合营公司，是个剥削人的犹太人公司。后来让党卫队中队长弗莱伯占为己有，直到1936年。这真是棵摇钱树啊。纽鲍尔咬掉一支雪茄烟烟头。一次醉酒后，弗莱伯吐露出一些背叛元首的言论，作为一名正直的纳粹党党员，他还能怎么做？他当然告发了弗莱伯，那是他义不容辞的责任。很快弗莱伯消失得无影无踪，纽鲍尔从他遗孀手中买下这个雪茄店，那是做朋友的义务。他先极力撺掇寡妇出售烟店，说他听到消息，弗莱伯的资产要被全部没收，这样的话，钱票总

---

[1] Pfennig，德国旧时辅币单位，等于一马克的百分之一。

[2] Deutsche Wacht，德国雪茄品牌。

比商店好藏匿。对他的建议她感激涕零，当即同意出售。纽鲍尔又说，这事得马上办妥，当然只能是原价的四分之一，可他手头上不宽裕，这些她都看得很明白。后来没收资产的事并没有出现，对此纽鲍尔给她的解释是，是他利用自己的影响为她做了工作，才保住了她的钱。他一切做得很仗义，义务就是义务，这雪茄店真有可能遭到没收。再说了，寡妇孤单一人也很难经营它，很可能会被别家挤垮。

纽鲍尔从嘴边取下雪茄，破烂玩意儿，它点不着。不过总还有人买，只要能冒烟的，人们都疯抢。可惜现在定量购买，不然营业额能增加十倍。他又看了一眼雪茄店，万幸这里也没受到损害。他吐了一口唾沫，因为忽然觉得嘴里有什么不好的味道。肯定是雪茄的缘故，还会是什么别的吗？不是什么都没发生吗？为什么紧张？为什么一下子想起这么多往事？都是什么年月的事了！他扔掉雪茄，坐进轿车，将剩下的两支递给司机说道："拿着，阿尔弗里德，留着晚上享用。走吧，去果园。"

这片果园是纽鲍尔的骄傲，这是城边上的一大块地皮。这里主要种蔬菜和水果，此外还有一个花园、一个牲口棚。在这儿干活儿的是一批从集中营调来的苏联犯人，让他们到这儿来不用花一分钱，其实他们应该给纽鲍尔交点钱才是。在制铜厂，他们每天得工作十二到十五个小时，这儿的工作可轻松多了，空气又新鲜。

此时，暮霭渐渐降临果园，天空的一侧还很明亮，另一侧月亮已经爬上了苹果树的树冠。刚翻耕过的田里散发着浓郁的泥土香味儿。菜畦里已经泛出第一批新菜芽，果树上挂满了潮润饱满的花蕾和叶芽。那棵小小的日本樱花树，冬天在玻璃暖室里度过了严寒，现在已经绽放出一层又白又粉的娇羞花朵。

苏联人正在果园的另一端干活儿，纽鲍尔能看到他们黝黑弯曲的后背，还有持枪警卫的侧影，那枪上的刺刀仿佛要直刺天空。安排在那儿的警卫不过是做样子的，苏联人本来也跑不了。穿着这样的囚衣，语言又不通，他们能跑到哪儿去？他们正拿着纸口袋给菜田施肥，口袋里是从焚尸场带来的骨灰，那是六十个人的骨灰，其中十二个是孩子。被施肥的田里种着一行行的芦笋和草莓，都是纽鲍尔特别爱吃的，吃多少都不嫌够。

深蓝色的黄昏中，刚刚开放的迎春花和水仙花闪着灿灿光亮，它们种在南墙边上，上面罩着玻璃。纽鲍尔打开玻璃上的一扇窗户，身子探进去张望。水仙没有味道，不过他闻到了紫罗兰的气息，尽管昏暗中他看不见紫罗兰。他深深地吸了一口气。

这是他的果园，是他自己正正经经买下的，绝对正派本分，一分不少全价付了款，这不是从谁手里抢的。这是他的地盘，是他为祖国效忠之余，为家庭操心费神之暇可以回归人性的地方。他心满意足地四下望去，他看到了覆盖着忍冬藤和玫瑰藤的花园小屋，看到了黄杨树篱，看到了人造假山的凝灰岩石洞，看到了丁香树灌木，他闻到一阵青涩气息，那是春的气息。在牲畜棚前，他用柔软的手掌摸摸桃树树干，又摸摸梨树树干——那里用干草围裹着——然后推门走进棚子。

他没去看鸡棚，立在架子上的公鸡母鸡都像老太太似的，也没去看总在草堆里睡觉的两头小猪，他径直走向兔笼。那些安哥拉灰兔和白兔，它们的长绒毛如丝绸一般光亮柔软。兔子都在睡觉，纽鲍尔一开灯，它们便缓缓地活动起来。他将一根手指头伸进铁丝网中，抚触一只兔子的毛，那兔毛比他知道的所有东西都柔软。他从一个筐里掏出几片卷心菜叶和甜菜渣，把它们塞进笼子，兔子们马上挤过来，用粉红的小嘴不紧不慢地咀嚼起来。"姆吉，"他唤道，"姆吉，来！来！"

棚子里的温暖很有催眠作用，让人感到犹如陷入了遥远的梦乡。动物的气息带给人一种被遗忘了的天真。这是个自成一体、浑然天成的小世界。这里没有炸弹，没有阴谋，没有弱肉强食的争斗，有的只是卷心菜叶和甜菜，有的是长出长毛再被剪掉，有的是生殖繁衍。纽鲍尔会出售兔毛，但绝不允许宰杀一只兔子。"姆吉，姆吉！"他还在呼唤。

一只大白兔用它软嫩的嘴唇从他手里衔去菜叶，这是一只雄兔，两只红眼睛犹如两颗闪光发亮的红宝石。纽鲍尔抚摸着它的后脖颈，他蹲下身时，皮靴发出了嘎吱嘎吱的声响。刚才赛尔玛说什么了？说不安全？说在你们集中营更安全？谁曾经安全过？什么时候安全过了？

他又从铁丝网网眼里送进了更多菜叶。他想，十二年了，夺权以前我不过是一个邮局文书，每个月顶多能挣二百马克，过着活不成也死不了的日子。现在我还是有了些什么，我可不想失去。

他看了看大白兔的红眼睛。今天一切都很正常，以后还会这样下去。今天的狂轰滥炸很可能是一次过失，就像重新安排兵力部署后常出现的情况那样。梅伦是座无关紧要的小城，不然它早该挨炸了。想到这儿，纽鲍尔觉得自己平静了许多。"姆吉！"他唤道，又想，这儿安全吗？当然很安全！谁愿意在最后的时刻命归西天？

4

"该死的，你们这些王八蛋！再点一次名！"

大营里的劳工队正站在点名场上，他们个个站得笔直，按照营房顺序十人一排地排了起来。天已经黑了，昏暗的光线下，这些身着条纹囚衣的犯人们活像一群万分疲惫的斑马。

点名已经进行了一个多小时，可还是没点清楚。问题出在空袭上。在制铜厂干活儿的劳工里有人伤亡。一颗炸弹落到他们工作的地方，有些人被炸死，有些受了伤。第一次慌乱过后，党卫队的看守们开始向寻找隐蔽地的囚犯开枪射击，他们以为犯人要逃跑，这样又有六个人丧生。

空袭过后，囚犯们忙将碎石烂瓦下的难友拖出来，或者说将他们的残肢余体找出来。这在点名时非常重要。一个犯人的生命绝不会受到什么珍惜，他们是死是活对党卫队的人来说无关紧要，可是点名时，数字却是不能有差错的。这些繁文缛节不会因为尸首的出现而发生变化。

犯人们个个小心翼翼，将能找到的都带了回来。有些人手里拿着胳膊，有些提着腿，有些抱着炸掉的头颅。犯人们还为受伤的难友临时做了几副担架，这些人有的缺了胳膊，有的断了腿，有的被炸开了肚子。其余能走动的，则被大家扶着、搀着、拖着拉了回来。伤员的伤口很难得到包扎，因为实在找不到什么绷带。鲜血直流的地方，他们只能用铁丝和绳子来急救固定。腹部受伤的人只能躺在担架上，用自己的手按住防止肠子流出来。这一行人艰难地爬上了山，路上还有两个死去了，活着的还得接着拖死人。其间出了个插曲，让斯坦布伦纳小队长出了大洋相。犯人们回来时，如往常一样，乐队站在大门口，演奏进行曲《腓特烈大帝》，集中营党卫队总看守长韦伯和他的一班人马也同往常一样站在大门口监候。这时候，劳工队的犯人需抬高腿，眼睛右看，从他们面前正步走过。躺在担架上的重伤员也得头向右看，尽量做出僵死的姿态。只有死人不用再向长官们致敬。这时斯坦布伦纳看到拖在两人中间的一个人耷拉着脑袋。他没看见这个人的双脚也拖拉在地，便一步跳到这人跟前，用手枪对着他的两眼之间就撞了过去。斯坦布伦纳年纪尚轻，激进狂热，匆忙之中他以为这人不过是昏死了过去，而这一击使死人的脑袋抬起，下颚耷拉了下来，脑袋瓜还颤颤巍巍地晃动，看上去那血盆大嘴正要用尽最后的力量吃掉手枪。这一场面引得党卫队的其他人放声狂笑，斯坦布伦纳又羞又恼。他觉得，自己用浓盐酸祸害犹太人而得到的敬重减损了一部分，以后还得找机会补回来。

　　从制铜厂回来的这段路程犯人们走得艰难困苦，他们用了比往常长出很多的时间才回到山上，晚点名的时间自然也晚了很多。像往常一样，死者和伤员都得按营房的划分整齐排列起来。重伤员没有再得到包扎，没有被送进医院，因为点名报数比什么都重要。"赶快！赶快！再数一遍！这次再数不对，还得再数！"喊话的是韦伯，集中营党卫队总看守长，三十五岁，中等个头，身材魁梧，宽脸膛，肤色偏棕，右嘴角上一道深深的伤疤一直延伸到下巴下——那是1929年他同国旗团[1]人士室内群殴留下的纪念。此刻，他正双腿叉开，双手搭在椅子背上，骑坐在别人为他搬到广场来的木椅上，百无聊赖地望着眼前的囚犯。党卫队

---

[1] 由社会民主党等党派的人士建立于1924年的反纳粹党组织，致力于维护议会民主制，教导民众尊重新共和国，尊重国旗和宪法，1933年被纳粹当局强制解散。

的人马，还有营房长和卡波们正在犯人中间跑前跑后，他们大喊大叫，拳打脚踢，忙得大汗淋淋。他们要求大家重新报数，于是单调的声音重新响起："一——二——三……"数字凑不齐，都是因为在制铜厂被炸得七零八落的尸体造成的。尽管犯人们把四肢和头颅都尽可能地带了回来，可还是没有找全。不管大家怎么努力，最终还是少了两个人。

昏暗之中，劳工们已经为某段肢体，当然特别是为头颅争吵了起来，他们甚至互不相让，推来搡去。每个营房都不想缺人，人数不齐是要遭重惩的。于是鲜血淋淋的肢体被争来夺去，直到传来一声"都放下"的命令。那两具尸体一定落在制铜厂了，当时一片忙乱，营房长们一定也没顾上那么多。这两人也许被炸得七零八落飞到了墙外，或者炸飞后散落到了工厂房顶的碎瓦砾中。

军官走到韦伯前报告："现在还缺一个半人。苏联队有三条腿，算一个人；波兰队多了一条胳膊。"

韦伯打着呵欠道："再点点，看看到底缺了谁。"

犯人的队列里掠过一阵让人难以察觉的骚动。点一次名就意味着即便不会拖延时间，也要在广场上再站一到两个小时。那些苏联人和波兰人不懂德语，叫到他们名字时，误解的局面时有发生。点名又开始了，颤巍巍的答到声传了出来，接着便是咒骂和拳打脚踢的声音。党卫队的人现在还得加班加点，这让他们气恼有加，动辄大打出手。营房长和卡波们慑于他们的淫威也挥拳打人。队列里开始有人倒下，不是这儿，就是那儿。倒下的伤员，身下慢慢积聚起黑色血洼。沉沉的暮色中，他们灰白的面孔显得越来越尖削，泛着死一般的幽光。他们一脸无望，只能向上盯着他们的难友。难友们还得笔直站立，双手贴着裤缝，绝对不可以向他们提供帮助。对这些人中的一部分来说，这片肮脏的斑马腿林子，就是他们看到的世界的最后画面。

月亮从焚尸场后面爬上来，空气闷浊得让月亮周围有一大圈光晕。

有一阵子月亮停在烟囱后面，月光沿着烟囱闪烁，看上去好像焚尸场的炉灶正在焚烧鬼怪，白火冷飕飕地正从那里扶摇直上。渐渐地，月亮明晰起来，下面的烟囱好像成了短小的迫击炮，向天空直直打出一个红色圆球。

13号营房的第一排里站着一位名叫戈尔茨坦的犯人。他站在最左边，直接挨着这个营房的伤员和死者。伤员中有一位是戈尔茨坦的朋友，叫舍勒。舍勒就在戈尔茨坦左侧躺着。通过眼角戈尔茨坦注意到，舍勒烂腿下那块黑斑突然扩张开来，这很可能是仅有的那点儿绷带松开了，导致失血。此刻，舍勒的生命岌岌可危。这时，戈尔茨坦用脚轻轻踢了一下他旁边的穆尔泽，然后摇晃着倒下，正好躺到舍勒身上，好像他昏厥了过去。他所做的一切十分危险。这个营房的党卫队看守正围着他们几行人转圈，气势汹汹地活像一只随时要扑咬的牧羊犬。他只要用他的重靴子照戈尔茨坦太阳穴踢上一脚，就能让他命归西天。近前的犯人都纹丝不动地站着，可他们都很清楚发生了什么。这时13号营房的看守正和营房长一起站在这组人的另一头。营房长正在那儿报告什么，他注意到戈尔茨坦做的手脚，于是想方设法要稳住看守，拖延一些时间。

戈尔茨坦的手伸到身下，摸索着去找那根捆过舍勒大腿的绳子。血洼就在他眼前，他甚至能闻到血肉的味道。舍勒小声说："算了吧。"

戈尔茨坦摸到了滑下来的绳结，把它解开。血涌流得更厉害了。舍勒又小声道："他们反正要给我注射毒药的，那条腿……"

这条腿只还连在几根筋腱和一些皮上。戈尔茨坦这么一倒，又把它挤到一边。现在它斜在那儿的样子很奇怪，脚脖子翻扭着，好像这腿有三个关节。戈尔茨坦的双手都浸满了鲜血，他现在要将绳子拉紧，系上结，可绳子又滑下来了。舍勒抽搐了一下："算了……"戈尔茨坦还得把绳扣解开，他能感到手指头碰到了一些碎骨，胃里翻腾起来，他咽了一口吐沫，手伸进烂肉里，终于摸到了，他再次将绳子向上拉，停住。在旁边的穆尔泽在踢他，这是个警告信号：党卫队看守正喘着粗气向这边走来。"又出了条死狗！这是怎么回事？"

看守身边的营房长说："小队长先生，他晕过去了。"接着他又对躺在地上的戈尔茨坦喊："你个狗东西，快起来！"喊完照着戈尔茨坦的肋骨踢了过去。这一脚看上去很重，实际上在最后的一刻，他减缓了速度，紧跟着又来了一脚。他这样做，是为了避免看守亲自制裁。戈尔茨坦一动不动，舍勒的血正涌在他脸上。

"走吧，走吧！不管他了！"看守边喊边走开了，"他妈的，什么时候才能弄完？"营房长跟在他后面也走了。戈尔茨坦稍稍等了片刻，然后把绳子绕过舍勒的大腿，把它们拉到一起，结成扣，接着将先头滑下的木头夹板插进绳子里固定。这时血不再涌了，只是还在渗。戈尔茨坦又小心地将双手移开，绷带绷住了。

点名结束了。最后达成的一致看法是，5号营房中一个苏联人的尸首少了四分之三，这个营房还有一个叫斯伯斯基的犯人，尸首少了上半身。不过，这并不完全符合事实。其实，斯伯斯基的两条胳膊都在，只是被17号营房占用，当成他们营房中宾斯万格的肢体申报，因为宾斯万格失踪了，什么都没留下。实际上宾斯万格的两条腿让5号营房的两个人偷走了，充作斯伯斯基的两条腿，反正人的大腿看上去没多大区别。幸运的是，除此之外，还有一些肢体部分，不知该算到谁头上，它们正好可以同报失的一又四分之一具尸体相抵消。这样总算搞清楚了，在空袭的混乱中，没有一个犯人逃跑。尽管如此，全体犯人还得在这里站下去，一直站到第二天。再去制铜厂找遗骸的可能仍然存在。类似的事情几个星期前发生过一次，全体犯人在集合场上站了两天，直到要找的人被找到——那个人自杀了。韦伯观望着这一切，他不动声色，屁股坐在木椅上，下巴一直抵着双手手背。听完报告，他慢慢抬起身子，伸了伸四肢，然后说道："这些人站的时间够长的了，他们得活动活动。做地面练习！"

接着操场上响起口令声："双手头后交叉！膝盖弯曲！做蛙跳！向前——跳！"

一排排的犯人按照口令，在操场上膝盖弯曲慢慢蹦跳起来。月亮已经升得很高了，也更加明亮，部分操场被照亮了，剩余的黑暗部分是建筑物的阴影。不论是焚尸场，还是大门口，甚至连绞刑架都在地上投下了清晰的轮廓。

"现在，向后——跳！"

一排排犯人又从亮处往暗处回跳。许多人翻倒在地。党卫队看守、卡波和营房长们上前一阵拳脚后，犯人们重又站起。这些头目的叫骂声，几乎全淹没在无数双脚落地的啪啦声中了。

"向前！向后！向前！向后！停！"接着开始了真正的地面练习。进行这种练习时，犯人需扑倒在地，在地上爬几步，然后跳起，再扑倒，爬动。通过这种痛苦的方式，他们会利用起这块"舞场"的每一块土地。要不了一会儿的工夫，犯人都没了人样，操场上一片混乱，像众多带条纹的大蛆虫在蠕动。他们竭尽全力不去碰撞伤员，但在手忙脚乱及恐慌之中，有时也难以避免。

一刻钟后，韦伯下令结束。可这一刻钟给筋疲力尽的犯人们又带来了一次劫难，操场上躺下了一片再也直不起身的残兵。

"按营房，排队！"

犯人们强撑起身体。他们拉起瘫倒在地的，搀住勉强还能站立的，把其余的抬到伤员旁边。突然，营地一片寂静。韦伯站到队列前，开口道："刚才你们做的练习，其实是为你们考虑的。这样你们可以学习遇到空袭怎样保护自己。"几个党卫队的人在窃笑。韦伯看了这些人一眼，接着说："你们今天亲身体验到了，我们的敌人是怎样没有人性的东西。德国一向祈求和平，如今竟遭到如此手段残暴的袭击。在前线，我们的敌人已被打得落花流水，绝望中他们只能使出最后的手段，那就是公然违背《国际法》，轰炸我们和平的德国城市，这完全是懦夫行径！他们炸毁教堂，炸毁医院，炸死手无寸铁的妇女和儿童，对这些毫无人性的畜生行径，我们一定会给予反击的。从明天开始，营地要求劳工队承担更多的工作。出发时间提前一个小时，得去清理街道。在没有得到通知前，星期日也不能休息。犹太人两天不发面包。这也得归功于敌人的狂轰滥炸。"韦伯停下讲话，整个营地没有任何动静。人们听到一辆汽车正轰响着沿山路驶来，它越来越近，那是纽鲍尔的梅赛德斯。"现在，唱歌！"韦伯命令道，"《德意志，德意志高于一切》！"

队列里并没有马上响起歌声。大家都很惊奇，有好几个月没有得到唱歌的命令了。即便唱，也只是唱些民歌。一般刑讯室酷刑进行到高潮，受刑人开始声嘶力竭嚎叫时，犯人会得到唱歌的命令，唱一些抒情歌曲。可这首纳粹时期以前的老国歌，已经很多年没让唱了。

"唱啊，你们这些蠢猪！"

13号营房的穆尔泽带头唱起来，别的人也跟着唱，那些忘了词的人，也得装出样子来，重要的是嘴唇要动，好像是在唱歌。

"这是怎么回事？"唱了一阵，穆尔泽悄声对旁边的维尔纳问道，他脑袋没有转动，嘴上还是唱歌的口型，看上去好像还在唱。

"什么？"

歌声渐渐成了尖细的嘶喊声，因为起调不够低，现在唱到了最后激昂高亢的地方，他们唱不上去，只能中断。再说犯人们也再没有力气了。

"你们他妈的瞎叫什么？"这时副总看守长吼叫起来，"从头唱！这次再不行，你们今晚就待在这儿吧！"犯人们又唱起来，这次调子起得很低，唱起来容易些。

维尔纳又问："你说什么？"

"为什么现在唱《德意志，德意志高于一切》？"

维尔纳眯缝起眼睛："今天挨炸了，也许他们不敢再唱……他们纳粹的歌曲了。"说着又接着唱歌。

所有囚徒都眼望前方唱起歌，维尔纳感到自己内心升腾起一种特别的情感。他还感到，这种情感不只是他一人感到了，他身旁的穆尔泽好像也感到了，躺在地上的戈尔茨坦也不例外，其他许多人仿佛也感到了，甚至一些党卫队的人也是如此。对这些犯人来说，这首歌忽然之间变了味道，不再像从前那样。歌声变得响亮起来，甚至带上了挑衅的嘲弄意味，与歌词脱离了关系。维尔纳朝韦伯望了一眼，心想，但愿他什么都没察觉出来，否则倒在地上的死者还会增多的。

　　戈尔茨坦的脸这时正挨着舍勒的脸。舍勒的嘴唇在微微颤抖，戈尔茨坦不知道他在说什么，可从他半睁的眼睛里还是能猜出他说了什么。"别胡说！"戈尔茨坦说道，"你那腿，咱们医院的卡波会对上的。你会好的。"

　　舍勒又说了什么，戈尔茨坦在歌声中对他低声喊道："闭嘴！你会好的！别说了！"继续望着那张铅灰的面孔，他又说："他们不会毒死你！"他把话当歌词唱了出来。"我们有医院里那个卡波，他会给你找医生。"

　　"立正！"

　　歌声戛然而止。大队长纽鲍尔走到操场上。韦伯报告道："我给弟兄们做了一个小训导，又给他们多派了一个小时的活儿。"

　　纽鲍尔显得兴趣不大。他吸了吸鼻子，抬头望着夜空道："您认为这帮混蛋今晚还会来吗？"

　　韦伯堆出一脸笑来："根据最新的广播新闻，我们把他们击落了九成。"

　　纽鲍尔没觉得怎么可笑。他也没什么家产，不会有什么损失的，纽鲍尔想，又一个小迪茨，一个乡下雇工而已。突然他没好气地说："您要是完事了，就让这些人解散吧。"

　　"解散！"

　　随着这声命令，犯人们开始向自己营房走去。回去前，他们得先拖走死者，给他们登记，然后交给焚尸场。当维尔纳、穆尔泽和戈尔茨坦一起来抬舍勒时，他的下巴尖削得像花园小矮人似的，他好像活不过这一夜了。做地面练习的时候，躺在地上的戈尔茨坦鼻子上挨了一脚，他一站起来，鼻子就开始流血。惨白的月光下，黑幽幽的鼻血一直挂到下巴。拐了一个弯，他们的营房出现在前面不远处。这时从下面城市的方向刮来一阵风，风越刮越大，当他们又拐个弯时，风向他们迎面吹来。这风里带着浓烈的烟味，是那座城市的味道。囚犯们露出惊异的表情。维尔纳问："你们闻见了吗？"

穆尔泽抬了下头："闻见了。"

鼻血流到了戈尔茨坦嘴唇上，他尝到了其中的甜味。他吐出一口血水，张开嘴巴，想尝尝这个烟味。

"这个味儿好像，好像这儿也在着火。"

"不错。"

现在他们甚至看到了浮烟。它们从山谷腾起沿着马路飘了过来，好似轻盈的白雾，不一会儿的工夫就无处不在地弥漫在营房之间了。维尔纳一时甚至有种感觉，好像这个营地突然不再是封闭隔离的了，好像他并没被围困在铁丝网内，好像一切都不再如从前了。

迎着烟雾，他们走在大路上，脚步越来越坚实，身板也渐渐挺起。他们小心地抬着舍勒。戈尔茨坦伏下身，对着舍勒尖削的脸庞，绝望又小声地恳求道："你闻闻！你也闻一闻！"可是舍勒已经昏迷多时了。

5

营房里臭气弥漫，一片黑暗。这里早就不见光亮了。幽暗中贝格唤道："509，罗曼有话跟你说。"

"已经这么严重了？"

"还不至于。"

沿着床铺间窄窄的过道，509摸索着走到那张木板床前。这里紧挨着墙，墙上方有一块模糊的四角窗户。"罗曼！"509叫道。

有什么东西窸窣在响，接着传来罗曼的声音："贝格也来了吗？"

"没有。"

"让他也来。"

"干吗？"

"让他来吧！"

509摸索回去，撞上躺在过道的某人，一阵骂骂咧咧的声音传过来。又有人咬他的小腿，他朝不知名的脑瓜上砸了几拳，那人才松了口。

几分钟后，他和贝格来到罗曼跟前："我们都来了，什么事？"

罗曼伸出他的胳膊："看这儿！"

"什么东西？"509问。

"把你的手摊平，放到我的手下，小心点。"

509感到了罗曼瘦瘦的手骨，那皮肤如蜥蜴皮那样干燥。那只手慢慢地张开了，509觉得有什么东西落到了他手里，虽小却有分量。

"拿到了吗？"

"拿到了。这是什么？这是——"

罗曼小声道："是我的牙。"

"什么？"贝格凑到跟前，"这是谁干的？"罗曼哧哧笑道："我。"那是一种幽灵般的无声的笑。

"你？你怎么弄的？"

他们能感到这位濒死者的心满意足，他有着孩子般的自豪，话语中含着深深的平静："用钉子，一个小铁钉，我找着的，把牙抠出来，用了两小时。"

"钉子呢？"

罗曼在身边摸了摸，把它递给贝格。贝格把它举到窗口看了看，用手摸了摸。"这么脏，上面还有锈。流血了吗？"

罗曼又哧哧在笑："贝格，就是血液感染，我也认了。"

"等等，"贝格摸了一下兜，"谁有火柴？"

火柴很珍贵难得。"我没有。"509说。

"这儿有。"中间床板上的人说。

贝格划了一下，一根火柴棍上燃起了火苗。贝格和509先把眼睛闭了一下，以免晃花了眼，然后他们要利用这几秒钟时间来看。贝格对罗曼说："张嘴。"罗曼眼睛盯着他。"别胡闹了。"

"把金牙卖了吧。"

"张嘴。"

罗曼脸上现出咳嗽状，可以将之理解为微笑："你们让我歇会儿吧。好吧，在光里又看到你俩也不错。"

"我去取瓶子，我得在那儿抹点碘伏。"

贝格把火柴递给509，向自己床铺摸索过去。

"把火灭掉！"有人哑着嗓子厉声道。

"闭嘴！"提供火柴的人说。

"把火灭掉！"另外那个人又嘶哑道，"你们想让岗哨把我们都毙了吗？"

中铺上的人把毯子举起，挡在窗户前。509也背靠着墙，弓着身，把小火苗小心地护在夹克里。罗曼的眼睛格外明亮，它们太明亮了。509看了一眼火柴，火柴还没完全烧尽，他又看了看罗曼。他心想，认识罗曼七年了，现在最后的时刻到了，这样的面孔他已见过很多次，他清楚地知道，现在是生离死别。

他感到手指上的灼烧，可他还是不放手，直到不得不扔掉。眼前忽然又是黑暗一片，什么都看不见了。听到贝格回来的声响，他又问中铺的人："还有火柴吗？"

"这儿，拿着。"那个人递过来什么，"最后一根了。"

509想，噢，最后一根了，十五秒的光亮，四十五年的生命，这个人叫罗曼，还有最后十五秒。

一个颤颤巍巍的光圈出现在黑暗中。"该死的！把火给他打掉！"

"白痴！没人能看见！"

509举着火柴，蹲下身。贝格站在他身边，手里拿着碘伏瓶对罗曼说："张——"贝格愣住了。现在他清楚地看见了罗曼，他知道碘伏是白拿了。他所以去拿，也不过想做点什么事。贝格把碘伏慢慢放回兜里。罗曼平静地看着他，眼睛一眨不眨。509转过头去，展开手掌，看着那小块闪光的金子。他把头又转回来望着罗曼，火焰烧到了他的手指，黑暗中有人从边上打了他胳膊一下，火灭了。

509说："晚安，罗曼。"

贝格说："我一会儿还来看你。"

罗曼小声说："不用了，现在这就容易了……"

"也许我们还能找到几根火柴。"

罗曼不再说什么了。

509感到手里的金牙又硬又沉,他小声对贝格说:"咱们出去,外面好说话,不会有别人。"

他们摸索着出了门,来到营房外挡风的一边。山下的城市暗了下来,大部分火光已经熄灭,只有圣卡特琳娜教堂的塔楼还像一个巨型火把在燃烧着。这是座古老的教堂,主体多为干燥陈旧的木梁结构。消防车的水龙头也无济于事,只能任其自己燃尽。

俩人蹲了下来。509问:"咱们怎么办?"

贝格揉了揉他发炎的眼睛:"要是金牙已经登记了,咱们就完了。他们会搜查的,会把几个人吊起来。头一个肯定轮到我。"

"他说没有登记过。他来的时候,还没有这个规定。他来这儿七年了。那时候金牙一来就给打掉,不过不登记。登记是后来的事情。"

"你敢肯定?"

509耸了耸肩膀。

他们沉默了片刻,509又说:"咱们当然也可以说出实情,把它交出去。或者等他死的时候,再把它塞回他嘴里。"他把金牙套紧紧攥在手里,又加上一句:"你想这样吗?"

贝格摇摇头。这块金子是他们几天的命根子,此刻他们两人都很清楚,是绝不能交出去的。

"能不能说几年前他自己把它弄出来卖掉了呢?"509问。

贝格盯着他说:"你认为党卫队能相信吗?"

"不行。特别是如果他们发现他嘴里有新伤口。"

"这点至少不用担心。如果他还能坚持一阵,伤口就会愈合。再说,那是后面的一颗白齿,尸体一僵硬,检查起来会很困难。如果他今天晚上死了,明天上午检查就没问题了。如果他明天早上死了,咱们就让尸体在那儿停一阵,让他僵硬。这是可行的。早点名的时候,我们要把汉克唬住。"509望着贝格,"咱们得冒冒险。咱们需要这笔钱,特别是现在。"

"就是。现在也没有别的办法了。那谁能把它卖掉呢?"

"雷本塔,只有他能卖,别人干不了。"

这时,他们身后营房的门打开了,几个人有的拖手,有的拖脚,拉出一具尸体,放到了路边的死人堆上。那些死人都是晚点名后死去的。

"罗曼死了?"

"不是。不是我们的人。都是'穆斯林'[1]。"

放下死人后,这些人跟跄地走回营房。

"牙的事,有人看见吗?"贝格问。

"我觉得没有。躺在那儿的人差不多都是'穆斯林',顶多让那人听到了,就是给我们火柴的人。"

"他说什么了吗?"

"没有,到现在还没有。不过他还是有可能找咱们要求得到什么的。"

"这不重要。问题是,他会不会认为,把我们揭发了对他更有利。"

509考虑了一会儿,他知道有这样的人,为了得到一块面包皮,什么事都干得出来。"他倒不像那种人,"509说,"要不他给我们火柴干吗?"

"这跟火柴没关系。咱们得特别小心才是,不然咱俩都完了。雷本塔也完了。"509对此了解得很清楚,有人因为更微不足道的事被吊死过。"咱们得观察他,至少等罗曼火化以后,等雷本塔把牙处理掉了。到时候,他再说也没用了。"

贝格点点头:"我进去一下,看看有什么情况。"

"好吧,我在这儿等列奥·雷本塔。他肯定还在劳工营。"

贝格站起身,向营房里走去。如果罗曼还有救,不管需要冒什么

---

[1] 德语中,"Muselmänner"(穆斯林)同"Müde Männer"(疲惫的人)发音相近。

风险，他和509都会毫不犹豫挺身而出。可事到如今，他没有任何指望了。因而他们说起他来，就像谈论一块石头。在集中营度过的这些岁月，教会了他们要面对事实，绝不能感情用事。

509蹲在厕所的阴影里。这里是个有利地形，没有谁会注意到他。小营这么多木棚营房只有这么一个公共厕所，坐落在大营和小营之间。这里总是人来人往，络绎不绝。瘦若骷髅的犯人会呻吟着前来，又跟跄地回到他们的营房。几乎所有人都患有腹泻或者更严重的病，许多人会半路瘫倒在地，待缓过劲儿来，再接着跌撞前行。厕所两侧围着铁丝网，与劳工队大营分隔开。509蹲坐的位置正好可以看到铁丝网上开的大门。这里是党卫队营房看守、营房长、送饭人、搬尸者和运尸车通行的地方。22号营房只有贝格去焚尸场时可以从那儿通过，其他人绝对禁止出入。那个已死的波兰人希波曾将之称为死门，因为关到小营的犯人，只在他们死后，才能再通过这个门。岗哨可以随时向每一位试图进入大营的犯人射击，因而几乎没人做这样的尝试。劳工队的人如果不是工作需要，也没人能随意前来。小营的特点不仅在于这里隔离不严格，在其他犯人眼里，它还被看作一个遭遗弃的地方，一座别样的墓地，一座死人死前能苟延残喘一阵的墓地。

通过铁丝网，509可以看到劳工营里的部分马路。马路上可以看到一些犯人在消遣他们的空闲时间。他看到他们三五成群，或站立，或交谈，或在一起散步。虽然那里也不过是集中营的一部分，可他却感到他同他们之间隔着不可逾越的鸿沟。那边的世界仿佛成了他失落了的家园，不管怎么说，那里至少还有生活，还有集体。这时，509的背后传来犯人艰难的脚步声，这些人是来上厕所的。用不着转身就能知道，他们的眼里闪着怎样幽灵般的死光。他们几乎不再说什么话，顶多会呻吟哀叹，或用疲倦不堪的声音争执叫骂，于是他们被玩笑地称为"穆斯林"，这些人完全向命运屈服了。他们动作僵硬机械，不再有什么个人意志，除了一些机体功能，所有内在的精神都已消失殆尽。他们是活着的死人，会在霜冻降临之际像苍蝇一样死去。小营里充斥着这些人，他们已经毁灭了，精神崩溃了，什么也救不了他们——甚至自由也不能。509仍能感到这夜晚的寒冷刺骨，他身后的呻吟及嘟囔抱怨声，就像灰暗的洪水，足以把人淹死。那是一片诱惑人放弃的洪水，而老兵油子们一直在绝望地与之抗争。509不由自主地动了一下身子，还转了转头部，既想证实自己还活着，还想证实自己尚有意志。这时他听到劳工营里响起了静夜哨声，原来路上三五成群的人马上散开，不到一分钟的时间，所有路上都空荡起来，不见一个人影。那边的营房都有各自的厕所，静夜哨后厕所也要关闭。只是小营这边还留着一列长长的绝望的人影，他们被铁丝网那边的难友遗忘了。被抛弃，被隔离，他们是战栗在安全死亡疆域中的残余生命。

　　列奥·雷本塔回来时没走那扇门。509突然看见他正走在自己斜前方的空地上。他一定是从厕所后面什么地方钻进来的。没有谁知道他怎么可以从这里出入，如果他袖子上戴着工头标志，或者卡波标志，509也不会感到惊讶。

　　"列奥！"

　　列奥·雷本塔站住了："怎么了？小心点儿！党卫队就在那边。咱们快走。"

　　他们向营房走去，509问："你找到了些什么？"

　　"什么？"

　　"吃的。还能是什么？"

　　雷本塔耸耸肩。"吃的！还能是什么。"他有些摸不着头脑地重复道，"你想什么呢？你以为我是厨房卡波？"

　　"不是。"

　　"好了，那你想要什么？"

"不想要什么。我就是想问问，你是不是找到了点儿吃的。"

雷本塔停下脚步。"你问吃的，"接着他苦涩地说，"你知道吗？整个营地犹太人两天不给面包！这是韦伯下的命令。"

509盯着他看："这是真的？"

"肯定不是真的，我瞎编的，我总爱编点什么。你可真可笑。"

"我的天！又得死多少人！"

"对，成堆成堆的。你呢，你还想知道我是不是搞到了吃的——"

"别激动，列奥，坐下，坐下。真是太可怕了！就是现在，既然咱们都想有点吃的，现在真有这个可能了。"

"什么可能？是不是又在怪我了，对吧？"雷本塔身上颤抖起来，只要他激动，身上就发抖。他是个很敏感的人，很容易激动。他的颤抖就像有人用手指头在敲桌子，这都是长期饥饿的结果，饥饿使人更加敏感，又使人更加麻木，歇斯底里和麻木不仁是这里的同胞姊妹。这时雷本塔果真又激动起来，只听他尖着嗓子，哆哆嗦嗦地说："我一直尽心尽力，能做的我都做了，总是冒这个险，冒那个险，倒腾这个，倒腾那个，现在你又来说，我们还需要——"

忽然他的声音变成了含糊不清的嘟囔，就像集中营的广播喇叭突然接触不良。雷本塔的双手赶快在地上四下摸去，他脸上不再是一副枯瘦的气恼神情，而是额头下鼻子上一双搜寻的眼睛，还有一堆松弛的皮肤中，露出的一个窟窿。终于他在地上摸到了他的假牙，把它在衣服上蹭了蹭，放入嘴中。广播喇叭重新调好，接着里面传出了声音。

509不再说话，任他抱怨。雷本塔注意到这个情况，自动停下不说了。停了好一阵，他又轻轻说："没面包的事咱们不是常有吗？比两天长的时候都有过。你今天这是怎么回事，非要拿这个说事？"

509静静地看了他一阵，然后指着山下的城市和那燃烧着的教堂说："怎么回事？看那儿，列奥……"

"看什么？"

"看下面。还记得吗，《旧约》里是怎么说的？"

"你怎么想起《旧约》了？"

"摩西那时候，不也有类似的情况吗？那时不是有指引人民摆脱奴役的火柱吗？"[1]

雷本塔眨了眨眼睛，他不再抱怨，说道："白天一朵烟云，夜晚一柱火炬，你是指这个？"

"正是，上帝不是在其中吗？"

"是耶和华。"

"好吧，是耶和华。现在那下面的情况，你知道是怎么回事吗？"等了一会儿，509又说："现在下面的情况也类似，列奥，这是希望，这是我们的希望！天哪，你们谁都没看到这点吗？"雷本塔没有回答，他望着下面的城市，蹲缩成一团。509坐到地上，他终于第一次把这句话说了出来。他想，多少年了，"希望"几乎是个人人忌讳回避的字眼，是个不得的词汇，几乎可以置人于死地。我一直避免提它，只要我想到它，就能让我撕心裂肺，可是现在它又出现了，就在今天，你几乎还不敢去想它，可是它出现了，要么它把我击个粉碎，要么它将变成事实。

"列奥，"509说，"下面的情况意味着，这里也会被轰炸。"

雷本塔动了一下身子，小声说："可要是他们失败了呢？那会怎么样！这个谁能知道。"说到这儿，他气恼并不由自主地看了看周围。

最初的几年，营地里很容易了解战争进展的情况。可后来胜利遥遥无期，纽鲍尔就下了禁令，不让任何报纸再送进营地，营地广播站也不许介绍撤退的消息。从那时开始，只有不着边际的小道消息在营房间四处传播，最终没有谁知道，他们还能相信什么。战事不妙，这点大家倒都知道，可许多人盼望已久的革命，却始终没有到来。

---

[1] 根据《圣经·旧约》记载，摩西受耶和华之命，率领被奴役的希伯来人逃离古埃及前往一块富饶的应许之地。耶和华日间以云朵为他们引路，夜晚以火柱为他们照明，帮助他们日夜兼程抵达目的地。

509 说:"列奥，他们要完了。战争快结束了。如果下面这个样子出现在战争的开始几年，那说明不了什么。可现在这个样子在五年后出现了，那就说明另一方胜利了。"

雷本塔又看了看周围，问道："你为什么说这些？"

509 清楚地知道，营房里盛行一种迷信，一件事情一旦说出，便会失去其可信度和作用力。一个虚幻的希望，永远会带来精力上的严重损耗。这也是其他人为什么格外小心的原因。

509 回答道："我所以说这些，是因为咱们必须谈谈这件事。现在是时候了，现在谈能帮助咱们坚持下去。这次可不是胡说，这次不会距离很远了，咱们必须……"

雷本塔问："什么？"

对此 509 自己也不很清楚。他想，必须坚持，坚持，再坚持。于是他说："这是一场赛跑，列奥，一场比赛，要跟——"他想说跟死亡比，可他没有说出口。他指了指党卫队驻地说："要跟他们比赛！咱们现在不能再有什么过失，列奥，一切就要了结了。"说着，他挽过列奥的胳膊，"咱们现在必须尽全力……"

"咱们还能做什么？"

509 觉得脑袋有些发晕，好像喝醉了，很长时间他没像今天这样动脑子了，他已经不习惯这样长时间地思考和言谈了。这时他从兜里掏出金牙："你瞧，我这儿有样东西。是罗曼的，可能没登记过。咱们可以把它卖掉吗？"

雷本塔接过金牙，在手上掂了掂，脸上没显出什么惊奇的表情，说："卖出去很危险。只能通过可以进出营地的人办，或者找同外面有联系的人。"

"通过谁，都不重要。咱们能换到什么吗？这事得快办。"

"这事快办不了。得审慎行事，这需要动脑子，不然咱们都得上绞架。要是被人骗了，到头来一个子儿都得不到。"

"你能不能今天晚上把这事办了？"

雷本塔拿着金牙的手放了下来。"509，昨天你还挺理智的。"

"昨天已经过去很久了。"

一阵轰响从山下城里传来，然后传来一阵清脆响亮的铜钟声。教堂的木梁结构已经燃尽，铜钟随之落下。

雷本塔被惊得抽了一下身子："这是怎么回事？"

509咧了咧嘴："这是一个象征，列奥，一个昨天已经过去很久的象征。"

雷本塔说："那是铜钟。这教堂怎么还有这种钟？不是所有的铜钟都被拉去熔炼，做成大炮了吗？"

"我不知道，也许他们把它漏掉了。你说，咱们这个牙，今天晚上能办吗？咱们得准备些吃的。"

雷本塔摇摇头："今天晚上不行，今天晚上正好不行。今晚党卫队有聚会。"

"哦。那，那两个妓女来吗？"

雷本塔抬起眼皮："这个你也知道？你怎么知道的？"

"这不重要。反正我知道，贝格也知道，布赫知道，亚哈随鲁也知道。"

"还有谁知道？"

"没有了。"

"原来你们都知道了！我还没注意，你们一直在监视我。我得更加小心才是。没错，她们就是今天晚上来。"

"列奥，"509说，"今晚就试试把牙卖掉吧，这事很要紧。这里的事我替你办，把钱给我，我知道怎么办，这事不难。"

"你知道怎么办吗？"

"知道，就在土坑那儿——"

雷本塔若有所思："运货车队那儿有个卡波，明天他们进城，我可以试试，看看他肯不肯要货。好吧，我现在就去试试。也许我能及时回来，把这里的事也办了。"

说着他把牙还给 509。

509 吃惊地问道："我拿它能做什么？你得带走啊——"

雷本塔摇摇头，有些嘲弄地说："这就能看出来，你对做生意一窍不通！你以为只要这帮兄弟拿到这玩意儿，我就能得到什么？这么干可不行，一切顺利的话，我回来再取它。把它藏好。好吧，现在就交给你了……"

509 爬进离铁丝网不远的一个低洼处，这样的低洼地一般不会允许存在，只是支撑铁丝网的木柱栏在这儿拐了一个弯，所以这里很难让哨兵看到，特别是在夜晚，或者起雾的时候。很久以前老兵油子们就发现了它，只是几个星期前，雷本塔才真正把它派上了用场。铁丝网外几百米的范围内，是个禁区。这里只有获得党卫队许可的个别人可以进入。这是一块开阔地带，地上所有的灌木都被清除干净，岗楼上的机枪可以对准各个角落。只要是有关食物，雷本塔都第六感敏锐。从几个月前开始，他注意到，每逢星期四晚上会有两个妓女从小营铁丝网前这块禁区走过。她们是从蝙蝠酒馆来的。酒馆坐落在郊外，兼做妓院生意。她们来这儿是作为客人参加周四党卫队的文化聚会，她们是这个晚会愉悦气氛的重要组成部分。党卫队的人对她们殷勤有加，竟然允许她们通过那块禁区前来。从那儿走是条捷径，否则她们得绕远多走差不多两个小时的路。为了她们的安全，在她们前来的这段时间，党卫队的人会拉断小营这边的电网，党卫队的人这样自行其是，在过去几个月的混乱管理中时有发生，营地总部对此一无所知。不过他们也并没冒什么风险，小营里的任何人都不再有逃跑的能耐了。

有一次，雷本塔在铁丝网附近时，正好遇见这两个妓女走过，其中一位突发恻隐之心，将一片面包通过铁丝网投了过来。黑暗中他们简短交谈了几句，有了报酬的承诺，交易就成了。从此，她们常带点什么上来，特别是在雨天或有雾的时候。她们总是假装整理长筒袜，或者脱鞋抖掉里面的沙子，借机把食品扔过铁丝网。这个时候整个营地一片黑暗，这边的岗哨一般在睡觉。就算有人起疑心，他也不会向这两个女孩开枪，而等他真的过来察看时，所有的痕迹早没了踪影。

这时，509听到下面的教堂塔楼已经整个塌了下来，他看到一个火柱腾空而起，又渐渐散去。接着他听到消防车从远处驶来的鸣叫声。

509不知道自己等了多久了。时间对于集中营里的人来说，是个毫无意义的概念。忽然，不安的黑夜中他听到了说话声，还有脚步声。他于是披着雷本塔的大衣，向铁丝网近前爬去，然后停下凝神静听。脚步声很轻，是从左边来的。509向后面看了看，营区一片漆黑，连那些踉跄着脚步上厕所的"穆斯林"也不见了踪影。这时他听见一个岗哨在两个妓女身后喊道："我十二点下岗。咱们还能见上面，是不是？"

"当然了，亚瑟。"

脚步声越来越近，又过了一小会儿，509才借着夜空的衬托看出女子模糊的轮廓。他看看远处架着机枪的岗楼，雾很大又很黑暗，他根本看不到岗楼，那岗哨一定也看不到他。于是他小心地嘘了几声。

女孩站住了，其中一个小声说："你在哪儿？"509举起手，摇了摇。

"噢，看见了。你带钱了吗？"

"带了，你们带什么来了？"

"先给钱吧，三马克。"

509将一根细长棍从铁丝网下伸了过去，棍子的一端系着一个装钱的小口袋。一个女孩弯下腰，取出钱，快速数过之后说："这儿，接着！"

她们俩人从各自外衣口袋掏出一些马铃薯，扔过铁丝网。509赶快用雷本塔的大衣去接。"我还有一些面包给你。"稍胖的女孩说。

509看着一片片面包飞过铁丝网，他赶紧把它们收到一起。

"完了，就这些了。"女孩们要走。

509嘘了一声。"什么事？"稍胖的女孩问。

"你们还能再带点来吗？"

"下个星期。"

"不是。我是说，等你们从驻地回来的时候。你们在那儿，还不是要什么就可以拿什么。"

"你是以前那个人吗？"稍胖的女孩边问边躬下身来。

"弗丽丝，他们看上去都一个样。"另一个说。

509小声说："我可以等你们，我还有点钱。"

"多少？"

"三马克。"

"弗丽丝，咱们得走了。"另一个女孩说。这期间俩人一直在原地踏步，为了让岗哨知道她们一直在走路。

"我可以等你们一晚上，我还有五马克。"

弗丽丝问："你不是以前那个人，是不是？以前那个人呢？他死了？"

"病了。他叫我替他来。五马克，也许还有多的。"

"走吧，弗丽丝，咱们不能老在这儿站着。"

"好吧，我们看看吧。你想在这儿等，我反正没意见。"

姑娘们走了，509能听到她们裙子的窸窣声。509转身往回爬，回到凹坑后，拽下大衣，躺倒在地，他筋疲力尽了。他觉得自己在出汗，可身上却很干燥。

他转过身，雷本塔刚好回来。"怎么样？她们来了？"列奥问。

"来了。马铃薯和面包都在这儿。"

雷本塔弯下身，接着骂道："这些不是人的东西！都是吸血鬼！这价钱跟在这营地差不多了，其实一马克五十芬尼就够了。三马克就得再加上点肉肠。你瞧，要不是我亲自办，就得出这事。"

509并没听他唠叨："咱们分吧，列奥。"

他们爬到营房后面，把马铃薯和面包分了下。雷本塔说："这马铃薯我得要，明天我得用它换东西。"

"不行，眼下这些我们都得要。"

雷本塔抬头看了他一眼："那，下次的钱我从哪儿弄到？"

"你肯定还有呢。"

"你真是无所不知啊！"

突然，这两个面对面蹲着的人，脸都拉长了，像两只野兽互相盯着。

509 说："她们今晚还回来，还能带点东西来。从党卫队那边带来的东西，你拿去换东西不是更容易！我跟她们说，我们还有五马克。"

"你听着，"雷本塔耸耸肩膀，开口说道，"如果你有钱，那是你的事情。"

509 不言语，只用眼睛盯着他。雷本塔终于移开目光，将两肘撑在地上，轻声抱怨道："你这是要毁我啊，你到底要干什么？你为什么忽然之间什么都要插一手？"

509 正竭力抑制自己的食欲，他真想在别人下手之前抓过一个马铃薯塞进嘴里，再抓过一个塞进嘴里，直到把所有马铃薯全都吞下。雷本塔又小声说道："你想怎么样？全都吃掉？像傻瓜一样把钱都花光？那咱们以后怎么办？拿什么去换新的？"

509 已经闻到了马铃薯的味道，还有面包。突然之间他的双手不想再听大脑指挥，他的肠胃除了在说想吃，还是想吃。快呀，快呀，快点吞啊！他转过头去，艰难地说道："咱们不是还有金牙嘛，咱们还能换到什么的。金牙的事呢？怎么样了？"

"今天做不了什么了。还需要点时间。这事儿还没准儿。等东西到手了，才算有戏。"

他难道不饿吗？509 想，他在说什么？他的胃口不在撕扯吗？他含含糊糊地说："列奥，想想罗曼吧。等咱们到那一步，一切就都晚了。眼下每一天都很紧要，咱们不必再去为几个月后筹划。"

从妇女营那边突然传来一阵又尖又细的呼叫，像一只惊恐万状的鸟发出的哀鸣。一个"穆斯林"单脚站立，两手伸向天空，另一个想去扶他，两人好似在地平线上跳起怪诞的双人舞。紧接着两人像两根柴棍一样倒在地上。尖叫声戛然而止。

509艰难地转过身，说："等到了他们这种地步，那什么东西也帮不了咱们了。那咱们就永远完了。列奥，咱们得保护自己。"

"保护？怎么保护？"

"要保护自己。"509更平静地说。那阵饥饿袭击过去了，面包的味道不再让他头晕目眩，他又恢复了些视力。这时他把头凑近雷本塔的耳朵，接着说："为了以后报仇。"

列奥缩回身子说："我可不想跟这些事情有沾染！"

509虚弱地笑道："你也不必沾上这些事。你只要把吃的东西搞来就行了。"

沉默了好一阵，雷本塔终于从口袋里掏出钱，放在眼前仔细地数了数后，交到509手上，说："这是三马克，再没有了。这下你满意了？"

509接过钱，没有说话。

雷本塔把面包和马铃薯分开来。他数了数说："十二份。每一份真他妈少得可怜。"

"十一份。罗曼不会要了，而且也要不了了。"

"好吧，十一份。"

"列奥，拿回去交给贝格吧，他们等着呢。"

"好吧，这是你的。你想在这儿等那两位回来？"

"对。"

"你还有时间。一两点以前她们不会回来。"

"没关系，我在这儿等。"

雷本塔耸耸肩膀："她们要是还给那么少，你就算白等了。给的那点东西，我在大营也可以搞到。简直是暴利！这些不是人的东西！"

"好吧，列奥，我知道了，我会争取多要些！"

大衣披在身上，509又爬起来。他感到冷，马铃薯和面包就在手里。他把面包放进兜里，心想，今晚我什么都不吃，明天再说，如果我能做到这点，那么——他也不知道那么会怎样，反正会发生什么，什么重要的事情。他试图想出来，可是办不到。他手里还有马铃薯，一个大些，一个很小，它们的诱惑力太大了，他要吃下去，小的一口就吞掉了，大的他嚼了又嚼，没想到吃完以后他觉得更饿了。他本应该知道的，这是常发生的事，可人们每次还是会不相信。他舔起自己的手指头，咬自己的手，不让它去抓兜里的面包。他想，我不能再像以往那样马上把面包一口吞下，不到明天我绝不能吃，今晚我终于取得了一些进展，至少把雷本塔说服了一半，他不很情愿，不过他还是给了我三马克，我还没垮掉，我还有意志，如果我不吃这块面包，能等到明天——他感到自己脑袋里好像在落下黑色的雨点——那么——他攥紧拳头，眼望那燃烧着的教堂，它终于烧起来了——那么我就不是一只虫子，不是"穆斯林"，不是一架只会吃的机器，那么我还有追求，我还有——软肋又虚弱起来，那是馋欲——我还有——当时我对雷本塔说了，可那时我兜里没有面包，说起来总是容易，我还有——自卫抵抗能力，这就好像要重新成为一个人，这是一个新的开端……

6

纽鲍尔坐在办公室里，他的对面坐着军医维泽。此人身材矮小，像只猴子，脸上雀斑点点，嘴唇上方长着蓬乱的红色小胡子。

纽鲍尔心情不佳，他刚度过了事事不顺心的一天。报上的新闻何止是小心谨慎，几乎谎言连篇。在家里，赛尔玛发够了牢骚，弗莱娅也红着眼睛在屋里走动。他那幢商用大楼，有两位律师要停止租用。眼前这个讨厌的发药片的，又来向他提要求。

纽鲍尔不耐烦地问："那，您需要多少人？"

"暂时六个就够了，要身体很不行的。"

维泽不是集中营的医生。他在市郊有个小医院，一心想在科学上有所建树。他也像其他一些医生一样，在活人身上做试验，集中营已经几次向他提供犯人了。他同原省党部的一把手是朋友，所以他到底用这些犯人做什么，几乎没人过问。反正这些人后来都规规矩矩送回集中营火化了，这也就够了。

纽鲍尔问："您用这些人做临床试验？"

"是是，是为了军事目的，得保密，当然是暂时的。"维泽微笑道，小胡子下露出的牙齿显得格外大。

"哦，还得保密。"纽鲍尔喘口大气。他受不了这种盛气凌人的学者，他们到处都要插上一手，炫耀他们的重要性，排挤战场老将。可他嘴上却说："您要多少，我们就给多少。如果这些人还能有什么用场，我们很高兴。不过我们需要一个用人调令。"

维泽吃惊地抬起头："用人调令？"

"对，对，就是由我们上级机关签发的。"

"可是，这是为什么？我不明白。"

纽鲍尔压抑着自己的得意，维泽的吃惊在他意料之中。军医又重复道："我真的不明白，到现在为止，还从来没要过这类文件。"

纽鲍尔也知道，维泽从不需要办这个手续，那是因为他认识省党部一把手。不过这期间，这位一把手因为不明原因被派到前线去了，于是纽鲍尔现在有了个绝好机会来整整这位军医。

纽鲍尔和颜悦色道："其实就是个形式问题，要是军队给您发了调令，我们马上给您放人。"

维泽对什么调令不感兴趣，他刚才说为了军事目的不过是个借口。纽鲍尔对此当然心知肚明。维泽情绪激动地扯起他的小胡子："我真不明白，到现在为止，我要人从来没办过什么手续。"

"也是用来做临床试验？从我这儿要的？"

"从这集中营要的。"

"这肯定搞错了，"说着，纽鲍尔拿起电话筒，"我来了解了解情况。"

其实他根本不用了解，他本来就知道得一清二楚。问了几个问题后，他把话筒放下说："医生先生，正如我所料，您以前要的是能干轻活儿的犯人，所以我们给了您。这事由我们劳务科管，不需要什么手续。我们每天都派犯人去不同的工厂干活儿，这些工厂有十几家，可是犯人还是归营里管。您今天的情况不同，您要用这些犯人做临床试验，那就必须得有调令。这些人得正式离开这里，我有调令才能放人。"

维泽连连摇头，气哼哼地说："还不都是一回事？以前要的人跟今天一样，都是做临床试验用的。"

"这事我可是不知道，"纽鲍尔把身子靠到椅子背上，"我只知道，我的档案里写了什么。我看我们最好还是先到这儿吧，您肯定不希望让上级追究这样的事情。"

维泽沉默了一阵，他感到自己中了圈套，想了想又说："如果我说我需要些能干轻活儿的犯人呢？"

"那没问题，我们劳务科就能办这事。"

"好吧，那我要六个能干轻活儿的。"

"哦，医生先生！"纽鲍尔为自己的诡计得逞暗自得意，他佯装责备地说："您这么快就改变了主张。坦白地说，我真搞不清这里的名堂。开始时您说，您要几个身体快不行的，现在您又要能干轻活儿的，这不是自相矛盾嘛！在我们这儿，身体很不行的犯人，连缝补袜子的事都干不了，这您得相信我。我们这儿是劳教营，要用普鲁士的严谨秩序对犯人进行劳动教育。"

维泽咽了口唾沫，他嚯地站起身，抓起他的帽子。纽鲍尔也站起身，看到维泽气恼的样子，心里很满足。不过，他并不想同这个男人结怨，省党部老首长哪天会得到恩准再次回任也很难说。这时纽鲍尔说道："医生先生，我还有一个建议。"

维泽转过身，他脸色苍白，奶酪色的脸上雀斑更加显眼。"请讲。"

"如果您急需用人的话，您可以问问有没有自愿者，那就不需要什么手续了。如果犯人想为科学事业贡献力量，我们是不反对的。当然这事也不能很公开，不过我可以对此负责，特别是小营那些没用的饭桶。只要这些人声明自愿，在相应的文件上签了字，这就行了。"

维泽没有马上答复，纽鲍尔又一脸诚意道："这种情况下，连报酬问题都不必考虑，这些人名义上还是劳教营的。您知道，只要我能办的，我会尽力去办。"

维泽还是满心疑惑："我是不明白，您怎么忽然变得这么不通融。我也是为了祖国——"

"我们都是为了祖国，我也不是不通融，只是不能违反规章，事情都得公事公办。您这样的科学天才，可能会认为大无必要，可对我们，规章却是半个世界[1]，至关重要啊。"

"这就是说，我可以得到六个自愿者。"

"对，六个，您愿意多要也行。我可以让我们的总看守长陪您走一趟，他可以带您去小营看看，就是中队长韦伯，一个很能干的人。"

"好吧，谢谢。"

"不用谢，很高兴为您效劳。"

维泽走了。纽鲍尔拿起电话，给韦伯下达指令："您就随便让他折腾去吧！不用下什么命令！完全自愿。他想跟这些肺结核患者费嘴皮子，就让他去费，我才不管。要是没人愿意，那我们也没办法帮助他。"

他放下话筒，暗自窃笑。阴郁的情绪就这样烟消云散了，对这样一个知识分子进行一番指教后，他心里感到痛快多了。自愿者的事真是一个好招数，维泽将会知道，这事该有多难办。这种人很难找到，几乎所有的犯人都知道这是怎么一回事。就连觉得自己有学问、自以为是的营地医生，若想在没病的人身上做试验，他也得自己费力去找人。纽鲍尔心中暗自快活，想着等过上一会儿去问问有什么结果。

雷本塔问："伤口能看见吗？"

贝格说："几乎看不见。党卫队那些人肯定看不出来。是倒数第二颗白齿。下颚现在已经僵硬了。"

他们把罗曼的尸体放到营房外。早点名已经结束，他们在等运尸车来。

亚哈随鲁站在 509 身边，他的嘴唇微微动着。509 对他说："老头儿，你不必用犹太语为他祈祷，他是新教徒。"

---

[1] 德语中有句俗语："秩序是半个生命。"纽鲍尔在这里做了些修改。

亚哈随鲁抬了抬眼皮，轻言道："犹太语不会害着他的。"说完，他继续念念有词。

布赫出来了，接着是捷克男孩卡雷尔，他的腿像拐棍一样细，大大的脑袋下，面孔小得像只拳头，走起路来摇摇晃晃。

509说："卡雷尔，你回去。这儿太冷。"

卡雷尔摇摇头，继续走了过来。509知道他为什么要这样坚持。罗曼有时把自己那份面包分给他。而现在站到这里，用干涩的眼睛目不转睛地盯着那具放在晨光下的躯体，这就是罗曼的葬礼，这就是通往墓地的道路，这就是带着苦涩味道的花圈和鲜花，这就是祈祷和哀怨，这就是他们还能为他所做的一切。

贝格这时说："车来了。"

开头几年，营区只有拉尸人来拉尸体。后来死人越来越多，除了拉尸人，还增加了一辆由一匹小白马拉的运尸车。小白马死了以后，才换上了现在这辆退役下来的、带围栏的平板卡车，就像运送从屠宰场出来的牲畜的那种。它从一座营房开到另一座营房，收敛尸首。

"拉尸人来了吗？"

"没有。"

"那，就得咱们抬了。叫维斯特和迈耶来。"

忽然雷本塔紧张又小声地叫道："哎呀，还有鞋子！该死的，咱们怎么把鞋子忘了，那鞋子还能穿呢！"

"有道理。可是他不能光着脚啊，咱们还有什么鞋吗？"

"营房里还有一双破鞋。我去取。"

这时509说："你们站成一圈，快点，别让人看见我在里面。"

运尸车正停在17号营房前，一圈人挡住车来的方向，使他既不会被车上的人看见，也不会被附近岗楼上的人看见。509跪到罗曼身边，他很容易地扯下鞋子，鞋子太大了，罗曼的脚几乎只剩下了骨头。

"那双鞋呢，列奥？快点！"

"来了！"

雷本塔走出营房。那双破鞋藏在他外套下。他走到那些人中，转过身，让鞋子正好掉到 509 跟前。509 把罗曼的鞋递到他手里，雷本塔接过鞋，把鞋塞进外套，上推到胳肢窝下，然后走回营房。509 把破鞋给罗曼套上后，便摇晃着站了起来。这时运尸车停到了 18 号营房前面。

"开车的是谁？"

"是卡波自己开的，是史特罗施奈德。"

雷本塔又走出营房，他对 509 说："咱们怎么把这事忘了！鞋底还很不错呢！"

"可以卖吗？"

"可以换点什么。"

"那也好。"

运尸车越来越近了。罗曼躺在阳光下，嘴有些张开，歪到了一边。一只眼睛像一颗角质纽扣般发着黄光。大家谁也没说什么，都盯着他看，他已经远远地离开了。

22 号营房 B 组和 C 组的尸体都搬完了，史特罗施奈德叫道："动手啊，想挨骂了是不是？快把那个臭东西扔上去。"

贝格发了话："咱们来吧！"

今天上午 D 组有四具尸体，搬上三个后，车就满了，没有地方了。老兵油子们不知道他们该怎么处理罗曼的尸首。尸体在车上都是一个摞着一个，大部分都已经僵硬。史特罗施奈德又喊了起来："放到上面去！我是不是得给你们安上腿？你们这些懒猪。上去几个人！除了这点活儿，你们又没别的事儿干，快点，快点，要不就去死！"

他们还是不能把罗曼举起来。

509 喊道："布赫！维斯特！快来呀！"

他们把尸体放回地上，雷本塔、509、亚哈随鲁和贝格得先帮着布赫和维斯特爬上车。布赫快爬上去的时候，忽然脚下打滑，摇晃起来。

他一只手想抓住什么，却抓到了一个死人，那死人还没太硬，给不上劲，结果布赫连同死人一块掉下车来。那死人掉下来的样子十分顺从，顺顺溜溜地滑到了地上，就好像只是由一些关节组成的。史特罗施奈德又在叫："他妈的！干的什么蠢事！"

贝格小声说道："布赫，快点！再来一次！"

大家喘着气，把布赫又推了上去。这次布赫终于站稳了脚。

这时 509 说："先放另一个。她还不太硬，推起来比较容易。"

这是具女人的尸体。她比一般营地里的尸体都重。她还有嘴唇，她死了，但不是饿死的，她还有胸脯，而不是干瘪的皮肤袋。她不是与小营比邻的妇女营里的，那里的女人要瘦得多。她一定是交换营里的，那里关押的是从南美移民来的犹太人，那里还有一家人关在一起的情况。

史特罗施奈德从他座位上爬过来，看着女尸说："动心了是不是？你们这些公羊！"说完他为自己的玩笑狂笑起来。作为运尸队的卡波，他其实没必要亲自开车，之所以这样做，是因为这是一辆车，而他从前是个司机，可以想开到哪儿就开到哪儿。因而只要他现在坐在方向盘后面，心情就格外舒畅。他们八人费了九牛二虎之力终于把那具女尸搬上了车，大家都累得颤抖起来。接着他们来搬罗曼。史特罗施奈德在一旁看着，还向他们吐混着烟叶的口水。搬过女尸再搬罗曼，就显得轻松多了。贝格小声对布赫和维斯特说："把他挂住，把他的手和别人的挂在一起。"

他们将罗曼的一只胳膊塞到旁边的挡板之间，这样胳肢窝下面的部分就固定在横木中了。

"完事了。"布赫说着下了车。

"完事了，你们这些大蚂蚱？"

史特罗施奈德又高声笑起来。眼前这十个皮包着骨头、战战兢兢的犯人，让他觉得就像十只巨型蚂蚱在一起拖第十一只僵死的大蚂蚱。他瞅着这些老兵油子，又说了句："你们这些大蚂蚱！"没有人跟他一起笑。犯人们一边喘着气，一边望着车尾部一双双死人的脚。那些脚横七竖八地杵着。其中有一双是穿着肮脏白鞋的孩子的脚。

这时，史特罗施奈德爬回他的座位："我说，你们这些伤寒老兄，下一个该轮到谁了？"见没人搭话，史特罗施奈德的好情绪顿时一落千丈，他咆哮起来："他妈的！一群狗屎！你们连狗屎都不如！"

他猛地踩下油门，马达轰响起来。骷髅一样的犯人们赶紧跳到一旁，史特罗施奈德满意地点点头，掉头开走了。

大家站在汽油的蓝色烟雾中，雷本塔咳嗽了几声，骂道："这只肥猪！吃饱了撑得！"

509 站在烟雾中纹丝不动："也许这烟可以熏走点儿虱子！"

运尸车向山下焚尸场驶去，罗曼的胳膊挂在车外。车在不平的道路上颠簸着，罗曼的胳膊也跟着一颠一跳，好像在招手。509 望着车子远去。他的手摸到兜里的金牙，一时间他甚至想到，这颗金牙本来也可以同罗曼一起消失的。雷本塔还在咳嗽，509 转过身来，这时他还摸到兜里有一块面包，是昨晚留下的，他还没吃。他感受着那块面包，对他来说，那里有无穷的慰藉。他接着问雷本塔："那双鞋呢？能用它换些什么？"

贝格得去焚尸场工作。走在路上，他远远望见韦伯和维泽，于是他马上转身瘸着腿跑回来，告诉大家："韦伯来了！还带着汉克，还有一个平民！我猜，那是做临床试验的医生。当心点！"

营房里一片不安，党卫队的上级军官几乎从来不来小营，他们每个人都知道，如果来了，必定有特殊原因。509 叫道："亚哈随鲁，'牧羊犬'可得藏好了！"

"你觉得，他们会来营房检查吗？"

"也许不会，不是还有一个平民吗。"

亚哈随鲁又问："他们在哪儿呢？还有时间吗？"

"还有点，快！"

在亚哈随鲁轻轻的抚触下，"牧羊犬"乖乖地躺下了。509把他的手脚捆住，这样可以保证他不会跑到外面去。尽管他没跑过，可这次来者尤其不善，还是保险点为好。亚哈随鲁又在他嘴里塞上一块布，这样他只能呼吸，不能叫唤。然后他们把他推到一个黑暗角落。亚哈随鲁举起一只手对他说："在这儿待着，别出声！""牧羊犬"还想起身，亚哈随鲁按住他："躺着！别出声！""牧羊犬"乖乖躺了回去。

这时候汉克喊叫的声音在外面响起："出来！都出来！"

骷髅似的犯人纷纷挤出营房，不能走动的不是被架着，就是被抬到外面的地上。

这是一群凄惨的人形，他们半死不活，饥寒交迫，濒临死亡。韦伯身子转向维泽问道："您要找的是这些人吗？"

维泽的鼻翼吸了两下，好像闻着了烤肉味。他小声自语道："绝好的样品。"然后架上角质眼镜，安逸地打量起眼前一排排的犯人。韦伯问道："您要挑一挑吗？"

维泽咳嗽了一下，说："嗯，刚才说的是，要自愿参加。"

韦伯说："那，好吧，随您便。哪六个人想干点轻活儿，站到前面来。"

没有人站出来。韦伯脸红了。营房长们开始大喊大叫，还推推搡搡把人往前推。韦伯没情绪地走过一排排犯人，忽然在22号营房队伍后排，他发现了亚哈随鲁。"那个，那个留胡子的家伙，"他叫道，"出来！你不知道不让留胡子吗？营房长，这是怎么回事？你们怎么想的？你们是干什么吃的？那个，出来！"

亚哈随鲁向前跨出几步，维泽嘟囔道："太老了。"他止住韦伯，说："您等等。我想，咱们换一种方式。"

接着，他温和地对大家说："你们应该进医院，全都应该去。可是营区卫生院太小，没有地方了。我呢，可以找地方来接收六个人。你们需要喝汤吃肉，需要增加体力。你们自己看看，最需要这些食品的六个人就站出来。"

还是没人站出来。营区没有人相信这种话。再说，老兵油子们都认出了维泽，他们知道，他已经来过几次，带走的犯人，没有谁回来过。

这时韦伯厉声喊道："你们是不是还有很多吃的，嗯？这种情况我们会改变的。六个人出列，赶快，赶快！"

一个 B 组犯人踉踉跄跄地走了出来，站住。"不错，"维泽打量着他说，"我亲爱的，您是明白人。我们会把您填饱的。"又有一个犯人走了出来。接着，第三个。他们都是刚进小营不久的。"快点！再来三个！"韦伯气恼地喊着。他觉得纽鲍尔让犯人自愿报名简直是胡闹，只要在办公桌前下个命令，六个人一送走，不就完事了。

维泽的嘴角抽动着："我以个人的名义担保，你们会有好吃的，有肉，有可可粉，有汤，都是营养丰富的食物。"

"我说军医先生，"韦伯说，"您这么说话，这帮混蛋不懂。"

"真有肉？"这时站在 509 旁边的一个骷髅犯人问道，他叫瓦斯亚，好像中了魔，一脸痴迷。

"是啊，我亲爱的，"维泽转向他说，"每天都有肉，每天都有。"

瓦斯亚嘴角动了动。509 用胳膊肘碰了他一下，提醒他不要上当。这个动作很小，可还是让韦伯察觉到了。"你个狗东西！"他过来照 509 的腹部就是一脚。韦伯觉得他并没使多大劲儿，他不想处罚，不过想给个警告，可 509 还是当即瘫倒在地。

"起来！你个大骗子！"

"别这样，别这样，"维泽一边呜呜噜噜，一边拉开韦伯，"我可不要受伤的。"

维泽弯下身子，在 509 身上察看了一番。过了一会儿，509 睁开了眼睛，他不看维泽，而是直直地看着韦伯。

维泽直起身："亲爱的，您得进医院，我们会照顾您的。"

"我没受伤。"509 喘息着，吃力地站了起来。

维泽微笑道："我是医生，我知道得更清楚。"他转身又对韦伯说："再有一个就够了。最后一个嘛，来个年轻点的，"他指了指站在 509 一边的布赫，"也许这位……"

韦伯叫道："出来！"

布赫走到 509 和其他人身边。这样队列中出现了一个缺口，通过这个缺口韦伯瞅见了捷克男孩卡雷尔。"这还有半份，送给您，怎么样？"

"谢谢，谢谢。我只要成年人。这些已经够了。衷心感谢，感谢。"

"好吧。你们六个十五分钟之内到办公室报到，营房长，把号码记下来！你们这些臭猪，赶快去洗洗！"

六个人像遭了电击似的站着，没有人说话。他们知道这意味着什么。只有瓦斯亚在笑。他是饿傻了，饿昏了，竟然相信维泽的话。另外三个新来的，两眼空空地傻站着，他们会毫无意志地听从任何一个命令，即便让他们冲向带电的铁丝网。韦伯和维泽刚走，汉克就举起木棒把亚把随鲁一顿狠揍，被打倒在地的亚哈随鲁呻吟起来。

"约瑟夫！"妇女营那边传来一声轻微的呼唤。约瑟夫·布赫没有动弹。贝格碰了他一下："露丝·霍伦叫你呢！"

妇女营在小营的左边，与小营之间隔着两层不带电的铁丝网。妇女营只有两个不大的营房，是战争期间开始新的大逮捕时盖起来的。在那以前，营地里没有妇女。

两年前布赫到妇女营做过几星期的木工，在那儿认识了露丝·霍伦。那个时候，他们偶尔可以短短地见上一面，说说话。后来布赫被送到另外的营房。直到他到了小营后，他们才又见上面。从那以后，他们有时会在夜晚和雾天里，在铁丝网处窃窃私语一阵。

露丝·霍伦此时站在隔开两个营区的铁丝网后面。风吹拂着，条纹囚衣裹在她的细腿上。"约瑟夫！"她又唤道。

布赫扬了一下头："赶快走开！他们会看见你的！"

"我都听见了，你别去！"

"离开铁丝网，露丝，岗哨会开枪的！"

露丝·霍伦摇摇头，她的头发短而灰白："你别去！留在这儿！别去！约瑟夫！留在这儿！"

布赫无助地朝 509 望去。"我们会回来的。"509 替他说道。

"他不会回来的，我知道，他也知道。"她的双手按在铁丝网上。"没有人回来过。"

布赫朝岗楼望了望："你快回去吧，露丝，站在那儿太危险。"

"他不会回来的，这个你们都知道。"

509 什么也没说。没有什么可说的。他自己也懵了，他没有感觉了，对别人没有，对自己也没有了。他知道，一切都完了，可他还感觉不到这点，他只知道，他没感觉了。

"他不会回来的，"露丝·霍伦还在重复，"他不能走。"

布赫盯着地面，迷迷茫茫地说不出话来。"他不会回来的！"露丝·霍伦又说。那就像祷告文中不断重复的一段独诵，平平淡淡，没有情感，而实际上，已蕴含了所有情感。"让别人去吧，他还年轻，别人应该替他去……"没有人作声。每个人都知道，布赫必须去，汉克已经记下了号码。再说，谁又能代替他呢？

他们还在站着面面相觑。该走的望着留下的，留下的望着该走的。如果 509 和布赫果真遭了雷电，这一切会更好受些。这是一段怎样难挨的时光，因为在这最后的一瞥中，还有谎言，还有没有说出的话语。这一方在说："为什么是我？为什么偏偏是我？"而另一方在说："哦，没有我！没有我！感谢上帝！"

亚哈随鲁慢慢从地上爬起来。他迷迷蒙蒙地空望了一会儿，忽然想起了什么，嘴里叽叽咕咕起来。

贝格转过身。

只听亚哈随鲁突然叫道:"是我的错。是我的胡子,他就为这走过来的!要不,他不会过来的!哦,天哪!"

他举起双手撕扯起自己的胡子,泪水流下面庞。他太虚弱了,胡子他扯不下来。他坐在地上,脑袋痛苦地前后摇摆。

贝格厉声道:"回营房去。"

亚哈随鲁看了他一眼,面孔朝下栽去,恸哭起来。

509 说:"我们得走了。"

雷本塔问:"那颗牙呢?"

509 把手伸进兜里,掏出牙,给了他。

"在这儿。"

雷本塔接过牙,他在发抖。接着他磕磕巴巴地说:"你的上帝呢?"又对着山下的城市和那烧毁的教堂做了一个含糊的动作,"你的象征呢?还有你的火炬?"

509 又去摸兜。刚才掏牙时手碰到了面包。他昨天没吃,可是有什么用?他把面包递给雷本塔。

"你留着自己吃,"雷本塔又生气又无奈,"那是你的。"

"对我没有用了。"

一个"穆斯林"看到了,急匆匆蹒跚过来。他张开大嘴,抓住 509 的胳膊,伸手来抢。509 把他推开,把面包塞到卡雷尔手里。卡雷尔一直在他身边默默地站着。那个"穆斯林"又来抓卡雷尔,男孩安静又很准确地在他胫骨上踢了一脚。那个"穆斯林"摇晃了一下,让别人推开了。

卡雷尔望着 509。

"你们会被毒死吗?"卡雷尔就事论事地问。

"卡雷尔,这儿没有毒气室,这你应该知道。"贝格生气地说。

"在比克瑙[1]他们也跟我们这么说。如果他们给你们毛巾，说是去洗澡，那就是进毒气室。"

贝格把他推到一边："走开，啃你的面包去。不然，别人又来抢了。"

卡雷尔把面包塞进嘴里："我会当心的。"他刚才的问话，就像一个旅客在车站问路，没有丝毫恶意。他在不同的集中营里长大，对别的事情一无所知。"走吧。"这时509说。

露丝·霍伦抽抽噎噎地哭了起来。她的双手像鸟爪一样搭在铁丝网上，又像只母兽露出了悲愤的牙齿，她嚎着，眼里却没有泪水。

509的目光从在场的人脸上滑过，他又说了一遍："我们走吧。"

大多数人都无关痛痒地回营房了。留下的只有那些老兵油子和另外几位囚犯。忽然，509觉得他好像有什么非常非常重要的话要说，那很重要，能决定一切。他极力搜寻，却还是很难集中精神，难以组织语言。结果他只说出一句来："别忘了这一切！"

没有人说什么。他看得出，他们过后会忘掉的。这类事情他们司空见惯了。也许布赫不会忘记，他还年轻，可是他也得一起去啊。

他们一路趔趄走去。没有洗漱。那不过是韦伯开的玩笑。集中营里从来都缺水。他们向前走去，再没回头看一下。他们背对小营走出了铁丝网大门，那是死亡之门。瓦斯亚在哑巴嘴巴。新来的三个囚犯机械地迈着步子。他们走到劳工营的头几个营房了，劳工营的犯人早外出干活儿去，营房里空空荡荡，凄然荒凉。但对509来说，此时这里就是世界上最令人渴望的地方。倏忽之间，它们成了受呵护的象征，安全的象征，生命的象征。他真想爬进营房躲藏起来，真想逃离这走向死亡的残忍行进。就早了两个月，他默默地想，或许只早了两个星期。一切都徒然无功，徒然无功了。

---

[1] 第二次世界大战期间，德国在波兰设立的奥斯威辛－比克瑙集中营是规模最大的灭绝营，建有四个大毒气室，曾创造了一天毒死六千人的纪录。

"朋友!"突然旁边有人说道,他们刚好经过 13 号营房,营房门前站着一个人,脸上布满黑黑的短胡须。

509 抬起头,悄声道:"别忘了这一切!"他并不认识这个人。

"我们不会忘记的。"那人说,"你们这是去哪儿?"

留在劳工营的人,刚才看见韦伯和维泽从这里走过,他们知道事情肯定很不寻常。

509 停下脚步,他望着那个人。突然他不再漠然,他再次感到他一定要说出那句话,它意义重大,不可缺如。"别忘了!"他轻声说道,"永远不要忘记!永远不忘!"

"永远不忘!"那人重复道,语气坚定,"你们这是去哪儿?"

"去一家医院。去当实验品。不要忘记这一切。你叫什么名字?"

"莱文斯基,斯坦尼斯劳斯·莱文斯基。"

"不要忘记,莱文斯基!"509 说道,他觉得呼唤姓氏显得更有力量,"莱文斯基,不要忘记这一切!"

"我不会忘记的。"

莱文斯基用手拍了一下 509 的肩膀,509 觉得全身都感到了这一拍。他又朝莱文斯基望了一眼。莱文斯基点点头。509 觉得,他脸上的神情跟小营里那些人不一样,他感到,他理解他的意思。他继续走去。

布赫在等他,接着他们跟上了前面那四个步履艰难的犯人。"有肉!"瓦斯亚还哑着嘴,念叨着,"还有汤!"

办公室里空气污浊,还有一种皮鞋油的气味。办公室卡波已经把表格准备好了。他面无表情地朝六个犯人看了一眼,说:"你们得在这儿签字。"

509 望着办公桌。他不明白为什么还要签字。犯人从来都被指挥来指挥去,只需听从指挥就行。这时,他感到有人在看他。那是一位坐在卡波后面的犯人文书。他长着一头红发。当他注意到 509 在看他,便用头部做出一个从右向左的转动，动作极其轻微，几乎让人觉察不到，然后又马上低头看他的写字台。

这时韦伯走进来，大家马上站起来立正。

"继续工作！"韦伯命令道，然后拿起桌上的表格。"还没办完？快点！在这儿签字！"

"我不会写。"瓦斯亚说，他站的地方离桌子最近。

"那就画三个叉。"

瓦斯亚画了三个叉。"下一个！"

三个新来的犯人一个跟着一个办完了。509竭力使自己精力集中。他似乎觉得还应有一条出路，不能就此完结。他又朝那个文书瞥了一眼，但那人再没有抬头。

"现在该你了！"韦伯咆哮着，"快点！还做梦呢，是不是？"509拿起那张表格。他眼睛模糊，看不清楚，那几行打字机打出的字句好像不想静静待着。"还想读读，嗯？"韦伯踢了他一脚，"签字吧，你这狗东西！"

509已经读了他该读的。他读道："我在此声明，我自愿报名——"他放开手，表格落到桌上。这可是绝无仅有的最后的机会啊！那个文书暗示的大概就是这个意思。

"快签啊！臭猪！你哆嗦什么！要我把着你的手写吗？"

509这时说道："我不想自愿报名。"

文书长卡波盯着他看。其他几个文书也都抬头看了一眼，随即又埋头去看他们的文件。办公室里忽然一片寂静。

"什么？"韦伯不大相信自己的耳朵。

509吸了口气，又重复道："我不是自愿的。"

"你拒绝签字吗？"

"是的。"

韦伯舔了一下嘴唇："你是说，你不签字？"他一把抓住509的左手，扭过来，把它扭到后背，往上一拉，509向前跌倒在地板上。韦伯继续上拉那只扭过来的手，把509拖起来，对他的后背拳打脚踢。509叫了几声，就没有声音了。

韦伯又用另一只手揪住他的衣领，把他拉起来站着。509当即倒下，昏迷过去。"窝囊废！"韦伯咆哮道，接着他打开一道门，叫道，"克莱特！米歇尔！来把这窝囊废拖走，跟他玩玩。让他在那儿待着，我一会儿就来。"

他们把509拖了出去。"现在，你！"韦伯对布赫说，"签字！"

布赫浑身发抖。他不想抖，可他就是控制不住。509不在跟前了，突然之间只剩下他一个人。他觉得自己要垮了，撑不住了，他得赶快像509那样干，不然就晚了，就会像自动机器一样只能听从指令了。

他结结巴巴道："我也不签。"

韦伯狞笑道："瞧瞧，又来一个！好像又到了刚开始美好的旧日时光了！"

不待布赫感到那个打击，他已落进一片漆黑，失去了知觉。待他醒来时，韦伯就站在他前上方。他模模糊糊地想，509，509比我大二十岁，他也得受同样的酷刑，我一定要坚持！他忽然感到肩膀上有种撕扯，有火，有刀，不待他听见自己的喊叫，眼前又是一片黑暗。

第二次醒过来时，他发现自己已经全身湿透，躺在另一个房间的水泥地上，509就在他身旁。一阵轰鸣中韦伯的声音传了过来："我完全可以让别人替你们签字，这事太简单了。可我不会这么做。我要用各种舒适安逸的手段，砸碎你们的顽固。到那时，如果你们还能动笔的话，你们会自己签字的，你们会跪在我面前，苦苦求我让你们签字的。"

509看着窗前韦伯的脑袋。那脑袋背着光，在后面天空的背景下，它显得格外大。它象征着死亡，而那后面的天空突然成了生命的象征。要活下去，不管怎样，不管在何时何地，不论有怎样的遭遇，不论是浑身长满虱子，还是被打得体无完肤、鲜血淋淋，都要活下去。刚感到了一瞬间的生命，麻木又传遍他全身，大大小小的神经再一次仁慈地变得迟钝，什么也感觉不到了，只有昏沉的轰鸣。

509再次醒来时，他有些沮丧地想，我为什么还要抗争。与其在这里被打死，不如签了字，来一针注射，死得还要干脆些，痛苦少些。反正都是死，这两者之间又有什么区别？这时，他听到身边有一个声音，那是他自己的声音，那个声音好像在跟另一个说："不行，我不签字！除非打死我……"

韦伯大笑道："你巴不得这样呢，是不是？你这死鬼！这样的话一切就都完了，是不是？想被打死，在我们这儿得耗上好几个星期呢。咱们现在不过刚开了一个头，一个小头。"

韦伯又挥起军用皮带，击响之际落到了509的眼睛上。好在眼睛凹陷得很深，没怎么伤着。第二下抽到他的嘴唇，嘴唇顿时像干燥的羊皮纸一样裂开。头上挨了几下抽打后，509昏厥过去。韦伯把509推到一边，举起皮带又向布赫抽去。布赫想躲开，可他动作太慢，皮带打到他的鼻子，他痛得缩成一团。韦伯又在他两腿之间踢了一脚，布赫大叫起来。他的脖颈处受到皮带扣结的几下狠击后，他再次被卷入黑色的洪涛中。

不知什么时候，他听到了杂乱的说话声，不过他保持不动。只要看上去不省人事，便不太可能继续挨打。说话声不断传来。他不想听，可声音越来越近，灌入了他的耳朵和脑际。

"我很遗憾，军医先生，可如果这些人自己不愿意……您自己也看到了，韦伯做了劝说工作，他尽心尽力了。"

这是纽鲍尔的声音，他心情极好，事情进展得很顺利，超乎他自己的预料。他又问维泽："是您让他劝说的？"

"当然不是。"

布赫打算小心地眨眨眼睛，可他的眼睑不听使唤。它们像上了弦的娃娃一样，一下子就睁开了。他先看到了维泽和纽鲍尔，接着看见了509。509的眼睛也同样睁着。

韦伯已经不在房间。

"当然不是，"维泽又说了一遍，"作为有文化教养的人——"

"作为有文化教养的人，"纽鲍尔打断他的话说，"您需要这些人来做您的试验，是不是？"

"那是科学的需要。我们的试验可以拯救成千上万人的生命。这个您也许不大懂……"

"我当然能懂。只是您对我们这儿的情况也许不大了解。这纯粹是遵守纪律问题，纪律也是绝对重要的。"

"人各有志。"维泽傲慢地说。

"当然，当然。只是很抱歉，我不能帮您什么。我们不能逼迫我们的犯人。再说，这儿的人好像都不愿意离开这个营地。"说着，他向509和布赫转过身，"你们更愿意留在这儿，是不是？"

509动了动嘴唇。"什么？"纽鲍尔厉声道。

"是的。"509说。

"你呢？"

"我也是。"布赫低声说。

"您瞧，军医先生，"纽鲍尔微笑道，"大家都喜欢留在这儿，我们也没有办法。"

维泽没有笑。"白痴！"他朝着509和布赫的方向轻蔑地说，"这次我们倒真的只想做有关喂食的试验。"

纽鲍尔吐出一口雪茄烟烟雾："那就更好了，这等于给了这两个胆敢违抗的家伙双倍的惩罚。如果您还想试试，到其他营房去找人——军医先生，悉听尊便。"

"谢谢，不用了。"维泽冷冷地说了句，转身走了。

纽鲍尔关上门，走回房间。蓝色的雪茄烟雾缭绕在他的周围。509

嗅着那浓浓的烟草味，忽然他感到肺里有一阵撕扯着的很想抽烟的欲望，这欲望其实与他无关，它既陌生又不请自来，狠狠地在他的肺中抓挠。509 一边不自觉地深深吸着，感受着这烟味，一边观察着纽鲍尔。有好一阵他搞不明白，为什么他们没有把他和布赫干脆送到维泽那儿了事。后来他明白了。这里只有一种解释：他们违抗了党卫队军官的命令，为此要在营里受惩罚。其实惩罚本在预料之中，连违抗卡波指令的人都被绞死过。509 突然感到，没有签字真是个错误决定，要是跟维泽一起走，说不定还会有个什么机会，可他们把它错过了。

深深的懊悔令他喘不上气来。这懊悔压着他的肠胃，表现在他脸上，同时，他还急切地想吸烟，那渴望没有根由，又不可抑制。

纽鲍尔看了看 509 胸前的号码，那数字小极了。他问："你来这儿多久了？"

"十年了，大队长先生。"

"十年了。"纽鲍尔根本没料到，还会有早期犯人活到现在。他想，这其实表明了我的仁慈怜悯，这样的营地肯定没有多少。他抽了一口烟，又想，这种事有朝一日也许会用得着的，谁会知道以后会发生什么呢。

这时韦伯走进房间。纽鲍尔把雪茄从嘴边取下，打了一个饱嗝。他早饭吃的是炒蛋和肉肠——是他爱吃的一道菜。指着 509 和布赫，纽鲍尔对韦伯说："中队长韦伯，我可没下这样的命令！"

韦伯看了纽鲍尔一眼，他以为纽鲍尔接下来会说笑话，可纽鲍尔没说。韦伯说："晚点名的时候，我们就让他们上绞刑架。"

纽鲍尔又打了一个饱嗝。"我没下这样的命令。"他重复道，"再说，这样的事您为什么要亲自动手？"

韦伯没有马上回答。他不明白，纽鲍尔为什么要为这样的皮毛小事费口舌。这时纽鲍尔说："不是还有那么多人吗！"最近这段时间，纽鲍尔觉得韦伯越来越喜欢自作主张了。给他提个醒，让他知道在这儿谁说了算，应该不会有什么坏处。于是他又说："您这是怎么了，韦伯？沉不住气了？"

"不是。"

纽鲍尔朝 509 和布赫转过身，心想，韦伯刚才说要让他们上绞刑架，其实他没错，只是这又何必呢？到目前为止，今天每件事办得都很顺利，比预想的还好。现在，该让韦伯知道知道，一切不能都照他想的去做，这只会有好处。于是纽鲍尔说："这不算直接违抗命令。我要求的是自愿报名，这种情况不能说是违抗。您让这俩人到禁闭室待两天，别的就不用了，别的就不用了，您明白吗，韦伯？我希望我的命令得到执行。"

"是！"

纽鲍尔随即走了。他为自己能这样颐指气使感到很得意。韦伯不屑地望着他的背影，心想，我沉不住气，在这里谁又能沉得住气？谁变得婆婆妈妈了？就两天禁闭！想到这儿，他气哼哼地转过身。这时，一缕阳光正洒在 509 被打烂的脸上。韦伯仔细地看了看他："我认识你呀，是不是，在哪儿认识的？"

"中队长先生，我不知道。"

其实 509 心里十分清楚，他只希望韦伯不会回忆起来。

"我肯定在什么地方见过你，这总会搞清楚的。你说，你在哪儿受的这些伤？"

"中队长先生，是我自己摔了一跤。"

509 松了一口气。又来这一套，这是集中营盖起之初就开始的把戏，犯人绝对不许说自己受了酷刑。

韦伯又看了他一眼。"我一定在什么地方见过这个混蛋。"他嘀咕道。随后，他打开门："把这两个弄到禁闭室去，关两天！"他又朝 509 和布赫转过身："别以为这就完事了，你们这些臭狗屎！我早晚得绞死你们！"

他们被拖了出去。509 疼得闭上了眼睛。接着他感受到了户外的空气，又把眼睛睁开来。那天空，蔚蓝无垠。他转过头，看着布赫。这一关他们终于熬过去了，至少是眼下。真让人难以置信啊！

7

两天后，小队长布豪尔让人打开两间禁闭室的门。门一打开，他们便倒在地上。过去的三十个小时里，两人从半昏迷状态陷入了不省人事。第一天，他们有时还敲敲墙壁互相呼应，后来就什么都不知道了。

他们被抬了出去，放在"舞场"上，靠近焚尸场的围墙。很多犯人都看到了他们，可没有人去碰他们，没有人把他们抬走，所有人都装作没有看见。因为如何处置他们的命令没有下达，所以这世界上好像根本不存在这两个人。谁要是敢摸摸他们，他自己也会被送进禁闭室。

两个小时过去了，运尸车运来这一天死去的犯人。

"这两个是怎么回事？"焚尸场门口，执勤的党卫队士兵懒洋洋地问，"也跟着进焚尸场？"

"他们刚从禁闭室里放出来。"

"还有气吗？"

"好像没了。"

这时说话的士兵注意到，509 的一只手慢慢握成拳头，又慢慢摊开，于是又说："还有点气。"这个当兵的正觉得腰酸背痛，前一夜里他跟蝙蝠酒吧的弗丽丝痛快了一场。想到这儿，他闭上眼睛，他赢了霍夫曼和威尔玛，还赢了一瓶法国轩尼诗，那是瓶上等的白兰地。此刻他觉得自己"弹药"用尽了，疲惫至极。他对一个运尸员说："去问问禁闭室或者办公室，这两个是哪儿的。"

一会儿，问话的运尸员回来了，后面还匆匆赶来了那个红头发文书，文书说："这两个是禁闭室放出来的。他们是小营的。应该今天中午就放出来了。这是大队长的命令。"

"那把他们弄走，"当兵的接着懒懒瞥了一眼他手上的名单，"今天来了三十八个。"他把排在门前的尸体数了一遍后，说："对，三十八个，正好。跟这两个分开，否则又会混在一起。"

运尸队的卡波于是喊道："来四个人。把这两个抬到小营去！"

四个人站了出来。红头发文书对他们低声说："抬那边去。快点！离死人远点。快，快，抬那边去！"

"他们跟死了没什么两样。"一个运尸员说。

"闭嘴！快搬！"

四个人把509和布赫从墙角抬开。那个文书朝他们弯下身，听了一下，说道："还没死。快取担架来，快点！"

文书朝四周看了看。他担心韦伯会想起这事，再下令绞死这两个人。他在那儿站了一会儿，直到取担架的人回来。两副担架做得很粗，一般只用来搬运死人。

"把他们放担架上！快！"

焚尸场附近和门前一直都是危险地带。党卫队的人老在那儿走动，布豪尔小队长离那儿也不远，这家伙从不愿看见有人从禁闭室活着出来。509和布赫现在已经放出来，纽鲍尔的命令就算是执行了。不过所有的人都可以在他们身上泄泄怨气，更别提韦伯了。如果他知道这两人还活着，单是自尊心就足以让他下令把他们干掉。

"这有什么意义！"一位运尸员不快地说，"咱们现在辛辛苦苦走一趟，把他们抬回小营，明天一早肯定还得把他们再运回来，他们肯定活不了几个钟头了！

"白痴！关你什么事！"红头发文书突然发火骂道，"把他们抬起来！快走！你们这有没有通点人情的？"

"有，有。"一个上了年纪的人说，他把509躺着的担架抬了起来。

"他们是怎么回事？很特别吗？"

"他们是22号营房的，"红头发文书警惕地四下看看，然后凑近那个运尸员说，"这两个，两天前没有签字。"

"签什么字？"

"就是声明自愿让那个豚鼠医生带走呗。另外四个让他带走了。"

"什么？他们两个竟然不会被绞死？"

"不会，"红头发文书跟在担架旁边走着，"得把他们送回去。这是命令。所以你们得快点，省得夜长梦多。"

"噢，知道了。"

这位运尸员突然好像劲头十足地迈起步子，担架撞到走在前面那人的腿弯处。"你怎么回事？"那人问道，"你疯了？"

"我没疯！咱们先把这两人抬走。我一会儿再跟你说是怎么回事。"

红头发文书停住了脚。四个运尸员一声不吭，向前走去，他们加快了脚步，走过几座办公建筑后，才又慢了下来。此时太阳正渐渐西沉。509和布赫在禁闭室里比命令中说的两天多待了半天，那是布豪尔的自作主张。

这时走在前面的运尸员转过头来："喂，怎么回事啊？这两个是什么特别人物？"

"不是。他们就是星期五韦伯从小营里提走的，那天他提走了六个人。"

"他们干什么了？这两个看上去被打得很惨啊！"

"他们就是挨打了。他们不想跟那个军医走。红头发文书说了，那军医在市郊有一家做试验的医院，他常来这儿要犯人。"

走在前头的运尸员吹了一声口哨："他妈的！那他们现在还没断气？"

"你不是自己看到了？"

那人摇了摇头："没有给绞死？居然还得把他们从禁闭室送回营房？这是怎么回事？我可是好长时间没遇到这种事了！"

他们走到1号营房了。这天正好是星期天，劳工队的犯人干完一天苦工，刚回来不久，路上都是犯人。消息马上传开了。营地里的人都知道这六个人前天为什么给提走，也知道509和布赫被关进了禁闭室。这些是从办公室传出来的，又很快被忘掉。没有人能想到他们会活着回来，可他们现在回来了。连那些不知情的人也看到了，他们被送回来，并不是因为他们没用了，不然他们也不会给打得这么惨。

"喂，"人群中有人对走在后面的运尸员说，"我帮你一下，这样轻松些。"

这个人接过担架的一个把手，又有一个人走来，把前面的另一个把手接了过去。这样，每副担架变成了由四个人来抬。其实这样并没什么必要，509和布赫身体并不重，但犯人们想为他们做些事，眼下又没其他的事可以做。犯人们的那副架势，好像他们抬的是玻璃担架。消息像踩着幽灵的脚飞到他们前头：两个违抗命令的人活着回来了！是两个小营的人，是束手待毙的"穆斯林"营房的人。真是闻所未闻。没有人知道这只是应感谢纽鲍尔的一时之举，不过这也不重要。重要的是，他们违抗了命令，现在居然活着回来了。

担架还没走到跟前，莱文斯基已经站在13号营房前等候了，"是真事儿吗？"他远远地问。

"是真的，就是他们，还能不是吗？"

莱文斯基走上前来，俯下身看着担架上的人。

"我看是他们，没错。就是那天跟我说过话的人。其他四个呢，都死了？"

"关禁闭的就这两个人。文书说，那四个跟医生走了。这两个没走，他们就是不签字。"

莱文斯基慢慢直起身子。他见戈尔茨坦在他旁边："就是不签字，你能想象这种事吗？"

"不能。没想到小营的人还敢这么干。"

"我不是这个意思。我是说党卫队居然把他们放了回来。"

戈尔茨坦和莱文斯基面面相觑，穆尔泽这时候走过来说："这就是说咱们的千年兄弟[1] 软下来了。"

"你说什么？"莱文斯基转过身，穆尔泽正好把他和戈尔茨坦心里想的说了出来。

"你怎么这么想？"

"这是老头儿的命令，"穆尔泽说，"韦伯想绞死他们。"

"你怎么知道？"

"红头发文书讲的，是他亲耳听到的。"

莱文斯基愣愣地站了一会儿，然后，他向一个身材矮小、头发灰白的人转过身去，小声言道："你去维尔纳那儿一下。把这事告诉他，告诉他，这里就有那个人，就是上次叮嘱我们不要忘记的人。"这人点点头，猫着腰，沿着营房走开了。运尸员抬着担架已经走到别的营房了。从营房里走出来的犯人越来越多，个别的还急匆匆地上前去，要看看担架上的两个人。509 的一只手臂耷拉了下来，拖到了地上，有两个人立即跑上前，小心地把手臂放回担架。

莱文斯基和戈尔茨坦望着担架渐渐远去。戈尔茨坦说："这么两个活尸一样的人，竟然拒绝签字，这是何等的勇气！不是吗？我真没想到死营里还会有这种人。"

"我也没想到。"莱文斯基说，他望着路的远处，"他们一定得活下去，绝不能让他们死去。你知道这是为什么吗？"

"我能猜出来，你的意思是，这样会产生重大影响。"

---

[1]　纳粹德国称自己为千年帝国。

"是的。如果他们死了，那明天就会被忘得一干二净，而如果他们活下来——"莱文斯基想，如果他们活下来，那他们就能改变什么，这本身对整个营地来说，就能起到一个榜样作用。不过这点他没说出来，嘴上只说："我们可以利用这件事，尤其是现在。"

戈尔茨坦点点头。

运尸员继续向小营走去。此时，天空翻卷着道道殷红的晚霞，劳工营右侧的营房沐浴在彩霞之中，左侧的营房还罩在蓝色的阴影里。两面营房的窗户和门口，露出了一张张朝担架张望的犯人的面孔。出现在阴面营房里的，跟往常一样，苍白而又模糊不清，可在夕阳下那面的窗口和门口的，那些受到强光照耀的面孔，却仿佛突然之间获得了新的生命力，显得熠熠生辉。运尸员走在夕阳之中，晚霞也洒在担架上两个浑身血迹和污垢的犯人身上。忽然之间，那行进中的四个人，好像不是在抬着两个遭受了毒打的囚犯回营房，他们的行进成了一次震撼人心的凯旋。他们挺住了，他们还活着，他们没有被击败。

贝格照顾着他们。雷本塔弄来了些圆白菜汤。喝了些水后，他们又在半昏迷状态中睡去了。不知什么时候，在缓慢消退的麻木中，509 感到手上有了种暖暖的感觉。那仿佛是个飘忽不定、转瞬即逝的回忆，那温暖，如此遥远。他睁开了眼睛。原来是"牧羊犬"在舔舐他的手。

"水！"509 嘴里嗫嚅道。

贝格正用碘伏涂抹他擦伤的关节。他抬起头，取来盛汤的罐头盒，举到 509 嘴边："来，喝点。"

509 喝了一些，艰难地问："布赫呢？他怎么样？"

"他就在你旁边。"

509 还想问些什么。贝格说："他活着，你休息吧。"

晚点名时他们又给抬出去，不得不被放在营房前的地上，同那些不能走动的病号放在一起。天已经黑了，夜色冰凉。

今晚是党卫队小队长勃尔特负责点名。他看了看509和布赫的脸，就像在看被踩碎的昆虫，然后说："这两个人已经死了，怎么还跟有病的放在一起？"

"小队长先生，他们没死。"

"目前没死。"营房长汉克加上一句。

"明天就会的，明天他们就会进烟囱的，不信你们可以用脑袋打赌。"

勃尔特赶快走了。他口袋里有点钱，想去赌牌。营房前只听营房长们在叫："解散！领饭员，出列！"

看到老兵油子们小心翼翼地抬起布赫和509送回营房，汉克狞笑道："嘀，这两位是瓷做的吗？"

没人搭理他，他又晃荡了一会儿，走开了。

维斯特啐了一口，低声骂道："狗东西！"

"这个狗东西！"

贝格留神地看了看他，然后严肃地说："安静！别吵！汉克是怎么回事咱们大家都明白。"维斯特近来心情烦躁，说恼就恼，常常坐立不安，自言自语，动不动就找人吵架，争执一番。

维斯特盯着他说："他也和咱们一样，都是犯人。可这个畜生，他……"

"这些大家都清楚。不过比他要命的至少还有一大打。权力让人野蛮。这个你早该知道的。行了，现在来帮把手吧！"

他们为布赫和509各腾出一个床铺。结果，有六个人只得睡到地上。捷克男孩卡雷尔就是其中的一个。他也帮着把两个人抬上床。他对贝格说："这个党卫队小队长根本不懂这事。"

"什么事？"

"他们不会进烟囱的，明天肯定不会。其实刚才我们完全可以跟他打赌。"

贝格注视着他。他那小脸上完全一副就事论事的模样。进烟囱是这个营地犯人的惯用说法，意思是进焚尸场。"听着，卡雷尔，"贝格说，"如果你肯定自己会输，你才能跟党卫队的人打赌，知道吗？即使如此，也最好不跟他们打赌。"

"他们明天不会进烟囱的。这两个不会，那边那三个倒很肯定。"卡雷尔指着躺在地上的三个"穆斯林"。

贝格又朝他看了一眼，说道："你说得不错。"

卡雷尔点点头，没感到什么自豪。这种事情上，他是行家。

第二天晚上，他们能说话了，他们的面庞十分消瘦，甚至没有可供肿胀的地方了。两张脸上都青一块紫一块的，嘴唇开裂了，只有眼珠可以自由转动。

"说话的时候别动嘴。"贝格对他们说。

这并不难，这是他们在集中营学会的本领。长年在营地生活过的人，都能做到说话时不动肌肉。

晚饭领来后，突然有人敲门。一瞬间，所有的人心都紧缩起来——每个人都在想，他们是不是要来把这两个人带走。

敲门声又响起来，小心翼翼，几乎听不见。

"509！布赫！"亚哈随鲁低声说，"你们就装死吧。"

509低声说："列奥，把门打开。不是党卫队，党卫队人不这样敲门——"

敲门声停止了，几秒钟之后，在窗子灰暗的亮处出现了一个人影，一只手挥动了一下。

"列奥，把门打开。"509说，"是劳工队的。"

雷本塔打开门，一个人影闪了进来："我是莱文斯基，斯坦尼斯劳斯·莱文斯基。谁醒着呢？"

"都醒着呢。到这儿来。"

莱文斯基想去说话人贝格那儿，他摸索着："你在哪儿？我可不想踩着谁。"

"那就站着别动。"

贝格走了过去："来，坐这儿。"

"他们两人都活过来了？"

"对，他们就躺在你左边。"

莱文斯基把什么东西塞到贝格手里："我拿了些东西来。"

"什么东西？"

"碘伏、阿司匹林，还有药棉。这儿还有一卷纱布，这是过氧化氢消毒水。"

贝格惊诧道："这简直是个小药店了！这么多东西，从哪儿搞来的？"

"偷来的。从医院里偷来的。我们有人在那儿干杂活。"

"太好了！我们都能用上。"

"这是糖，方糖，泡水里喝。糖对身体有好处。"

"还有糖？"雷本塔问，"你从什么地方弄来的？"

"从某个地方弄的。你是雷本塔，是不是？"莱文斯基朝黑暗处问道。

"是啊！你怎么知道？"

"因为你问东西的来源。"

"我倒不是为这问的。"雷本塔有点生气。

"我不知道这糖是从哪儿来的。我只知道，是 9 号营房的一个人搞来的，给他们俩的。这还有点奶酪，这六根纸烟是 11 号营房给的。"

纸烟！六根纸烟！真是无法想象的珍宝！一时间，大家都默不作声。

"列奥，"然后亚哈随鲁说，"他比你还能干呢！"

"不能这么说！"莱文斯基急促而不连贯地说，好像他喘不上来气似的，"营房上锁前，他们把这些给了我，他们知道天黑以后比较安全，知道我会过来。"

"莱文斯基，"509 这时嗫嚅道，"是你吗？"

"是啊。"

"你能从营房出来？"

"当然能。不然我怎么到这儿了？我是机械工。一根铁丝就够了，很简单，开锁的事情我是内行。再说，必要的时候总可以爬窗户，你们这儿的情况呢？"

"我们这儿不上锁。厕所在外面。"贝格回答道。

"噢，对了，我忘了件事，"歇了口气，莱文斯基朝509的方向问，"其他几个人都签字了？就是跟你们一起走的那几个？"

"签了。"

"就你们没签？"

"对，我们没签。"

莱文斯基把身子向前探了探："我们简直不敢相信，你们能死里逃生。"

"我也不敢相信。"509说。

"我说的不只是你们挺过来了，我说的是，他们居然这样罢手了。"

"我也是这个意思啊。"

这时贝格说："让他们歇歇吧，他们还很虚弱。你为什么打听这么详细？"

黑暗中莱文斯基的身子动了动，然后站起来说："这件事很重要，比你想象的还重要。我得走了，不过很快会再来的。还会带点什么来。而且还有别的事情要和你们谈。"

"好吧。"

"这里晚上有人查房吗？"

贝格说："查什么房？来数死人吗？"

"没人查房，那太好了。"

这时候509小声唤道："莱文斯基。"

"怎么？"

"你真的还来吗？"

"真的。"

"听我说，"509激动地搜寻着字眼，"咱们还，咱们还没完蛋，咱们还能……做点什么。"

"所以我到这儿来了啊。并非只因为慈悲为怀，这点你完全可以相信我。"

"好，那就好……你一定来……"

"一定。"

"别把我们忘了……"

"上次你就对我说了。我没有忘记，所以今天就来了。我还会来。"

莱文斯基朝门口摸出去，雷本塔跟在他后面，正要把门推上，莱文斯基在门外小声说："等等，忘了一件事。这里——"

雷本塔却急着问："你能不能打听一下，这糖从哪儿弄来的？"

"我看看吧，行不行我可不知道。"莱文斯基的声音又断断续续起来，好像喘不上气似的，"这儿，把这……拿去……读一读……我们今天……弄到的。"

他把一小张折叠在一起的报纸塞在雷本塔手里，然后轻轻走了，潜入营房间的阴影中。

雷本塔关上门。亚哈随鲁说："糖在哪儿？让我摸一下。就摸一摸，不吃。"

贝格问："咱们还有水吗？"

"这儿有。"雷本塔递给他一个小碗。

贝格取出两块塘，放进水里。然后他爬到509和布赫的身边，说："把这喝了。慢慢喝，一人喝一口，换着来。"

"谁吃东西呢？"中铺有人问道。

"没有人吃东西。谁还会吃东西？"

"我听见了。"

"艾默斯，你做梦呢吧。"贝格说。

"我没做梦！我要我的那份。你们在下边把我的吃了！给我一份！"

"你的那份明天就有了。"

"到明天，你们就都吃光了。你们总这样，每次都把最少的给我。我……"艾默斯抽噎起来。没有人理会他。他正闹病，总以为别人骗他。

雷本塔摸索到509跟前，不好意思地低声说："刚才我问糖的事，并不是想做什么生意。我是想再为你们多弄点来。"

"我知道。"

"那颗牙还在我这儿，还没出手。我一直在等机会。现在我要尽快把它卖出去。"

"好吧，列奥。莱文斯基还给你什么了？"

"一张纸，不是钱。"雷本塔把它摸了出来，"摸上去好像是报纸。"

"报纸？"

"反正摸着很像。"

"什么？"贝格问，"你有张报纸？"

"快看看。"509说。

雷本塔爬到门口，把门打开："对，是一块报纸，撕下来的。"

"你能读读吗？"

"现在读？"

"那还等什么时候？"贝格说。

雷本塔把那张纸片举起来，说："太黑了。"

"把门开大点，爬出去，外面有月亮。"

雷本塔打开门，到外边蹲了下来。他把那张报纸片拿到飘忽不定的光线下，吃力地看了半天，说："我想这是一篇战事报道。"

"快念念！"509轻轻道，"老兄，快念啊！"

"谁还有火柴？"贝格问。

这时雷本塔读道:"雷马根 [1]——莱茵河——"

"什么?"

"美国人在雷马根——过了莱茵河!"

"什么?列奥,你没看错吧?过了莱茵河?写的是不是别的河?不会是一条法国的什么河吧?"

"不是——是莱茵河——在雷马根——是美国人!"

"别胡闹!好好念!列奥,看在上帝的分上,你好好念啊!"

"报上就这么写着!"雷本塔说,"真的,就这样写着。现在我能看清楚了。"

"过了莱茵河了?这怎么可能?那他们一定到德国了!往下念!你往下念啊!念啊!"

大家当即七嘴八舌起来。509 早感觉不到自己的嘴唇开裂了,说:"过了莱茵河了?可是怎么过的?飞机飞过的?还是乘军舰过的?怎么过的呢?或者是伞兵部队?列奥,念啊!"

"是桥。"雷本塔说,"他们已经——过桥了,冒着——德军的猛烈炮火——这座桥——"

"是桥?"贝格不肯相信地问。

"对,就是桥,在雷马根的一座桥。"

"是桥。"509 重复道,"是一座桥——过了莱茵河?那一定是军队来了。念下去,列奥!肯定还写着别的呢。"

"下面的字太小了,我看不清楚了。"

"就没人有火柴了?"贝格绝望地问。

"这里有,"黑暗中有人回答,"这儿还有两根。"

"进来吧,列奥。"

---

[1] Remagen,位于莱茵河西岸的一个德国小镇。雷马根桥在此处横跨莱茵河,1945 年 3 月,美军由此渡河,挺进莱茵河东岸。

门口处聚集起几个人来。"糖呢？"艾默斯又叫道，"我知道你们有糖，我听见了，把我的那份给我。"

"这个狗东西，给他一块吧。"509 不耐烦地小声说。

"不给。"贝格一边找火柴盒上的擦条，一边说，"用毯子和外衣把窗户遮起来。列奥，爬到墙角去，在毯子下面读。快点！"

贝格点燃火柴。雷本塔尽可能快地读起来："都是常见的混淆视听。这座桥本身不具重要的军事价值，美国军队受到强大的火力阻击，被阻截在他们到达的河岸。没有及时将桥梁摧毁的部队，将受到军事法庭审判……"

火柴熄灭了。"那座桥没给毁掉——"509 说，"他们过桥了，而桥完整无损。这说明什么，你们知道吗？"

"这肯定是突然袭击——"

"这意味着西部防线被攻破了。"贝格小心地说，好像自己在做梦似的，"防线垮了！他们攻过防线了！"

"这肯定是陆军，不是伞兵部队。要是伞兵部队，肯定会投在莱茵河对岸的。"

"天哪！咱们还什么都不知道呢！咱们还以为德国军队仍然占领着一部分法国呢！"

"列奥，再念一遍，"509 说，"咱们不要搞错了，是什么时候的事情？上面有日期吗？"

贝格点燃了第二根火柴。有人喊道："把火灭了！"

雷本塔已经念起来，这时 509 打断他："什么时候的事情？"

雷本塔搜寻起来："1945 年 3 月 11 日。"

"3 月 11 日。今天是几号？"

没有人知道，应该是 3 月底或 4 月初。在小营里，他们已经不再计算日期。不过他们还是知道，3 月 11 日已经过去一些日子了。"让我看看，快点！"509 说。不顾浑身疼痛，他还是爬到了他们举着毯子的那个角落。雷本塔让到一边，509看着那张纸片，读起来。火柴行将熄灭，小小的光圈中，只能看见报道的标题。"点一支烟，贝格，快！"

贝格跪着点燃烟："你怎么爬到这儿来了？"他把那支烟塞进509嘴里。火柴灭了。

"把报纸给我。"509对雷本塔说。

雷本塔把报纸递给了他。509把它折叠起来，塞进他衬衫里。他能感觉，报纸触到了他的皮肤。随后他吸了一口烟，说："这儿，往下传。"

"谁在那儿抽烟？"提供火柴的人问道。

"你们都有份儿，每人一口。"

"我不要烟，"艾默斯叫道，"我要糖！"

贝格和雷本塔帮着509爬回自己的床铺。过了一会儿，509小声说："贝格，你现在相信了吧？"

"相信了。"

"空袭城市的事也是有关的。"

"对。"

"你也相信了，列奥？"

"相信了。"

"咱们会出去的——咱们必须——"

"咱们明天再好好谈，现在睡觉。"贝格说。

509躺了下去。他感到有点头晕，他觉得可能是因为吸了口烟。此刻，那支烟的小小红光，正由一只只手遮挡着，在营房里移走。贝格说："来，把这糖水喝了。"

喝完糖水，509说："其他那几块糖先留着。"

"别放进水里，咱们可以拿去换食品。正经的食物更重要些。"

"你们肯定还有纸烟。"有人哑着嗓子说，"拿出来，让大家抽。"

"没有了。"贝格说。

"你们肯定还有。拿出来！"

"送的这些东西，都是给禁闭室出来的那两个人的！"

"胡说！是给大家的。拿出来！"

"贝格，小心点，"509耳语道，"手上带着棍子。那几支烟咱们得用它们换食品。列奥，你也得小心。"

"我一直很小心。"

这时人们能听见老兵油子们正往一起凑。有人在黑暗中摸索着走路，跌倒了，随即传来诅咒声、击打声和喊叫声，乱成一团。床上的其他人，也开始叫喊咆哮。

过了一小会儿，贝格喊了声："党卫队来了！"一阵窸窸窣窣、叮叮咚咚、喘息叹气的声音之后———一片寂静。

"咱们刚才不该抽烟。"雷本塔说。

"你说得对，你们把其他几支都藏起来了？"

"早藏好了。"

"那第一支，咱们也应该保存起来。可遇到这样的事情——"

忽然，509感到筋疲力尽，他还挣扎着问了一句："布赫，你刚才也听到了吗？"

"听到了。"

509感到，那软软的晕眩感越来越强烈。恍惚中他还想，哦，过了莱茵河，忽然他感到肺里有烟的味道，不久前他也有过这种感受，那是什么时候来着？烟雾缭绕着，是怎样不可阻挡、令人难挨，怎样在他的肺部压迫着，诱发出深深的贪婪。是在纽鲍尔那儿，对，那是雪茄烟的烟味，那会儿他躺在湿乎乎的地上。而现在，这一切似乎很遥远了。一阵恐惧感袭上心头，随之又倏忽而去，接着又出现了烟，那是另外一种烟，是山下城市遭空袭后的烟雾，飘过铁丝网钻入他肺中。烟，城市之烟，莱茵河之烟。突然间，他仿佛躺在一块雾气迷蒙的草地上，那草地一直向下倾斜着，倾斜着，一切都变得这样柔软，一切都在沉入黑暗，沉入黑暗，却毫无恐惧感。这样的情形可是很久很久以来的第一次。

8

厕所里满是骷髅般的犯人。排成长队的人们，喊叫着催促别人快点方便。有的人排着队，会忽然栽倒在地，浑身痉挛起来。另外一些担忧地蹲在墙边，实在熬不住了，干脆随地解决。长队里有一个人，立在那儿的样子像只鹳鸟，抬起一条皮包骨的腿，别在另一个腿弯处，一只手扶着墙，大嘴张着，望着远方。他这样站了好一会儿，突然倒下，死了。偶尔也会有这类事情发生：有些连爬动都很困难的骷髅人，会突然之间挣扎着站起来，他们两眼空空站上一阵后，便扑倒在地，一命呜呼——好像他们临终的最后愿望，就是要像正常人一样再站起来一次似的。

雷本塔小心地跨过那具尸体，向入口走去。这立即引起许多人的愤怒，那些排队等待的犯人，以为他要插队，把他拖出来后，将瘦骨嶙峋的拳头向他身上挥去。揍他的同时，他们也不敢离开队伍，因为只要一离开，别人就不会让你再回到原来的地方。尽管如此，他们还是把雷本塔打倒在地，还用脚去踢踩。不过这样对他并没有多大伤害，这些人实在没什么力气。

他没打算插队。他是来找运输队的贝特克的，别人告诉他贝特克到这儿来了。雷本塔站起身，远远躲开那队骂骂咧咧的人，站到出口处去等。贝特克是罗曼那颗金牙的主顾。

贝特克没有来。其实雷本塔也觉得不大可能，贝特克怎么会到这个满是虱子的厕所来。尽管这里也是个交易所，像贝特克这样的大人物，在别处干这种事的机会更多。雷本塔决定不再等了。他走进盥洗室。这里是挨着厕所的一间小房，里面有几个长条水泥池，水池上方的送水管道上有些小出水口。这里面也挤满了犯人。大多数是来喝水的，有些拿着铁皮罐头盛水带回去。那里的水从来不够让人好好洗下身子的。谁若脱下衣服打算洗洗，还得时时提心吊胆，因为衣服很容易被人偷走。

盥洗室是稍微高档一些的黑市。在厕所，顶多能换到一些面包皮、垃圾废品和纸烟烟头。但盥洗室却是"小资本家"出入的场所，劳工营的人甚至也来这里。

雷本塔慢慢地穿梭在人群中。"你有什么？"有人问他。

雷本塔瞄了那人一眼，这是个衣衫褴褛的犯人，只有一只眼睛。"什么也没有。"

"我有几根胡萝卜。"那人说。

"没兴趣。"一到盥洗室里，雷本塔马上就显得比在22号营房里干练果决。

"傻帽。"

"你才是傻帽！"

雷本塔认识几个黑市买卖人。今天要不是得等贝特克，他倒很想弄些胡萝卜。另外还有人向他兜售酸泡菜，一根骨头，还有几个马铃薯，要价都高得出奇。他一一回绝了，接着转悠。他注意到一个年轻人，不像这里的犯人，长得像女人，正在最深的角落里捧着一个铁罐头贪婪地吃着什么。雷本塔发现，他不光在喝汤，嘴里还在嚼着什么。他身旁站着一个四十上下、看上去平时吃得不错的犯人，样子也不像犯人。无疑，他属于这里的贵族阶层，秃头，油光发亮，一只手还轻轻抚在年轻人的后背上。那年轻人的头发没给剃光，分向两边，梳理得十分服帖，衣服上也没什么污迹。

雷本塔转过身，一脸失望，正想再去找那个卖胡萝卜的人的时候，忽见贝特克走来。只见他不管不顾挤过人群，走向那个年轻人所在的角落。雷本塔挡到他跟前，却让贝特克一把推到一边。等站到年轻人跟前时，贝特克说："好啊，路德维希，你躲到这儿来了。你这个婊子！这样我也能找到你！"

年轻人一边盯着他看，一边还接着吃，什么也不说。

"好啊，你他妈的跟伙房的臭秃子公牛混在一起了！"贝特克刻薄地说。

秃头不睬贝特克。"吃吧，孩子。"他不紧不慢地对路德维希说，"要是不够，还可以再给你来点。"

贝特克气红了脸，对着铁罐头一拳打过去。罐头里的食物被掀了出来，溅了路德维希一脸。一块马铃薯落到了地上，当即有两个骷髅一样的犯人扑将过去，把马铃薯抢走，塞进嘴里。贝特克把他们踢开，又对路德维希说："有我你还不够吗？"

路德维希双手把铁罐头抱在胸前，一脸气恼，望望贝特克又望望秃头。"显然不够。"秃头脸朝贝特克的方向，然后又对年轻人说："别往心上去，接着吃，要是不够，还有呢，我不会打你的。"

看得出来，贝特克也想向秃头大打出手，不过他不敢。他不知道对方有什么后台。营地里，关系网非常重要。如果秃头很受伙房卡波的袒护，厮打后的结果肯定对贝特克不利。伙房交往面很广，据说还和营地总卡波以及各种各样的党卫队士兵有瓜葛。再说，贝特克知道，他队里的卡波对他不太信任，也不会对他尽力袒护，因为他以前给卡波的贿赂不够多。营地里这样的勾当很多，如果不谨慎从事，他会很容易失去现在的地位，这样的话，他就不能再驾车离开营区，不能再到火车站或者车库进行黑市交易，只能再去做个寻常的犯人了。"你什么意思？"他问那个秃头，语气平静多了。

"关你什么事？"

贝特克咽了口吐沫："有点关系。"说着，他转向那个年轻人，问道："这套衣服是不是我给你弄来的？"贝特克跟秃头说话的当头，路德维希又在狼吞虎咽。他此刻手一松，罐头落到地上，然后出人意料地从两人中间夺路穿过，向门口走去。几个骷髅人又为空罐头混战起来。"再来啊！"秃头厨子对小伙子的后背喊道，"我这儿管你够。"说完，笑了起来。贝特克想跟上那小伙子，却被地上的骷髅人绊着了。他跳着脚照着那些哆哆嗦嗦的手指踢将过去。一个骷髅人顿时像只老鼠似的吱吱叫唤，另一个则趁机夺走罐头撒腿跑掉。

秃头厨子嘴里吹起口哨，那是圆舞曲《南国玫瑰》的曲调，然后他挑衅似的慢腾腾地从贝特克面前走过。他腆着肚子走了，一看就不缺营养，屁股一扭一扭。伙房里的犯人差不多吃得都不错。贝特克在他背后啐了一口，他啐得很小心，却啐到了雷本塔身上。"是你呀！"他粗声大气道，"你要什么来着？过来，过来，你怎么知道我来这儿？"

雷本塔没理他的问话。他是来谈生意的，没有时间去做多余的解释。现在他有两个主顾真心想买罗曼的金牙，一个是贝特克，一个是劳工队的工头。这两个人都等钱用。那工头迷上了一个在同一工厂干活的女人，她叫玛蒂尔德，所以他得贿赂有关管事，好单独跟她见面。这女人体重近二百磅，是他眼中的美人。对长年生活在饥寒交迫中的营地犯人来说，体重成了美的标准。为那颗金牙他向雷本塔出价几斤马铃薯和一斤肥肉，雷本塔拒绝了。现在，他很庆幸当时没答应他。对刚才发生的那一幕，他闪电般地估计了一下后，他能肯定，从这位同性恋者贝特克手上他能得到更多的食品。他知道，处于非正常爱情中的人比正常爱情中的人更愿意做出牺牲。看到那一切后，他便马上决定抬高价格。"你把牙带来了吗？"贝特克问。

"没有。"

这时他们站到了外边。"我得见着货才能买。"

"金牙套就是金牙套。是臼齿上的，很沉，战前的纯金货。"

"废话！我得先看看，要不就算了。"

雷本塔知道，要是让他看到金牙，比他壮实得多的贝特克很可能会把它一把抢去。那样的话，雷本塔也没有什么办法。如果他叫屈诉怨，自己只有受绞刑的份。"好吧，"他不紧不慢地说，"那就算了吧。跟别人不会这么费劲。"

"别人！你胡扯什么？有人买就不错了。"

"我知道几个。现在就有一个在这儿。"

"是吗？我倒想见识见识你那个主顾。"贝特克轻蔑地四下望望。他知道那金牙只有对跟外面有联系的人才有用处。"你刚才已经见到了。"雷本塔说。其实，这是谎言。

贝特克怔了："谁？那个公牛厨子？"

雷本塔耸了耸肩膀："我到这儿来不会没有原因。也许有人想买件礼物送给谁，需要用钱。金子在外面是畅销货，他反正有的是食品去换东西。"

"你这个骗子！"贝特克气恼道，"你这个大骗子！"雷本塔抬了抬沉重的眼睑，随后又垂了下去。他无动于衷地接着说："去换一些营地里没有的东西，比如，丝绸绸缎之类的。"贝特克气得快说不出话来了，他嘶叫道："你要多少钱？"

"七十五马克。"雷本塔决然地说，"便宜价。"其实，起初他只打算要三十马克。

贝特克盯着他说："你知道吗，凭我一句话，你就可以上绞刑架？"

"当然知道。不过你得有证据。再说，你能得到什么好处？什么也得不到。你想要金牙，那咱们还是谈生意吧。"

贝特克缄默片刻，然后说："不用钱换，用吃的东西换。"雷本塔没吭声。贝特克说："一只兔子。一只死兔子。撞死的，怎么样？"

"什么样的兔子？狗还是猫？"

"一只兔子，我跟你说的是兔子。我开车时撞死的。"

"是狗还是猫？"

他们彼此盯着看了半天。雷本塔的眼睛一眨不眨。

"是狗。"贝特克说。

"牧羊犬？"

"对，牧羊犬！中等大小，像只梗犬。很肥。"

雷本塔不露一点声色。狗便是肉，真是大福气啊。可他嘴上说："这个我们没办法烧，皮也没法剥下来。我们什么都没有。"

"我可以剥皮以后送过来。"

贝特克变得更积极了。他知道，在为路德维希弄食物方面，厨子公牛总要胜他一筹，所以他必须从营地外物色些东西来才能和厨子有番较量。要是能送他一条人造丝绸内裤，那肯定会产生什么效果，而且对自己也是一件乐事。想到这儿，他说："好吧，我可以为你把狗肉煮好。"

"可还是很难呀。我们还得有刀子啊。"

"要刀子？要刀子干什么？"

"我们那儿没有刀子。我们得把肉切开吃啊。那厨子公牛跟我说——"

"好了，好了。"贝特克不耐烦地打断他，"就加把刀子。"贝特克想，人造丝绸内裤应该是蓝色的，或者紫红色的，紫红色的更好些，停车场附近一家商店里有这类东西出售，卡波会派他去那儿的，至于那颗金牙，他可以卖给商店旁边的牙医。"添把刀子，没问题。不过就这些了，到此为止。"

雷本塔知道，此刻他也挤不出更多油水了，于是说："当然了，再加上一个面包，跟狗肉算在一起。什么时候能好？"

"明天晚上，天黑以后。在厕所后边。把金牙带来，不然——"

"是不是一只小梗狗？"

"我怎么知道？你疯了？中等大小的。你问这干吗？"

"要是老狗的话，煮的时间得长些。"

贝特克此时的样子，好像要向雷本塔扑过来似的，但还尽量平静地问："还想要什么？越橘酱？鱼子酱？"

"要面包。"

"谁说面包了？"

"那厨子公牛——"

"闭上你的鸟嘴。我倒想看看……"贝特克突然变得急迫起来，他要用那条内裤吸引路德维希，那厨子公牛尽可能管他吃好了，可只要自己有丝绸内裤，事情便会出现转机。路德维希可是很爱虚荣的。刀子，他可以去偷。面包，也不是什么难事。而梗狗嘛，其实仅是一只小獾狗。"那明天晚上，"他说，"在厕所后面等着。"

雷本塔往回走去。他还不太相信自己碰到的运气。一只兔子，他要这样告诉营房里的难友，就说他换到了一只兔子。倒不是因为说狗肉会吓着某些人——这些年里，吃死人肉的事情都发生过——因为夸张本身就是交易中的一种乐趣。再说了，他一直喜欢罗曼，所以要用他的牙换些特别的东西。那把刀子在营地里很容易脱手，这样，又有了新本钱可以做买卖。

生意办成了。这天晚上，营区里雾气腾腾，雾如同白云一般四处弥漫。雷本塔蹑手蹑脚向营房走去，那只煮熟的狗和面包藏在他的外套下。

离营房还有一段距离时，他发现马路中央有个摇摇晃晃的影子。他一眼看出那不是普通犯人，普通犯人不会这样走路。他很快认出那是他们22号营房的营房长汉克，他走路的样子，好像是在一条船上。雷本塔马上明白这是怎么回事。这天正是汉克的假日，他一定在什么地方喝了酒。雷本塔明白，现在要想从他身边走过回营房，把狗肉藏起来，再警告大家，已经不可能了。于是，他轻轻溜到营房背面，躲进了黑影里。

汉克碰到的第一个人是维斯特。"嗨，站住！"他喊道，维斯特站住了。"你怎么不留在营房里？"

"我要去上厕所。"

"你就是厕所。你过来！"

维斯特走过去。浓雾中，汉克的面孔朦朦胧胧地出现了。

"叫什么名字？"

"维斯特。"

汉克趔趄了一下："你不叫维斯特。你叫臭烘烘的臭犹太人。你叫什么？"

"我不是犹太人。"

"什么？"汉克说着给他一记耳光，"哪个营房的？"

"22号。"

"居然是22号！是我管的。你这无赖！哪个组的？"

"D组的。"

"躺下！"

维斯特没有服从，仍然站着。汉克向前迈近一步。维斯特这时才看清他的脸，他想逃开，可汉克已经一脚踢到他胫骨上。他是营房长，比小营的其他犯人吃得好，也强壮得多。维斯特当即倒下。汉克又朝他胸部踢了一脚："躺这儿，你这犹太臭猪！"

维斯特平躺在地上。

这时汉克大声喊道："D组的统统出来！"

骷髅似的犯人一个个走了出来，他们知道将发生什么事情。他们中将有人遭到毒打，汉克的饮酒日往往会这样收场。"组长！"汉克口齿含糊不清地叫道，"都到了吗？"

"全都到了。"贝格报告道。

透过蒙蒙迷雾，汉克望着面前那一排排人形。布赫和509也在其中。现在，他们又可以艰难地站立行走了。亚哈随鲁不在行列之中，他和"牧羊犬"留在营房里。如果汉克问起，贝格只能报告他们死了。不过汉克已经酩酊大醉，头脑不清，无法弄清楚站在前面的都是谁了。他从不愿走进营房，唯恐染上伤寒或者痢疾。

"你们谁还想违抗命令？"汉克的声音越来越含糊不清了，"虱子，臭虱子犹太人！"

没有人出声。"立、立正！像个受、受过教育的人站好。"

他们立正了。汉克朝他们呆望了半天，然后转过身，用脚对着躺在地上的维斯特又踢又踩。维斯特竭力用手臂护着自己的头部。汉克踢了一阵子。四周静静的，只能听见汉克的靴子踢打到维斯特肋骨的沉闷的咚咚声。509知道，站在他身边的布赫已愤怒至极，他抓住他的手腕，抓得紧紧的。布赫的手想挣脱，509毫不放松。汉克继续踢着。终于，他踢累了，又踩到维斯特背上跳了几次。维斯特没有动弹。汉克走回来，脸上浸着汗珠。"你们这些犹太人，对你们就该像对虱子一样碾碎。你们是什么？"

他手指颤抖着，指着骷髅似的犯人。"犹太人。"509答道。

汉克这次点点头，对着地面又呆望了几秒钟，然后转过身，向铁丝网那边走去。那里与妇女营相隔。他在那儿站了一会儿，大家能听到他的喘息声。从前他是一个印刷工人，因为伤风败俗的丑行给关进集中营。一年前，他当上了营房长。在铁丝网处站了几分钟后，他走了回来，谁也不看一眼，沿着营地马路走开了。

贝格和卡雷尔忙把维斯特身子翻过来。他已经不省人事。"肋骨踢断了吗？"布赫问道。"他一直踢他的头，"卡雷尔说，"我看见了。"

"咱们把他抬进去吗？"

"不行，"贝格说，"先让他躺在这儿，暂时还是躺在这儿好。里面没有地方。咱们还有水吗？"他们有一个存水的铁罐。贝格这时解开维斯特的外套。布赫说："咱们把他抬进去是不是更好？那畜生恐怕还会回来的。"

"他不会回来了，他已经折腾够了。"

雷本塔这时从营房转角处走过来："他死了？"

"没有，还没死。"

贝格说："汉克把他踢了一顿，要说往常他只是打人，今天一定多灌了些烈酒。"

雷本塔用手臂紧紧压着外套："我弄到了些吃的。"

"小声点！要不然整个营房的人都能听见。你弄到什么了？"

雷本塔低声说："肉。用那颗金牙换的。"

"肉？"

"对，很多肉，还有面包。"

他没有再提兔子，这里不是合适的场合。贝格正跪在黑乎乎的人影旁边，望着地上的人，雷本塔说："也许他还可以吃上一些，是已经煮好的。"

雾更浓了。布赫站在与妇女营相隔的那两道铁丝网处，他悄声唤道："露丝！露丝！"

一个人影走过来。他望过去，可是辨认不清。"露丝，"他又轻声唤道，"是你吗？"

"是。"

"你能看见我吗？"

"能看见。"

"我有些吃的。你能看见我的手吗？"

"看得见。看得见。"

"是肉。我要扔过去了。扔了。"

他把那一小块肉扔过两道铁丝网。这是他那一份的一半。他听见肉在对面地上落下的声音。那人影弯下腰，在地上寻找。"左边！在你左边。"布赫轻声说。"大概在你左边一米的地方。找到了吗？"

"没有。"

"左边。再过去一点。煮熟的！再找找，露丝。"人影停住了。"找到了吗？"

"找到了。"

"那好。赶快吃了。好吃吗？"

"很好吃。还有吗？"

布赫愣住了。"没有了。我的一份已经吃了。"

"你还有！扔过来！"

布赫紧靠在铁丝网上，他能感到上面的尖刺扎着他的皮肤。营地内部的铁丝网倒是不通电。布赫说："你不是露丝！你是露丝吗？"

"是，我是露丝。再给我些！扔过来！"

他突然明白了，那人影不是露丝。露丝不会说这样的话。是浓雾，是激动的心情，是人影和低语，造成了他的错觉。"你不是露丝！你说说，我叫什么？"

"嘘！轻点！扔过来！"

"我叫什么？我叫什么？"

那人影不回答。"肉是给露丝的！给露丝的！"布赫低声说道。

"你得给她！你知道吗？你得给她！"

"我给，我给。你还有吗？"

"没有了！把肉给她！那是她的。不是给你的！是给她的！"

"是啊，当然是她的——"

"把肉给她，要不我——我——"他说不下去了，他还能怎样呢？他知道那人影早已把肉吞下去了。他绝望地扑倒在地，仿佛受到一个看不见的拳头的重击"噢，你这不是人的东西，让雷劈死你。"

他无泪地抽泣着。几个月了，好不容易搞到这么一块肉，竟又这样愚蠢地丢掉了！

对面的人影又在低语:"再给点——我给你看——这儿。"

昏暗中,那人影好像在撩她的裙子,白色迷雾中,她的动作走了样,那里好像有个没有人样的怪物在跳动。

布赫低声骂道:"混蛋!你这混蛋!你不得好死!我真蠢,我真蠢啊!"

把肉扔过去前,他应该先问清楚才对,或者应该看清楚了再说。可那样的话,他很可能忍不住,自己先把肉吃了。漫漫雾色对他本来是件好事,他想趁机赶快把肉送给露丝。可现在呢,他后悔莫及,连连哀叹,一个劲将拳头往地上捶。"我真蠢!我真蠢!我都干了什么啊!"一块肉就能延长一段生命啊,他绝望得差不多要呕吐了。

夜晚的凉气使他清醒过来。他踉跄着走回来。营房前他被一个人绊了一下,然后他看到了509。

"这是谁?是维斯特?"他问。

"是的。"

"他死了?"

"死了。"

布赫俯下身,去看地上的那张脸。那张脸被雾气打湿了,还能看到上面汉克踢出的一块块黑印。布赫望着维斯特的脸,想起自己失去的那块肉,对他来说,忽然这两件事似乎很有关联。

布赫说:"他妈的,我们刚才为什么不能救救他?"

509抬头瞥了他一眼:"你胡说什么?我们能救吗?"

"我们能救,也许能救。为什么不能?别的事情我们不是也做到了?"

509没有作声。布赫在他旁边坐下来:"咱们不是在韦伯那儿挺过来了?"

509望着浓雾,心想,瞧,又来了,虚荣的英雄主义,老毛病了。

这么多年，终于有了一次略微成功的反抗体验，可刚过去没几天，这个年轻人又开始狂热起来，浪漫的幻想往往会让人忘记危险。

想到这儿，509 说："你以为我们在党卫队韦伯那儿挺了过来，就一定能对付喝醉酒的营房长了，是不是？"

"是呀。为什么不能？"

"那咱们刚才该做什么？"

"我不知道。但总得做些什么，总不能眼看着维斯特被活活踢死。"

"我们应该六个人或者八个人一起向汉克扑过去，你是这个意思吗？"

"不是，那没用。他比咱们劲儿大。"

"那咱们还能做什么？跟他讲理？叫他理智些？"

布赫没有回答。他明白，这些都没用。509 观察了他一会儿，然后说："你听我说，上次和韦伯打交道，咱们没什么好顾虑的。咱们就不签字，结果咱们居然走了运。可是如果今天晚上咱们对汉克有什么轻举妄动，他就会把咱们打死个一两个，然后报告说整个营房叛乱了。贝格和其他几个人可能会被送上绞架。维斯特更是必死无疑。接下来会连续几天停止分发饭菜，那样又会饿死十几个。你说呢？"

布赫犹豫了一阵。"很可能。"

"你还知道有别的可能吗？"

布赫想了想，说："不知道。"

"我也不知道。维斯特有些精神不正常，同汉克差不多。如果他顺着汉克的心思说话，也许只被踢几脚便没事了。他是个好人，本来咱们可以用到他。他太傻了。"

这时 509 的脸转向布赫，声音中充满苦楚："你以为只有你一个人坐在这儿思念他吗？"

"不是。"

"如果咱俩没在韦伯那儿挺过来，也许他不会顶嘴，而是会活下来。很可能就是因为这事，让他今天不够小心谨慎。你没有想到这一点吗？"

"没有。"布赫望着509，"你认为是这样？"

"这是可能的。我还经历过更蠢的事，而且还发生在一些优秀的人身上。如果他们觉得必须展现勇气了，那他们越优秀，行为就越愚蠢。全是该死的书本上的胡扯！你认识21号营房的魏格纳吗？"

"认识。"

"他已经毁了。他本来是条汉子，勇敢的汉子。可是太过勇敢了。他坚持不懈地反抗。党卫队有两年让他搞得不得安生，韦伯差不多爱上了他。两年后，他完了，永远地毁了。为什么？我们本来可以用上他，可他抑制不住自己的勇气。像他这样的人很多很多。剩下的没几个了，没给毁掉的就更少了。所以汉克在维斯特身上乱踏的时候，我抓住了你的手腕，所以他问我们是什么的时候，我那样回答。现在你明白了吗？"

"你觉得维斯特——"

"现在无所谓了，他已经死了——"

布赫沉默了。现在他能更清楚地看到509的面庞。浓雾稍稍散了一些，月光从某一处透了过来。509微微挺了挺身子。他脸上青一块紫一块的，满是伤痕瘢疤。布赫忽然想起一些他听说过的事情，有关509和韦伯的事情。以前509一定也是一个像他刚才提到的那种人。

"你听我说，"509接着说，"仔细听我说，所谓不可摧毁的意志全是他妈的浪漫故事。我认识一些出色的人物，结果他们无异于只会咆哮的动物。几乎所有的反抗都会被击垮，需要的只是足够的时间和时机。而那边的那些人，"他朝党卫队营地方向做了个手势，"他们有的就是这些。这点他们知道得很清楚，结果都让他们给查出来了。想反抗，重要的是要知道，要达到什么目的，而非外在的表象。毫无意义的勇气无异于自杀。我们一无所有，所剩的就是那么一点儿反抗意志了。我们要把它藏好，不能让他们看见。只有在万不得已的时候才能孤注一掷，就像上次咱们对付韦伯那样。不然……"月光照到维斯特身上，在他的脸颊和颈脖上缓缓游移。509 又小声说："咱们之间必须得有几个人坚持下来，有几个人不能被毁掉。这也是为了将来，这一切不能就这样算了。"

他身子向后靠去，他已经疲惫不堪。思维与跑步一样，会令人疲惫。饥饿和衰弱一般会使人不能思考问题，不过有时也会无缘无故地出现一阵轻松，一切事物忽然变得分外清晰，你可以在一段短时间内看得很远，直到疲惫的云雾再次将一切覆盖。

"必须得有几个人活下去——几个没有毁掉的人，不会忘记这一切的人。"

说完，509 望了布赫一眼。他比我年轻二十多岁，他想，他还能做很多事，他还没有给毁掉。而我呢？时间啊，他突然感到有点绝望。时间吞噬着，吞噬着。只有这一切都过去时，人们才会注意到发生的事情。在这集中营的十年，对每个人来说都像二十年、三十年一样长。谁还能再有什么力量？而此时正需要的就是无尽的力量啊。

509 说："一旦我们从这里出去，他们是不会在我们面前下跪的。他们会千方百计地矢口否认这一切，试图忘掉这一切。我们中的很多人，也不会愿意再追忆这段往事。"

"我不会忘记的。"布赫阴沉地说，"这些事我不会忘记，一切我都不会忘记。"

"这很好。"

疲惫的浪潮更强烈地冲击过来，509 合上了眼睛，不过他马上又睁开了。他还有些话要说，免得等会儿又忘了。布赫应该知道，他可能是唯一一个能够从这里逃出去的，让他知道这点十分重要。于是他艰难地说："汉克不是纳粹。他跟我们一样是囚犯。他在外面可能永远不会杀人，而在这儿他却下得了手，因为他手里有权力。他知道，如果我们诉苦抱怨，一点儿用处都没有。他会受到庇护，他没有任何责任。这就是根本原因，有权力，但没有责任——如果权力太大，又在不合适的人手里，权力太大——不管在什么人手里——你明白吗？"

"我明白。"布赫说。

509点点头，接着说："此外还有其他的，比如心灵的惰性——恐惧——良心的躲闪回避，这些就是我们的悲哀，这就是我今天，今天一晚上想的问题。"

疲惫正像一朵黑云令人难以招架地向他袭来。509从衣兜里掏出一块面包："这个——我不要了——吃过肉了——给露丝吧！"

布赫望着他，没有动弹。509又说："刚才你在那边，我都听到了。"他说得很吃力，声音低沉，"给她吧，这——"他的头向前垂下去，但他还是再次抬了起来，那伤痕斑驳的脸上露出一丝微笑，"去，给她——这也——很重要。"

布赫接过面包，向妇女营那边的铁丝网走去。此时雾气升腾到了一人高度，不过下面已经很清晰了。这就产生了一种鬼魅森森的景观，那些在路上蹒跚着要去厕所的"穆斯林"好像都没了脑袋。过了一会儿，露丝来了。她也同样没有脑袋。"蹲下来。"布赫轻声道。

两个人都蹲到了地上。布赫把面包扔了过去。他考虑一下要不要告诉她，他刚才还给她带肉的事，不过他没说。"露丝，"他说，"我想咱们会从这儿出去的……"

露丝嘴里塞满了面包，什么也说不出来。她眼睛睁得很大，凝视着他。布赫说："我现在真的相信，咱们会出去的……"

他也不明白，自己怎么忽然相信能从这里脱身了。这一定跟509有关，跟他刚才说的那些话有关。布赫走回营房，509已经睡熟了，他的头紧挨在维斯特的头旁边。两张脸上都伤痕累累。布赫几乎分不清他们中的哪一个还在喘气。他没有唤醒509，他知道他这样在外面等莱文斯基已经等了两天了。夜晚并不十分寒冷，但布赫还是把维斯特和另外两个死人的外套扯下来，盖到了509的身上。

9

　　两天之后，空袭再次发生。那天晚上约莫八点的时候，四下突然响起刺耳的警报声。没过多久，第一批炸弹自天而降，它们如阵雨似的从天而降，高射炮的声响比爆炸声也低不了多少。末了，还掉下一些大口径炸弹。梅伦报社燃起大火，报社印不出新报纸了。机器被烧熔变形，一卷一卷的纸张燃烧爆裂着飞向黑色夜空，大楼随之缓缓倾倒。

　　十万马克，纽鲍尔心想，我那十万马克就这么给烧光了！那可是十万呢，从没想到，这么多钱会这么快就烧个精光。他妈的，这些臭猪！早知如此，我就买矿山股票了。可矿山坑道也会被炸毁，也不再安全了。据说，鲁尔区已经被炸毁了，现在哪儿还有安全可言？

　　纽鲍尔的制服因落上一层纸灰而成了灰衣，他眼睛被烟熏得通红。对面那家雪茄店现在成了一片废墟，那也是他的财产啊。昨天还是一棵摇钱树，今天却成了一堆灰烬。又是三万马克灰飞烟灭了，也许还是四万呢。一个晚上竟损失了这么多钱！我们的党在哪儿？此时人人都自顾不暇。保险公司呢？要是今晚被炸毁的都能得到赔偿，保险公司肯定会破产的。再说，他平时付的保险费太少，节省得真不是地方。而且空袭的损失会不会被认可接受，也是一个未知数。战争结束后，大量赔款就会送到，话倒是一直这么说的。但那是得取得胜利以后，战败国就得赔偿一切。可是，说是这样说的！你等着吧，恐怕要等很长时间呢！现在若想重新开始已经太晚了。再说了为什么再开始？谁知道明天会不会挨炸？

眼前的雪茄店成了黑色的断墙残壁。五千支德国哨兵牌雪茄已在里面焚尽了。咳，算了，这也没什么。可那时候自己为什么要告发中队长弗莱伯呢？因为责任感？胡扯！他的责任感正在那里燃烧着，快被烧成灰烬了。一共十三万马克呢。这样的大火还有可能再来一次，他那座约瑟夫·布兰克商业楼也有可能挨上几颗炸弹，还有他自己的住宅和果园也有可能——这一切明天就可能发生——那样的话，他便又回到原来起步的地方了，或许比当年还不如呢！他已经老了！大不如前了！突然，一些念头无声无息地袭上他的心头，那是一些一直潜伏在他脑子里、一直遭摈弃、遭驱逐、被赶到角落里的念头。假若他的财产没遭受损失，他不会允许这些念头冒出来：那就是怀疑和恐惧。而迄今为止，它们一直受到恐惧感的压抑，从没有显露过。此刻，它们却突然冲出樊笼，瞪视着他。它们就坐在雪茄烟店的废墟里，骑在报社大楼的残壁断墙之上。它们在对他狞笑，锐利的爪子恫吓着指向未来。

纽鲍尔红润肥胖的后颈脖发热出汗了，他不安地向后退去，有一阵子他什么都看不见。他心中明白，但还是不愿意承认：这场战争输定了。

"不会的，"他大声对自己说，"不会的，不会，一定还——元首——奇迹会出现的——无论如何——当然还会——"

他四下望去，不见一个人影。甚至连救火的人也没有。

赛尔玛·纽鲍尔终于不说话了。她脸庞浮肿，法国丝绸晨衫上泪迹斑斑，一双肥手哆哆嗦嗦。

"他们今晚不会再来了，"纽鲍尔把握不大地说，"整座城市到处是火，他们还能炸哪儿呢？"

"你的房子、你的商业楼，还有你的果园，都还好着呢，不是吗？"纽鲍尔克制着气恼和突如其来的恐惧。他知道，那本来也都可能。

"胡扯！他们不会专门来炸这些。"

"还有别的房子、别的商店和工厂。没炸到的还多着呢。"

"赛尔玛——"

她打断他道："你想怎么说就怎么说吧，我反正得上山。"她的脸又红了，"我要上山到你那儿去，就算得挨着犯人睡觉，我反正不留在城里！不留在这个鼠笼子里等着挨炸！我还不想死！你倒是在安全地带，别人是不是安全，你无所谓。你反正不会挨炸，事情总是这样，什么都得让我们自己来解决！你总这样！"

纽鲍尔望着她，生气地说道："我从来都不这样。这你知道！看看你身上的衣服！你的鞋！还有你的晨衫！样样都是巴黎货。谁给你买的？我！还有你的镂花内衣，那是比利时的上乘货！都是我给你买的。你的皮大衣和毛毯，也是我为你在华沙订购的。看看你地窖里存的食品！你们住的房子！都是我为你置好的。"

"你还是忘了一样东西，忘买棺材了。你现在还能买，还来得及。明天早晨棺材就要涨价。反正整个德国，也没剩多少棺材了。不过，你总可以在你们山上的营地让人做一个，反正你有的是人做这种事。"

"你就这么对待我？我为你冒了多少风险，你就这样报答我？这就是你的报答！"

赛尔玛根本不听纽鲍尔说什么，她说："我不想给烧死，我不想给炸个粉碎。"她转向女儿，"弗莱娅，你听见你父亲说的话了吧！这就是你的亲生父亲！我们只要求晚上到山上他那儿睡觉，只为活命，别无他求。他却不同意。党啊，党啊，迪茨会怎么说？对空袭迪茨说什么了？党为什么什么都不做？"

"你安静点，赛尔玛！"

"'你安静点，赛尔玛！'弗莱娅，你听见了吗？'安静点！乖乖地别动！安静地去死！安静点，赛尔玛！'除了这，他就不会说别的了。"

"五万人都处于同样的境地，"纽鲍尔疲倦地说，"大家都——"

"五万人与我无关。我要是死了，五万人才不会过问呢。收起你的统计数字，留着等你在党内作报告时用吧。"

"噢，我的上帝——"

"上帝？上帝在哪儿？你们这帮人早把上帝撵走了。别跟我说什么上帝！"

纽鲍尔想，我为什么不给她一巴掌？我怎么突然觉得疲惫不堪？就该把她打趴下，再重重踩上一脚！狠下心！要强硬些！十三万马克都没了！这个婆娘还吵吵闹闹！一定要镇住。对，要抢救！什么？抢救什么？抢救到什么地方去？

他坐进一把扶手椅。他不知道的是，这是一把18世纪出产的精致的靠背圈椅，面料为法国哥白林织毯[1]，本是朗贝伯爵夫人的家产。他知道的不过是这把椅子外表华贵。就为这华贵的外表，几年前，他从一位巴黎来的少校手里把这把椅子连同其他几件家具买了下来。

"给我拿瓶冰镇啤酒来，弗莱娅。"

"弗莱娅，给我拿瓶冰镇香槟！在他上山之前，他还能喝点什么！砰！砰！砰！让瓶塞崩出响来！取得的胜利一定得庆祝啊！"

"行了，行了，赛尔玛！"

女儿进了厨房。赛尔玛站了起来，说："怎么样？行还是不行？晚上我们能不能到你们山上去？"纽鲍尔望着他的靴子，上面满是灰土，他想，这灰土可值十三万马克啊，嘴里却说："如果你们现在突然搬到山上去住，别人会有闲话的。并不是因为这不允许，而是因为我们没有这样的先例。别人会说我利用职权，而他们只得留在下面城里。其实，现

---

[1] 法国巴黎哥白林生产的挂毯、家具及家具装饰织物在18世纪闻名于欧洲，多为王公贵族家庭选用。

在山上比山下更危险。下次就该轮到营地了，我们山上有重要的军火工厂。"他说的不全是假话，但他推诿的真正原因是想自己待在上面。那山上有他所谓的私生活。他有报纸看，有干邑白兰地喝，有时还会有女人来做伴，这个女人比赛尔玛轻三十公斤，他说话时，她总是洗耳恭听，还把他当男子汉，当思想家，当温柔的骑士来敬慕。艰辛的生存斗争之余，这都是他需要的一点简单的娱乐。

"他们爱怎么说就怎么说！"赛尔玛说，"你不能不管你的家人！"

"咱们过会儿再谈吧。现在我还得去党部，得到那儿看看有什么新政策。也许已经准备向农村疏散人口了，当然是那些失去了住所的人。不过，你们也许也可以——"

"什么也许也许的！要把我留在城里，我就满大街乱跑，我要喊，我要喊——"

弗莱娅把啤酒取来了，不是冰镇的。纽鲍尔喝了几口，情绪镇定了些，然后站起身。

"你倒是说说，行还是不行？"赛尔玛问。

"我一会儿就回来，回来再说。我先得弄清楚有些什么新政策。"

"你说吧，行还是不行？"

纽鲍尔看见弗莱娅正在她母亲背后对他点头，示意让他先答应下来。

"那好吧，行。"他悻悻地说。

赛尔玛·纽鲍尔张了一下大嘴。她内心的紧张松弛了下来，好像气球中的气体泄出去了一样。她一下子坐到沙发上，那沙发同那把18世纪的圈椅是一套。突然间，她不过成了一堆软肉，她抽抽噎噎哆哆嗦嗦道："我还不想死——不想死——不想——跟这些漂亮家具一起——不想现在就……"

她蓬乱的头发上方，可以看到沙发背上哥白林织面的图案。那上面几个牧童和牧羊女正面带18世纪嘲讽式的微笑，无动于衷、快活地眼望着茫茫虚空。

纽鲍尔厌恶地望着妻子。她活得倒挺省心，想喊就喊，想叫就叫。可是谁来问问他内心怎么想？他什么都得往肚子里咽，总得装出信心满怀的样子，要像大海中的磐石般坚强。十三万马克全完了，她连问都不问。

"好好照顾她。"他对弗莱娅说道，然后走了。

天已经黑了，两个苏联犯人还在房子后面的花园里干活。这是几天前纽鲍尔给他们安排的工作。他叫他们把地尽快翻好，他要在那儿种郁金香。除了郁金香，还要种一些欧芹、墨角兰、罗勒等调味作物。做青菜色拉和调味汁时，他喜欢加这些香料。这已经是几天前的事了，可好像已经过去很久了。现在他还可以把烧光的雪茄烟种到里面，把报社熔化了的铅字种到里面。

看见纽鲍尔走近，两个犯人在铁锹上向他鞠躬致意。"有什么好看的？"纽鲍尔问，他一直压在心里的怒气突然发泄了出来。两人中年长的一位用俄语回答了几句。

"我是说你们看什么！你还盯着我看！你们这些布尔什维克臭猪！这么没规矩！平民百姓的私有财产都给毁了，你们是不是特别高兴？"苏联人没有回答。

"接着干活儿！你们这两只懒狗！"

两个苏联人听不懂他的话，他们盯着他看，想看出他的意思。纽鲍尔抬腿冲着一个犯人的腹部便是一脚。那人摔倒了，又慢慢爬起来。犯人撑着铲子站好，然后把铁铲握在手中。纽鲍尔看着他的眼睛，还看到他两手握铁铲的架势。忽然，他心中感到巨大的恐惧，他当即拔出左轮手枪，叫道："你这混蛋，想造反，嗯？"说着用手枪枪把朝那人两眼中间打了过去。那苏联人颓然倒下，没有再爬起来。纽鲍尔喘着粗气，高声叫道："说毙了你，我就能把你毙了。你还想造反！还想举铲子打人！就该枪毙！对你们都太客气了，换了别人早就把他一枪结果了。"望了一眼僵直地站在旁边的警卫，他又说："要是别人，早把他一枪打死了。您看见没有，他还想举起铲子呢？"

"是的，大队长先生。"

"去，给他脑袋上浇壶水。"

纽鲍尔又朝另一个苏联人望去。那人把头低在铲子上，脸上毫无表情。邻近田埂上，一只狗突然发疯似的狂吠起来，那边晾着的衣服在风中飘荡。纽鲍尔觉得口干舌燥，他离开了花园。他的手在发抖。这是怎么回事？我害怕了？不怕，我不怕！我才不怕这些可恶的苏联人呢。那怕什么呢？我是怎么啦？什么都没发生。我只是太客气了，别的什么都没有。韦伯会用棍子把那家伙慢慢打死的。迪茨也会当场毙了他。可我不这样。我太心慈手软了，这是我的弱点。我干什么都太心软，对赛尔玛也这样。

汽车停在外边。纽鲍尔钻进汽车，坐直后说："阿尔弗里德，去新党部。路通吗？"

"只能绕城过去。"

"好吧，那就绕吧。"

汽车掉了个头。纽鲍尔瞥见了司机的面孔，问道："阿尔弗里德，出什么事了？"

"我母亲给炸死了。"

纽鲍尔的身子开始不安地前后晃动。他妈的，又是一桩事！十三万马克没有了，赛尔玛吵起来没完没了，现在他还得来安慰别人："阿尔弗里德，我真难过。"然后他采用了军人式的简捷方式，想把这个话题尽快结束。"这些混蛋！屠杀妇女儿童的刽子手！"

"咱们也炸了他们。"阿尔弗里德一边注意着前方道路，一边说，"咱们先动手的。我也参战了，在我受伤退役之前，在华沙，在鹿特丹，在考文垂。"

纽鲍尔惊愕地瞪着他看。他妈的，今天这是怎么啦，先是赛尔玛，

126

现在又是这个司机？一切都乱了套了？"这事可不同，阿尔弗里德。"他说，"这完全是两回事。那时候我们是出于战略上的需要，都是必要的，而现在纯粹是屠杀平民。"

阿尔弗里德没有答话，他在想他母亲，想华沙、鹿特丹和考文垂那些事，想那个肥胖的德国空军元帅。他生气地把汽车拐过街角。

纽鲍尔接着说道："阿尔弗里德，不能有这种想法。这差不多是叛变行为！当然在您现在这样的痛苦时刻，这还是可以理解的，但还是不能允许。我不希望听到这样的话。命令就是命令，执行命令我们问心无愧。后悔不是德国人的品格，胡思乱想也不是。元首是胸有成竹的，我们紧紧跟随，这就够了。对那些刽子手，元首会给予狠狠回击的！我们要给出两倍、三倍的回击！我们还有秘密武器！我们会让他们跪倒在地的！我们在用 V-1 飞弹轰炸英国，不论白天黑夜。我们要用上所有的新式武器，要把英国整个岛炸成灰烬。最后的时刻已经到了，美国也别想逃掉，他们得偿还这笔血债！两倍、三倍地偿还！两倍、三倍地偿还！"纽鲍尔说着，自己也感到充满信心起来，而且自己几乎也能相信自己的这些胡诌了。

他从皮盒里取出一支雪茄，咬去烟头。突然有一种想说什么的强烈欲望，他还想说下去。但他没再开口，他看到了阿尔弗里德紧绷的嘴唇。谁来关心我？他想，每人都只关心自己的事情。我应该去郊外果园看看。那些小兔子，柔软可爱，毛茸茸的，暮色中会闪动红红的圆眼睛。还是个小男孩的时候，他就想养小兔子。可那时候父亲不允许。如今他夙愿已偿。那干草，那兔毛，那新鲜菜叶的气味有多迷人，童年回忆里有多少受呵护的温馨，那里有多少已被忘却的梦境。一个人有时候是多么孤独啊！十三万马克说没就没了。小时候他最多有过七十五芬尼，而那点钱两天后还让人偷了。

火焰在各处窜动着，跳荡着。老城区的房子几乎全是木质结构，它们一栋栋燃起，就像擦燃的火柴。火焰映在河水里，河水好像也在燃烧。

凡是能走动的老兵油子们都挨到了营房外面，他们黑乎乎地蹲到一起。殷红的黑暗中，他们看到机枪岗楼上空空如也。天空中层云密布，柔和的灰色云层有着火烈鸟羽毛般的淡红色光泽。连他们身后层层叠叠的死人的眼睛上，也闪动着火花。

一阵很轻微的声响引起了509的注意，莱文斯基从地面上扬起头来，509深深吸了口气，然后站起身来。自从他又能爬行以来，他一直盼着这一时刻。其实他可以坐着，但他还是站了起来。他想让莱文斯基看到，他能走路，没有残疾。

"全好了？"莱文斯基问。

"当然。把咱们毁掉可没那么容易。"

莱文斯基点点头："咱们找个地方谈谈？"

他们走到死人堆的另一面，莱文斯基朝四下迅速扫了一下："你们这儿的岗哨还没回来？"

"这儿没什么可警戒的，我们这儿没人逃跑。"

"我也这么估计的。晚上也没有查夜的？"

"几乎没有。"

"白天情况怎么样？党卫队常到营房来吗？"

"差不多不来。他们怕沾上虱子，怕染上痢疾和伤寒。"

"你们的营房看守呢？"

"他只是点名的时候来。除此之外，他不大管我们。"

"他叫什么名字？"

"勃尔特，是个党卫队小队长。"

莱文斯基点点头："营房长都不在营房里睡，对吗？只有组长睡在营房里。你们组长怎么样？"

"你那天还跟他说了话，是贝格。不会有比他更好更理想的了。"

"就是那个医生，现在在焚尸场工作？"

"对。你的消息还很灵通。"

"我们打听过了。你们这儿营房长是谁？"

"是汉克。一个刑事犯。前几天把我们一个人给活活踢死了。"

"他很厉害？"

"倒也不是，但很坏，不过他对我们的情况不了解，也怕染上什么病，只认识我们中的几个人。这里的人变动太频繁，营房看守知道的情况更少，组织管理基本上靠组长。这里可以做不少事情。这也是你要了解的，是不是？"

"是的，这正是我要了解的。你很了解我。"这时莱文斯基有些吃惊地望着 509 罩衫上红三角的标记，这是他没有料到的。"你是共产党？"他问。

509 摇了摇头。

"社会民主党？"

"不是。"

"那是什么？你肯定不是普通人。"

509 抬起头来。他眼睛四周的皮肤由于淤血还是淤痕累累，相比之下，那双眼睛显得分外明亮，在火光映照下，它们几乎透明地闪着光亮，跟毁坏的昏暗脸颊好像很不相称。509 对莱文斯基说："我是一个人，如果这么说你能满意的话。"

"什么？"

"没什么，什么都不是。"

莱文斯基愣了半晌，随后略带善意的轻蔑说道："哦，这么回事，理想主义者。你要是愿意，你尽可以接着当，我没意见，只要我们能信任你们。"

"这你尽管放心，我们这些人你完全可以相信。他们都是在这儿时间最长的。"

509 咧开了嘴。"都是老兵油子。"

"其余的呢？"

"也可以放心。他们是'穆斯林'，跟死人一样让人放心，只有争吃的和躺着死去的能耐，没有出卖的力气了。"

莱文斯基这时对 509 瞧了一眼："这就是说，有人可以过来躲上一段时间，至少能躲上几天？是这样吗？这样会不会惹人注意？"

"不会的，只要他不太胖。"

莱文斯基没理睬 509 的嘲弄，靠得更近了些："我们那边最近有些情况，许多营房当营房长的红政治犯让绿刑事犯顶替了。据说党卫队有什么'夜雾转运计划'[1]。你知道那意味着什么——"

"我知道。就是把犯人转运到灭绝营去。"

"对。还有关于大屠杀的说法，这是从别的营地转来的犯人带来的消息。我们得做一下准备，组织抵抗力量，党卫队不会轻易罢休了。到目前为止，在这方面我们一直没想到你们——"

"你们以为我们都会像半死不活的鱼一样在这儿死去，是不是？"

"是这样，可是现在不是了。我们需要你们。如果我们那边风声紧起来，几个重要人物得躲上一段时间。"

"营地医院不再安全了？"

莱文斯基又朝上方看了一眼："这事你也知道？"

"对，我知道。"

"你在那边时是我们组织里的人吗？"

"这都不重要，"509 说，"现在那边情况怎么样？"

现在莱文斯基回答的语气完全两样了："在医院里，情况不如从前了。我们还有几个人在里边，不过最近一段时间以来他们监视得很

---

[1] 1941 年 12 月 7 日，希特勒亲自颁布了"夜雾命令"（Nacht und Nebel Erlass），专门处置西欧占领区危及德国利益及反抗纳粹当政的罪犯，要求借夜雾将他们不留痕迹地押往德国。

严密。"

"斑疹热和伤寒病房的情况呢？"

"病房还在我们手中，不过这不够，还得准备一些地方来藏人。在我们营房里只能待上几天。晚上党卫队有时会搞突然袭击，过来检查。"

509说："我明白了，你们需要一个像这里的地方，人员变化频繁，又很少有检查。"

"正是这样，而且得有我们信得过的人控制。"

"在我们这儿，你尽可放心。"

509想，我这不是在赞美小营嘛，就像给一家面包店做广告揽生意似的。他又说："贝格是怎么回事？你们都了解了什么？"

"只知道他在焚尸场工作。我们在那儿还没有人，如果有什么消息他可以给我们通个信儿吗？"

"这个他会的。他在焚尸场就管从死人嘴里拔金牙，写死亡证书或者类似的工作。在那儿他干了两个月了。上次人员变动时，以前在那儿干活儿的犯人医生和焚尸场负责火化的一班子人让夜雾行动给运走了。后来，有个牙医又在那儿干了些日子。那人死后，他们就把贝格调去了。"

莱文斯基点点头说："这么说来，他还有两三个月的时间。这两三个月做些前期工作也足够了。"

"是啊，是够了。"509抬起他青一块紫一块的脸说。他知道凡是在焚尸场工作的犯人，每隔四五个月就要被换下，送到灭绝营用毒气毒死，这是干掉证人最简单的方法。这些人亲眼所见的事情太多了，所以贝格充其量还能活上三个月。不过这三个月也是不短的时间了。这期间，有可能发生很多变化，特别是现在有了劳工营难友的帮助。509问："那你们能帮我们什么呢，莱文斯基？"

"就像你们帮我们一样啊。"

"这对我们不很重要，我们暂时还不需要把什么人藏起来，我们现在急需的是吃的东西，是食物。"

莱文斯基沉默片刻，说："可是我们管不了你们整个营房啊，这你也是知道的！"

"这是当然。我说的也不是这个意思。我们不过十来个人，那些'穆斯林'反正怎么都救不了了！"

"我们自己有的也很少，不然就不会每天都有很多人转押到小营来了。"

"这个我也知道。我说的不是要让我们吃饱，我们只希望不给饿死就好。"

"我们省下来的食物，要给那些藏着的人。他们分不到口粮。当然，我们会尽力帮助你们。这样行吗？"

509觉得，有这句话已经足够了，可是这句话又等于什么都没答应，只是一句许诺。不过在自己营房没有做出什么可以让人报答的事情之前，又能提什么要求呢？于是，他说："行，就这样吧。"

"那好。还得跟贝格谈谈。他可以做你们的联络员，他能到我们劳工营来，这就简单多了，其他的人你负责一下，知道我的人越少越好。两组之间总是只有一个联络员，再有一个当候补。还是老原则，你是知道的，是不是？"莱文斯基目光敏锐地望着509。509说："这我知道。"

莱文斯基在殷红的黑暗中爬走了，他经过营房和厕所后面向出口处匍匐而去。509摸索着走回来。蓦然间，他感到非常疲倦，就好像他说了一整天的话，紧张思考了一整天似的。从禁闭室回来后，他一直在等着同莱文斯基进行这样的面谈，现在他觉得自己的头在发晕。山下的城市宛若一座巨大通红的铁炉。他爬到贝格那儿，对他说："艾夫拉姆，我想咱们有救了。"亚哈随鲁爬了过来，"你跟他谈了？"

"谈了，老头儿。他们愿意帮助我们。咱们也会帮他们。"

"咱们帮他们？"

"对啊，"509说着，挺了挺身子，他不再感到头晕了，"咱们也得帮他们。彼此彼此，有来有往嘛。"

他的话中带着些傻乎乎的自豪。他们不会平白无故获得帮助的，他们也可以报答别人，他们仍然有用，甚至还能帮助劳工营里的难友。像他们这样骷髅般的犯人，体力衰竭，形容枯槁，一阵稍强些的风就可以把他们吹倒——可是此时此刻，他们对此一点都没觉察。"咱们不再孤立了，"509说，"同大营取得了联系，这就是说，封锁隔离已经被打破了。"这话仿佛是说：我们不再注定要死了，我们尚有一线希望。希望与绝望之间有着如此的天壤之别！

"从今往后，咱们要经常这样想。"他说，"要把它吃下去，像吃面包和吃肉一样。最后的时刻就要到了，这是肯定的，咱们会离开这里的。以前，这个念头能将咱们置于死地，因为它太遥远了，咱们只能一次一次地失望。可这一切都过去了。现在，希望就在咱们面前，这次它一定能帮咱们。咱们要用脑子把它吃下去，像吃肉一样。"

雷本塔问："他没带来什么新消息吗？没有报纸什么的？"

"没有。全都禁止了。不过他们在偷偷装一台收音机，零件是从垃圾里捡到的，或是偷来的，几天以后就可以收听了。也许他们会把它藏到咱们这儿来，那咱们就可以了解事态发展了。"说着509从衣袋里掏出两块面包，那是莱文斯基留下的。他把面包递给贝格："这，拿着，艾夫拉姆，你分一下，他以后还会带来。"

每个人都得到了一份面包，他们慢慢嚼起来。此时，这面包的味道不同于以前所有的面包。山脚深处，城市在灼烧。他们的背后堆放着死尸。几个人蹲在一起静静地嚼面包，这好似一次奇异的圣餐，把他们跟营房其他人区分开来，跟"穆斯林"区分开来。现在，他们找到志同道合的难友了，有了目标，战斗就要开始了。此时此刻，他们眺望起田野和山丘，眺望起夜色中山下的城市。没有人再去看铁丝网，看那座座机枪岗楼。

10

纽鲍尔把写字台上的那张纸又举了起来。心想，这些家伙的差事倒挺简单，发这么一份命令就了事了。这命令的弹性很大，执行起来可以有各种可能的方式。读起来好似无关紧要，实际上却别有用意。通知说，要把比较重要的政治犯开列一个名单，后面还加了一句：如果营地里还有这样的犯人的话。关键的地方就在这，其中的寓意很明显。要领会它，根本用不着今天上午去迪茨那儿开会。迪茨嘴上说得倒容易，他说，您得把危险分子收拾了，在这样的艰难时刻，我们不能把险要的敌人还留在我们中间，不能再接着养活他们。动动嘴皮子总是很容易，可执行就是另一码事了。照理说，这样的事必须有详尽的书面指令，可迪茨没给出任何书面的东西。他妈的这纸命令又非真正的命令，下这道命令的人可以不负任何责任。

纽鲍尔把那张纸推在一旁，他掏出一支雪茄。雪茄越来越少了，还剩四盒，抽完后就只能抽德国哨兵牌雪茄了，而德国哨兵雪茄也所剩无几，差不多全烧光了。充裕时就应该未雨绸缪，可是谁能料想，事情能发展到这种地步？

韦伯走了进来。纽鲍尔略微犹豫后把烟盒推过去，假装亲热道："来一支，这可是珍品，纯正的古巴帕塔加斯雪茄。"

"谢谢，我只抽纸烟。"

"原来是这样，我总忘。好吧，那您就抽您的棺材钉吧。"

韦伯忍着不笑。这老家伙这么殷勤，肯定是有难事了。一边想，他一边从自己衣服口袋里掏出一个扁平的金质烟盒，把一支香烟在那上面叩了叩。1933年时，这烟盒还是一位名叫阿伦·魏岑布鲁特的法律顾问的财产。凑巧的是，他姓名的缩写A.W.同自己安东·韦伯的一模一样。这是他多年来占为己有的唯一一件物品。他在物质上没什么需要，也不大在乎占有什么。

这时，纽鲍尔对他说："刚来了一道命令。在这儿，您先看一看吧。"

韦伯拿起那张纸。他读得很慢，用了很长时间。纽鲍尔不耐烦了："其余的都不重要，跟我们有关的只是关于政治犯的那一段。您看，这类人我们大概还有多少？"

韦伯把那张纸放回桌上。它滑过光滑的桌面，碰到了插着紫罗兰的小玻璃花瓶。韦伯说："我一时很难说出准确数字。大概是犯人的一半吧，也许比一半多，也许比一半少。戴红三角的都是政治犯，当然，这里面不包括外国人。剩下的一半是刑事犯，还有同性恋者、信奉原教旨主义的等等。"

纽鲍尔抬头看了一眼，他不知道韦伯是不是有意在装傻充愣，不过韦伯脸上看不出什么。纽鲍尔说："我不是这个意思。戴红三角的并不都是政治犯。不是这公文中指的政治犯。"

"当然不是。红三角只是一个粗略的分类标志，他们可以是犹太人或天主教徒，也可以是民主党人、社会民主党人、共产党人或者鬼才知道的什么人。"

这些情况纽鲍尔也知道。已经十年了，这些事用不着韦伯来告诉他。他有种不太肯定的感觉，好像他的属下、这位集中营看守长又在取笑他。不过他还是不动声色地问："那真正的政治犯是怎么回事？"

"大部分是指共产党员。"

"我们可以把这些人确定下来吗？"

"这没问题，都写在档案里了。"

"除他们以外，我们这儿还有什么重要的政治人物？"

"我可以让人调查一下。可能还有一些报界新闻人士、社会民主党人和民主党人。"

纽鲍尔喷出一口帕塔加斯雪茄烟。奇怪，这雪茄真的很神奇，抽上两口就能让人镇静下来，而且变得乐观了。"那好吧！"他亲切地说，"先把这些查清楚，弄个确切的名单上来。然后咱们再看看，到底怎么个报告法。您看如何？"

"没问题。"

"不用着急，我们大概有两个星期的时间。把事情安排一下，时间还算宽裕，您说呢？"

"是这样。"

"而且，我们可以把这个或那个的日期早写几天，我是说，那些早早晚晚肯定要发生的事。马上要咽气的，就不必再把他们列入名单了。多此一举，只会引起不必要的追究。"

"当然。"

"我们这儿并没那么多这种人。我是说，没什么很显眼的，是不是？"

"我们不必把他们列入名单。"韦伯平静地说。

他明白纽鲍尔的意思，纽鲍尔也知道韦伯没有误解。"当然了，不要惹人耳目。"纽鲍尔说。

"我们要尽量做得不招人注目。这件事我就交给您办了——"

说完，他站了起来，用一个扳直了的回形针小心地朝雪茄尾端戳进去。刚才他把雪茄烟头咬掉得太仓促，现在吸不进气了。上等雪茄的烟头其实不应该咬掉，把它小心地折断，或者用一把锐利的小刀切一下就行。纽鲍尔又问："工厂的事情怎么样了？还有活儿干吗？"

"制铜厂挨炸，停工了。我们叫劳工队的人在那里清除废墟。其他几个队的人基本上还干原来的活。"

"清除废墟？这主意不错。"雪茄又吸通了。"今天迪茨还跟我谈了这事儿。清除废墟，清理街道，拆掉炸塌的房屋，现在城里需要大批人力。眼下是紧急状态，我们有的是最廉价的劳动力。迪茨赞成这样做，我也赞同。没有理由反对，是不是？"

"没有。"

这时，纽鲍尔站到窗户旁，他一边向外望，一边又说："还有一个关于食品供应的公文，要我们节约。我们有什么办法吗？"

"那就减少口粮。"韦伯简短地说。

"那也只能减到一定程度。要是那些人趴下了就不能干活了。"

"我们可以节省小营的口粮，那里全是光吃不干活的人。人快死了，也吃不了什么。"

纽鲍尔点点头："尽管如此——您知道我的座右铭：竭尽所能，以人为本。如果实在不得已——命令总是命令——"

现在，两人都站到了窗户旁边，他们像两个体面的牲畜商，正站在屠宰场里，一边抽着烟，一边自然平和地谈着生意。窗外，大队长住房四周的菜畦里，一些犯人正在干活。纽鲍尔说："我让他们种一圈鸢尾花和水仙花。蓝鸢尾配上黄水仙，这两种颜色配在一起一定不错。"

"是啊。"韦伯漫不经心地答道。

纽鲍尔笑了起来："您对这些不大感兴趣，是不是？"

"嗯，不大感兴趣。我喜欢玩保龄球。"

"那也挺有意思。"纽鲍尔接着看犯人干活儿，又说："营地乐队干什么呢？这些家伙都他妈的懒透了。"

"劳工队出发和回来时他们负责演奏，另外每星期他们有两个下午要演奏。"

"下午的演奏让劳工队的犯人得不到什么好处。您安排一下，叫乐队晚点名后再来一小时的音乐，那样对他们有好处，可以分散他们的注意力，特别是目前需要节约口粮的时候。"

"我会作安排。"

"好吧，该说的我们都说了，彼此的意思也都明白了。"说着纽鲍尔踱回办公桌，打开抽屉，拿出一个小盒子，"给您一件意想不到的东西，韦伯，今天刚收到的，我想您会高兴的。"

韦伯打开盒子，里面放着一枚十字战功勋章。纽鲍尔惊讶地发现，韦伯的脸居然红了，这是他没有意料到的。纽鲍尔对韦伯说："这是对您的嘉奖，您早就该得到了。从某种意义上说来，我们这里也是前线，这么说一点都不过分。"他把手递过去，跟韦伯握了一下。"艰难时刻到了，我们现在得挺过去。"韦伯随即离开了办公室。给韦伯奖章这一招，其效果比他想象的还好，事情就是这样，每个人都有软肋。纽鲍尔摇摇头，又站到那张巨大的欧洲彩色地图面前沉思起来，地图的对面墙上挂着希特勒画像。地图上插着的小旗子依然纵深在苏联境内，这种局面其实早就是过去时了，纽鲍尔没有取下它们，纯粹出于一种迷信的考虑。他觉得这样的话，有朝一日这个局面还有可能再次成为现实。想到这儿，他叹口气，走回写字台，把插着紫罗兰的玻璃花瓶举起来，闻了闻花朵的甜美芳香。此刻，一些不很清晰的念头掠过他的脑际。我们啊，我们真是些出色人物，想到这儿，连他自己也为之深受感动。我们博爱仁慈，心中装着所有人。历史的紧要关头，我们有钢铁般的意志和纪律，同时我们又拥有深厚的情怀。元首喜爱儿童，戈林亲近动物。纽鲍尔又闻了一下花朵，他损失了十三万马克，可是现在他又精神抖擞起来了。绝不能被打垮！他又有了欣赏美的兴致！安排乐队演奏的主意很不错。赛尔玛和弗莱娅今晚上山来，这样一定能给她们一个很好的印象。纽鲍尔在写字台前坐了下来，用他两根肥手指开始在打字机上给乐队打出指令。这件事要收入他的私人档案。此外，他还要打出一个通知，

"免除"体弱犯人的劳务。尽管其背后有另外的意图，可他就是要这样解释。韦伯怎样执行，那是他的事情，韦伯肯定会执行的，十字勋章来得正是时候。纽鲍尔的私人档案中有不少这类文件，都是他悲天悯人和体恤犯人的凭证。档案夹中自然还有不少必要时可以控告上级领导和党内同志的材料。置身于枪林弹雨之中，多少掩护都不算多。

文件都放入蓝色档案夹后，纽鲍尔心满意足地拿起电话。他的律师给他出了个绝好的主意，叫他买些挨炸后的地皮。现在地产价格很低，没有炸着的地皮也同样便宜，这样可以抵消他的损失。地皮的价值是不会消失的，即便再被炸上一百次。目前大家人心惶惶，这种状态可以好好利用一下。

清理队的犯人正走在回营地的路上，他们今天在制铜厂干了十二个小时的苦活儿。车间受破坏的情况很严重。可他们只有很少几把铁锹和铁镐，多数犯人只能徒手干活。他们的手都受伤出血了。此时，大家全都筋疲力尽，饥肠辘辘。中午吃的是清汤，汤里漂着说不上名字的菜叶。制铜厂厂方很大方地送菜汤给犯人，这菜汤唯一的优点就是挺热乎。就为这口热乎汤，厂里的工程师和监工们把他们呼来唤去像是对待奴隶，这些人都是普通平民，可有些比那些党卫队也好不到哪去。

莱文斯基走在队伍中间。他旁边是威利·维尔纳。组成清理队时，他们两个人设法编到一起。这次分工没有叫犯人的号码，只需组成一个四百人的清理大队。清除废墟的工作十分艰辛，自愿者很少，因此莱文斯基和维尔纳毫不费力地加入进去。这样做他们有明确的意图，他们已经这样干过几次了。

四百个犯人缓慢地走着。有十六个人在干活时累倒了，他们中十二个人得靠别人搀着行走，另外四个则由难友们抬着——两个躺在简陋担架上，另两个由别人抬着胳膊和双脚。

回营地的路很长，他们得绕着城走，党卫队不让他们在大街上露面，为了不让市民看见，也不愿意让犯人看到过多轰炸破坏的景象。

他们走进一片白桦树林。斜斜的日光中，桦树皮闪着绸缎般的光泽。党卫队士兵和卡波散在队伍两旁。党卫队士兵荷枪实弹，囚犯们蹒跚前行。鸟儿在林间啾鸣，纤细的枝头已蒙上了嫩绿，散发着春的气息，地凹处也现出了雪花莲和迎春花的身姿。水声汩汩，但没有人注意它们，大家都累垮了。白桦树林过后，是一片田野和新耕过的畦地。警卫们又聚到了一起。

莱文斯基挨着维尔纳走着，他心里很不安宁，他嘴唇不动地问道："你把它放哪儿了？"

维尔纳做了一个微小的动作，用手臂按按肋骨。

"谁找到的？"

"穆尔泽。在老地方找到的。"

"同一个牌子吗？"

维尔纳点点头。

"现在部件都齐了？"

"都齐了。一回去穆尔泽就可以装起来。"

"我捡到了好几颗子弹。没看清楚是否能用。赶紧藏起来了，但愿能用。"

"我们会用上的。"

"还有谁捡到了什么？"

"穆尔泽拾到一些左轮手枪的部件。"

"还在昨天那个地方捡到的？"

"对。"

"肯定是谁放在那里的。"

"是啊，肯定是外面的人。"

"可能是哪个工人。"

"这已经是第三次了，不会是偶然的。"

"也有人在兵工厂清除废墟，会不会是他们放的？"

"不会。他们没来过。不然，我们也会知道的。一定是外面的人干的。"

长期以来，营地地下组织一直千方百计想搞到武器，他们要为跟党卫队的最后一搏做准备。有了武器，至少不会赤手空拳，不会毫无抵抗能力。可是同外界取得联系几乎毫无可能。可空袭发生后，清理废墟的犯人却总会在特定的地方发现一些武器和武器零件。这些东西藏在碎砖瓦砾之下。一定是工人放在那儿的，以便在轰炸后的混乱中被发现取走。正是由于这些收获，自愿参加清理队的犯人比平时增多了。他们都是信得过的人。

这时，犯人队伍走过一块围有带刺铁丝网的草地。两头棕白相间的奶牛悠然走近铁丝网，鼻翼翕动着嗅闻。其中一头哞哞地叫起来，它们温和恬静的眼睛十分明亮。可几乎没有一个犯人朝它们看一眼，那只会使他们感到更加饥饿。

"你觉得，今天解散前他们会搜查我们吗？"

"为什么？昨天他们就没查，我们这队人又不在军工厂附近。清除废墟的和不去军工厂的一般不会被搜查。"

"这也难说。假如我们不得不扔掉这些东西——"维尔纳说着抬头看了一下天空，此时天上晚霞飞舞，色彩斑斓，"等咱们回去时天肯定黑了，到时候咱们看着办吧。你把子弹包好了？"

"包好了。包在一块破布里。"

"那好。万一有情况，就向后传给戈尔茨坦，他会传给穆尔泽，穆尔泽传给雷姆，如果咱们不走运，四周都是党卫队，就得把它扔掉，万不得已的时候，就扔在队伍中间，别扔到边上去，那样他们就无法确定到底是谁干的。我希望伐木队的人和咱们同时到达。穆勒和路德维希在伐木队里，他们知道该做什么。他们进大门口的时候，如果党卫队在搜查我们，伐木队里的人会假装听错口令，走近我们把队伍搞乱，将东西取走。”

拐过一个弯后，笔直的马路再次向城区延伸。沿路是政府租给私人用的小花园，花园里都建有小木屋。人们穿着衬衫正在花园里忙碌，只有很少几个人抬头看看。囚犯的行列他们已经见惯了，不以为奇。花园那边飘来新翻过的泥土的气息。一只公鸡啼叫起来，路边立着一个为汽车驾驶员设置的交通指示牌：“小心弯道！距离霍尔茨菲尔德二十七公里”。

“那边是什么？”维尔纳突然问，“伐木队已经回来了？”

这时，他们望见前面远处的大路上，有一大群黑压压的人。因为距离太远，他们看不真切。莱文斯基说：“很有可能。他们走得早了点。咱们也许能赶上他们。”他转过身，戈尔茨坦正在后面趔趄着，他双臂搭在旁边两个人肩上，被一路拖着。“来，”莱文斯基对那两个人说，“咱们换换。等会儿到营地门口时，你们再来吧。”他从一旁搀住戈尔茨坦，维尔纳架住了另一边。“我这心脏真该死，”戈尔茨坦喘着气说，“我刚四十，心脏就不行了，真是荒唐！”

莱文斯基问：“那你干吗还跟我们一起出来？你应该去制鞋组才对。”

“就是想看看，想看看外面的样子，呼吸一些新鲜空气。我想错了。”戈尔茨坦铅灰色的脸上掠过一丝疲倦的微笑。

维尔纳说：“你会恢复过来的。你就挂在我们肩上吧，没有问题的，我们花不了多少力气。”

天上最后一抹光亮消失了，山峦投下暗蓝的影子，四周昏暗起来。戈尔茨坦这时小声说：“听我说，把你们带着的东西塞我衣服里。如果他们真要搜查，他们会查你们，或许也查担架上的人，但他们不会搜查我们这些半死不活、在后面被拖着的人。我们都快倒下来了，他们就会嫌麻烦让我们过去的。”

“真要搜查，那咱们谁也逃不掉。”维尔纳说。

“不是的。我们这样有气无力、让人拖拉的，还有半路上倒下来的，他们不会搜查的。把东西塞到我的衬衫里去。"

维尔纳和莱文斯基交换了一下眼色，说："别担心，戈尔茨坦，我们会混过去的。"

"不行！把东西给我。"

两个人都不作声了。

"会不会给查出来，对我无所谓了，可你们不同。"

"胡扯！"

"这完全不是什么自我牺牲或者逞能，"戈尔茨坦强歪出一个微笑，"这样想只是更切合实际一些。反正我是活不长了。"

维尔纳说："我们再考虑考虑。咱们差不多还得走一个小时呢。到营地前，你得回原来的队列去。万一有情况，我们就把东西给你。你立即传给穆尔泽。要传给穆尔泽，你知道吗？"

"知道了。"

这时，一个胖女人骑着自行车从队伍旁边驶过。她戴着眼镜，车前装着一只纸箱子。她眼望着路旁，不愿看这些犯人。

莱文斯基踮起脚朝前方望去，然后说："嘿，那些人不是伐木队的。"

前面那群黑乎乎的人影越来越近了。他们没有在追赶他们，而是迎着他们走来了。现在他们能看清了，这些人排着长队，而不是整齐的方阵。

"是不是新来的？"莱文斯基背后有人问道，"或是从什么地方转押过来的？"

"不是。他们没有党卫队押送。而且，他们不去营地。这些人是平民百姓。"

"平民百姓？"

"你自己看吧。他们戴着帽子，里面有女人，还有小孩，好多小孩呢。"

现在他们看得很清楚了。两队人列很快相对走来。党卫队的人吆喝道:"向右靠! 向右靠! 最右边的到沟里去。快!"

看守们马上在犯人旁边跑开了:"往右靠! 过去! 到右边去! 把左边一半让开! 离队者一律枪毙!"

这时,维尔纳突然小声说道:"这些是空袭后无家可归的人,是从城里出来的难民。"

"难民?"

"对,是难民。"维尔纳重复说。

"我觉得你说得对!"莱文斯基眯起眼睛,"他们真的是难民。不过这次是德国难民。"

这句话马上悄然传遍了整个纵队。难民! 德国难民! Des refugiés allemands! [1] 听上去令人难以置信,然而这却是事实:多少年来,德国人在欧洲大陆上纵横跋扈,残酷地蹂躏、驱逐他国人民,现在他们竟然不得不在自己的国土上逃难了。人群中有妇女、儿童和上了年纪的男人,他们或提着手提箱,或扛着大包,拎着小包。有的推着小推车,上面堆满了行李。他们步履凌乱,一脸愁容。

两队人列彼此走近。突然间,万籁俱寂,只能听到马路上嚓嚓的脚步声。谁也没说什么,犯人们之间甚至都没瞥上一眼来进行交流。然而,犯人队伍却突然发生了变化,就好像这些疲惫不堪、形容枯槁、饿得半死不活的人听到了一道无声的命令,又好像出现了点点星火,使他们的热血沸腾了起来,大脑清醒了,精神振作了,肌肉上也有了力量。这支踉踉跄跄的队伍开始迈步行进。他们的腿抬高了,头扬了起来,脸上显出更加坚毅的表情,眼睛也有了生气。

"放开我。"戈尔茨坦说。

"别胡闹!"

---

[1] 法语,意为:"德国难民!"

"放开我！等这些人过去了再说。"

他们把他放下。戈尔茨坦跟跄了几步，然后他咬了咬牙，渐渐走稳了。莱文斯基和维尔纳用肩膀紧靠着他，但已无须架着他。他自己走着，紧挨在这两人中间。他仰起头，急迫地呼吸着，但完全是自己在走。

刚才，犯人还脚步拖拉，没精打采，而此刻却跨出了相当整齐的步履。犯人队伍中有一部分比利时人和法国人，还有一小队波兰人，他们也跟着一起齐步走着。

两列队伍靠得很近了。这些德国人得疏散到周边的乡村去。他们不能乘火车，因为车站给炸毁了，他们只能步行。几个佩戴冲锋队袖章的平民带领着队伍。妇女们累了，几个小孩在哭喊，男人们眼睛直瞪着前方。

"我们从华沙逃出来的时候就是这样。"莱文斯基背后一个波兰人说。

"从列日逃出来时也这样。"一个比利时人说。

"我们从巴黎逃出时也差不多。"

"我们那时候更糟糕，比这些人糟得多，他们追剿我们，完全是另外一番景象。"

犯人们几乎没有报复情绪，也没有憎恨，不管在哪儿，妇女和孩子都是无辜的。一般说来，遭受灾难的往往是无辜者，而不是制造灾难的人。这些平民疲惫不堪地走着，他们遭遇到如此命运，肯定不是他们能预料到的，他们也没做什么坏事会遭此报应。此时，犯人们感到的当然不是这些，他们感到的完全是不同的事情。他们感受到的与个人无关，跟这座城市无关，跟国家和民族也没有什么关联。两队人列交错之际，犯人们心坎中迸发出的是一种公平感，它宏伟壮阔，完全与个人无关。世界遭受了空前大难，豺狼当道，罪行几乎得逞，为人的戒规被废弃，被践踏，生命的法则受唾弃，遭鞭挞，被击得粉碎，一时间，抢劫合法合理，谋杀反受奖励，恐怖主宰了一切。而现在，在这屏息凝神之时，四百个暴虐专政的受害者，蓦然间却显得十分沉静。他们感到有一个公平的声音在说话，感到天秤的秤摆在向回荡来。对他们来说，这就足够了。他们感到，受到拯救的将不仅是一些国家和民族，受到拯救的还有生命法则本身。这个生命法则拥有众多名称，其中最古老最简单的名字便是上帝，而上帝就是：人。

难民的队伍现在已经走过犯人纵队。在那几分钟内，那些难民仿佛成了犯人，犯人却似乎获得了自由。难民队伍的尾部，跟着两辆运货马车，车上堆满了行李。党卫队官兵一直在犯人队伍旁边跑前跑后，他们神情紧张，时刻提防着会出现什么口号或言语。然而什么也没有发生，犯人们继续无声地走着，只是没过多会儿，犯人们的脚步又拖拉起来，恢复了疲乏的步履。戈尔茨坦不得不再次将胳膊搭在莱文斯基和维尔纳的肩头。营地大门口的红黑铁栅门就在眼前了，门上写着普鲁士的古老格言"咎由自取"。当这几个字再次映入眼帘时，大家突然有了新的感受。这句格言多年来一直是一个极大的嘲讽。

营地乐队已经在门口奏起了进行曲《腓特烈大帝》。乐队后面站着一些党卫队成员和营地副看守长。囚犯们开始正步走。

"抬腿！向右看！"

伐木队的犯人还未到达。"立定！报数！"

他们开始报数。莱文斯基和维尔纳注视着营地副看守，那家伙摇晃着膝盖喊道："搜身！第一队，出列！"

在微小而谨慎的动作中，那包武器零件被偷偷地向后传到戈尔茨坦手中，莱文斯基忽然觉得自己已经汗流浃背了。

党卫队小队长君特·斯坦布伦纳一直像只牧羊犬似的盯在队伍前面，突然他发觉队伍中什么地方动了一下。他用拳头推开犯人，径直向戈尔茨坦走去。维尔纳咬紧嘴唇，假如那些东西现在还没传到穆尔泽或雷姆手中，那一切就完了。

在斯坦布伦纳走近之前，戈尔茨坦倒下了。斯坦布伦纳在他肋骨上踢了一下，说："起来，你这混蛋！"

戈尔茨坦用尽力气，挣扎着跪起来，撑起身子。只见他呻吟着，突然间口吐白沫，昏倒在地。

斯坦布伦纳看见他脸色铅灰，白眼珠子翻起。他朝戈尔茨坦踢了一脚，想了想是不是要在他鼻下点燃一根火柴让他醒过来。可又想起不久前他因击打一个死人在同伙前大出洋相的事，这样的笑话绝不能再出第二次。想到这儿，他咆哮着走了回去。

"什么？"营地副看守用不耐烦的口气问清理队党卫队看守，"他们不是从兵工厂回来的？"

"不是。他们是清除废墟的清理队。"

"噢，知道了。那，那些人呢？"

"还在路上，马上回来。"清理队的党卫队看守长回答。

"嗯，那好吧。腾出地方来，这帮混蛋就不查了，赶快带走！"

"第一队，后退一步走！快！快！"清理队看守长命令道，"全体立正！向左转！齐步走！"

戈尔茨坦爬了起来，他身子摇晃着，可还是跟上了队伍。

"扔了吗？"戈尔茨坦的头晃到近旁时，维尔纳几乎不出声地问道。

"没有。"

维尔纳脸上的表情松弛了。"肯定没扔？"

"肯定。"

他们离开了大门口，党卫队已不再注意他们。从兵工厂回来的人正从门口走进，这些人会受到彻底搜查。

维尔纳问道："那东西在谁那儿？在雷姆那儿吗？"

"在我这儿。"

他们现在走到点名场上站定。

莱文斯基问："如果你刚才没爬起来，那可怎么办？咱们怎么能把东西从你那儿拿走，又不让别人看见？"

"我会起来的。"

"为什么？"

戈尔茨坦微笑道："以前我曾经打算当演员。"

"那，那是你装的？"

"不全是装的。只是后面一部分。"

"口吐白沫也是装出来的？"

"那是我在学校里的绝活儿。"

"尽管如此，你刚才还是应该往后传下去。为什么不呢？为什么要留在你身上？"

"我刚才已经对你解释了。"

"小心！"维尔纳这时小声说，"党卫队来了。"

他们马上立正站好。

11

下午来了一批转押的犯人，约莫有一千五百人，他们拖着步子缓慢地沿山路走上来。他们之中的病残者要比人们想象的少。漫长的路上，累倒的犯人都立即被枪杀了。

收容工作持续了很长时间。来交付犯人的党卫队在办理移交手续时想把几十个死人也糊弄过去，因为他们忘了在名单中把这些人划掉。不过营地当局一定要照章办事，不管活人死人，都要逐一验身。只有活着通过大门的，才能算收容。这期间发生了一件让那些党卫队队员开心的事。这些犯人站到大门口的时候，有些人支持不住倒在了地上。同伴们想架他们一起走，可这时党卫队下达了跑步命令，犯人只好把一些病号留在路上听天由命。

这样一来，在最后二百来米的路上，躺倒了二十四个人。他们或者像受伤的小鸟张口喘息着，凄惨地叫着，或者虚弱得没有了喊叫的力气，只能睁着惊恐的眼睛躺在那儿。他们知道留在那儿意味着什么，一路上他们听到了几百次枪击声，几百名难友就在脖颈后的一枪下失去了生命。

党卫队那帮人很快注意到其中有乐可寻。"嘿，让咱们瞧瞧，他们怎么求咱们进集中营！"斯坦布伦纳喊道。

"快点！快点！"押送犯人的党卫队队员催促道。

犯人挣扎着向前爬去。"好一个乌龟赛跑！"斯坦布伦纳兴奋地说，"我敢打赌，中间那个秃头一定爬得最快！"

那秃头跪在地上，张开双臂，像只疲倦的青蛙在发亮的柏油路上向前爬着。他赶上了一个犯人，那人别在自己的臂弯里，艰难地抬起上身，却丝毫没法前行。匍匐在地上的那些人，仰起头的样子都很怪异——他们一边要朝着救命大门奋力前去，一边还胆战心惊地听着背后是否会响起枪声。

"快，快，快爬，秃头。"

党卫队队员夹道欢迎。突然，后面响起了两声枪响。那是押犯人的一个党卫队看守开的。他狞笑着，把手枪插回枪套。他只是朝天开了两枪。可犯人们已经惊恐万分了，他们以为落在最后面的两个人已经丧命。惊慌失措之中，他们比先前爬得还慢。有一个干脆停了下来，他张开两臂，握紧拳头，嘴唇哆嗦着，前额渗出大大的汗珠。另一个静静躺在地上，一动不动，把脸埋在双手里，等着死亡降临。

"还有六十秒钟！"斯坦布伦纳喊道，"还有一分钟！一分钟后天堂之门就要关闭了！一分钟后外面的人就进不去了。"他望着手表，推着大门，好像真要关门似的。这些昆虫一般爬行的犯人发出一阵哀求声。这时负责押送的那个党卫队看守又开了一枪。犯人们更加绝望惶恐。只有那个脸埋在双手里的犯人一动不动，他已经横下一条心了。

"好哇！"斯坦布伦纳喊道，"我的秃子爬到了！"他在秃子屁股上寻开心地踢了一脚。

这时又有几个人也爬过了大门，可是还有一多半留在门外。

"还有三十秒钟！"斯坦布伦纳以电台报时播音员的声调喊道。

顿时，爬动的声响以及哀求的声音增强了许多。有两个犯人无助地躺在路上，他们划动着手臂和双腿，好像在游泳，他们没有力气再抬身子了，其中一位正尖声哭泣。

"吱吱吱好像只老鼠，"斯坦布伦纳一边说，还一边看着手表，"还有十五秒钟！"话音刚落，又传来一声枪响。这次不是朝天开的。那个脸埋在手里的犯人突然痉挛了一下，随后身体似乎展开了，摊在了马路上。血在他脑袋四周很快形成了一个黑色洼坑，恰如圣像头上的光晕。他旁边那位口中祷告的犯人好像要跳起来，可他只能用一条腿跪着，随后身子斜到一边，仰面倒在了地上。他闭着的眼睛还在痉挛，手脚还在划动，好像他还在前行，却不知自己像一个躺在摇篮里的婴儿，手脚在空中乱蹬乱抓。他的样子引起一阵哄笑。

"罗伯特，这家伙你想怎么解决？"一个党卫队队员问刚才开枪打死犯人的那个看守，"从背后打，穿过胸膛还是穿过鼻子？"罗伯特慢悠悠地在那个乱蹬乱抓的犯人周围兜了一圈，又站在他背后想了想，随后向那人头的侧面斜着开了一枪。只见那人挺起身子，脚重重地在路面蹬了几下，随后颓然倒下。紧接着他又慢慢地稍稍缩起一条腿，然后伸开去，又缩起来，伸开去……

"罗伯特，偏了点儿吧。"

"没偏，"罗伯特看也不看那个批评他的人，漠然地说，"不过是神经系统的反射作用。"

斯坦布伦纳这时说："时间到了，比赛结束。关门！"

门警果真开始慢慢关门。惊慌的喊声又猝然响起。"我的先生们，不要拥挤。"斯坦布伦纳眼睛闪着亮光说，"请吧，一个一个进来。怎么会有人说我们这儿不受欢迎呢！"

犯人中有三个实在爬不动了。他们躺在路上，相隔几米远。罗伯特若无其事地杀了两个，子弹是从后颈脖射进的。那第三个半坐着，看着罗伯特。罗伯特一走到他背后，他便转过脸来盯着他看，好像这样就可以阻止射击似的。罗伯特试了两次。每一次那犯人都用最后的力量及时转过脸盯着他。最后，罗伯特耸了耸肩膀说："那就随你便吧。"说着朝那人脸上开了枪。

收起手枪时，他又说："正好凑满四十。"

"解决了四十个？"跟在他后面的斯坦布伦纳问。

罗伯特点点头："对，都是路上解决的。"

"我的天，你可真不简单！"斯坦布伦纳钦佩又羡慕地望着他，好像罗伯特是一位破了纪录的运动员。罗伯特只比他大几岁，斯坦布伦纳又说："你可真了不起！"

这时一个年长的党卫队看守走过来，训斥道："你们他妈的就知道砰砰开枪闹着玩。这儿的人还要看那些给打死的人的证件。他们这儿的人可真会小题大做，好像我们押来的是一大队王孙公子。"

新来的犯人先得排队进行验身登记。三个小时之后，三十六名犯人昏倒了，其中四个已经断气。这批犯人从早上到现在就没喝过水。见党卫队的人在忙其他事情，6号营房里有两个犯人弄了一桶水想给他们，但不幸被发现，结果被手脚反绑吊在了焚尸场跟前的十字架上。

登记还在继续。又过了两个小时，死亡人数达到了七个，倒在地上的有五十多个。六点钟之后，速度更快了。死亡人数达到了十二，横七竖八躺到地上的有八十多个。七点时，躺倒的人上升到一百二十多个，死亡人数已经无法确定。失去知觉的人躺着不动，跟死人相差无几。

八点钟，那些还能站立的犯人登记完毕。天色已黑，天上的云朵好似无边的绵羊群。劳工队的犯人回营地来了，党卫队让他们比平时多干了几个小时的活儿，好让那些转押来的犯人办理登记。这次，清理队的人又发现了武器。这已经是第五次了，总在同一个地点。此外，在武器边他们还发现了一张字条："我们一直想着你们。"他们早就知道，晚上把武器藏在那儿的是兵工厂的工人。维尔纳对莱文斯基低声说："你看，那儿乱哄哄的，咱们肯定能混过去。"

莱文斯基按了一下紧贴着他肋骨的扁平小包："可惜咱们弄到的太少了。咱们顶多还有两天时间，到时候清除工作就该结束了。"

这时韦伯命令道:"让他们都走! 过后再点名。"

戈尔茨坦嘟哝着:"他妈的,今天也太走运了! 要是带个大炮回来就好了!"

他们向营房走去。韦伯又命令道:"新来的犯人都消毒去! 不能让他们把伤寒和疥疮都带进来。消毒室的卡波在哪儿?"

那卡波走了过来,韦伯说:"这些人的衣服要消毒去虱。换的衣服够不够?"

"够了,中队长先生。按您的命令,一个月前还运来了两千件。"

"是啊,是啊。"韦伯想起来了。那些衣服是从奥斯威辛集中营运来的。灭绝营总有大量的衣物可以转送给其他集中营。"去,带这些人洗澡去!"

接着,命令声响彻夜空:"脱衣服! 去澡堂。衣服扔到后面。私人物品放在你们跟前。"黑压压的人群中出现一阵骚动。这个命令也许是真让他们去洗澡,但也有可能是赶他们进毒气室。在灭绝营里,党卫队就是以洗澡的名义,把脱得精光的囚犯领进毒气室的。那里天花板的莲蓬头流出来的不是水,而是致命的毒气。

"怎么办?"名叫苏尔巴赫的犯人轻声问站在旁边的同伴罗森,"咱们倒下去装死吗?"

他们脱着衣服。像以前常出现的情形那样,他们心里明白,几秒钟内他们必须做出生死攸关的决定。他们不熟悉这个集中营的情况。如果这是一个备有毒气室的灭绝营,假装倒下便是上策。因为倒下还有一线希望,可以多活几天。因为失去知觉的囚犯通常不会被立即拖进毒气室。侥幸的话,或许能死里逃生。即便在灭绝营,也不是所有的犯人都会被杀掉。但是,如果这个集中营没有毒气室,倒在地上便十分危险,会被当作没有用的累赘而立即被注射毒剂。

罗森看了看躺在地上不省人事的人,他注意到党卫队的人并没有让这些人醒来的企图,因而断定他们不会去毒气室,不然党卫队会尽可能多地送人进去。于是他悄声道："不用，还不用。"

那一排排队伍刚才一直是黑乎乎的，现在成了一片脏兮兮的白色，犯人们一丝不挂地站着。每个囚犯都是一个人，而这一点他们自己几乎已经忘记了。

囚犯们被驱赶着通过一个巨大的浴池后依次走出，浴池里放了很浓的消毒液。在储衣室，每个人都被扔到一套衣服。之后，他们又成排站到点名场上。

他们急急忙忙穿上衣服，他们很快活，假如那种心情可以称作快活的话，他们快活，因为这里不是灭绝营。他们得到的衣服完全不合身。苏尔巴赫得到的是一条女式羊毛裤，上面还有红色镶边。罗森拿到一件牧师的白袍。这些都是死人的遗物，白袍上有个子弹洞眼，洞眼周围有一圈发黄的、淡化了的血迹。这些衣服洗得很仓促。有些人分到了尖头木鞋，那是从一个解散了的荷兰集中营运来的。对那些穿不惯这种木鞋而且由于长途跋涉双脚出血的人来说，这种木鞋简直成了刑具。

党卫队正打算把新来的犯人分到各个营房去。这时，城里拉响了警报，大家都望着营地看守长。

"继续进行！"韦伯在嘈杂声中高声喊道。

党卫队队员和卡波们神情紧张地跑来跑去。犯人安静地一排排地站着，只是头稍稍抬起，月光下他们的脸色显得很苍白。"头低下！"韦伯喊道。

党卫队队员和卡波们在队列中跑着，重复着命令，可他们自己却不时朝天空望去。他们手中挥舞着短棒，喊叫声淹没在一片嘈杂声中。

韦伯在场地边上踱来踱去，他双手插在衣兜里，没有再发出命令。这时纽鲍尔跑了过来："这是干什么，韦伯？这些人为什么不到营房里去？"

"还没分呢。"韦伯冷冷答道。

"没有关系。他们不能待在这儿，站在户外会被当成军队的。"

警报声的音调发生了改变。韦伯说："来不及了。他们一走动，会更显眼。"

韦伯站在那儿瞧着纽鲍尔。纽鲍尔觉察到，韦伯以为他会向防空洞跑去。于是，他恼火地站住，骂道："把这些家伙押到这儿，真他妈的胡闹。我们自己都要搞清除，现在又运来这么一大批！真是疯了！为什么不把这些废物混蛋调到灭绝营去？"

"灭绝营的位置也许都太偏东了。"

纽鲍尔向上瞥了一眼："您是什么意思？"

"位置太偏东了。公路和铁路必须畅通无阻，以保障别的用途。"

纽鲍尔的胸口突然又感到被冰冷的恐惧紧紧箍住，他竭力使自己镇定下来。"当然，得保证军队赶到前线，要为他们让路。"

韦伯没再说什么，纽鲍尔不快地看着他说："您让这些人都卧倒，这样看上去至少不像是军队。"

"是。"韦伯向前跨了几步。

"卧倒！"他命令道。

"卧倒！"党卫队队员重复着。

犯人都卧倒在地了，韦伯走了回来。纽鲍尔想回自己的房子里去，但韦伯态度中有些什么东西令他很恼火。他仍站着，心想，这也是一个忘恩负义的家伙，我刚为他弄来一枚十字勋章，他便又目空一切地狂傲起来。其实没什么大不了的！他有什么可失去的？除了挂在英雄胸脯上的几块可笑的铁皮玩意儿，别的什么也没有，一个雇佣工罢了。飞机没有来轰炸。过了一会儿，响起了空袭解除的警报。纽鲍尔转过身子说："尽可能少开灯，赶快把人分到营房去，现在太暗反正也看不大清楚，剩下的事情明天让营房长和办公室的人去完成。"

"是。"

纽鲍尔站着，看着转押来的犯人渐渐走散。那些人费力地站起身，有些累得睡着了，还得让同伴摇醒。有些人还躺在那儿，筋疲力尽走不动了。

"把死人拉到焚尸场去。"

"是！"

囚犯们排成了纵队，开始沿着道路向不同的营房走去。

"布鲁诺！布鲁诺！"

纽鲍尔嚯地旋过身。他妻子正从大门那儿穿过场地走来，她差不多有点歇斯底里了。"布鲁诺！你去哪儿了？出什么事了？你——？"

她看见了他，站住了，女儿跟在后面。"你们到这儿来干吗？"纽鲍尔怒气冲冲地问道，他声音很低，因为韦伯正在近处，"你们怎么进来的？"

"门警还认识我们。你一走就不回来了，我以为你一定出了什么事。这些人——"

赛尔玛朝四周瞥了一眼，仿佛刚睡醒似的。"我没跟你们说得留在我的住处吗，"纽鲍尔仍然压低声音说道，"我不是说，你们不许到这儿来吗。"

"爸爸，"弗莱娅说，"妈妈吓坏了。那么大的警报离得这么近——"

犯人的队伍这时拐入主道，从他们三人近旁走过。"这是怎么回事？"赛尔玛小声道。

"什么怎么回事？什么都不是！这是今天刚转押来的犯人！"

"可是——"

"什么可是！你们到这儿来干什么？走，走，快回去！"纽鲍尔推着妻子和女儿，"走吧！走吧！"。

"瞧瞧他们是什么样子！"赛尔玛望着正从一道月光下走过的犯人们的脸。

"什么样子？他们是犯人！祖国的败类！你说他们应该是什么样

子？都该像商务顾问是不是？"

"瞧他们抬着的那些人，那些人——"

"行了，够了！"纽鲍尔狠狠地说，"我还得听你说什么？别这么一惊一乍的！这些人今天刚到这儿，他们的模样跟我们没关系！他们来这儿，是要给填肥的。您说是不是，韦伯？"

"是这样，大队长。"韦伯颇有兴致地朝弗莱娅瞟了一眼，走开了。

"听见了吧。现在走吧！这里严禁入内。这儿不是动物园。"

他把她们向大门推去。他怕赛尔玛再说出一些危险的话来。在这儿得处处提防，没有一个人靠得住，韦伯也不可信赖。赛尔玛和弗莱娅偏偏在这批犯人还在这儿的时候上来，真他妈让人烦透了！上次他忘记叮嘱她们得留在城里了。不过，警报一响，赛尔玛肯定也是待不住的。鬼知道她为什么这样神经质。赛尔玛平时倒是雍容强健，可只要警报一响，她便吓得像个贫血的轻浮小姑娘。

"那个警卫。我会教训教训他的！竟然把你们放进来！还有这种事！下次他就会不管什么人都放进来了。"

弗莱娅转过身来说："没有多少人愿意来这儿的。"

纽鲍尔被噎了口气。这是怎么回事？这是弗莱娅说的？他的亲骨肉竟也说这种话！这可是他的掌上明珠！真的反了！他看看弗莱娅平静的脸，她话里不会有那种含义的，不会的，她不过是无关痛痒顺口说说而已。突然他笑了起来："这我就不知道了。这些人，这些转押来的犯人，他们一直求着让我们把他们留在这儿。他们可是又哭又喊，求爷爷告奶奶要留下的！你觉得两三个星期后他们会是什么样子？会认不出来的！这儿可是德国最好的集中营！早就名声在外了，跟疗养院一样。"

剩下的二百名新犯人站在小营前面。这些人体质虚弱，互相搀扶着，苏尔巴赫和罗森也在他们中间。小营里原来的犯人都列队站到了外边。他们知道韦伯在亲自监督分房。为此，贝格派 509 和布赫去领饭菜，他想避免让营地看守长韦伯见到他们。但伙房又把他们打发回来了，说饭菜得等新犯人分好后才可以领取。四下一片漆黑，只有韦伯和党卫队小队长舒尔特手上有电筒，时不时地举起来照一照。营房长们向他们做着报告。韦伯对营地副总看守长说道："余下来的都排到这儿来。"

那总管把犯人分了一下，舒尔特在一旁监督。韦伯溜达过来。走近22号营房D组犯人时，他问："这边的怎么比那边少很多？"

营房长汉克立正回答："这儿的房间比其他的小，中队长先生。"

韦伯举起手电筒，把光照在一张张呆板的脸上。509和布赫站在后排，当手电的小圈亮光移过509脸上时，他的眼睛花了。手电光刚一移开，又回照到509脸上。"我肯定认识你！在哪儿认识的？"

"我在营里时间很久了，中队长先生。"

手电光移到下面，照到他的号码上。"也该死了！"

"他是新近去过办公室的犯人，中队长先生。"汉克报告道。

"对，是这么回事。"手电光又回到那号码上面，然后移开，"记住那个号码，舒尔特。"

"是。"党卫队小队长舒尔特说道，声音年轻而精神饱满。"这里应该安排多少人？"他又问。

"二十，不，三十个，得往一块儿挤挤。"

舒尔特和那总管点着人数，记了下来。黑暗中，老兵油子们的眼睛一直盯着舒尔特的铅笔，他们没看到舒尔特把509的号码记下来。韦伯没再向他提起号码的事，手电筒关上了。"完了吗？"韦伯问道。

"完了。"

"没完的明天交给办公室的人干。走，走，都走吧，都死去，死不了，我们可以帮忙。"

韦伯信心十足，迈着大步沿着大路回去了，几个党卫队小队长跟在后面。汉克闲荡了一会儿，突然喊道："领饭菜的人出来！"贝格对509和布赫低声说："你们留在这儿，让另外两个人去，最好别让韦伯再碰上你们。"

"舒尔特把我的号码记下来了吗？"

"我没有看见。"

雷本塔说："没记下来。我刚才站在前面，一直留神看着，他忙乎着给忘掉了。"

新来的三十个犯人几乎一动不动地在黑暗的冷风中站着。"营房里还有空地方吗？"苏尔巴赫终于问道。

"水！"他身旁的一个犯人哑着嗓子说，"水！看在基督的分上，给点儿水吧！"

有人取来一个小铁桶，里面只有半桶水。新犯人们立即蜂拥而上，把桶打翻了，大家两手空空，一滴水也没喝到。他们扑在地上，想用手把水舀起来。他们呻吟着，嘴唇又黑又脏。他们舔着地皮。

贝格注意到苏尔巴赫和罗森没有参与这场争夺，就对他们说："厕所旁边有一根水管，水流得很慢很细，但等上一会儿会够你们喝的，拿个桶去取些来。"

新来的人中有一个龇着牙说："这样你们就可以乘机把我们的饭菜都吃光了，是不是？"

"我去。"这时罗森说，他拎起了那个桶。

"我也去。"苏尔巴赫握住了桶把手的另一头。

贝格对苏尔巴赫说："你留在这儿。让布赫和他去，给他带带路。"

他们两人走了，贝格对新来的人说："我是这儿的组长。在我们这儿大家都要遵守秩序，我劝你们也一同遵守，要不然，你们活不长的。"

没有人说什么，贝格不知道是否有人在听他说话。

过了一会儿苏尔巴赫又问道："营房里还有空地方吗？"

"没有了。我们得轮流睡觉。一部分人只能待在外面。"

"饭菜会发下来吗？我们走了一天路，什么都没吃。"

"领饭菜的人已经到伙房去了。"贝格觉得伙房不会有饭菜分给新来的犯人，但他没有说出口。

"我的名字叫苏尔巴赫。这是灭绝营吗？"

"不是。"

"肯定不是吗？"

"肯定不是。"

"哦，谢天谢地！你们这儿没有毒气室吧？"

"没有。"

"谢天谢地！"苏尔巴赫又说了一遍。

亚哈随鲁说："听你说话好像是到了旅馆似的，等着瞧吧。你们是从什么地方来的？"

"我们五天前出发，一直走了五天。一共三千人，我们那儿的集中营解散了。走不动掉队的，都被枪毙了。"

"你们从哪儿来？"

"洛默。"

一些新来的犯人仍躺在地上。"水！"一个家伙扯着嗓子叫道，"取水的那个哪儿去了？得先把自己灌足吧？狗东西！"

"如果你去取水，你不会那样吗？"雷本塔问道。

那人茫然地看着他，平静了些。"水！请给点水啊！"

"你们是从洛默来的？"亚哈随鲁问。

"是的。"

"你认识马丁·席莫尔吗？"

"不认识。"

"莫里茨·格沃茨呢？他的鼻子被打得凹了进去，而且没有头发。"

苏尔巴赫费劲地想了想："不认识。"

"或许你认识格达里耶·戈尔德？他只有一只耳朵。"亚哈随鲁又满怀希望地说，"他很招人眼的，是12号营房的。"

"12号营房？"

"对，是四年前的事了。"

"哦，天哪！"苏尔巴赫转过脸去，这问题问得也太蠢了，都四年啦！为什么不说一百年前呢？

"老头儿，别问他了，"509说，"他累了。"

"都是些朋友。"亚哈随鲁嘟哝道，"总可以问问朋友吧！"

布赫和罗森提着水桶回来了。罗森身上流着血。他那件白袍的肩膀处撕开了，夹克敞开着。布赫说："新来的犯人在那儿抢水打架。马内救了我们，他在那儿维持秩序。现在大家取水都排队。咱们这儿也得这样，不然他们又会把水桶打翻。"

新来的犯人已经站了起来。"排队！"贝格喊道，"每人都有份，大家都有喝的。不排队的，没水喝！"

大家都排着队，只有两个人还往前冲，他们用木棒把这俩人打倒在地。接着，亚哈随鲁和509拿来他们的杯子，大家一个接着一个喝起来。水桶很快空了，布赫对罗森和苏尔巴赫说："我们去看看是不是还能再弄点水来，现在那儿不大危险了。"

苏尔巴赫仍傻乎乎地机械重复着刚才的话："我们本来有三千人。"

去领饭菜的人回来了。伙房没给新来的犯人发饭菜，犯人顿时争吵起来，A组B组的人已经厮打起来，那儿的组长束手无策，那里几乎全是"穆斯林"。新来的囚犯要强壮得多，而且不太服从管理。

"看样子，我们只能分给他们一点吃的了。"贝格轻声对509说。

"顶多给他们汤，面包咱们得留着，咱们比他们更需要，咱们比他们更虚弱。"

"正因为如此，所以我们必须给他们一些。不然，他们会自己动手的。那边的情况你也看到了。"

"是啊。不过，只给他们汤，面包咱们自己需要。我们去和那个名叫苏尔巴赫的谈谈。"

他们把苏尔巴赫叫来。"你听着,"贝格说,"伙房今晚没给你们饭菜,不过我们想把汤分给你们。"

"谢谢。"苏尔巴赫说道。

"什么?"

"谢谢,谢谢。"

他们吃惊地望着他。在营地说"谢谢"是少有的事情。贝格问:"你能帮帮我们吗?不然,你们那群人又得把饭菜打翻,可是饭菜没了就不会有新的了。除你之外,还有谁比较可靠?"

"罗森,还有在他旁边的那两个人。"

于是,老兵油子们和这四个新来的,向两个领饭的走去,他们在这两个人周围围成一圈。贝格忙吩咐其他人排好队,然后才让把饭菜拿来。

他们聚在一起,开始分发。新来的犯人没有碗,他们只能站着吃完自己的一份,然后把碗交还。罗森负责监督,不许一人领两次饭。一些老犯人在一旁抱怨起来。贝格说:"明天会把汤还给你们,这只是暂时借给他们。"他又转向苏尔巴赫说:"面包我们自己要吃,我们这儿的人比你们虚弱得多,也许明天早晨会发给你们一点吃的。"

"好的,谢谢你们的汤,明天归还。我们怎么睡觉?"

"我们会把床铺腾出几个来。你们只能坐着睡。不过,即便这样也不能人人都有地方。"

"你们呢?"

"我们待在外面,过一段时间我们来叫醒你们,换一下。"

苏尔巴赫摇摇头:"要是睡着了,就别想再把他们赶出来了。"

有几个新来的已经在营房前面张着大嘴睡熟了。"让他们睡吧。"贝格环顾了一下四周又问:"别的人呢?"

"他们已经自己在里面找到地方了。"509说,"营房里太黑,咱们没办法再把他们弄出来了,今天晚上只能这样了。"

贝格抬头望了望天空："今晚天气大概不会太冷。咱们可以挨着墙脚坐着睡。咱们一起挤一挤，这儿有三条毯子。"

509说："明天一定得改变一下。咱们这儿不能以强欺弱。"

他们蜷缩到一起。老兵油子们差不多都在外面，亚哈随鲁、卡雷尔和"牧羊犬"也不例外。

罗森、苏尔巴赫以及另外十来个新来的也和他们蹲坐在一起。

"真对不起。"苏尔巴赫说。

"你胡说什么，你们又没有责任。"

"我去看着。"卡雷尔对贝格说，"咱们营房里今晚至少得有六个老的要咽气。他们躺在右面底层的床上，靠近门口。等他们死了咱们就可以把他们抬出来，然后在他们床上轮流睡。"

"黑漆漆的你怎么知道他们已经死了？"

"这很简单。我俯到他们的脸上面，等他们不喘气了，我就知道了。"

"等把他们抬出来，床铺早就给里面的人占去了。"509说。

"我就是这个意思啊。"卡雷尔热心地说，"我出来告诉你们。把尸体抬出来的同时，咱们的人就马上躺到床上去。"

贝格说："好吧，卡雷尔，那你去吧。"

寒气加重了。营房里传来犯人睡梦中发出的呻吟声和吓人的喊叫声。

苏尔巴赫对509说："天哪！我们真幸运！我们不用接着走了，我们以为要被送到灭绝营了呢。"

509没有回答，他想，这也叫幸运？然而确实是如此。

"你们是怎么回事？"过了一会儿亚哈随鲁问。

"走不了的，都让他们开枪打死了。我们本来有三千人——"

"我们都知道了，你已经说过几遍了。"

"是啊，是啊。"苏尔巴赫无奈地说。

"一路上你们都看到了什么？德国境内的情况怎么样？"509问。

苏尔巴赫想了想说："前天夜里，我们喝了很多水。有时候有人给我们点什么，有时候不给。我们的人太多了。"

"有一天晚上，还有人给了我们四瓶啤酒。"罗森说。

509不耐烦地说："我指的不是这些。我是说那些城镇都被炸毁了吗？"

"我们没有经过城市，总是在城外绕着走。"

"那你们什么也没看见？"

苏尔巴赫望着509，说："路都走不动了，背后还有人开枪赶着，我们很少看到什么。我们没有看见有火车驶过。"

"那你们营地为什么解散了？"

"离战场越来越近了。"

"什么？这方面的情况你知道多少？说啊！洛默在什么地方？离莱茵河有多远？很远吗？"

苏尔巴赫竭力不使自己的眼皮合拢。"对，相当远，五十——七十——公里——明天——"说着，他的头朝前垂了下去，"明天——现在——我得睡了。"

"大约七十公里。我在那儿待过。"亚哈随鲁说。

"约莫七十公里？那离这儿有多远？"509计算起来，"二百？二百五十？"

亚哈随鲁耸了耸肩膀，静静地说："509，你老是计算几公里的距离。你想没想过，他们也会像对付这些人一样对付我们？解散集中营，把我们押走。会押哪儿去呢？他们会拿咱们怎么办？咱们已经不能走路了。"

"不能走的，统统枪毙。"罗森惊醒过来说，接着又睡了过去。大家都一言不发，迄今为止他们还没想那么远。

他们突然感到面临着一种无形的沉重威胁。509看了一眼天上银白色的云层，又看了看山谷中半明半暗的马路。忽然一个念头闪过他的脑际：我们不该把汤分给他们，我们应该能走路行军，可是这点汤又能管什么用？顶多能让我们走上几分钟，这些新来的可是被驱赶着走了好几天呢！想到这儿，他说："也许咱们这儿不会把掉队的打死。"

"不会，"亚哈随鲁阴郁地挖苦道，"他们会给掉队的肉吃，发新衣服，然后挥手告别。"

509望了他一眼，亚哈随鲁十分平静，这个世界上没有什么还会让他感到震惊了。

"雷本塔来了。"贝格这时说。

雷本塔在他们旁边坐下来。509问："列奥，你在那边听到些什么？"

列奥点了点头说："他们要尽可能地把新来的干掉，这是莱文斯基从办公室那个红头发文书那儿听来的。至于他们想怎么干，还不大清楚。不过他们会很快动手的，他们可以把每天的死人都算作转押后果一笔勾销。"

一个新来的犯人从睡梦中惊跳起来，叫了一声，又倒了下去，嘴张得很大，接着打鼾。

"他们只想干掉新来的吗？"

"莱文斯基知道的就这些。他要我们格外小心。"

"是啊，咱们一定得格外小心。"509沉默片刻。

"他想说的是，不能走漏风声。是不是？"

"当然了，还会是别的吗？"

迈耶说："如果我们警告那些新来的，那他们会小心起来。如果党卫队要干掉一定的数量，又找不到他们，他们就会把我们抓去充数。"

"是这样，"509朝苏尔巴赫看了一眼，苏尔巴赫的头正靠在贝格的肩膀上，"那咱们怎么办？一点风声都不能透露吗？"

做出决定很艰难。迈耶说得有理，假如他们要选出一批人来干掉，又找不到足够的新犯人，就很可能把小营里的人拉去充数。新来的体质还没那么糟糕，那这种可能就更大了。

好半天大家都默不作声。然后迈耶说道："他们与我们无关，咱们先得为自己着想。"

贝格揉了揉他发炎的眼睛，509扯了扯自己的外套。这时，亚哈随鲁慢慢朝迈耶转过身去，他眼里闪着微暗的亮光，说："如果他们与我们无关，那我们也与任何人无关。"

贝格抬起头说："你说得对。"

亚哈随鲁静静地靠墙坐着，没再说话。他那年老而瘦削的脸上，两眼深陷，似乎在看着什么旁人看不见的事物。贝格说道："这事我们可以让这两个人知道。他们可以去告诉其余的人，别的我们也做不了什么。毕竟我们自己也不知道会发生什么事。"

卡雷尔这时从营房里出来："有一个人死了。"

509站了起来说："走，咱们把他弄出来。"他又转向亚哈随鲁说："你来，老头儿，你去里面睡吧。"

12

在小营的点名场上，犯人按营房排好队。党卫队小队长尼曼晃着膝盖站在队列前。他年龄三十上下，长脸，戴着一副无框眼镜，两只招风耳，下巴前伸，头发黄沙色。倘若不穿制服，人们会把他当成一个典型的办公室职员。事实上，他在加入党卫队和成年之前，的确是个小职员。

"立正！"尼曼嗓音很尖，有点像老鼠叫，"新来的出列！排两行！"

"当心！"509 号对苏尔巴赫低声说。

那些人在尼曼面前排成了两行，他又命令道："有病有伤的出来，站右边去！"

两排人微微骚动了一下，但没有人走出来。他们满腹疑惑，类似的事情以前已经经历过了。"快，快！谁要去看医生，要包扎伤口，出来，到右边去！"

有几个犯人犹豫不决地站到一边。尼曼走过去，问第一个人："你有什么病？"

"脚上有伤，一个趾头断了，小队长先生。"

"你呢？"

"腹股沟疝气，小队长先生。"

尼曼继续盘问。接下来，他将另外两人赶回原来的队伍，这是一个诡计，是为了迷惑犯人，让他们相信他的话。这招果然奏效，马上又有几个新犯人走到右边。尼曼不露声色地点点头，接着说："有心脏病的，出列！不能干重活但还可以补袜子、切皮革做鞋子的，出列！"

　　又有几个人走出队列。尼曼估计现在大约有三十来人，他知道这个数字很难再增加了，便怒气冲冲地喊道："剩下的都很硬朗啊？那咱们来瞧瞧！剩下的，向右转！跑步走！"两列队伍在点名场上跑起来。其他的人都立正站着，看着他们气喘吁吁地从面前跑过。站着的人心里明白，他们自己的处境也同样危险。跑着的人在想，假如他们有人倒下，尼曼很可能会马上把他捉到病人队列去。小营的人也惴惴不安，担心尼曼也会这样对付老犯人。这些人已经跑了六圈了，他们的脚下已经开始磕磕绊绊。现在他们懂了，尼曼让他们这样跑，并不是真要看他们是不是能干重活，他们这是在为性命奔跑。他们跑着，汗流满面，眼里露着绝望的神情和对死的恐惧。这种察觉灾难的智慧是其他动物没有的，只有人类才具有。

　　那些有病的犯人此刻也明白了这是怎么回事。他们恐惧起来，有两人企图再回到奔跑着的队列去。尼曼看见了，大叫道："回去！到那边去！"

　　可这两个吓得什么也听不见了，只顾跟着跑。他们脚上的木鞋跑掉了，前天夜里他们没分到袜子，现在他们只能光着出血的脚继续跑。尼曼一直盯着他们，这两人跟其他人跑了一阵，当他们扭曲的脸上刚刚显露出一丝希望时，尼曼若无其事地向前跨了几步，那两人刚跌跌撞撞跑到他跟前，他把脚向前一伸——两人跌倒了，他们挣扎着想站起来，可尼曼又两脚把他们踢翻在地。那两人便在地上爬。"起来！"只听尼曼用老鼠般的声音尖叫道，"到那边去！"这下两人只得服从命令。这段时间里，尼曼一直背对着 22 号营房。致命的绕场跑步还在继续，又有四人倒下了，他们躺在地上，两个已经失去知觉，其中一个穿着花哨的轻骑兵制服，那是他前一天晚上分到的。另一个穿着镶有花边的廉价女式衬衫，外面还套着一件剪短了的土耳其长袖长袍。这些都是从奥斯威辛集中营运来的衣服，储衣室卡波分发时还挺幽默。除了这两人外，另外几十个犯人身上穿的衣服，让人觉得他们好像在参加狂欢游行。

509注意到罗森脚下踉踉跄跄，腰也弯下了，渐渐落到了后面。他知道，要不了多久罗森就会体力耗尽，栽倒在地。这与我无关，他想，与我毫不相干，我不能干蠢事，每个人都得为自己着想。那些人又跑到营房前面了，509瞧见罗森现在落到了最后，此时他快速朝尼曼瞥了一眼，尼曼仍背朝营房站着。509又看了看四周，那些营房长也没人注意他，大家都还望着那两个被尼曼绊倒的犯人。汉克甚至伸长脖颈，向前跨出了一步。这时罗森蹒跚跑来，509一把抓住他的手臂，把他拉过来，朝后面推去："快！到营房里去，躲起来！"

接着，他听见背后罗森的喘气声，眼角中瞥见人影的闪动，一会儿气喘声不见了。尼曼什么也没看见，他还没转过身来，汉克也没有注意到。509知道营房门是开着的，他希望罗森能领悟他的用意，并且希望即便他到头来还是被捉住，也不会出卖他。他应该知道，他本来就只有死路一条的，尼曼没有点过新来犯人的人数，因此他现在还有死里逃生的希望。509觉得自己的膝盖在发抖，喉头发干，血液突然在耳朵里轰鸣起来。

他小心地朝贝格望了一眼，贝格还纹丝不动地站着，望着那群跑步的犯人。倒下的人越来越多了。贝格脸上紧张的神情表明，刚才的事情他看得一清二楚。接着，509听到雷本塔在他背后轻声说道："他进去了。"可509的膝头抖得更厉害了，他只得靠在布赫身上。这时候，场地上到处都散落着犯人新分到的木鞋。犯人穿不惯，差不多都跑掉了，只有两个犯人还穿着木鞋噼里啪啦拼命地跑。尼曼的眼镜上蒙了一层热气，当他看见犯人跌倒下去又拼命爬起来，又跌倒下去再挣扎起来跟跄奔跑的样子，当他看到死亡临近时他们的恐惧神色，他便能感到一股热气的升腾，那热气来自他的胸臆，来自他的眼睛。尼曼擦起他的眼镜。第一次有这种感觉是他第一次杀犹太人的时候。那次他本来不想杀人，是事情最终发展成那样的。以前，他一直是个郁郁寡欢、畏葸不前的人。开始时，他甚至不敢打那个犹太人。但当他看到那人趴在地上，在自己脚前乞求时，忽然感到自己成了另一个人，忽然感到自己强悍无比。他感到热血沸腾，地平线顿时变得开阔。于是，那套小犹太时装设计师考究的四室住房，连同那些罩着棱纹布的家具，顷刻间成了成吉思汗时代的亚洲沙漠。名叫尼曼的小职员，就这样突然之间执掌了生杀大权。他大权在握，可以主宰一切了。强烈的狂醉感顿时传遍全身，越来越高昂，直至他不由自主地朝那头发稀疏的软脑袋上给出了第一次致命一击……"立定！"

犯人们简直不敢相信，他们以为自己会跑到断气为止。突然间，营房、场地、人群在他们眼前好像遇到日食似的旋转起来，他们不得不互相搀扶。尼曼戴上擦干净的眼镜，突然急躁起来，说："把那些尸体拖到这边来。"

犯人们直愣愣地望着他，因为到现在为止还没人死掉。"把那些昏倒的拖过来。"尼曼纠正了自己的话，"那些躺在地上的。"

犯人们摇摇晃晃地走过去，抓住地上那些人的手脚，把他们拖到一边，堆成一堆，一个压着一个。混乱之中，509看见了苏尔巴赫。他正挡在一个人的前面，在朝一个躺在地上的人的胫骨乱踢，还扯那人的头发和耳朵。然后，他弯下身，拖着那人跪了起来。可那人还是不省人事地倒下了。苏尔巴赫又去踢他，把手伸到那人的胳肢窝下，想让他坐起来，可还是不成功。接着，他绝望地用拳头拼命击打那个失去知觉的人，直到一个营房长过来把他推到一边。苏尔巴赫又要冲过去。那个营房长踢了他一脚。他以为苏尔巴赫和那人有仇，想趁机报复。

"你这个混蛋！"那个营房长咆哮道，"让他去吧，他反正蹦不起来了！"

这时，运尸队卡波史特罗施奈德把那辆平板卡车开了过来，只听引擎像机关枪似的咔嗒咔嗒响着。卡车通常来装尸体，然后驶出铁丝网大门。这次，史特罗施奈德把卡车开到那堆人旁边，失去知觉的都被装了上去。有几个人已经恢复了知觉，挣扎着想逃开。但尼曼看得很紧，他一个也不放过，也不放过那些声称有病的："与这儿无关的人，解散！刚才报告有病的，过来！把这儿的人装上卡车！"

其他人尽快散开，跑进各自营房去了。失去知觉的都被装上了卡车。接着，史特罗施奈德踩动了卡车油门，他开得极慢，让那些有病的人也能跟在车子后面。尼曼走在他们旁边，现在他换了一副近乎友好的口吻对他的受害人说："你们的苦难就要到头了。"

"会把他们带到哪儿去？"22号营房里一个新来的问。

"可能是46号营房。"

"到那儿做什么？"

"我不知道。"509回答。他实际是不愿意说。这是集中营里的人都知道的事：46号营房是用来做实验的，尼曼在其中一个房间里放有一个汽油罐和一些注射器，进去的犯人从未再回来过。

"你刚才怎么那样打人？"509问苏尔巴赫。

苏尔巴赫看了509一眼，没有回答，他嗓子哽了一下，好像不得不咽下一团棉花，然后走开了。罗森告诉509："那是他弟弟。"

苏尔巴赫吐了，可从嘴里只吐出一点带些绿色的胃液。

"嘿，你怎么还在这儿？他们把你忘了是不是？"

汉克站在509面前，他从上到下慢慢打量着他。这是晚点名时间，犯人们都在营房外面排着队。"你的号码被记下来了没有？过后我得去问。"汉克脚跟着地，前后晃悠着身体，一双浅蓝色的眼睛朝前突出盯着509。509不动声色地站着，汉克又问："说，是怎么回事？"

509还是不出声，此时任何激怒营房长的话都是愚蠢的，沉默往往是最好的应答。他只希望汉克说过后会忘记，现在不过是随便说说而已。汉克狞笑着，他的牙齿肮脏发黄。"怎么回事？"他又问了一遍。

"号码当时已经记下来了。"贝格镇静地说。

"是吗？"汉克把身子转向贝格，"你能肯定吗？"

"是的。党卫队小队长舒尔特记下来的。我看见了。"

"黑着天看见的？好吧，那就没问题了。"汉克仍脚跟着地摇晃着，"那我可以去问一问，问一下总不会有什么妨碍，是不是？"没人作声。汉克惬意地说："你可以先填饱肚子，把晚饭吃了。为这事儿没必要问营房看守，我会直接到合适的地方打听的。你他妈的混蛋。"说完他环视一下四周，高叫道："立正！"

勃尔特来了，像往常一样，急急忙忙的。刚才他玩扑克玩了两个钟头，一直在输，此时牌运刚有些好转。他厌烦地朝那些死人瞥了一眼，又匆匆离开了。汉克留在那儿，他派人到伙房领饭菜后，自己便踱到妇女营和小营相隔的铁丝网那儿，站着四下眺望。

贝格说："咱们回营房吧。留一个在外面看着他就行了。"

"我来看着他。"苏尔巴赫说。

"他一走开，你就马上告诉我们，得马上！"

为了不让汉克瞧见，老兵油子们在营房里蹲了下来。"咱们怎么办？"贝格忧心忡忡地问，"要是那家伙真去问呢？"

"也许他会忘掉的，看上去，他又有些发神经。咱们要是有点白兰地来灌灌他就好了！"

"白兰地！"雷本塔吐口唾沫，"哪儿有这种可能！绝对搞不到！"

"也许他只是开玩笑。"509说，可他自己对此也没有多大把握。这样的事情在营地里时常出现，党卫队很擅长让犯人天天提心吊胆，惶恐不安。到头来常有人忍无可忍，有的撞了电网，有的则心力衰竭而终。

罗森凑到跟前，对509悄悄说："我有点钱，你拿着，我把它藏好带进来的。在这儿，四十马克，你拿去给他吧，我们那儿就这么干的。"

他把钞票塞到 509 手里。509 摸着那些钱，几乎无意识地收下了，说道："可是这没有用。他会收下钱，放进腰包，接着该干什么还干什么。"

"那就答应还会给他。"

"咱们到哪儿再弄钱去？"

贝格说："雷本塔还有一点儿，是不是，列奥？"

"是是，我还有一点。可一旦咱们让他吃到了钱的甜头，他会天天来找咱们要，最后咱们自己一个子儿也别想剩。到头来，咱们的问题没解决，钱倒用光了。"

大家都不吭声了。没有人觉得雷本塔的说法太没同情心，他说的是事实。问题是，为了使 509 多活几天而牺牲雷本塔今后所有可以做买卖的机会是不是值得。这样的话能给老兵油子们吃的食物就会更少，很可能少得会使他们其中几人或者全体慢慢饿死。倘若 509 真能因此获救，大家会毫不犹豫地牺牲一切。但如果汉克存心作梗，那 509 无论如何都在劫难逃。这样的话，雷本塔就是对的，仅仅使一个人多活两三天，不值得拿十来个人的生命去冒险。这是这里没有明文规定的无情法则。他们这些人就是依靠这法则才活到了现在。这一点，大家心中都明白，可是在目前的情况下，又都不愿意正视。他们还要绞尽脑汁想出个办法来。

"应该把这混蛋杀了。"布赫绝望地说。

"可怎么杀呢？"亚哈随鲁说，"他比咱们壮十倍。"

"如果大家拿着饭碗一哄而上——"

布赫停下不说了，他自己也知道这是愚蠢之举。即便成功，他们十二个人也很可能上绞架。贝格问："他还在那儿吗？"

"还在那儿，老地方。"

"也许他忘了。"

"要是忘了，就不会在那里等了。他刚才说了要等我们吃完饭。"

黑暗中一片死寂。过了一会儿，罗森对 509 说："你至少可以把这

173

四十马克给他。这是你自己的钱，是我个人给你的，与别人无关。"

雷本塔说："对，你说得对。"

509 望着门外，他看见灰色的天空衬托出汉克的黑暗身影。以前什么时候曾经有过这样类似的情景——天空下衬托出一个黝黑的头颅，那里险象万端——到底是什么时候呢？他记不起来了。他又朝门外看了看，很奇怪自己怎么会这样优柔寡断。这时，他感到心中有一种模糊不清的反抗情绪，这是一种拒绝贿赂汉克的倔强，这是他以前从未有过的感觉，从前拥有的一直是绝对的恐惧。罗森说："去吧，到他那儿去。把钱给他，答应以后还会给。"

509 踌躇着，他不再了解自己了。他知道，倘若汉克存心要干掉他，贿赂也无济于事。这种事他在这里见过很多次了。他们钱财一到手，便杀人灭口。但是能多活一天毕竟是一天的生命，这期间很有可能会发生很多事情。

"领饭的回来了。"卡雷尔报告说。

"听我说，"贝格低声对 509 说，"试一试吧，把钱给他。如果以后他再来要，咱们就扬言要告他受贿。咱们十二个人一起作证，人数不少，咱们都说是亲眼看见的，他就不敢再冒险了。现在咱们只能这么办。"

"他来了。"苏尔巴赫从门外轻声说。

汉克已经转过身，慢慢向 D 组走来。"在哪儿呢，那个混蛋？"他叫道。

509 迈出一步，继续躲藏已毫无意义："在这儿。"

"好吧，我这就走。你告别一下，写个遗嘱。他们会来接你的，会敲锣打鼓吹着喇叭来接你的。"汉克咧嘴笑了。关于遗嘱的说法，他自己觉得很风趣，敲锣打鼓吹喇叭也挺俏皮。贝格用肘轻轻碰了 509 一下。509 跨步向前道："我可以跟您谈谈吗？"

"你跟我谈？扯淡。"

汉克向小营大门口走去。509跟在后面。"我有一点钱。"他冲着汉克的后背说。

"钱？是吗？有多少？"汉克接着走路，没有回头。

"二十马克。"509本想说四十马克，但心中那股奇异的抵抗劲头阻止了他。他觉得那好像是一种固执。他要用这一半来赌自己的生命。

"二十马克二芬尼！去你的吧，什么屁事！"汉克加快了脚步。509使劲跟上他。

"二十马克总比什么也没有强！"

"他妈的！"

现在再答应给他四十马克也无济于事了。509有种感觉，自己做出了一个十分错误的决定，他刚才应该说四十马克才对。他的心突然沉到了万丈深渊，他刚才感到的那股抵抗劲头也消失得无影无踪。"我还有钱，不是二十。"他又很快说道。

"啊哈！"汉克站住了，"原来是个资本家！一个该死的资本家。那你还有多少？"

509吸了一口气，说："五千瑞士法郎。"

"什么？"

"五千瑞士法郎，存在苏黎世的一家银行。"

汉克大笑起来："你以为我会相信你吗？你这个可怜虫。"

"从前我可不是可怜虫。"

汉克盯着509看了一阵。509急切地说："我可以把这笔钱的一半转给您。我只要写一张简单的转让字据，钱就是您的了。二千五百瑞士法郎。"他望着面前那张毫无表情的冷酷面孔，"战争就要结束了，存在瑞士的钱到那时就有大用处了。"他等了一下，汉克还是不作声。509慢慢地加了一句："等战争失败之后。"

汉克抬起了头，低声说道："原来如此，你就等着这一天了，是不是？你已经进行了周密考虑，是不是？我们会——政治科会来找你的，国外还有非法资金！这是罪上加罪！天啊，我可不想处在你的处境之下。"

"能不能拿到二千五百瑞士法郎可是大不一样——"

"你也别想拿到。滚开！"汉克喊叫了一声，在509胸口狠狠地撞了一下，509被摔倒在地。

509慢慢从地上爬起来。贝格走了过来，汉克已经消失在黑暗中，509明白再追上去也毫无用处了，他已经走得很远了。"怎么了？"贝格问。

"他没有接受。"

贝格不作声，只是望着509。509看见贝格手里拿着一根木棒。"我甚至答应给他一大笔钱，他都不接受。"他迷惑不解地望着四周，"我一定是什么事情做错了，我也弄不明白。"

"他为什么要跟你过不去？"

"他一直看我不顺眼，"509擦了一下前额，"现在这都无所谓了。我甚至答应给他我在瑞士的存款，瑞士法郎，二千五百，可他也不要。"

他们回到自己营房。无须说什么，其他人都已明白了。他们还都站在原来的地方，没有人离开过。可是509的四周却好像出现了一个空间，那是一个把他和其他人隔离开的、肉眼看不见的不可逾越的空间，那便是死亡的孤寂。

"他妈的！"罗森诅咒道。

509看了他一眼。早晨他救了罗森的命，那时候他居然还能救罗森，现在自己却落到了伸手得不到救援的地步，这真有点不可思议，他对雷本塔说："把那块表给我。"

贝格说："到营房里来，我们再好好想想办法——"

"不用了。现在咱们只能等待了。把表给我，让我自己待一会儿……"

他一个人坐着，表的指针在黑暗中闪着绿光。他在想，三十分钟，汉克走到办公楼需要十分钟，十分钟报告情况，得到命令，十分钟回来。那根大针再转上半圈——他的生命就只剩那么一丁点儿了。

他忽然又想，也许还会长些。如果汉克把有关瑞士法郎的话报告上去的话，政治科会采取行动，为了得到这笔钱他们可能让他活下去，直至达到目的。刚才他向汉克许诺时，只考虑了营房长的贪婪，没有想到这点。这也许会是一个机会。不过，拿不准的是，汉克是否会报告这笔钱，也许他只会来说，韦伯要见他。布赫轻轻地从暗处走来，犹犹疑疑地说："咱们还剩一支纸烟，贝格叫你进来抽一口。"

纸烟？不错，老兵油子们还剩下一支，那是他和布赫从禁闭室回来后莱文斯基送来的纸烟。那禁闭室——现在他想起来了，刚才天空下衬出汉克身影时他联想到的那个人是谁，是在什么地方了，那是韦伯，一切都是从他那儿开始的。"来吧。"布赫说。

509摇摇头。一根纸烟，死刑犯的最后一餐——死刑纸烟。抽一根要多少时间？五分钟？抽得慢一点，或许十分钟？占了他剩余生命的三分之一，太长了，他还得做别的事。可是能做什么别的事呢？本来就无事可做。突然，他觉得嘴里发干，很渴望抽烟。但他不抽，一旦抽烟，就等于承认自己失败了。

于是，他气哼哼地低声道："走开！去你的臭烟！"

他想起曾经也有过这样一次对烟的渴望，这次他没费什么劲，一下子就想到了，那是闻到纽鲍尔抽雪茄的时候，那是在韦伯把他和布赫打得死去活来的时候，又是韦伯，总是他，就像几年前那样。

他不愿意想韦伯，现在不想。他朝那表看了一眼，五分钟过去了。他仰望天空，夜晚潮湿而温和。这是一个万物生根发芽的夜晚。已经是春天了，这是第一个充满希望的春天，可这个希望还是破碎了，还是令人绝望的。那不过是一个希望的影子，是一阵逝去岁月的奇异而微弱的回声，然而它却显得如此宏大，令人头晕目眩，让一切都变了模样。现在他想，刚才他不该对汉克说战争已经输定了。可现在太晚了，话已经说出了口。夜空看上去似乎更黑暗，更满是尘埃，更低沉漆黑了，好似一个无边的盖子重压下来，它预示着威胁和灾难。509艰难地呼吸着。他很想爬到什么地方去，把自己的头伸进一个角落里，埋入泥土，保护起来，再把心取出来，藏起来，让它能够继续跳动，如果……十四分钟过去了。背后传来一阵低语，单调而陌生，又像在唱歌。他想，那是亚哈随鲁在祈祷。他听着，好像听了好几个小时了，他这才想起，其实这就是他常听到的那种唱诵和喃喃低语——那是犹太人为死者做的安魂祈祷。亚哈随鲁已经在为他做犹太祷告了。他向身后说道："老头儿，我还没死呢，离死还远着呢，别为我做祷告！"

"他没做祷告。"有人回答，那是布赫。

509已经不再听了。突然间，他感到恐惧在怎样袭来。他一生中饱尝过种种恐惧。无限期监禁中，他尝过软体动物般漫无边际的灰色恐惧，他尝过受刑前那种撕心裂肺的恐惧，他也体验过对自身绝望的深切的疾驰而过的恐惧——他体验过这些，而且都将它们战胜了。他了解这些恐惧，也知道还有另外一种恐惧，那就是临死前的恐惧，并且知道现在它就在眼前。这就是对恐惧的恐惧，对死亡的恐惧。他已经很多年没有过这种感觉了，而且以为它不会再来，不会再有了。他以为由于经受过这么多苦难，由于经常和死神打交道，由于最后变得麻木淡漠，对死亡的恐惧已经消除了。那次他和布赫一起走向办公室时，他都没感到恐惧——可现在，他却感到恐惧的冰水正一滴滴落在他的脊背上。他知道之所以又感到了它，是因为他又重新怀有了希望。眼下，他正感受着它，它是冰冻，是空虚，是颓丧，是无声的呼叫。他用手撑住地面，眼望前方。那里已经看不见天空了，他的上空只有能吸吮一切的死的阴森！下面的生命世界在哪里？那万物生长的甜蜜声响在哪里？含苞待放的蓓蕾叶芽又在哪里？哪里还有回声——柔和的希望的回声？残留的希望之星火，如此微弱可怜，它在空穴中嘶嘶作响，在临终挣扎中苦涩地闪亮着，熄灭了。世界铅灰呆滞，恐怖一片。

那喃喃低语声呢？那声音也没有了。509慢慢抬起手，犹豫了一下才把手掌摊开，好像那里面是钻石，他担心那钻石会变成煤块似的。手指松开了，他又喘息了几次，才去看表上两根暗淡的指针，那是绕着他命运旋转的指针。三十五分钟过去了，竟过去了三十五分钟！比他预计的时间长出了五分钟。这是异常宝贵、重要的五分钟。可这也可能是汉克向政治科打报告时多用去的五分钟——或者汉克有些拖拖拉拉了。

长出七分钟了。509静坐着，他呼吸着，而且他又能感到自己在呼吸了。四周还是一片静寂，没有脚步声，没有窸窣声，没有喊声。天空又呈现了出来，不再只是死寂的乌云，不再有黑压压的沉闷感。微风拂面而来。

长出二十分钟了。三十分钟了。背后有人呼出一口气。天空晴朗些了，显得远阔了。回声又重新荡起，心脏又在远远地跳动，脉搏也微弱地搏动。接着，回声中荡着回声，双手又成了双手。那星火，完全熄掉，又重新闪烁起来，而且比以前更明亮。之所以更明亮，是因为它又经受住了恐惧。他左手无力地松开，表落到地上。

"或许——"雷本塔在509背后轻声说，忽然又沉默下来，感到惊恐，有点迷信。

时间忽然不再有意义了，它融化了，朝四面八方融化消逝了。时间，犹如溪水淙淙向山下流去。贝格捡起那块表，说："一个小时又十分钟了，509，今天不会有什么事了，也许以后也没事了，汉克大概改变主意了。"

"是啊。"罗森说道。

509转过身来说道："列奥，今晚那两个姑娘来不来？"

雷本塔盯着他看。"你现在正考虑这件事？"

"是的。"

509想，还能想什么别的吗？只要能转移我的注意力，不让我感到恐惧，想什么都行，恐惧快把我全身的骨头都化成凝胶了。他说："咱们

179

还有钱。我刚才只答应给汉克二十马克。"

"你只答应给他二十马克?"雷本塔难以置信地问。

"对。二十马克四十马克,其实都一样。如果他想要,二十也好,四十也好,他都会要,都是一回事。"

"那如果他明天来要呢?"

"他要是来,就给他二十马克。如果他告发了我,那明天党卫队就会来,那我就更不需要钱了。"

罗森说:"他没去报告,肯定没去。他会来要钱的。"

雷本塔已经平静下来,说:"你把自己的钱放好。今晚我的钱够用了。"这时509做了个手势,雷本塔激动地说:"我不要!我这儿钱够用了,让我安生会儿吧!"

509慢慢站了起来。刚才坐着时他有种感觉,他再也站不起来了,好像骨头真化成凝胶了。他活动了一下手臂和腿。贝格跟着他,两个人沉默了片刻,509说:"艾夫拉姆,你觉得,咱们能消除恐惧吗?"

"这么严重吗?"

"很严重,比往常更严重。"

"那是因为你更向往活着了。"

"你以为是这样?"

"对。咱们大家都变了。"

"也许吧。可是咱们今后这辈子还能不能摆脱恐惧呢?"

"这我可不知道。眼下的情况我知道,这是一种合乎情理的恐惧,是有原因的。可另外那种,对集中营的持久恐惧,能不能摆脱我就不知道了。不过,那也无关紧要。我们现在只能考虑明天,考虑明天和汉克。"

"这正是我现在不愿意想的。"509说。

13

贝格走在去焚尸场的路上。旁边走来一队犯人，一共六个人。他认识其中的一个，名叫莫斯，曾是律师。1932 年，法庭为一桩谋杀案审判两名纳粹分子，他为原告辩护人。结果，两个纳粹分子被判无罪释放。纳粹党刚一上台执政，莫斯就进了集中营。贝格从进小营起就一直没见过他，现在贝格认出了他，因他戴的眼镜只有一块镜片。莫斯用不着两块镜片，他只有一只眼睛，另一只在 1933 年时被香烟烧瞎了，是对那次审判的报复。

莫斯走在外侧。贝格嘴唇不动地问："哪儿去？"

"焚尸场，干活去。"

那队人走了过去。贝格想起另一个人他也认识，他是布雷德，曾是社会民主党的一个书记。贝格还注意到，这六个人全是政治犯，跟在他们后面的卡波，戴着刑事犯的绿三角标志，边走还边吹着小曲。贝格听出这是一出古老轻歌剧中的一段流行曲，歌词也在他脑海中油然浮现：再见，你这玲珑小仙女，再见，直到我们再相见。

望着这一小队人远去，贝格有些恼火地想，玲珑小仙女，一定是指那个女电话接线员。他怎么忽然想起这些？怎么还记得这段手风琴乐曲和这无聊的歌词，而许多重要得多的事情他都早已忘记了？

他走得很慢，呼吸着早晨清新的空气。每次穿过劳工营时，他都有种从公园走过的感觉。到达焚尸场围墙只需五分钟，这是清晨微风习习的五分钟。

他见莫斯和布雷德那小队人走进了焚尸场大门。抽调犯人到焚尸场干活倒是件新鲜事。在焚尸场干活的一般是住在一起的一队特殊犯人。他们比一般犯人吃得好，而且享有种种特殊待遇，但通常几个月后这些人就会被撤换下来，被送进毒气室。目前，这队犯人到这里刚两个月，额外调人进去干活，这种事很罕见。贝格基本上是唯一的例外。起初，他们只叫他去干几天，帮帮忙。后来，他的前任死了，他便留下干了下去。他的饭食仍是老样子，也不和焚尸队的人住在一起。为此，他希望两三个月后，他不会和其他人一起被拉走用毒气杀死。可这也仅仅是希望而已。

他走进焚尸场大门，看见那六个人正在院子里排着队。院子中央立着绞刑架，他们站的地方离绞刑架不远。他们竭力不去看那些绞架。莫斯的脸色已经变了，一只眼睛透过镜片不安地望着贝格。布雷德耷拉着脑袋。

那卡波转过身来，打量着贝格："你到这儿干吗？"

"奉命来焚尸场拔牙齿。"

"你是在这儿干活的牙医？那就快走开，其余的，站好！"

那六个人一动不动地站着，贝格紧挨着他们走过。他听见莫斯嘴里在低声说什么，可是他没听清楚，但也不敢贸然站住，那卡波还盯着他。他觉得这事情很奇怪，这么几个人却由一个卡波带领，一般情况下一个工头就够了。

焚尸场的地下室有一条斜斜的通道通到外边的地面。院子里堆积的尸体就从那儿扔进通道，滑进地下室。在地下室里，尸体的衣服要先剥下来，然后得将死者记入死亡名册，还要检查一下身上是否有金戒指、金牙之类的物件。

贝格就在地下室干活。他的分内工作是开死亡证明，从尸体口中把镶的金牙取出来。以前干这活的是一个从茨维考来的牙医，后来他血中毒死了。

在地下室做监工的卡波叫德莱尔。他来晚了几分钟，一进来就暴躁地喊道："干活！干活！"接着坐到放着名册的小桌子后面。除贝格外，地下室里还有四个焚尸队成员。他们站在那个通道前。第一具尸体滑了下来，像只巨型甲虫。四个人在水泥地上把尸体拖到房屋中央。尸体已经僵硬了，他们脱掉他的衣服，剥去标记和外套上的号码。此时，有一个人得把死人的右臂拉开，等衣服脱下后，他一松手，手臂又会像树枝一样弹回去。把裤子扯下来的事干起来要容易得多。卡波记下死人的号码。"有戒指吗？"他问。

"没有，没有戒指。"

"金牙呢？"

贝格把手电筒朝半张开的嘴里照进去，那嘴边有一道已经干了的血迹。

"右边有补牙金块。"贝格说道。

"取出来。"

贝格手拿钳子，在尸体脑袋旁边跪下来，一个焚尸场队员捧着那颗头颅。另外几个人已经在剥第二具尸体的衣服，他们报了号码后，把衣服扔在第一个死人的衣服上堆起来。尸体接二连三地从通道滑下来，发出干柴般的声响。一具尸体擦到另一具尸体身上，撞到了一起。一具尸体滑下来时脚先着地，于是笔挺地竖在了那里，背靠通道，眼睛睁得很大，嘴歪着，两手握成半拳，衬衫敞着，胸前露出项链上的一枚勋章。这男尸就这么立了一会儿。接着滑下的尸体噼里啪啦压到他身上。其中有一具女尸，头发半长，一定是交换营的。女尸头朝下冲了下来，头发正好落到那男尸脸上。后来，那男尸仿佛受够了这么多死人的重压，往旁边慢慢滑倒下去，女尸正巧落到了男尸的身上。德莱尔瞅见了，狞笑起来，舔了舔他的上嘴唇。

这时，贝格已把金牙拔了出来，放入一个盒子中。还有一个盒子专放戒指。德莱尔把金牙记入簿册。

"立正！"一个犯人忽然喊道。

五个人都立正了。党卫队小队长舒尔特走进来，说了句："接着干活。"

舒尔特走到放簿册的桌子跟前，跨到一把椅子上坐下来。他朝那一堆尸体望了一眼，指着一个犯人说："你去！外面有八个人在往里面扔，人太多了，叫四个下来，到这儿帮忙。"

贝格从一个尸体手指上取下一枚结婚戒指，通常这事很容易，那些手指都非常干瘦。他把戒指放入第二个盒子，德莱尔在簿册上做了记录。这具尸首没有金牙。舒尔特打了个呵欠。按规定，尸体应该解剖，确定死因，然后登记入册，但是没有人理会这类事情。集中营医生很少到这里来，也从不验查尸体。写下的死因都是千篇一律，总是心力衰竭。维斯特的情况也如此，写的死因也是心力衰竭。这些注销过的尸体赤条条地堆放在一个升降机旁。上面焚尸炉里需要时，就会把升降机拉上去。

刚才出去的那人回来了，带进来四个犯人。他们是贝格刚才在外面见过的那一小队里的人，其中两人就是莫斯和布雷德。舒尔特喊道："赶快，赶快！到那边去！帮着把衣服剥下，登记入册。集中营囚衣放一堆，普通衣物放一堆，鞋子另放一堆。快！快！"

舒尔特二十三岁，金发，灰眼睛，五官匀称，面目清秀。纳粹夺权以前，他已经是希特勒青年团成员，在那儿他受到了正统的纳粹教育。他被教导说，世界上有优等人类和下等人类之分，对此他坚信不移。他了解纳粹的种族理论和党的信条，这些都成了他的"圣经"。他孝敬父母，但如果父亲反对党，他便会去告发他。在他心目中，党是绝对正确的。别的事情，他一概不知。集中营里关押的是党和国家的敌人，因此对待他们绝不能讲怜悯和人性。他们比畜生还不如，杀掉他们就等于消灭害虫。对此，舒尔特问心无愧，心安理得。他夜里总是睡得很好，唯一引以为憾的是不能上前线，因为心脏缺陷，他只能被派往集中营。他是个可以信赖的朋友，酷爱音乐和诗歌，认为用刑是从犯人口中获取情报的必要手段，因为党的敌人全是说谎者。到目前为止，他已奉命杀过六个人，其中两个是让他慢慢折磨死的，因为他要获取同谋犯的名字，事情过后，他再没对此有过思虑。他正热恋着一位州议会议员的女儿，给她写了不少甜蜜浪漫的情书。空闲时，他喜欢唱歌，他男高音般的嗓音悦耳动听。

最后一批剥光衣服的尸体堆到了升降机旁，莫斯和布雷德正在搬着。莫斯脸上紧张的神情消逝了。他朝贝格笑了笑，原来是一场虚惊，他原以为自己会被绞死呢，现在他十分听话地干着活。事情还算顺利，他逃过了一劫。他勤快地干着，以示他的温良恭顺。

门开处，韦伯走进来。

"立正！"

每个犯人都立正站好。韦伯走近桌子，脚上穿着精致锃亮的靴子。他喜欢穿精致的靴子，这几乎是他唯一的嗜好。他小心弹掉纸烟上的烟灰，点燃那纸烟是为了抵消尸体的臭气。"完事了吗？"他问舒尔特。

"完事了，中队长。做了注销，做了登记。"

韦伯望了一眼盛放金器的两个盒子，随手拿起刚才立着的男尸戴着的勋章。

"这是什么？"

"圣克里斯托弗斯勋章，中队长。"舒尔特殷勤说道，"一个好运勋章。"

韦伯狞笑起来，舒尔特并没觉得自己讲了笑话。"好啊，"韦伯说着把勋章放回原处，"从上面调下来的那四个人呢？"

那四个人走上前。这时门又开了，党卫队小队长君特·斯坦布伦纳和刚才那一小队人中的另外两个犯人走了进来。韦伯说："到那边跟那四个人站一块儿去！其余的人出去！到上面去！"焚尸队的人很快退下，贝格跟在他们后面。韦伯对留下的六个人说："别站这儿，到那边去，到钩子下面去！"

在通道对面房间的横墙上，装有四个很牢固的钩子，犯人站到那儿后，他们的头顶离上面的钩子约莫有半米光景。屋子右边的角落里有一个三脚凳。凳子旁边的木箱里，放有一些绳子结成的短索套，索套两端都有钩子。

韦伯用左脚在凳子上踢了一脚，凳子滑到第一个犯人跟前："站上去！"那人浑身哆嗦着站了上去。韦伯望了望盛着索套的箱子，对斯坦布伦纳说："君特，现在该你了，让我们瞧瞧你的本事！"

贝格假装帮着把尸体抬到两个焚尸架上去。通常他们不叫他干这活儿，因为他体质太弱。但他们一起从地下室里出来时，工头正喊人帮忙，于是，最简单的办法便是假装执行命令。

焚尸架上两具尸体中，一具是那个头发散乱的女人，另一具是个男子，看上去像由脏蜡做成。贝格抬了一下那女人的手臂，把头发塞到下面。这样把她推进焚尸炉时，头发不至于被炽烈的热气吹着向后扬飞，烧到他和别人的手。那头发竟没有被剪去，这倒奇怪了。有一段时期，女犯人的头发经常被剪去，收集在一起。现在，他们大概觉得这没多大意义了，不值得去做，因为集中营里没剩下几个女人了。

"准备——"贝格对其他几个犯人说。

随着焚尸炉炉门打开，炽烈的热气冲了出来。他们用力一推，平平的焚尸铁架便滑进了炉子。"把炉门关上！"一个人喊道，"把炉门关上！"

两名犯人把两个沉重的炉门砰地关上了。可是其中一扇门又弹了回来，贝格望见，那女尸忽然翻起身子，好像醒来了似的。瞬间，头发烧着了，缭绕在她脑袋周围，好像照在圣像头部的黄白色光晕。接着，那扇一个角被一根小骨头卡住的门再次砰地被关上。这次门关得很紧，没有再弹回来。

一个犯人吓了一跳，惊恐地问："这是怎么回事？"因为他一直在地下室里剥死人衣服，没见过这场面。"她还活着？"

"不是，那是热气的作用。"贝格哑着嗓子说，刚才炉里冲出来的热气使他嗓子发干，眼睛好像也被烧着了似的，"尸体进了炉子以后经常会动弹的。"

"有时候，他们还跳华尔兹呢。"焚尸队里一个比较壮实的犯人说，他正打那儿走过，"你们到这上面来干什么？你们这帮地下室的鬼东西。"

"他们命令我们上来的。"

那人大笑起来，说："来干吗？也给送进炉里去吗？"

"下面新来了一些人。"贝格说。

"什么？新来的？来干吗？"那人顿时收住笑声说道。

"我也不知道，新来了六个犯人。"

那人盯着贝格，黑脸膛上两眼显得分外明亮。"那不可能，我们到这儿才两个月，他们不能换我们，他们不会这样。这是真的吗？"

"真的。他们自己这么说的。"

"去打听一下！你能不能去了解了解？"

"我去试试。"贝格说，"你有面包吗？或者什么别的能吃的？我会告诉你的。"

那人从兜里掏出一块面包，分成两份。他把小的一块给了贝格："拿着，你可得打听出来，我们一定得弄清楚。"

"好吧。"贝格退回几步。这时有人从背后拍了一下他的肩膀，那是把莫斯等六个人带到焚尸场来的那个绿卡波。"你是那个牙医？"

"是我。"

"下面还有一颗牙得取出来，叫你下去。"

卡波脸色苍白，流着汗，身子靠在墙上。贝格朝刚才给他面包的犯人看了一眼，向他眨眨眼，那人便跟在贝格后面走到门口。贝格对他说："问题已经解决了。他们不是来接班的，他们已经死了，我得到下面去。"

"你肯定吗？"

"当然了，不然不会叫我到下面去的。"

"感谢上帝。"那人释然地松了一口气。"把那块面包还给我。"他随后说。

"那不行。"贝格把手插入衣袋，捏紧了那块面包。

"猪脑袋！我是想换块大的给你，这太他妈的值了！"

他们交换了面包，贝格回到地下室。

斯坦布伦纳和韦伯已经走了，只有舒尔特和德莱尔还在。墙上四个钩子上吊着四个犯人。其中一个是莫斯，他戴着眼镜吊在那儿。布雷德和那六个人中的最后一个已经横倒在了地上。

舒尔特漠然地说："把那个放下来。他前牙上有一个金牙套。"

贝格想把那人举起来，但他没那么大劲，德莱尔过来帮了个手，才把那人弄了下来。那人像一个塞满了木屑的玩具娃娃一样倒在地上。"有金牙套的是他吗？"舒尔特问。

"是。"

那人镶有一颗金犬齿。贝格把它取了出来，放入盒里，德莱尔做了记录。"其他的人还有什么吗？"舒尔特问。贝格检查了一下地上的另外两具尸体，卡波打手电筒在旁边照亮。贝格说："这两个什么也没有。有一个人有颗牙齿镶着胶泥银汞合金。"

"这对我们没用。吊着的那几个呢？"贝格想把莫斯抱下来。"别动！"舒尔特不耐烦地说，"让他们在那儿待着，这样容易看。"

莫斯的嘴张着，贝格把他肿胀的舌头推到一边。莫斯眼镜后面的眼晴已经暴出，就在他跟前。透过高度数的镜片，那只眼显得更大以至变了形。另一边的空眼窝里，眼睑半张，里面有些液体渗了出来，湿了面颊。卡波站在贝格身边，舒尔特则很近地站在他后边，贝格脖颈上能感觉到舒尔特的呼吸，其中有一股薄荷糖味。舒尔特看了看说："什么也没有，下一个。"

下一个查看起来容易多了。那犯人没了前牙，都给打掉了，右颚有两颗无用的银汞合金牙。贝格的脖颈又感到了舒尔特的呼吸，那是一个狂热的纳粹分子的呼吸。他只用简单的大脑履行职责，专注地一心要完成寻觅金牙的任务，漠然无视刚刚遭到谋杀之人的无言控诉。贝格突然觉得那可恶的孩子气的呼吸实在难以忍受，那劲头就像正在鸟巢中找鸟蛋。

"就这样吧，什么也没有了。"舒尔特失望地说。他拿起记录册和盛放金器的两个盒子，又指着六具尸体说："把他们弄到上面去，这房间彻底收拾一下。"

他身子笔挺，生气勃勃地走出门。贝格着手把布雷德的衣服剥下来，做这件事比较容易，他一个人干就行，这几具尸体还没硬。布雷德穿着一件网眼衬衫和一条普通裤子。德莱尔这时点燃一根纸烟，他知道舒尔特不会回来了。"他把眼镜忘了。"贝格说。

"什么？"

贝格指了指莫斯，德莱尔走过来，贝格把死人脸上的眼镜摘下来。斯坦布伦纳刚才让莫斯戴着眼镜上绞架，存心是寻开心。

"镜片还是好的。"

卡波德莱尔说："这个镜片能有什么用？顶多给小孩当凸透镜点火玩。"

"镜框是好的。"

德莱尔向前弯下身子，轻蔑地说："镍的，便宜货。"

"不是，"贝格说，"是白金。"

"什么？"

"是白金的。"

卡波把眼镜拿在手里。"是白金？你能肯定？"

"绝对肯定。镜框很脏，用肥皂洗一洗，您就知道了。"

德莱尔把莫斯的眼镜框放在手掌上掂了掂，说："还值点钱。"

"是这样。"

"我们得登记下来。"

"可是记录册不在了。"贝格说，他看着卡波。

"舒尔特小队长带走了。"

"那没关系，我可以追上去交给他。"

"是的，"贝格说，他又看看德莱尔，"舒尔特小队长没有注意到这副眼镜，或许他以为不值钱吧。说不定也真的不值钱，我可能看错了，也许到头来还是镍的。"

德莱尔抬头看了一眼。

贝格又说："其实完全可以把它扔掉，和那边的垃圾一起扔了，不过是一副破镍质眼镜框罢了。"

德莱尔把眼镜框放到桌上，说："先把这儿打扫干净再说。"

"我一个人不行，尸体太重了。"

"那就到上面叫两三个人下来。"

贝格走了出去，过了一会儿同三个人回来了。他们把莫斯弄下来，脖颈间的绳索一松开，憋住的气体便从肺部迅速冲出。墙上钩子的高度正好让犯人的脚触不到地面，这种方法能延长死亡时间。通常的绞刑，人一往下落，脖颈便断了。千年帝国把这个方法改进了一下，绞刑架改装后能让人窒息而死。这就是说，不仅让人死，还要让人慢慢地十分痛苦地死。此外，纳粹新政权上台之初的另一个文化新建树，便是废除断头台，重新起用斧子。

此时，莫斯的衣服已经被脱下。他躺在地上，指甲全都裂开了，指甲缝里嵌着白色墙粉，可以看出，呼吸困难时他把指甲抠进了墙里。在他之前，那面墙上已有无数被绞死的犯人留下的抓挠痕迹，脚部的情况也是同样。

贝格把莫斯的衣服、鞋子分别放在相应的两个堆上。他朝德莱尔的桌上望了一眼，那副镜框已经无踪无影，也不在从死人兜里掏出的废纸、脏信和破布堆中。

卡波德莱尔在桌子那儿忙着，没抬起头来。

"那是什么？"露丝·霍伦问。

布赫倾听了一会儿："是一只鸟，一定是只斑鸠。"

"斑鸠？"

"是啊。别的鸟不会这么早叫，是斑鸠，我小时候常听到，现在我想起来了。"

他们蹲在隔开小营和妇女营的铁丝网两侧，这是个不大显眼的地方。如今小营已经拥挤不堪，外面到处都有人坐着或躺着。而且这时岗楼上已经没了岗哨，换岗的时间到了，不等换岗的人来，在岗的就离开了。小营里这种事现在时常发生，这是不允许的，但在这儿，纪律早不如从前那么严格了。

太阳落到地平线上了，山下城里的窗户上反射出晚霞的红晕，那些没遭损坏的城区仿佛着了火似的闪着光亮，河水里映照着不安宁的天空。

"鸟在哪儿叫呢？"

"在那边。几棵树那儿。"

露丝·霍伦透过铁丝网向远处望去，那儿有一片草地，有农田，有几棵树，还有一座茅草屋顶的农舍。再远处，山坡上有一幢带着花园的低矮的白房子。

布赫望着她，阳光使她瘦削的脸庞显得更加温柔了。他从口袋里掏出一块面包："给你，露丝，贝格叫我给你的。他今天弄到的，是我们的外快。"

他把面包熟练地扔过铁丝网。她的面孔颤动了一下。那面包刚好落在她身旁，好半晌，她没有说话，最后她费力地说："那是你的。"

"不用。我已经吃过一块了。"

她咽了口唾液："这不过是你说的。"

"不是，我说的是实话。"看到她手指急速抓起面包，他又说："慢慢吃，那样你可以多吸收些营养。"

她点点头，已经在咀嚼了。"我一定慢慢吃。我又掉了一颗牙，牙齿就是这么一颗颗自己掉下来的，也不疼，已经掉了六颗了。"

"要是不疼，也不要紧。我们这儿有个人整个下颚都烂了，他一直叫唤到断气。"

"很快我就一颗牙都没有了。"

"你可以装全口假牙，雷本塔就有一副假牙。"

"我不想要假牙。"

"为什么不要？许多人都装了全口假牙，确实没有关系的，露丝。"

"他们不会给我装假牙的。"

"不是在这儿。将来你可以定制。有些假牙精巧极了，比雷本塔的好得多。他那副假牙用了二十年了，他说现在有新式的，完全看不出是假牙，装得恰到好处，比真牙还漂亮。"露丝已吃完面包，眼神忧郁地看着布赫说："约瑟夫，你真认为有一天我们会出去吗？"

"当然，这是肯定的。509 也这么认为，我们大家现在都这么认为。"

"那出去以后呢？"

"出去以后……"布赫还没想过那么远，"出去以后，我们就自由了。"他几乎想象不出以后的情景。

"我们又得到处躲藏。他们又要来追剿我们，就像从前那样。"

"他们不会再来抓我们了。"

她盯着他看了一会儿，说："你真这样以为吗？"

"真的。"

她摇头道："或许他们会让我们安生一些日子，可过不了多久又会来抓我们。他们不会干别的……"

那只斑鸠又在啼鸣，声音清脆悦耳，听着让人难受。

"他们不会再来抓我们了，"布赫说，"我们会一起走出这个集中营。铁丝网会拆掉，我们要从那条路走出去，再不会有人向我们开枪，再没有人把我们抓回来。我们会走过那片农田，走进一座像那边的白房子一样的房子，然后坐到椅子上。"

"椅子？"

"是啊，真的椅子，还有桌子、瓷盘和熊熊燃烧的炉火。"

"然后就会有人来，把我们从屋子里赶走。"

"没有人赶我们。那儿有一张床，床上有被子，有干净的床单。我们会有面包和牛奶，还会有肉。"

布赫看见她的脸变形了。"露丝，你一定得相信。"他无奈地说。

她无泪地哭泣着，那种哭泣只表现在眼睛里，那里已经没有泪水了。一种不可名状的东西使她眼睛模糊。"约瑟夫，这简直难以置信。"

"你一定得相信，"布赫说，"莱文斯基带来了新消息，美国人和英国人已经深入到莱茵河这边了，他们在向我们这儿开过来，他们会解放我们的，他们很快就来了！"

傍晚的天色陡然起了变化，太阳本应落到山顶，山下城市开始沉入暗蓝的阴影，窗户上不再有反光，河水变得沉静，一切都变得很静寂，那只斑鸠也不再啼鸣，但此时，天空却又开始光亮耀目，云朵变成了只只珍珠帆船，宽宽的光柱照在它们上边好似阵阵微风，它们正驶向夜的红色大门。四周又陷入幽暗，而山坡那座白房子上，还停着最后一道辉光，那唯一的光亮使这座小房子比任何时候都显得更近又更远了。

一只小鸟飞来，飞到眼前时，他俩才看到它，那是一只有着两个翅膀的小黑球。开始时，只是一只小鸟的轮廓衬托在茫茫天空之下，它飞得很高，然后突然俯冲下来。他俩看到了，都想做什么，但没做成。就在小鸟飞近地面的一刹那，他们看清了它的整个轮廓：小脑袋上伸出一个小黄嘴，翅膀伸展着，圆圆的胸脯里传出悦耳鸣叫。接着，带电铁丝网上火星一闪，一声轻微的噼啪爆响传来。暮色之下，火星显得如此微小暗淡，却是致命的。顷刻之间，小鸟不在了，只见最下面的铁丝网上挂着一只小鸟爪，爪上带着残破的翅膀——刚才就是这翅膀触及地面，招致了死亡。

"约瑟夫，这就是刚才那只斑鸠……"

"不是，露丝，"布赫很快说道，"是另一只鸟，不是斑鸠。即使是斑鸠，也不是刚才叫的那只，肯定不是，露丝，不是……"

"你是不是以为我把你忘了？"汉克问。

"不是。"

"昨天时间太晚了。不过，现在有时间了，要告发你，有的是时间。比如说明天，有一整天呢！"

汉克站在 509 面前说道："你还是个大富翁呢！瑞士富翁！他们会把你的钱从你肾里一点一点打出来！"

509 说："想要那笔钱根本不用打，我只要在一张字据上签个名，钱就不是我的了。"然后他定睛看着汉克说："二千五百法郎，这可是一大笔钱。"

汉克说："是五千法郎。得给盖世太保，你以为他们会跟你平分吗？"

"不会，对对，是五千法郎，全给盖世太保。"509 强调道。

"你得上鞭笞台，吊上十字架，关进禁闭室，还得享受党卫队布豪尔的绝招，最后就是上绞刑架。"

"那很难说。"

汉克大笑起来。"你还想得到什么？一封感谢信？因为你非法拥有外汇？"

"那也不会。" 509 仍然看着汉克。他自己也觉得惊奇，他竟然不再感到害怕，虽然他知道自己的性命捏在汉克手里，不过这时候他的另一种感觉要更强烈些，那就是仇恨。这种仇恨，不是日常生活中被关押在集中营里饥寒交迫的人对他人怀有的那种混沌、盲目的狭义仇恨——不是的，他感觉到的是一种冷静清晰而明智的仇恨。这种仇恨如此强烈，以致他不得不垂下视线，避免汉克发觉。

"那你觉得还能得到什么？你这滑头。"

此时，509 嗅到了汉克的呼吸。这气息也是新的。以前，小营里的恶臭总能淹没所有个人身上的气味。509 明白，他之所以闻到了汉克的气味，并非因为他的气味比四周的恶臭还强烈，而是因为他对汉克的仇恨。

"你是不是吓傻了？"

汉克朝 509 的胫骨踢去。509 没有躲闪，他看着汉克平静地说："我不认为我会为这事挨打，这样干一点用都没有。我已经没什么气儿了，什么都经受不起了，一到党卫队手中我只有死的分。不过，现在这事对我挺有利，盖世太保等着拿钱。拿到钱之前，他们需要我，只有我一个人能处置这笔钱。在瑞士，盖世太保做不了什么，所以在他们搞到钱之前，我是安全的。这事做起来需要一段时间，这段时间里可能会发生很多事。"

汉克盘算着，半明半暗之中 509 能看到他扁平面孔上的表情变化。那张脸 509 看得很清楚，他觉得自己眼睛后面好像装了探照灯，直照在那张脸上。那张脸还是那张脸，但那里的每一处细节似乎都被放大了。

"这么说，你什么都考虑好了？" 营房长最后挤出一句话。

"我什么也没考虑。"

"那韦伯呢？他可是会跟你谈谈，他可不会等。"

"他会等的。" 509 镇定地答道，"中队长韦伯先生也得耐心等待，这事盖世太保会办好的。对他们来说，获取瑞士法郎更重要些。"汉克那双淡蓝色的鼓突眼睛似乎在转动，嘴里还嚼着什么似的："你可变得狡猾多了。你以前连口气都没有，屎都拉不出来！现在你们这些人忽然变得跟公羊一样牛气了。你们这些臭东西！有你们倒霉的那天！等着吧！会把你们全从烟囱里打发的！"说到这儿，他用手指点了点509的胸脯，又呼哧呼哧地说："那二十马克呢？快拿来！快点。"

509从兜里掏出那张钞票。有那么一瞬间他真不想把钱给他，但他很快明白，那等于自杀。汉克从他手中一把夺去钞票。"你还可以多拉一天屎！"他一边说着，一边挺了挺胸，"我就让你再多活一天，你这个混蛋！就一天，明天见。"

"就一天。"509说。

莱文斯基想了一会儿，说："我不认为他真的会下手。这样他能得到什么好处？"

509耸了耸肩膀说："没什么好处。不过他这个人一喝酒，就难预料了。"

莱文斯基又考虑了一会儿，说："那就得把他除掉。可是目前我们对他还不能轻举妄动。现在风声很紧，党卫队正拿着名单搞清洗。我们正尽力利用集中营医院让人消失掉，很快我们会把几个人弄到这儿来避一避。这儿还能藏几个人，是不是？"

"是的。只要你们给他们弄食物。"

"那当然。另外还有件事情，现在我们那儿得防备他们突然搜查，能把一些东西藏在你们这儿吗？但绝对不能让人发现！"

"东西大不大？"

"就像……"莱文斯基四下看了看，他们正蹲在营房后面的黑影中，眼下只能看到那些跟跟跄跄的"穆斯林"一个接一个地去上厕所，"比如左轮手枪那样大小的东西。"

509 倒吸了一口气，说："是左轮手枪？"

"是的。"

509 缄默了一会儿。"我铺位下面地上有一个洞。"他的声音又低又快，"洞旁边有几块木板松了，洞里可以放好几把手枪，很容易。党卫队不会搜查这儿，很安全。"

他没有意识到，他说话的神情仿佛是在说服别人让他去担风险，不是别人在说服他担风险。他问："你带来了吗？"

"带来了。"

"给我吧。"

莱文斯基又朝四周扫了一眼，说："你知道这意味着什么吗？"

"知道，知道。"509 不耐烦地答道。

"得到它很不容易，我们冒了很大风险。"

"我知道，莱文斯基。我会小心的，交给我吧。"

莱文斯基从他外套里掏出手枪，塞到 509 手中。509 抚摸了一下，比他预想的重一点。"外面包着什么？"他问。

"一块油污的破布。你床铺底下的洞干燥吗？"

"干燥。"509 说。这不是实话，可是他不想再把枪交回去。他问："有子弹吗？"

"有，不多，只有几颗子弹，都在枪里装好了。"

509 把手枪塞进衬衫里面，然后扣上外套。胸口处他分明能感到它，这让他突然全身一阵颤抖。

莱文斯基说："现在我得走了。千万小心，赶快把它藏起来。"他说手枪时好像在说一个重要人物。"下次来的时候，我会带个人来。你们真的还有地方？"他朝点名场望了一眼。幽暗之中，显出躺在那儿的黑黝黝的人影。509 答道："我们有地方。你们的人来，我们总能腾出地方。"

"那就好。下次碰上汉克时，再给他一点钱。你们还有钱吗？"

"我还有一点，可以再混一天。"

"我看看能不能叫我们的人凑上点。然后交给雷本塔，行吗？"

"行。"

莱文斯基闪入相邻营房的黑影中。从那儿开始他就像一个"穆斯林"一样弯着腰，蹒跚地向厕所走去。509 接着坐了一会儿，他背靠营房墙壁，用右手把那左轮手枪紧压在身上。他真想把它拿出来，揭开破布，抚摩一下那铁器。可他还是忍住了，只是把它紧紧地拥住。他感受着那枪管和枪柄的线条，感受着它们，好像那里会发出一股巨大的幽暗的力量。多少年了，这是他第一次紧紧揣着一件可以用来自卫的武器。他突然觉得自己不再无依无助，不再只能听由他人摆布了。他知道这不过是个妄想，自己绝对不能使用这武器，但他能拥有它，这已经足够了。这已经足以使他内心发生变化。这小小的能致死的武器仿佛是生命的发动机，在向他倾注反抗的力量。他想到汉克，想到他对汉克的恨。汉克把那点钱拿去了，这只能证明汉克比他更软弱。他又想到罗森，他救了他的命。接着他想到韦伯，他想了很长时间，回想起他刚进集中营的那些年月。他已经很多年没有这样回首往事了，他早已在内心深处摒弃了所有回忆，进集中营前的生活也全都忘却。甚至他不愿意听到自己的名字，他早已不再是一个人，而且也不再想做一个人，那样只会把他压垮。他变成了一个号码，他用号码称呼自己，也让别人这样称呼他。此刻，他默默地坐在黑夜里，紧紧拥着那把手枪，呼吸着，思忖着过去几星期里自己发生的变化。所有的往事忽然在脑海中重现，他好像在吃喝一样品味着它们，好像这一切是一种看不见的药物。

听见岗哨换班了，他小心地站起身，有几秒钟他跌跌撞撞仿佛喝醉了酒，然后他慢慢绕着营房外墙往回走去。

营房门旁，蹲着一个人。"509！"那人低声道，是罗森。

509 吓了一跳，好像从无边的沉梦中惊醒了似的。他往下看了一眼，说："我姓科勒。"又心不在焉地说："名叫弗里德里希·科勒。"

"哦？"罗森不解地应了一声。

14

"我要找神父！"艾默斯哀叫道。

整整一下午，他都这样哀叫。谁劝他都无济于事。他是忽然有这个念头的。

"找什么神父？"雷本塔问。

"天主教神父。你问这干吗？你这个犹太人！"

"嘿！"雷本塔摇摇头，"好一个反犹分子！咱们这儿正缺这号人呢！"

"营地里这种人有的是。"509 说。

艾默斯骂道："都怪你们！全怪你们！要是没有你们这帮犹太人，我们也不会到这儿来。"

"什么？你怎么会有这种想法？"

"要不然，就不会有集中营了。我要找神父！"

"你真不害臊，艾默斯。"布赫愤愤道。

"我没什么可害臊的，我病了！找个神父来！"

509 见艾默斯嘴唇发紫，眼睛深陷，说："艾默斯，这营地没有神父。"

"一定有，这是我的权利。我要死了。"

"我不信你会死，"雷本塔已经有点恼火了，"几个星期了，你一直这么说。"

"我要死了，全是因为你们这些该死的犹太人，总把我那份给吃了。现在你们连个神父都不帮我找。我想忏悔，你们懂这事吗？为什么一定要把我关在犹太人营房？我有权利和雅利安人在一起。"

"在这儿不行。在劳工营才行。在这儿，人人平等。"

艾默斯吭吭哧哧地转过头去。他乱蓬蓬的头发上方的板壁上有一行用蓝铅笔写下的字迹："尤金·迈耶，1914 年伤寒。报仇……"

"他的情况怎么样？"509 问贝格。

"他早该死了。不过，我觉得他过不去今天了，今天是最后一天。"

"看上去也差不多，神志不清了。"

"他才不是神志不清，"雷本塔肯定地说，"他知道自己在说什么。"

"但愿他不知道。"布赫说。

509 看着他，平静地说："布赫，他从前不这样，现在他给毁了。他再也不是以前那个人了，他已经成了另一个人，一个由以前的碎片拼凑起来的人，甚至连那些碎片也不是完好的。这种情况我见过。"

"去找神父啊！"艾默斯又叫起来，"我一定得忏悔！我不愿意被永久地罚入地狱。"

509 在床边坐下。艾默斯的旁边躺着一名新转押来的犯人。他发着高烧，乏力又急促地喘息着。509 说："艾默斯，没有神父你也能忏悔。你都做过什么？你在这儿什么罪孽也没做过啊，我们都是无辜的，但我们都在受罪赎过。有什么后悔的事就后悔吧，如果不能忏悔，也没关系，教义问答手册上就是这么写的。"

艾默斯突然停止了喘息，问 509："你也是天主教徒吗？"

"是啊。"509 回答说，这不是真话。

"那你就应该明白这个道理！我非找神父不可！我一定得忏悔，要享用圣餐！我不想到地狱永远受火烧。"艾默斯哆嗦着，眼睛睁得很大。

他的脸只有两个拳头那么大，眼睛大得不相称，使他看上去很像蝙蝠。"你要是天主教徒，你就该明白这个道理。就像进焚尸场一样，但烧又烧不尽，死又死不掉。你希望这种事情在我身上发生吗？"

509 朝门口看了一眼。门开着，外面夜空晴朗静谧，好似一幅图画。他又回头看着艾默斯干瘪的脑袋，那是燃着地狱之火的脑袋，他说："艾默斯，咱们这儿情况不一样。到了另一个世界，会更好的，因为在这儿咱们已经受过地狱的苦难了。"

艾默斯不安地摆动着脑袋，小声说："你别亵渎神明了！"他吃力地撑起身子，环视了一下四周，突然大叫起来："你们！你们！你们倒没病！就我得去下地狱！现在就得去了！好啊，你们笑！你们笑吧！你们说的，我都听见了！你们想出去！你们会出去的！可我呢？我！我得进焚尸场！进火——火——"接着他又喘咳起来，像一只疯狗在号叫，他挺着身子咳着，嘴像一个黑洞，里边发出阵阵嘶哑的号声。

苏尔巴赫站了起来："我去，我去找神父。"

"去哪儿找？"雷本塔问。

"去办公楼，去岗楼——"

"别傻了！这儿根本没有神父。党卫队哪里能容忍这种事。他们会把你关进禁闭室的。"

"那也没关系。"

雷本塔瞪着苏尔巴赫，说："贝格，509，你们听到他的话了吗？"

苏尔巴赫脸色苍白，下巴吊着，眼睛不看任何人。贝格对他说："这没用。这是不允许的。再说，我们又不知道犯人里谁是神父。不然，你以为我们不愿意把神父请来吗？"

"我去找找看。"苏尔巴赫说。

"这简直是自杀！"雷本塔扯了一下自己的头发，"而且还为这么一个反犹分子！"

苏尔巴赫的下巴蠕动着，说："对，就为一个反犹分子！"

"疯子！又多了一个疯子！"

"疯子就疯子吧。我走了。"

"布赫，贝格，罗森。"509静静地叫道。

布赫早已站到苏尔巴赫背后，手中举起棍棒，对准苏尔巴赫的头就是一击。尽管不重，但已打得苏尔巴赫头晕目眩了。接着，他们一拥而上将他拖翻在地，压在他身上。贝格说："亚哈随鲁，把'牧羊犬'的带子给我。"他们把苏尔巴赫的手脚捆绑起来，然后松了手。"你要是喊叫，我们只好把你的嘴堵上。"509说。

"你们不理解我——"

"不是，我们很理解。你就这么待着。等你这一阵劲头过去后，再放开你。像你这样，我们已经损失不少人了。"

他们把他推到一个角落里，不再理他。罗森站起身来，喃喃地说："他脑子受了刺激，还不太清楚呢！"他好像想为苏尔巴赫请求宽恕似的。"你们一定得理解他。那回，他弟弟……"

艾默斯的嗓子变哑了，只能低声号呼："神父呢？他在哪儿？神父……"

慢慢地，大家都受不了了。布赫问："难道这儿真的找不着一个神父，或者司事，或者教堂管事吗？找一个能让他安生一下的人也行啊。"

雷本塔说："从前17号营房里有过四个，一个给放了，有两个死了，还有一个现在关了禁闭。"

"布豪尔每天早上用铁链抽他，管这叫'和他一起做弥撒'。"

"我求求你们，"艾默斯又在低声哀叫，"看在主的分上……叫一个……"

亚哈随鲁说："我记得B组有个人懂拉丁文，我听人说过。我们能不能把他请来？"

"他叫什么名字？"

"我不太清楚。好像叫德尔布鲁克或海尔布鲁克，或者类似的。他们组长肯定知道。"

509 站了起来："那个组长是马内，我们可以问问他。"他和贝格走了过去。马内说："这人可能叫黑尔维希，那个会讲好几种语言的家伙，他有点疯疯癫癫，常常自己念念有词。他在 A 组。"

"那准是他。"

他们朝 A 组走去，到了那儿，马内对身材枯瘦、头如鸭梨的组长讲了几句。只见梨头组长耸了耸肩膀，马内就走进了床铺、大腿、胳膊和呻吟声混杂在一起的迷宫，大声喊叫着一个名字。

几分钟后，马内走出来，身后跟着一个神色疑惑的人。马内对 509 说："他来了。我们到外边去吧，在这儿说话什么也听不见。"509 对黑尔维希讲明了原委，问："你会说拉丁语吗？"

"会。"黑尔维希的脸神经质地抽搐着，"你们知道吗，他们现在会把我的饭碗偷走？"

"为什么？"

"这儿偷风很盛。昨天，我上厕所的工夫汤匙就没了。我就放在床铺底下。现在我把碗忘里边了。"

"那去把它拿出来吧！"

黑尔维希二话没说就往回走。"他不会再出来了。"马内说。

他们等着。天色愈来愈暗。营房深处漆黑阴暗，人影绰绰。黑尔维希出来了，他把饭碗紧紧抱在胸前。

509 说："不知道艾默斯懂多少拉丁文，大概最多也不过是 ego te absolvo[1]，这个他也许还记得。如果你能对他讲这个或者随便什么别的，你认为……"

---

[1] 拉丁语，意为："我宽恕你。"

黑尔维希走路时两条长腿的膝盖处弯得很厉害，他问："给他讲维吉尔，还是贺拉斯？"

"有没有宗教方面的词？"

"Credo in unum deum.[1]"

"很好。"

"或者 Credo quia absurdum[2]。"

509 抬起头，他看到黑尔维希的一双眼睛异常不安，就说："咱们都一样。"

这时，黑尔维希停下脚步，伸出干骨头般的食指指着 509，好像要戳他似的。

"你知道，这可是亵渎神明的事，不过我还是会去做。其实，他没必要有我在。他不做忏悔，也可以悔过赦罪的。"

"可是要是没有人在场，他没法忏悔。"

"我只是去帮他一下。可是这会儿工夫，他们会把我的汤偷吃掉。"

"马内会替你留着的。把碗给我，你进去时，我替你看着。"

"为什么？"

"他见你手里没有碗，也许更信任你。"

他们走进营房。此时的营房前面也差不多是一片漆黑了，艾默斯依然在低声呼号。509 说："喂，艾默斯，我们给你找来一个神父。"

艾默斯静了下来。"真的？"他嗓音清晰地问，"他来了吗？"

"来了。"

黑尔维希俯下身去，念念有词道："荣耀归于耶稣基督。"

"直到永远！阿门！"艾默斯马上以一个惊奇万分的孩子般的声音悄声回应。

---

[1] 拉丁语，意为："我只信仰天主。"
[2] 拉丁语，意为："因为荒谬，所以信仰。"

他们开始嘀咕起来，509 和其他人走出营房。外边，夜色宁静，可以看见地平线处的几棵树木。509 坐了下来，背倚着营房墙壁，那墙上还残留着太阳的余热。布赫走过来，在他身边坐下，顿了一会儿，他说："奇怪！有时候，成百的人死去，我们倒也不大在意。可现在，就这么一个人要死了，跟我们又没什么关系，却好像要死掉上千人似的。"

509 点点头说："是啊，我们的想象力不会计数，感觉也不会因为数字激增，不过总能感到单一的一个，这单一的一个，如果能真正感到的话，那也就够了。"

黑尔维希出现在营房门口，猫腰跨出房门的那一刹，他好像成了一个牧羊人，肩头上仿佛扛着一只黑羊，那黑羊就是营房里的浊臭黑暗，他要把它扛走，带到清纯的夜中去洗涤。然后，他站直身子，又恢复成一个犯人的模样。

"你是不是亵渎神明了？" 509 问。

"没有。我没做什么神父该干的事，我不过在他忏悔时，帮了一下忙。"

"我们很想送你点什么，一支香烟或是一片面包，"说着，509 把碗递还给黑尔维希，"可是我们自己也什么都没有。要是艾默斯晚饭前死去，我们可以把他的那份汤给你。这是我们唯一能送你的了，他的那份饭菜今晚还能领来。"

"我什么都不要，也不想要。要是那样的话，我也太不是东西了！"

这时，509 才发现黑尔维希两眼含着泪水。509 极其惊愕地看着他，问："他安静下来了吗？"

"现在安静了。他让我告诉您，今天中午他偷了您一块面包。"

"这我知道。"

"他让你们进去一下，他要向你们道歉。"

"天哪！这是怎么回事？"

"他就要这样，特别要向一个叫雷本塔的道歉。"

"列奥，你听到了吗？"509问。

"他这是想和上帝讲价钱。就这么回事。"雷本塔说，毫无宽恕之意。

"我不这么认为。"黑尔维希把碗往腋下一夹，"真有意思，以前我真想过当神父，后来打消了念头，现在我真不能理解，我真希望当初当了神父。"他以一种奇异的目光扫视了一下坐在那儿的人们，"要是一个人有所信仰，痛苦的时候就不至于太难受了。"

"是啊！不过，可以信仰的东西多着呢，不只是上帝。"

"当然，当然。"黑尔维希忽然友好恳切地说，此时他好像置身于一个文化沙龙，在与别人进行着什么辩论。他微微侧了一下头，好像要听什么声音，接着他又说："刚才我们做的是紧急忏悔，临终紧急洗礼一直都有的。至于紧急忏悔嘛……"他的脸抽动了一下，"这是一个神学家的课题。我的先生们，晚安！"

说完，他迈着细长的双腿，像只庞大的蜘蛛一样向自己的房区走去。其他人一时都呆若木鸡地目送着他。他那声告别用语十分特别，令人惊异，那是他们关到这儿后，从未听到过的。过了一会儿，贝格开口道："列奥，去看看艾默斯。为什么不呢？他至少一直以您来称呼我们。"

雷本塔还在犹豫。"去吧，"贝格重复道，"要不然，他又会乱叫。其余的人去把苏尔巴赫身上的带子解开。"

黄昏后的夜晚，降下一片清亮的黑暗。山脚下传来城里教堂的钟声。田野沟坎间闪着紫蓝的阴影。

一小群人还坐在营房前。营房内，艾默斯还没咽气。苏尔巴赫已经恢复过来，他正羞愧地坐在罗森旁边。

雷本塔蓦地坐直了，说："那是什么？"他目不转睛地盯着铁丝网外的田野。有样东西在那儿来回蹦跳，忽而停住，忽而又继续跑动。

"野兔。"捷克少年卡雷尔说道。

"瞎说！你怎么知道野兔什么样？"

"我们家乡也有很多野兔。小时候我见过很多。我是说，我被关起来以前。"卡雷尔说。从他到集中营的第一天起，从他父母被党卫队用毒气熏死的时候起，他的童年就停止了。

"一点不假，是野兔。"布赫眯缝着眼睛看了看，"说不定是家兔。不是家兔，个头不小，不像家兔。"

"天哪！"雷本塔叫了起来，"真是只兔子！"这时，大家都看到了那只野兔。它直直地坐了一会儿，竖起长长的耳朵，然后又奔跑起来。

"要是它跑到这边来，该多好！"雷本塔的那副假牙让他咬得嘎嘎直响。他想起了贝特克的假兔子，那只用罗曼的金牙换来的小獾狗，他说："咱们不自己吃，咱们可以拿它换东西。可以拿它去换上两倍，不止两倍，两倍半的次品肉。"

"咱们不换，咱们自己吃。"迈尔霍夫说。

"是吗？谁来烧？或者你想生吃？你要是让别人去烧，那你就别想再得到了。"雷本塔火气不小地说，"有些人几个星期不出营房大门，事情知道得倒不少。真奇怪。"

迈尔霍夫可以算作 22 号营房的一个奇迹。他得了肺炎和痢疾，三个星期卧床不起，性命垂危。发病时虚弱得几乎说不出话，贝格已经对他失去了信心。可几天之后，他突然恢复过来，自己从死尸堆里站了起来。因而，亚哈随鲁给他起名为拉撒路[1]·迈尔霍夫。今天是他生病后头一回走出营房。尽管贝格不允许，但他还是爬出了营房。他穿着雷本塔的大衣和已死的布什斯鲍姆教授的毛衫，还有别人当外衣穿的一件轻骑

---

[1] Lazarus，耶稣的好友，死后第四天被耶稣复活。

兵短上衣。罗森本来将那件有弹眼的牧师白袍当内衣穿，此时也成了围巾裹在迈尔霍夫的脖颈上。每一位老兵油子都为他首次出门的行装提供了帮助，人人都把他的绝境逢生视为共同的胜利。

"它要是想到这边来，就会撞上电网，那它就会当场被烤死了。"迈尔霍夫满怀信心地说，"那咱们就可以用根干木棍把它挑过来。"

他们心情紧张地盯着那只兔子。只见它在田埂上跑着，不时还停下来侧耳聆听。贝格说："党卫队会开枪把它打死，自己享用的。"

"这里黑乎乎的，要想打中，可不容易。"509回应道，"党卫队就会在背后几米远的地方杀人。"

"啊，兔子！"亚哈随鲁动着嘴唇，"兔子肉有什么特殊的味道吗？"

"兔子味儿就是兔子味儿，"雷本塔解释道，"最好吃的是背上的肉。肚子里塞上些肥熏肉，这样肉就不会那么干了。再做一个奶油酱汁，这是非犹太式的吃法。"

"再配上捣碎的马铃薯泥。"迈尔霍夫说。

"瞎扯，不要马铃薯泥，要加栗子和蔓越莓。"

"还是马铃薯泥好吃。加栗子，是意大利式的吃法。"

雷本塔向迈尔霍夫瞪过去，有点火了，说道："你听着——"

亚哈随鲁打断了他："野兔有什么？所有兔子加到一起，我也宁愿要一只鹅，一只上等的填鹅。"

"用苹果填在肚子里——"

"别说了！"背后有人大声嚷道，"你们都疯啦？这样下去准能让人发疯！"

他们蹲着，向前伏下身子。骷髅般的脑袋上一双双深陷的大眼睛追随着那只野兔。那是一顿梦寐以求的美餐，正在他们面前不足一百米的地方跳跃着。这捆茸茸的毛皮下包着几斤鲜肉，足以拯救几个人的生命。迈尔霍夫用他的每根骨头、每节枯肠感受着它。对他来说，这野兔是让他不会旧病复发的保障。他哑着嗓子说："好吧，那就放栗子吧，对我来说什么都行！"突然间，他觉得自己嘴里像煤仓一样干燥。

野兔抬起身，鼻子一吸一吸地嗅着。这时，几个打盹的党卫队岗哨中肯定有人看到了它。"哎！埃德加！那儿有个长耳朵！"有人大声喊道，"快开枪！"

几声枪响处，泥土飞溅，野兔撒腿跑开了。509 说："你们瞧，他们就会在近处射杀犯人！"雷本塔长叹了一口气，目送野兔远去。

停了一会儿，迈尔霍夫说："你们觉得，今晚咱们能有面包吗？"

"他死了吗？"

"死了。到底死了。他刚才还要我们把那个新来的从他床上搬走，就是那个发烧的。他觉得那人会传染给他什么。其实，他倒可能传染别人。后来他还是又哭又闹了一阵。神父的魅力也没持续多久。"

509 点了点头说："现在死去是很难的事。早些时候还容易些，现在更难了。因为一切快熬到头了。"

贝格坐到 509 身边。他们已吃过了晚饭，小营只领到了稀汤，每人一杯，没有面包。贝格问 509："汉克刚才让你干什么？"

509 摊开了双手，说："这是他给我的，一张白纸，一支钢笔。他要我把我在瑞士的那笔钱都转给他，不是一半，而是全部。所有的五千法郎。"

"还有呢？"

"作为交换，他答应让我暂时活着，甚至暗示我会受到他的保护。"

"直到他拿到有你签字的字据。"

"明天晚上给他，咱们还有点时间。以前咱们可没那么多时间来考虑。"

"这还不够，509，咱们还得另想办法。"

509 耸耸肩膀说："也许行。也许他觉得为了搞到这笔钱，他还需要我。"

"也可能他想的正好相反。他要杀人灭口，让你不能撤回你的签字。"

"一旦他拿到我的字据，我就没办法再撤回了。"

"这一点他不知道。也许你将来还能撤回签字，你是在被强迫的情况下转让的。"

509缄默了一阵，然后平静地说："艾夫拉姆，我不用这样干，我在瑞士一分钱也没有。"

"你说什么？"

"我在瑞士连一个法郎也没有。"

贝格盯着509看了半天，说："这都是你编出来的？"

"是这样。"

贝格用手背抹了一下他发炎的眼睛，肩膀颤动起来。"你怎么啦？"509问，"你哭了？"

"没有，我是笑。真傻，可我还是想笑。"

"那就笑吧，咱们这儿笑的时候他妈的太少了。"

"我一想起汉克将来在苏黎世的样子，就笑出来了。509，你怎么会想出这个鬼主意？"

"我也不知道。性命攸关的时候，什么念头都会出现，最重要的是他上钩了，而且他得到战后才能查明真相，现在，他也只能相信。"

"这倒是真的！"贝格的表情又变得严肃起来，"这也是我不信任他的原因。他很有可能又发神经，做出什么意想不到的事情。咱们必须防他一手，最好的办法是让你'死'掉。"

"死掉？怎么个死法？咱们这儿没有医院。怎么能混过去？这地方可是个终点站。"

"可以走最后一站，通过焚尸场。"

509看着贝格，看着他瘦削的脑袋，他水汪汪的眼睛，还有他担心的面容，他感到一阵温暖，说："你觉得这能行吗？"

"可以试试。"

509没有问贝格打算怎么做，只是说："咱们再谈吧。眼下咱们还有点时间。今天我只把二千五百瑞士法郎转让给汉克。他会拿上这字据，再来要剩下的。这样，我又可以赢得几天时间。再说，罗森的二十马克还在我这儿呢。"

"要是用完了呢？"

"在这以前，也许还会发生些什么。一个人得先考虑迫在眉睫的危险，眼下只有一个，其他的再一个一个解决，否则人会发疯的。"509翻弄着白纸和钢笔，打量着笔杆上暗淡的反光，"真有意思！好久没摸到笔和纸了，以前我还曾以它们为生呢。谁知道以后会不会重操旧业？"

15

新组成的犯人清理队正在市区清理废墟，他们两百人分散在一条长街上。这是他们第一次到市区干活儿，在此之前，他们只在城外郊区被炸毁的工厂里做过清理工作。

党卫队占据了各个街口。大街的左侧也有一队党卫队的人站岗。大街右侧受炸弹毁坏较严重，许多墙壁和屋顶坍塌到大街上，造成交通阻塞。

镐和铲子根本不够用，很多犯人只能徒手干活。卡波和工头们都有些神经兮兮，他们拿不定主意，催促犯人干活时应该依旧拳打脚踢呢，还是应该克制一点。尽管这条街道禁止居民通行，但还是有些房屋没有受到损伤，还有人住在里面，总不能把人家都赶走吧。

莱文斯基在维尔纳旁边干着活儿。他们两个同另外一些朝不保夕的政治犯一起志愿参加了清理大队。这儿的工作要比其他地方艰苦，但他们至少不会担心大白天被集中营的党卫队带走。到了晚上，等他们趁夜幕回到营房后，躲藏起来就容易了些。

维尔纳悄声问："你看见没有，知道这条街叫什么吗？"

"看见了，"莱文斯基咧嘴笑笑，那街名是阿道夫·希特勒大街，"多神圣的名字，可炸弹掉下来也没用了！"他们把一根横梁拖走，每个人条纹囚衣的背后都被汗水渗透而显得颜色深暗。在堆放物资的地方，他们遇到了戈尔茨坦。他不顾心脏衰弱也参加了清理队，维尔纳和莱文斯基没有劝阻——他是政治犯，处境危险。此时，戈尔茨坦脸色灰白，他吸了吸鼻子。

"这儿有股臭气，是尸体的味儿，不是刚死的，一定还有死了些日子的尸体埋在里面。"

"没错！"他们熟悉这种气味，知道这是种什么臭味，在这方面，他们成了行家。

现在他们得把碎石破砖挑出来，堆放到一个墙根下。剩下的泥灰要用手推车运走。犯人们的身后，大街的另一侧，有一家杂货店。商店的橱窗玻璃已被炸毁，里面已经又摆上了招徕顾客的广告，还有几个纸箱子。一个蓄着小胡子的男人正在纸箱子后面朝这边张望。1933年，有许多像他这样脸型的人，曾举着"不买犹太人的货物"的牌子上街游行。此时，他头下边好像被橱窗后壁遮住了，那样子就像闹市上廉价的摄影摊，顾客可将脑袋搁在画有海军舰长制服的布景上拍照。而现在这个人的脑袋下，是空纸箱和布满灰尘的广告，看上去倒很般配。

一栋没遭损坏的房屋门口，几个孩子正在玩耍。孩子们旁边站着一个身穿红衬衫的妇人，她朝犯人这边望来。这时，屋里忽然窜出几条狗，它们冲过大街，直向那些犯人奔去。跑到跟前，就在犯人的鞋子和裤子上嗅闻起来。其中一条跑到7105号犯人跟前，对他摇着尾巴，又蹦又跳，让负责这一区域的卡波一时手足无措。虽然它不过是条家犬而不是人，可即使是狗，这样与一个犯人亲近，似乎也很不成体统，尤其又当着党卫队的面。7105号犯人更是不知所措，他只能像一个犯人在这种处境能做的那样，佯装没有这条狗存在。可是这条狗还是缠着他，它对7105号好像产生了好感。7105号弯下腰，继续专心干活。他担心的是这条狗会给他招来死亡。"给我滚，你这傻狗！"卡波终于吼起来，抢起棍棒。他显然想好了，有党卫队在场，最好表现得粗野一些。但那狗一点没把他放在眼里，仍在 7105 身边蹦着跳着。这是一条高大的德国短毛猎犬，毛色棕白相间。

这时卡波捡起几块石子，朝狗扔过去。第一块打在 7105 的膝上，只有第三块才击中狗的腹部。它怒吼一声，跃到一边，继而冲着卡波狂吠起来。卡波又从近处捡到一块石头，投将过去，喊到："滚开，你这死狗！"

狗躲过飞来的石块，但它并没有跑开，而是灵巧地跑个弯道，朝卡波猛扑过去。卡波跌倒在一堆泥灰上，猎犬立刻跳到他身上。

"救命！"卡波大喊道，再也不敢动了，党卫队的人都哄笑起来。穿红衫的妇人立即向这边跑来。她对狗吹了一声口哨，叫道："过来，快过来！唉！这混狗，老惹麻烦！"

她将狗拉开，向家门走去。"是它自己溜出来的。"她担心地对站在近前的党卫队的人说，"对不起，我没看见，它自己跑出来了！我得好好教训它！"

那党卫队队员咧嘴笑道："没关系，它完全可以从那混蛋身上撕块肉去！"

妇人淡淡一笑。她本以为卡波是党卫队的人呢。"谢谢！多谢了！我这就把它拴起来！"她说。

她抓住狗的项圈，把它拖开，接着马上抚摩起狗背。卡波掸着裤子上的墙灰。党卫队的警卫们还在咧嘴讪笑。其中一个还对卡波说："你怎么没上去咬它一口？"

卡波没吭一声，沉默永远是上策。他在自己身上又拍了一阵，然后跺着脚气哼哼地向犯人走去。7105 正费力地把一只马桶从碎砖泥灰下拖出来。"快点，你这懒猪！"卡波一边骂着，一边朝 7105 号的膝盖窝就是一脚。7105 马上倒下，双臂紧紧贴在马桶盖上。犯人们都用眼角余光关注着卡波的举动。刚才同妇人说话的党卫队队员这时慢悠悠地踱了过来。他走到卡波身后，抬起靴子就给了他一脚，说："别拿他撒气。不是他的错！你还是去咬那条狗吧。你这混蛋！"

卡波吃惊地转过身来。怒气已从他脸上消失得一干二净，取而代之的是一副谄媚的笑脸："是！我不过——"

"滚！"卡波的肚子上又挨了一脚。他做了一个半立正的姿势，然后快快溜开。那个党卫队队员又踱回原地。

"你看到了吗？"莱文斯基低声问维尔纳，"奇事儿！有意思！不过他也许是做给平民看的。"

犯人们继续偷偷观望着街对面的人们，街对面的人们也这样观望着他们。尽管他们只相隔几米远，可这几米却像隔着千山万水，好像他们生活在地球上的不同角落。自从他们开始了囚徒生涯，大多数犯人还是第一次这样近地看到一座城市。寻常人家的日常生活就这样又展现在他们面前。一套公寓房里，一个身穿蓝底白点工作装的女佣正擦拭着完好无损的窗子。她卷着衣袖，嘴里哼着曲子。另一个窗口站着一位白发苍苍的老太太，阳光洒落在老妇人的脸庞上，照在卷起的窗帘及屋里挂着的照片上。老妇人望着那些犯人，面露哀伤。街道拐角处，有一家药铺，老板正站在门口打哈欠。一个穿豹纹皮大衣的女子挨着房屋沿街走来，她戴着一副绿手套，脚上穿着一双绿鞋，站在街角的党卫队队员对她没加阻拦，让她通过。她很年轻，走在瓦砾堆上步履轻盈。犯人中，很多人已经多年没见过女人了，他们都注意到了这个姑娘，但唯独莱文斯基敢盯着她看。

"看这儿！"维尔纳悄声说，"来帮一下。"

他指了指从灰砂下突出来的一块建筑材料说："这儿有个人。"

他们把灰砂和砖石铲到一边。下面露出一张布满络腮胡子的脸，脸已经砸烂了，胡须上血迹斑斑，沾满了白粉。旁边还能看到一只手。也许房屋倒塌之际，他曾举起手来要保护自己。

站在马路对面的党卫队队员正朝那个步态优雅、穿着豹纹皮大衣的姑娘挑逗打趣。她咯咯笑着，风情万种。就在这时，警报声突然远远近近地狂吼起来。

站在街道拐角上的药店老板赶快跑进屋，豹纹皮衣女也惊慌地往回奔跑。她在瓦砾上绊了一跤，摔倒了，长袜撕破了，绿手套也沾上了白灰。犯人们都直起身子。"站着别动！谁要是动一下，就打死谁！"党卫队队员从街道四周跑过来，"集合！按小队排列，快！快！"

犯人们不知道小队是如何编排的。这时传来了砰砰几声枪响，最后从街角奔来的党卫队队员终于把犯人赶到一起，围了起来。几个党卫队小队长商量起他们该怎么办。这只是预告警报，但他们还是焦急不安地望着天空。那灿烂的天空好像忽然变得既明亮又阴暗了。

这时马路对面却躁动起来，房子里涌出许多刚才没露面的人，小孩子尖声叫着。那个蓄着小胡子的杂货铺老板冲出店铺，露出恶狠狠的目光，又像只肥蛆，从废墟堆上爬过。一个披着花呢格子围巾的妇女伸着手臂，小心地把一只鸟笼拎在身前，笼里关着一只鹦鹉。那位白发老妇人消失了。一个年轻女佣提着裙子从门里跑出来。莱文斯基盯着她看，她的黑色长袜和紧身蓝裤之间露出了丰腴的白腿。她的身后还跟着一个又瘦又老的女佣，走路的样子像只山羊在石头上蹦跳。顷刻之间，一切都颠倒了，刚才那一边的自由祥和景象消失殆尽，现在能看到的只是人们惶恐地从他们的住处拥出，争先恐后向地下防空洞跑去。可他们的对面，犯人在倒塌的墙壁跟前静立着，观望着他们。

有一个党卫队小队长似乎觉察到了这一点，于是命令道："全体向后转！"这样，犯人们只好呆望着一片废墟，呆望着那些阳光下闪光的碎砖断瓦。被炸的房屋中，只有一栋房子通往地下室的过道已经清理完毕。人们能看到一级级阶梯，看到入口处的大门，还能看到阴暗的走廊，以及从后面出口处注入走廊里的一缕光线。

几个党卫队小队长还在踟蹰不定，他们不知道该把这批犯人赶到何处。他们没人想到要把他们带进防空洞，那些防空洞总是挤满了平民。

另一方面，党卫队的人也不愿意自己没遮没挡继续站在露天里。他们中有几个人迅速搜索了一下邻近的房屋，找到了一个混凝土地下室。

警报忽高忽低地响着。党卫队的人向那个地下室跑去，门口留下两名队员，每个街口也各留下两人看守。

一个党卫队小队长喊道："卡波，工头，你们注意，他们谁也不能动！谁要动一动，就打死谁！"

犯人们神色紧张起来。他们面壁而立，一动不动地等待着。没有人命令他们卧倒，对党卫队来说，他们这样站着看管起来更容易些。他们就这样挤在一起，静静地站着，四周是卡波和工头。突然，那条猎狗又出现在他们中间。它刚才挣脱了出来，此刻正在寻找7105。找到7105后，又在他面前蹦跳起来，还要去舔他的脸。

这时，警报声停止了。骤然降临的寂静仿佛真空，撕扯着人们的神经。突然，一片寂静之中，传来了钢琴声。这琴声清晰嘹亮，不过只有一段听得比较清楚。尽管如此，维尔纳还是听出来了，这是歌剧《费德里奥》[1] 中的一段犯人合唱。这不可能是收音机里播放的，空袭警报期间电台不会播放音乐。它只可能是从唱机里放出来的，也许有人忘记让唱片停转了，或者有人敞着窗户在弹钢琴。

警报声又响了起来，维尔纳还全神贯注地想着刚才听到的那段曲子。他咬着牙，竭力想在记忆中接着唱下去。他不愿意想炸弹和死亡。如果他能回忆出这个曲子，那他就得救了。他合上眼，绞尽脑汁，苦苦思索。现在他还不能死，不能这样毫无意义地死，他不愿意往这儿想。他一定要想出那个曲子，那是获得了自由的犯人唱的歌曲。他握紧双拳，想继续聆听钢琴的演奏。可钢琴声已经被一片恐怖的声响淹没。

---

[1] *Fidelio*，贝多芬创作的唯一一部歌剧，首演于1805年。剧情讲述了男主人公落入冤狱并最终获救的故事。

第一波轰炸震动着整座城市。炸弹落下时的尖利呼啸声打断了警报器的鸣叫。大地震颤起来，一个大板块从一垛墙上慢慢坠下。几个犯人倒在了瓦砾堆上，几个工头马上奔过来，嘴里还喊道："起来！起来！"他们的声音无法听到，他们用力去拉起趴在地上的人。戈尔茨坦看到一个犯人脑袋破裂，血从里面流了出来。忽然，站在他旁边的一个犯人手捂腹部也栽倒下去。他们不是被炸弹的弹片击中的，那是党卫队开的枪，可枪声根本听不见。

　　"那儿有个地下室！"一片喧闹声中戈尔茨坦对维尔纳大声喊道，"那儿有个地下室！他们不会出来追我们的！"

　　他们盯着那地下室入口。它好像变大了，里面的黑暗正象征着阴凉的安全，那里似乎有着无法抵御的诱惑。犯人们都着魔似的睁大眼睛盯着那个黑洞，队列出现了波动。维尔纳拉住戈尔茨坦，在喧闹声中大声喊道："不行！"他盯着那个入口，"不行！那不行！我们都会被打死的！不行！站着别动！"

　　戈尔茨坦朝他转过苍白的脸。眼窝里的两只眼睛好像两个扁平发亮的蓝灰色石片，他的嘴紧张地抽动着。"不是躲进去！"他抱怨说，"是逃跑！穿过它逃跑！那后面有个出口！"这一声仿佛在维尔纳腹部猛击了一下，他突然颤抖起来。颤抖的不是他的双手，也不是他的膝盖，而是他体内的一根根血管，他感到他的血在沸腾。他知道逃跑很难成功，这念头本身已是一个极大诱惑：逃出去，找户人家偷上几件衣服，然后趁着混乱逃之夭夭。

　　"不行！"他以为自己在悄声说话，其实他是在骚乱中高声叫喊，这话并不只说给戈尔茨坦听，也是说给自己听，"不行，现在不行！现在不行！"他知道这是缺乏理智的行为，这会危及业已取得的一切成就，难友们会惨遭杀害。一人逃走，十人会为此受难，这个人堆将血流成河。集中营当局还会拿出新的规定。然而那地下室仍咧着大嘴，诱惑着犯人们。"不行！"他大声喊着，拉着戈尔茨坦，并以此来克制自己。

太阳！莱文斯基想，这该死的太阳！它将一切都无情地暴露无遗。为什么不把太阳射下来？我们仿佛赤身露体站在巨大的聚光灯下，成了飞机瞄准的活靶子。哪怕出现一块云朵也好啊！汗水如小溪般从莱文斯基身上流下。

墙壁震颤着。突然，近前一声巨响，随着一阵轰隆声，一堵中间嵌有一个空窗框的墙壁倒了下来，这块墙壁约有五米宽，它向犯人们坍下来的时候，看上去并不特别危险。墙倒了，只有套进空窗框的犯人还站着，他陷在齐腰深的瓦砾堆中，惊恐地环视四周，无法理解自己怎么还活着。他的身边，几条腿探在残砖断瓦外面，挣扎了几下，便垂下不动了。

紧张在渐渐缓解，这在开始时几乎察觉不到，只是感到头部和耳部的钳制感减轻了一些。接着，自主意识开始像射进矿井的微光一样显露出来。喧闹声依然如前，只是大家突然间都意识到空袭已经过去了。

党卫队的人从地下室爬出来。维尔纳看了看前方那面墙壁，它又慢慢成了一面普通墙壁，阳光照耀着它，那里能看到清理出的通往地下室的入口，刚才那里曾汹涌着黑色的希望，现在它不再耀目地嘲弄犯人了。他又看到脚下那张长着大胡子的死人脸，看到埋在碎砖下难友们的腿，透过渐渐平息下来的枪炮声，他又惊奇地听到了那钢琴声。他抿住嘴唇。

命令声吆喝声再次四下响起。那个套入空窗框幸存下来的犯人从砖瓦堆中爬出来，他的右脚扭伤了，他生怕自己倒下，只能用一条腿小心地走路。一个党卫队队员跑过来喊着："快！快！来把这儿的几个人挖出来！"犯人们用手、用镐子和铲子扒着、刨着，没用多长时间，就清理掉了压在难友身上的碎砖乱石。一共有四人埋在了下面，三个已经死了，一个还活着。他们把他抬了出来。维尔纳环顾四周寻找帮助，他看到穿红衬衫的妇女正从楼房门口走出来。刚才她没躲到防空洞去。只见她拿着一条毛巾，小心翼翼地端着一盆水，满不在乎地从党卫队队员身边走过，把水放到受伤者旁边。那些党卫队的人犹疑不决地互相看看，没有吱声，观望着她为受伤者擦洗脸颊。

受伤者吐出一些带血的唾液，女人随即将其擦去。一个党卫队士兵笑了起来。他那张脸上还满是稚气，五官凑在一起，睫毛颜色极淡，两只灰眼睛因而看上去光秃秃的，毫无遮挡。高射炮声停止了。寂静之中，钢琴声又在空中回旋荡漾。维尔纳现在才知道这钢琴声来自何处，那是从杂货铺二楼的一个窗户传出来的。一个脸色苍白、戴眼镜的男子正端坐在一架棕色钢琴前弹奏这首犯人合唱曲。那些党卫队队员讪笑着，有个党卫队队员还用手指头敲着自己的前额。维尔纳不能断定那人弹钢琴是为了庆幸自己熬过了这次空袭，还是别有用意。不过他还是相信这件事别有意义，只要没有风险，他总喜欢往好处想，这会使生活容易些。

居民们都跑了回来，党卫队队员又摆出一副军人姿态。命令发出了，犯人们排好队。长官命令一个党卫队队员留下看管死伤人员，接着下达了跑步离开的命令。刚才最后一颗炸弹击中了一个防空洞，犯人们得去清理废墟，营救堵在洞里的人。

弹坑处散发出硫黄和酸的气味，几棵树木歪斜在弹坑边缘，树根裸露。公共大草坪四周的栏杆被震了出来，七倒八歪的。炸弹没有直接击中防空洞，只是炸到侧面，埋住了洞口。犯人们在洞口足足干了两个多小时，台阶被炸歪了，他们把台阶一阶一阶地清除干净。大家干得很投入，好像埋在里面的是自己的难友。又干了一个小时，洞口的废墟才算清除完毕。里面的尖叫声和抽噎声早就传到了外面。除了这个洞口外，防空洞一定还有别的通气道。他们刨出第一个通口时，尖叫声立即传了出来。一个人头马上探出，这个人头还在大喊大叫。接着，头下面出现了一双手，在洞口碎石堆上又抓又扒，活像一只巨型鼹鼠在挖地洞。

"小心点！"一个工头大声叫道，"洞口会塌的！"

但那两只手还在不停地扒。一会儿这个人头被里面的人拉了回去，另一个人头又声嘶力竭地叫着钻了出来。过了一会儿，这个人头也被拖了回去。防空洞里的人们惊慌失措，个个都要争抢有光亮的地方。

"把他推回去！您这样会伤着的。我们得先把洞口再扩大点，把他推回去！"

大家用手将一张张脸推了回去。这些脸还张开大嘴咬他们的手指。犯人们用镐把混凝土撬松，他们拼命干着，仿佛在为自己的生命奋战。口子终于扩大了，接着第一个人开始向外爬。这是个体格强壮的男人，莱文斯基一眼认出，刚才站在杂货铺里的蓄着小胡子的人就是他。他连推带搡为自己争到了第一位，呻吟着往外钻。他的肚子却卡在洞口了，里边的喊叫声马上剧增。因为这样一来，里面顿时一片漆黑。他的大腿又被里面的人抓住往回拉。

"你们帮帮我啊！"他尖声叫着，"快帮我一下，帮我出来！从这儿拉！拉我出去！我会给——我保证我会给你们——"

他的小黑眼珠鼓在他的圆脸上，希特勒式的小胡子颤抖着，活像一只卡在洞口会说话的海豹。"帮一下！先生们！求求你们，先生！"犯人们抓着他的手臂，终于把他拖了出来。他跌倒了，又一骨碌跳起来，然后二话没说，撒腿跑了。犯人们把洞口扩大了些，又找来一块木板支撑住。然后，他们让开了洞口。

里面的男女老少一个一个地爬了出来。有些人急急忙忙、脸色苍白、汗流浃背，庆幸自己逃出了坟墓，有些人歇斯底里地啜泣着，尖叫着，诅咒着。最后出来的要泰然自若得多，离开洞口时，他们慢慢悠悠，不声不响。看着这些人连爬带喘地从自己面前经过，戈尔茨坦轻声说："'先生们！'你们听到没有？'求求你们，先生！'那人说的是咱们！"

莱文斯基点点头。"'我会给你们——'"他重复着那海豹的话，"可

221

他什么也没给，猴子似的溜了。"接着，他定睛看了看戈尔茨坦，问道："你怎么啦？"

戈尔茨坦靠到他身上，说："太有意思了！"他几乎喘不上气来了。"不是他们解放我们，"他吃力地说，"倒是我们解放了他们！"

他痴痴笑着，然后摇晃着倒向一边。人们一把将他拉住，让他慢慢倒在一个土堆上。然后，大家站在一边，等着防空洞里的人走空。

站在一边观望的，是遭受了多年关押的犯人，另一边被观望的、正从他们眼前走过的是不过当了几个小时囚徒的人。这让莱文斯基想起曾有过的类似的一件事——那是他们在公路上遇见从城里逃出的难民队伍。这时他看到，穿蓝底白点用人装的姑娘从洞口爬出来了。她抖抖裙子，朝他笑了笑。她的后面是一个只有一条腿的军人，他直起身，腋下架上拐杖，离开前向犯人们行了一个军礼。最后出来的人中，有一位年逾古稀的老人。他脸上纵横着凶悍猎犬那样的长皱纹，他望望犯人，说："谢谢你们！里面还埋着几个呢。"他迟缓地走上歪斜的阶梯，虚弱无力却又庄重威严。他离开后，犯人们爬进防空洞。

犯人们走在回集中营的路上，他们已疲惫不堪，还得抬着死伤的难友，刚才空袭时挨砸被埋的那些人都已经死去。天上挂着绚丽的晚霞，霞光透过大气赋予大地一片多彩的绚丽。时间似乎停止不动了，足足有一个小时，废墟与死亡都好像不复存在。

"我们真是了不起的英雄啊！"戈尔茨坦说，现在他缓过些劲来了，"为了救这些人，咱真是奋不顾身。"

维尔纳看着他说："以后你别来清理队了，你简直疯了！你哪怕干一点儿活儿，也能把你累死。"

"那有什么办法？在上面待着，等党卫队来抓我？"

"我们得为你另想办法。"

戈尔茨坦乏力地笑笑，说："我早早晚晚是小营的人，还能有什么办法？"

维尔纳一点也不惊奇，说："那又怎样？那儿更安全。再说那儿有咱们的人，他们可以帮助我们。"刚才踢了 7105 号犯人的那个卡波朝 7105 号走来。他在 7105 身边待了一阵，然后突然将一件东西往 7105 手里一塞，离开了。7105 看了一下，惊讶道："一根烟！"

"他们软下来了，"莱文斯基说，"废墟触到了他们的神经，他们也得想想前途了。"

维尔纳点点头说："是啊，他们也害怕了。记住那个卡波，说不定将来用得着他。"

他们疲惫地走在柔和的夕阳下。过了一会儿，穆尔泽说："咱们在城里时，两米外就是房屋，就是自由自在的人，那感觉就像咱们不再是囚犯了。"

7105 抬起头说："我倒想知道这些居民对咱们怎么看。"

"他们能有什么看法？上帝知道他们对咱们了解多少，看上去他们现在自己活得也不快活。"

"这倒是。"7105 说。

他们开始在通向集中营的山坡上艰难爬行。7105 说："刚才那条狗要能归我该多好。"

"那就可以烤狗肉，美餐一顿了，"穆尔泽接上话说，"这条狗肯定有三十磅。"

"我不是说吃，是想养它。"

车子无法通行，街道给堵住了。纽鲍尔下了车，对阿尔弗里德说："往回开，在我们家门口等我。"

他向前走去，爬上一堵倒在街上的墙垛，那房子的其余部分还立着，只是这面墙像窗帘一样被撕了下来。人们能望见这套公寓的内部，还有无遮无盖向上延伸的楼梯。二楼上，一间配有热带硬木家具的卧室还完好无损，两张床并排放着，只是一把椅子翻倒了，一面镜子也碎了。那上面三楼的寓所里，厨房水管破裂了，水流过地板，然后流到了外面——宛若一个小型的闪光发亮的人工瀑布。客厅里摆着一张长毛绒红沙发，贴着条带墙纸的墙上挂着几幅歪七扭八的画，画都镶在金框中。一个男子正呆立在原先是临街墙的地方，脸上淌着血，呆望着下面。他的身后，一个妇女提着箱子跑来跑去，在想尽办法将一些零星物品，比如沙发垫子、内衣等往手提箱里塞。

纽鲍尔感到脚下的废墟里有动静。他往后退了一步，可那砖瓦碎片却还在动。他伏下身去，将砖块石灰扒开。忽然，眼前出现了一只手和一段手臂，手臂颜色灰白，活像一条疲惫的蛇。"来人！"纽鲍尔大声疾呼。

"这下面还有人！来人啊！"

没有人听到他的喊叫。他环顾四周，街上空无一人。"来人啊！"他朝那站在三楼的男子喊叫。那人慢吞吞地接着擦脸上的血，还是没有反应。

纽鲍尔将一块墙体推到一边。他看到了头发，于是一把抓住往外拉，可是拉不出。"阿尔弗里德！"他喊起来，又朝四下望去。

车子早开走了。"狗东西！"他突然莫名其妙地恼怒起来，"想用他们的时候，他们就没影了！"

他继续挖着，汗水流进了制服领子，他已经不习惯这种劳作了。他想，警察和救援队这些无赖都躲哪儿去了？一块墙块碎裂开来，纽鲍尔看到了下面那个东西，不久前那还是张人脸，现在却成了扁平灰白、沾满尘土的模糊一团。鼻子陷了进去，眼睛没有了，眼窝里尽是石灰。嘴唇没有了，嘴里满是墙灰和掉下的牙齿。整张脸看上去像一个灰色的卵形物，只是顶上长着头发，血正从表面渗出。

纽鲍尔噎住了，开始呕吐，午餐吃的腌菜、肉肠、马铃薯、大米布丁、咖啡，一股脑儿地吐了出来，而且，就吐在那扁平脑袋跟前。他想抓住什么东西撑一下，可是那儿已经没有什么可用来支撑的了。他侧过身，一个劲儿地吐。

"这儿怎么了？"背后有人问道。

一个男人向他走近，他开头没听到。那人手拿一把铁锹。纽鲍尔指了指砖瓦堆里的那个头。

"还有人在里面？"

那脑袋略微动了动，同时，灰色肉饼似的脸上出现一些蠕动。纽鲍尔又接着呕吐，他中午吃得太多了。

"他要憋死了！"手拿铁锹的人一边喊，一边跳过来。他用双手抚弄那张脸，想摸出鼻子，让那人能够呼吸，然后又用手去抠估计是嘴巴的地方。

突然那张脸开始大量出血。死亡的临近忽然赋予这扁平面具以最后的生命力。微微的呼气声从嘴部传出，手指在土块上四下抓挠，长着两只瞎眼的脑袋微微颤抖，颤抖几下后，停住了。手拿铁锹的人直起身来，在一块黄绸窗帘上擦了擦脏污的手。窗帘是同窗户一起倒下来的。"他死了，"他说，"下面还有别的人吗？"

"我不知道。"

"您不住这儿吗？"

"不住这儿。"

那人又指着那个脑袋问："这是您的亲戚，还是熟人？"

那人朝吐出的泡菜、肉肠、大米布丁和马铃薯看了一眼，又看看纽鲍尔，他耸耸肩膀，看上去他对党卫队高级军官没有多少敬意。在这样的战争年月，这些东西显然算很丰盛的午餐。纽鲍尔感到自己脸红了，他赶快转身，走下那堆断墙。

差不多用了一个小时的时间，他才走到弗里德里希大街。这儿没有受到破坏，于是他满怀希望沿街走去，他还迷信地想，要是前面那条横着的马路也没受到轰炸，那自己那幢办公大楼就会完好无损。这条横马路果然安然无恙，接下来的两条马路也同样没遭到破坏，他鼓起勇气，加快脚步。他想，我再试一次，要是前面那条横马路的第一第二栋房子都没被炸毁的话，那我的也没遭殃。不错，那两幢房子果然没挨炸，可第三幢房屋却已经被夷为平地。他啐了一口唾沫，喉咙里尽是灰尘，干涩得难受。当他信心十足地拐上赫尔曼·戈林大街时，他站住了脚。

炸弹把办公大楼上面的几层全给炸塌了，拐角上的正墙被炸到了街对边，炸进了一家古玩商店。爆炸的逆向气流还将一尊青铜佛像从古玩商店抛到了街心。现在这尊东方圣人独自坐在一块没被炸坏的石砖地上，他笑容可掬，泰然自若，两手交叉放在大腿上，面对眼前的西方浩劫，向车站那边的废墟眺望，好像在等待亚洲神灵列车的到来，把他接回热带雨林的简单法则之中。在那热带雨林里，人为生存而杀戮，并不为杀戮而生存。

一时间，纽鲍尔傻了，他感到自己受了骗，那是命运充满鄙夷的残酷欺骗。刚才走过的两条横马路都还完好无损——可这里偏成了一片废墟！他觉得自己像个失望至极的孩子，他真想哭出来。为什么偏让他这么倒霉，只有他的房子挨炸了？沿着马路望去，前面几栋房子还都好好的。为什么它们没挨炸？厄运为何只降临到我头上，降到我这个铁杆爱国者、模范丈夫、为家庭尽心操劳的父亲头上？

他绕过街上的弹坑。时装店的橱窗玻璃全被震碎了，一片狼藉，冰块一样的碎片在他脚下嘎吱作响。他走到德国新款女士时装店跟前，牌子掉下来了一半。他弯下腰，走进店里。里面有一股焦煳味，但不见火光。时装模特横七竖八地倒在地上，好像遭到了一群野人的强奸。有几个朝天仰卧，衣服掀起，露着大腿。有几个腹部着地，断了胳膊，露出蜡质臀部。有一个模特赤身裸体，只戴着一只手套。还有一个戴着帽子和面纱，却断了一条腿，立在一个角落里。所有这些模特儿，尽管姿态各异，但仍旧笑容满面，这使它们显得更加淫荡，令人作呕。

完了，纽鲍尔想，完了，一切都完了，赛尔玛又会怎么说？真是太不公平了。他走出时装店，吃力地迈过建筑物周围的碎玻璃和瓦砾。走到拐角时，他看到对面有个人影。那人听到他的声响后，低下头转身就跑。"站住！"纽鲍尔大声喝道，"不许动！要不我开枪了！"那人站住了，是个驼背小男人。"过来！"

那人慢慢走过来，直走到他跟前停下，纽鲍尔才认出他。他就是这座楼房以前的主人。

"布兰克！"他惊异地说，"是你吗？"

"是，大队长先生。"

"你来这儿干什么？"

"请原谅，大队长先生，我——我——"

"说点明白话！您来这儿做什么？"察觉到自己制服的作用，纽鲍尔很快又找回了自己，恢复起权威的架势。

"我，我——"布兰克结结巴巴地说，"我只是来，来——"

"什么，来干什么？"

布兰克朝那一片废墟做出一个无奈的手势。

"来幸灾乐祸，是不是？"

布兰克几乎往后一跳。"不，不，大队长先生，不是，不是！这——这太可惜了，"他喃喃说道，"真可惜！"

"当然，这很可惜。现在您挺高兴，是不是？"

"不是，不是，大队长先生，我没什么可高兴的！"

纽鲍尔打量着他。布兰克胆战心惊地站在他面前，两臂紧贴在体侧。停顿了一会儿，纽鲍尔凄苦地说："到最后您还是比我合算，您至少得到了一笔钱，得到的还不少，是不是？"

"是的，是的，很不少，大队长先生。"

"您还得到一笔现钱，我呢，只有废墟一堆！"

"是啊，大队长先生，很遗憾，非常遗憾。这件事——"

纽鲍尔盯着眼前的布兰克，现在他果真认为，布兰克当年的这笔生意做得很不错。一时间，他竟还盘算是否能把这堆废墟高价卖回给布兰克。但是这样做违背党的原则，再说了，即使是废墟一堆，现在的价值也会超出自己当年付给布兰克的钱。地皮就不提了，当年他付了五千马克，光是房租每年就能得到一万五千马克。一万五呢！全没了！

"您这是怎么啦？您那两个胳膊哆嗦什么？"

"没什么，大队长先生。几年前，我跌了一跤——"

布兰克直冒汗，汗水大滴大滴地从前额滚进眼睛。他的右眼比左眼眨得厉害，左眼是玻璃做的，对汗水没有什么感觉。他很担心纽鲍尔会把他的哆嗦当作无礼举动，这类事曾经发生过。不过，此时的纽鲍尔不会顾及这种事，他不会想起那笔买卖成交的前一天，韦伯在集中营审讯了布兰克的那件事。眼下他只考虑那堆瓦砾。"这事您比我合适得多，您当年也许没这么想。要是您当初没卖给我，现在您什么都没了。可现在，您毕竟手上还有那笔钱。"

布兰克不敢把汗水擦去，他低声说道："是啊，是啊，大队长先生。"

纽鲍尔突然仔细端详起他来，一个念头闪过脑际，这个念头最近几个星期出现得越来越频繁。第一次出现这个念头时，是在梅伦报社大楼被炸的时候，他将它摈弃了。可它却像讨厌的苍蝇，一次又一次地飞回来。这个念头就是，像布兰克这样的人会不会有朝一日卷土重来？站在他面前的这个家伙看起来不像。他已是个废物了，可是，这周围的一堆堆断壁残垣不也是废物吗？它们看上去不像同胜利沾边的东西，特别是当它们归自己所有的时候。他又想起赛尔玛的那些晦气话，还有那些新闻报道。苏联人已经打到了柏林门口！这是无法回避的事实。鲁尔区已经受到包围！这同样是事实。

"您听我说，布兰克，"他友好地说，"我待您一直很公正，是不是？"

"绝对的，绝对的！"

228

"这点您得承认，是不是？"

"那是当然，大队长先生！那是当然！"

"对您很人道——"

"非常人道，大队长先生！我感激不尽——"

"那，好吧，您可别把这些忘了！为您我是担了风险的。您在这里干吗？您怎么在城里？"

他差点要问出口的是：您为什么没在集中营？

"我……我……"

布兰克浑身是汗。他不知道这话是什么意思，只是凭经验知道，那些言语可亲的纳粹分子暗中总藏有残忍的整人招数。当初韦伯传讯他时用的就是这种腔调，可随后就将他一只眼睛给打了出来。此刻，他诅咒自己没有沉住气，单单为了瞧一眼自己从前的楼房，就从藏身之处跑了出来。

纽鲍尔察觉到了他的惶恐，他要利用这个机会，说道："布兰克，您现在能这么自在，您知道这一切该感谢谁，是不是？"

"知道，知道，得感谢您，感谢您，大队长先生。"

其实，在这事上布兰克没什么可感谢纽鲍尔的，他心里明白，纽鲍尔也明白。但在这一堆燃烧冒烟的废墟前，所有旧观念突然开始熔化，什么事都不再确定了。人总得有些远见，为以后着想。尽管对纽鲍尔来说，这念头听上去挺荒诞，可事实上真的没人知道，这个犹太人说不定哪天会派上用场。这时，他从口袋里抽出一支德国哨兵牌雪茄烟。"这个，布兰克，您拿着，好烟丝。过去的事是紧急状态，不可避免，别忘了我是怎么保护您的。"

布兰克不抽烟。在韦伯用点燃的香烟审讯他这事过去很多年后，布兰克才不至于一闻到烟味就歇斯底里，但他不敢不接，说道："多谢多谢！您真是太好了，大队长先生。"

他退缩着小心翼翼地离开了，手里麻木地捏着那支雪茄。纽鲍尔四下望了望，还好，没人看见他同这个犹太人说话。他很快忘了布兰克，接着盘算起来。忽然，烧灼味越来越重，他吸吸鼻子，跑到街对面，是时装店着火了。他又奔跑回来，喊道："布兰克！布兰克！"早不见了布兰克的踪影，他又喊："着火了！着火了！"

没人来救火。城里已多处起火，消防队早就忙不过来了。纽鲍尔跑回时装店橱窗那儿，他跳进去，抓起一匹布料拖了出来。再想进去时，已无法通过了。他顺手抓在手边的镂花裙子也突然起火燃烧。许多布匹和成衣上都燃起了火苗，他只好夺路逃了出来。

跑到马路对面后，他一脸傻呆地观望起熊熊大火。火苗窜到了蜡制模特儿身上，顷刻燃遍了它们全身，它们的衣裳被吞没了。它们燃烧着，熔化着，突然间这些蜡人获得了奇特的生命力，弯转曲扭起来——手臂扬起，弯腰屈膝……那里成了一个蜡制地狱。随后，一切都消失了，消失在一片火海中——就像焚尸炉中大火将尸体吞没了一样。

纽鲍尔被热气逼得步步后退，一直撞到那尊佛像上。他看也没看，一屁股坐了上去，可马上又跳了起来，原来他正坐到青铜圣人的头饰尖处。盯着眼前那匹刚抢出来的布料，他又气又恼。那是一种浅蓝色的料子，上面印有飞鸟图案。他飞起一脚踢到上边，该死的，还有什么用！想到这儿，他又把布料拖回去，扔进火里。他妈的，统统给我见鬼去吧！他跺着脚离开了，再也不去想那些东西了！上帝已经不站在德国人一边了，沃旦[1]也不在德国人一边了，谁站在德国人一边呢？

马路对面，一堆废墟后，一张苍白的脸慢慢显露出来。望着纽鲍尔远去的背影，约瑟夫·布兰克笑了，这是他多少年来第一次微笑。他一边笑，一边还用残疾的手指把雪茄碾了个粉碎。

---

[1] Wotan，日耳曼神话中至高无上的神。

16

　　焚尸场的院子里又站上了八个犯人。他们都戴有政治犯的红三角。这些人贝格一个也不认识，但他知道他们马上要遭到什么命运！

　　卡波德莱尔已经在地下室他的位置上坐了下来。此时，贝格心里沉甸甸的，本来他还想把他的计划再拖拖。可德莱尔有三天没来，使贝格无法进行他想做的事情，今天他再也没有借口，只得冒一下险了。

　　德莱尔不耐烦地说："现在开始吧，要不就干不完了。这些天，死的人多得跟苍蝇似的，一个跟着一个。"

　　第一批尸体落了下来，有三个犯人负责给死人脱衣服，将随身物品分拣归类。贝格负责检查死者牙齿，之后尸体再由这三名犯人装进升降机。半小时之后，舒尔特来了。尽管他看上去像是睡足了觉，精神饱满，但还是不停地打哈欠。德莱尔做着记录，舒尔特不时从他背后探头张望。尽管地下室宽敞透风，但还是很快溢满了尸臭味。这恶臭不仅附着在尸体上，还附着在他们的衣服上。尸体不停落下，似乎把时间也埋在了下面。当舒尔特终于站起身宣布该去吃饭的时候，贝格弄不清现在究竟是黄昏还是中午。

　　德莱尔收拾了一下他跟前的东西，问："我们比焚尸间快了多少？"

　　"我们多收拾了二十二具尸体。"

"很好。现在休息，告诉上面的人，叫他们别再往下扔了，等我回来再说。"

三个犯人马上走出地下室。贝格又要检查一具尸体。德莱尔咆哮道："走吧，走吧！放一边去！"他上嘴唇原来的小粉刺，这期间已经长成了一个会疼的疖子。

贝格直起身，说："这个我们忘记登记上去了。"

"什么？"

"我们忘记登记这具尸体了。"

"胡扯！都登记了。"

"没有，"贝格尽可能平静地说，"我们少登了一个。"

"你他妈什么人！"德莱尔大光其火，"你疯啦！你胡扯什么？"

"还得在名册上加上一个。"

"是吗？"德莱尔严厉地盯着贝格，"为什么？"

"因为这样才对。"

"我的名册用不着你管。"

"其他的登记册我不管，可这个得管管。"

"其他登记册？什么别的登记册？你这死鬼。"

"金器登记簿。"

德莱尔沉默片刻，然后问："是吗？你说这个到底什么意思？"

贝格深深吸口气，说："我是想说，金器登记簿有没有错，我反正无所谓。"

德莱尔动了一下，尽量镇定又不无威胁地说："那些登记都没错。"

"也许没错，也许有错。核对一下就知道了。"

"核对？拿什么核对？"

"拿我的记录呀。从到这儿干活起，我就一直做记录。保险起见，为我自己做的。"

"好啊！你也做记录，好个假善人！你以为他们更相信你？"

"我觉得有这个可能。我从这份记录上什么好处都得不到。"

德莱尔从头到脚打量起贝格，好像头一回见到他似的。"真的吗？什么好处都得不到？我可不信。你是不是一直在等机会，想在这地下室跟我说这番话？而且单独跟我说，是不是？这你可想错了，你这个臭知识分子！"他狞笑起来。那疖子痛得他难受，使他狞笑的样子活像一条气急败坏、龇牙咧嘴的狗，他接着说道："那劳驾你告诉我，我凭什么不能砸烂你的狗脑袋，把你也撂进死人堆里去？我凭什么不能卡住你的气管？到那时，你的记录上就会漏掉你自己。什么解释都不用，就咱们俩在这儿。你就这么倒下去了，心力衰竭。在这儿，多一个少一个没有任何关系，没人会做调查，我会给你登记上去的。"

他走过来了。他要比贝格重六十多磅。即便贝格手里拿着钳子，也绝对没有招架之功。贝格向后退去，绊在身后一堆尸体上倒下了。德莱尔一把抓住他的胳膊，拧他的手腕。贝格手一松，钳子掉落下来，德莱尔说："不错，这还像点样子。"德莱尔又一用劲，将贝格拉到跟前。现在他那扭曲的面孔正对着贝格眼睛。他满脸通红，嘴唇上那个周围发青的疖子胀得发亮。贝格一言不发，将头竭力向后仰去，颈部少得可怜的肌肉绷得紧紧的。

他看到德莱尔的右手抬了起来。此刻，他头脑很清醒，知道该做什么。他没有很多时间了，幸亏那手像电影中的慢镜头似的还在慢慢抬高。于是，他赶快说道："这事是考虑好了的，情况也做了记录，而且有证人签字。"

那只手并没停下来，还在慢慢地往高处举。"胡扯！"德莱尔吼叫道，"都是你编出来的。全都是胡扯！你马上就扯不成了。"

"不是胡扯。我们也料到您想要干掉我，"贝格盯着德莱尔的眼睛，"笨蛋总会先往这上面想。所以我们已经写下了文书，如果我今天晚上没有回去，那么这个文书还有我的记录就会一起交给集中营看守长。我的记录上有两只没有登记的金戒指和一副金边眼镜。"

德莱尔眨着眼睛，说："真的？"

"没有半句假话。您以为我不清楚我冒的是什么风险吗？"

"是吗？你知道？"

"当然，而且都写下来了。那副金边眼镜，韦伯、舒尔特和斯坦布伦纳肯定都还记得很清楚。那是一个独眼犯人的，这种事情不会这么快就给忘掉的。"

那只手没有再抬高，它停住了，然后落了下来。德莱尔开口道："那不是金的，这是你自己说的。"

"是金的。"

"一文不值，人工合成物。扔了都不稀罕。"

"这些您以后怎么解释都行。我们反正有证据，物主的朋友作了证，那个眼镜框是纯白金的。"

"你这个狗东西！"

德莱尔猛地推了贝格一下，贝格又倒下了，他摸索着，想撑住自己，却摸到了手底下一个死人的牙齿和眼睛。他倒在了死人上边，可眼睛还一直盯着德莱尔。

德莱尔喘着粗气："好吧，那你说，你的那些朋友会有什么下场？你以为他们会得到奖赏吗？因为他们知道你想把一个死人糊弄进去？"

"他们不知道这件事。"

"谁会相信？"

"您要是向党卫队解释，谁又会相信您呢？他们只会相信您编了一套谎话，目的是要把我干掉，独吞那些戒指和眼镜框。"贝格站立起来，他感到自己突然间发起抖来，于是又低下身去，假装掸掉膝上的灰尘，其实并无灰尘，他只是无法控制双膝的抖动，又不想让德莱尔看到。

德莱尔并没有觉察到，他正用手指抓着疖子。贝格看到那脓疮破了，脓水渗了出来。他赶紧说："别去碰它。"

"什么？为什么？"

"别碰那疖子，尸毒可是会致命的。"

德莱尔望着贝格说："我今天一具尸体也没碰过。"

"可是我碰了，刚才您又碰了我。我的前任就是因为血液中毒死的。"

德莱尔马上将他的右手放在裤子上擦拭，一边蹭，一边说："他妈的！现在会发生什么？真他妈的倒霉。我已经摸过了。"他望着自己的手指，好像自己得了麻风病。"快！快！快想点办法！"他对着贝格大喊道，"你以为我现在就想完蛋？"

"我当然不这样以为，"贝格镇定下来，德莱尔注意力的转移为他赢得了说话时间，于是他加上一句说，"特别是现在，离结束不远了。"

"什么？"

"离结束不远了。"贝格重复道。

"什么结束不结束！你这狗东西，快给我涂点药！"

德莱尔的脸色已变得惨白。贝格从一个架上取下一瓶碘酒。他心里明白，德莱尔并没什么危险，而且即便有危险，也同他没关系。首要问题是，他已经把德莱尔的注意力吸引开了。贝格在疖子上涂了些碘酒，德莱尔只往后缩。然后，贝格把瓶子放回原处说："好啦，消毒了。"

德莱尔想看看那疖子，他尽可能地朝鼻子下面斜眼睛，又问："真的消毒了？"

"千真万确。"

他还斜着眼睛看了一阵。然后，他像只兔子似的动了动上嘴唇，说："说吧，你到底要干什么？"

贝格意识到自己已经赢得了胜利便说："我说过了，得把一个死人的穿戴换一下，就这个。"

"那舒尔特怎么对付？"

"他没注意，他不注意那些名字。再说，他至少出去过两次。"

德莱尔想了想说："那，那衣服呢？衣服怎么弄？"

"衣服没问题，号码也没问题。"

"这是怎么回事？你——"

"对，"贝格说，"我把需要换上的衣服都带来了。"

德莱尔看着他说："你们这些人，计划得很周密啊，或者是你一个人的主意？"

"我不是一个人。"

德莱尔两手插在口袋里，慢吞吞地踱来踱去。然后，他在贝格跟前站住，说："那，谁又能向我保证，你的那份所谓记录不会泄露出去？"

"我可以担保。"

德莱尔耸了耸肩，吐了口唾沫。

"先头我只有这么一份记录，"贝格镇定自若地说，"记录和控告书，我本可以利用一下，既不会给自己带来麻烦，还有可能受到最佳赞赏。可现在，"他指了指桌上那些名簿说，"从现在起，我就同一个犯人的失踪有关联了。"

德莱尔思考着，他又小心地动了动上唇，朝鼻子下面斜了斜眼睛。

贝格继续说道："对您来说，这意味着风险减小了，不过是三四次小过错上再加上一次罢了，几乎跟从前没什么两样。但是，我却第一次把自己套了进去。我担的风险要大得多，我想，这就等于给您担保了。"

德莱尔没有回答。

"再说，"贝格眼睛盯着他，接着说，"还有一些事情需要考虑。战争差不多输定了。德国军队已被赶出法国和俄国，赶过了边境，赶过了莱茵河。这一现实，任何宣传、任何秘密武器的神话都无法将之改变了。几个星期之内，或者是几个月之内，战事就会结束。接着，就会对这一切进行清算。您为什么要替人受罚呢？要是大家都知道您帮过我们，您会很安全的。"

"你说的'我们'是谁？"

"我们有很多人，到处都有，不只在小营。"

"要是我告发你们呢？要是我将你们的事捅出去呢？"

"这事同戒指和金边眼镜有什么关系？"

德莱尔抬起头，咧嘴笑笑说："你们的确什么都想到了，是不是？"

贝格没有言语。

"你们要糊弄掉的那个人是不是要逃跑？"

"不是。我们只是不想让他被绞死。"贝格指了指墙上的钩子。

"是个政治犯？"

"是的。"

德莱尔眯缝起眼睛，说："要是再来一次大检查，他被发现了怎么办？"

"营房都挤满了人，他们发现不了他。"

"如果他很有名，他会被认出来的。"

"他没什么名。再说我们小营里，人人看上去都很相像，几乎没有什么特征可以辨认。"

"是不是有个营房长知道这件事？"

"是的，"贝格撒了一个谎，"不然这事办不成的。"

"你们同营地办公室有联系吗？"

"我们到处都有联系。"

"那人的号码是不是刺在了身上？"

"没刺在身上。"

"那他的衣服呢？"

"我知道哪些我得调换下来，我已经把它们放在一边了。"

德莱尔朝房门看了一眼，说："那，开始吧！快点！得赶在有人进来之前。"

他把门打开一个缝，侧耳听着门外动静。贝格弯腰在尸体中走动，检查着他们。这时，他脑海里又闪过一个念头，他决定做两番手脚来迷惑德莱尔，使他永远搞不清 509 的名字。

"他妈的！快点！"德莱尔骂道，"怎么用这么长时间？"

贝格很幸运，第三具尸体是从小营来的，身上没有什么标志。贝格将死者的外套剥下，从自己的外套下掏出了印有509号码的外套和裤子，套在死人身上。然后，把死人衣服扔到衣服堆上，又从衣服堆下抽出事先藏好的衣裤。他把衣裤裹在自己的腰部，用裤带将它们系紧，然后穿上自己的外套。

　　"完事了。"

　　贝格喘着气，他觉得眼前墙上有许多小黑点在飞舞。德莱尔转过身来，说："都好了？"

　　"好了。"

　　"那好，我什么都没看见，我什么都不知道，我刚才上厕所去了。这儿出的事，那是你做的，我什么都不知道。明白吗？"

　　"明白。"

　　装满尸体的升降机升了上去，没过多久，又空着降了下来。

　　"我现在到上面去，叫外面那三个人来装尸体，"德莱尔说，"这段时间，就你一个人待在这儿。明白吗？"

　　"明白。"贝格回答道。

　　"那，你那份记录呢？"

　　"我明天带来或者把它毁了。"

　　"说话算数吗？"

　　"算数。"

　　德莱尔想了想，又说："你现在已经套进去了，套得比我还深，是不是？"

　　"深多了。"

　　"要是事情泄露了出去——"

　　"我不会说，我身上带着毒药，我不会说的。"

　　"看来你们真是神通广大啊，"德莱尔脸上露出一丝不得不佩服的神色，"这我还真不知道。"他心里还接着想，否则我会留神的，这些该死的只剩下两分半命的家伙，这些人也不能信任。"装升降机吧！"说着，他准备离开。

"我这儿还有点什么。"贝格说道。

"什么？"

贝格从衣兜里掏出一张五马克的钞票，德莱尔把它放进兜里："担风险至少还能得点什么——"

"下星期还会有五马克。"

"这是为什么？"

"不为什么。就是再加五马克，就为这事。"

"好吧。"德莱尔刚要咧嘴，又让疖子给止住了。接着他说："人总归不能没人性，帮助同事的事总是乐意干的。"说完他走了。贝格倚到墙壁上，此刻他感到头晕目眩。情况进展得要比预期的顺利，可他并没感到轻松，他知道德莱尔仍在盘算如何除掉自己，不过眼下，地下组织的威胁以及那五马克的许诺暂时转移了德莱尔的注意力。德莱尔会等那点钱的，刑事犯肯定会贪图这种好处，这是老兵油子们从汉克那儿总结出来的。这些钱是莱文斯基和他的同伴们凑出来的，他们还会继续给予援助。这时，贝格摸了摸围在腰里的那些衣裤，它们还好好地绑在那里，外面根本看不出来。贝格太瘦了，即使这样，他身上的外衣还显得很宽松肥大。他感到口渴，那个换了号码的尸体就横在他的跟前，他从死人堆里又拉出一个，推到那换过号码的尸体旁边。这时，一具尸体又从通道处嗖地掉下来，外面的人又开始卸尸体了。德莱尔带着三个犯人走了进来，他瞥了贝格一眼，喝道："你在这儿干什么？你怎么没去外边？"

这不过是在为自己准备见证人，他要给那三个犯人留下一个印象：贝格是一个人待在下边的。

"我还得拔一颗牙。"贝格回答说。

"胡扯！让你做，你才能做。否则，什么事都可能发生。"

"接着干活！"命令下达后，德莱尔就惹人注目地坐到摆着那些名簿的桌子旁。

没过多久，舒尔特来了，他口袋里装着一本科尼格写的《社交礼仪》。他一坐下就抽出书，读了起来。

脱下尸首衣服的工作继续进行着，按次序第三个就是穿着509号囚衣的尸体。贝格设法让两个犯人给这具尸体脱衣服，听着他们报出509的号码。舒尔特头也没抬，他正认真读着那本有关社交礼仪的经典作品，正读到吃鱼和虾蟹时的有关规矩。估计他5月可能会得到未婚妻父母的邀请，所以要有所准备。德莱尔机械地记录着死人的数据和资料，并同各个营房送来的资料进行核对。第四具尸体又是个政治犯，贝格自己报了号码，在此他略微提高了嗓门，他觉得德莱尔抬了一下头，贝格把死者的遗物放到桌上。德莱尔看了他一眼，贝格也朝他眨了一下眼，然后拿起钳子和手电筒，弯下身子检查尸体的牙齿。他的目的已经达到了，德莱尔一定以为这第四具尸体的号码就是那个还活着的人的，不是第三具尸体的。贝格知道德莱尔上了当，这样不管出现什么情况，事情都不再会败露。

门开处，斯坦布伦纳走了进来。后面跟着刑讯室负责人布豪尔和小队长尼曼。斯坦布伦纳朝舒尔特笑了笑说："奉命前来。等你们把尸体处理完，我们接班。韦伯的命令。"

舒尔特合上书，问德莱尔："我们完了吗？"

"还有四个。"

"好吧，那就弄完这四个。"

斯坦布伦纳靠着墙。那墙上，受绞刑者抓挖的痕迹依然可见："不急，慢慢来。等一会儿把上面干活的那五个叫下来，我们会让他们大吃一惊。"

"不错，"布豪尔说，"今天是我的生日。"

"你们这儿哪一位是 509？"戈尔茨坦问。

"什么事？"

"我调到这儿来了。"

傍晚时分，戈尔茨坦同另外十二个犯人一起给转押到了小营。他对贝格说："莱文斯基派我来的。"

"你分到我们营房了？"

"没有。我在 21 号。匆匆忙忙的，也没别的办法，反正以后我们还可以调换。我在劳工营待不下去了。509 在哪儿？"

"509 已经不存在了。"

戈尔茨坦抬起头来说："死了，还是躲起来了？"

贝格犹豫着。

蹲在旁边的 509 对贝格说："你可以信任他，上次莱文斯基在这儿的时候谈起过他。"

509 又朝戈尔茨坦转过身去，说："我现在叫弗勒曼。有什么新闻吗？我们已经好久没有听到你们的消息了。"

"好久了？才两天——"

"那也够长的。有什么消息？坐近些。这儿没人听到。"

他们避开别人坐到一边。"昨天晚上在 6 号营房，我们用收音机收听到一些新闻，是英国的广播。干扰很厉害，但有一条新闻听得很清楚：俄国人正在炮轰柏林。"

"柏林？"

"是啊。"

"那美国人和英国人呢？"

"没有别的消息，干扰很大，我们得小心。不过可以肯定的是，鲁尔区已经被包围了，他们已经过了莱茵河。"

509 望着那边的铁丝网。远处，阴沉沉的乌云下一抹晚霞明艳夺目。"这一切进展得多慢啊！"

"你说慢？你还觉得太慢？这一年里，德国人被俄国人赶回了柏林，从非洲撤回到鲁尔区，你还觉得太慢！"

509摇了摇头说："不是这个意思，我是说对咱们这儿而言太慢了，一下子觉得一切都太慢了，你能理解吗？我在这儿已经待了好多年了，可是今年的春天好像过得最慢，等待是很艰难的事情，所以就觉得特别慢。"

"明白了，"戈尔茨坦笑了，在灰暗脸颊的衬托下，他的牙齿显得很白，"我能理解。特别是晚上，当你睡不着或者觉得喘不上气来的时候。"他的眼睛如铅一般的颜色，里面没有笑意，什么感觉也让人看不出来，"从这个角度上说，日子过得真他妈的太慢了。"

"是啊，我就是这个意思。几星期前，我们什么还都不知道，可现在觉得一切都太慢了。真奇怪，要是一个人有了希望，一切就都变样了！还得等待，总得害怕，怕自己又会被抓起来。"509想起了汉克，他还没有完全脱离危险。要是汉克认不出509，贝格的办法基本上就算成功了，那个死人成了509，509成了另一个人。现在，他名义上已经死去，冒名顶替成了弗勒曼。可不管怎样说，他还在小营，很难再找到别的方法了。弗勒曼所在的20号营房的营房长能答应合作已经很不简单了。往后509得处处小心，避免被汉克撞见，还得事事谨慎，提防被他人出卖。此外，还得警惕韦伯。万一来一次突然检查，韦伯还是有可能认出他。

"你是一个人来的吗？"他问戈尔茨坦。

"不，还有两个人。"

"以后还会来人吗？"

"还有可能，不过不是公开的分派。我们那儿至少有五十到六十个人都躲了起来。"

"你们怎么能藏那么多人？"

"他们每天晚上都换营房，在别的地方睡觉。"

"要是党卫队命令他们到大门口或者办公室报到，那怎么办？"

"他们就不去。"

"什么？"

"干脆不去，"戈尔茨坦重复了一遍，他看到509惊讶得直起身子，又接着说，"党卫队对我们的情况不再那么清楚了。从几个星期前开始，混乱的情况一天比一天严重，这是我们要努力达到的目的。他们要找的人总是跟着清理队或伐木队什么的一起出去干活儿了，或者干脆找不到。"

"那党卫队呢？难道他们不来找人？"

戈尔茨坦的牙齿闪着亮光。"他们不那么愿意再干这事了。要来也是来上一伙，而且都带着武器。只有尼曼、布豪尔和斯坦布伦纳那一伙人对我们还有威胁。"509沉默了一会儿，刚才听到的这些真是太不可思议了。"这种情况持续多久了？"他问戈尔茨坦。

"大约有一个星期了。情况每天都在变化。"

"你是说党卫队害怕了？"

"是的。他们突然意识到我们的人成千上万，而且他们也明白战争的趋势。"

"你们怎么可以干脆不服从命令？"509还是有些难以置信。

"服从还是服从，只是以我们的方式服从。我们拖延时间，尽可能地进行阻挠。即便这样，党卫队还是把我们的人抓去了不少，我们不可能把所有的人都救下来。"说完戈尔茨坦站了起来。"我得去找个睡觉的地方。"

"你要是找不着，就去问贝格。"

"好的。"

509躺在营房之间的一堆尸体旁边，那堆尸体比平日要高，昨天晚上没发面包，这种情况总能在第二天的死亡人数上反映出来。外面正刮着风，又潮又冷，509躺在死人旁边，因为尸体可以挡些寒风。

509想，这些死人在保护他，焚尸场的死人也在远处保护了他，而且现在还在护卫着。此刻，弗勒曼的烟尘正随着阴潮的冷风在什么地方飘着，他的名字却被继承了下来。弗勒曼还剩下几根烧焦的骨头，但这些骨头也会很快被碾成骨粉的，只有他的名字——一个人最飘忽不定、最微不足道的部分——留存了下来，而且成了另一个向死亡挑战的生命盾牌。

此时，他能听到死人的动静和发出的呻吟，那些组织和体液还在活动着，尸体内第二次化学死亡正在进行，它们在分解，在生成气体，在为腐烂做准备。它们的腹部仍在动弹，时而隆起，时而收缩，气体从尸体的口中逸出，液体从眼眶中渗出，好像是尚未落下的眼泪。这一切仿佛是消亡的生命做出的幽灵般的反应。509动了动肩膀。他穿着一件匈牙利轻骑兵夹克，营房所有的外套中它算是很暖和的，夜里躺到室外的犯人得轮流穿它。509打量着制服上的肩章、袖章等饰物，它们在黑暗中闪着微光，那里面好像带着某种嘲弄的味道：就在他开始回忆自己过去的生活和经历，就在他不再愿意做一个号码的时候，他却不得不顶着一个死者的名字活着，还得在夜里穿上匈牙利轻骑兵的制服。

他哆嗦了一下，将手横插进衣袖。他本可以回营房，在暖和的臭气中睡上几小时，可他不愿意。他心里太不平静了，他情愿坐到外面挨冻，凝望夜色。他等待着，不知道夜里会不会发生他急切等待发生的事。他想，等待能让人发疯，等待好像一张大网，毫无声响地罩着整个营地，一切希望和恐惧都收在其中。他想，我在等待，而汉克和韦伯在追逐我；戈尔茨坦在等待，他的心脏却每分钟都可能停止跳动；贝格在等待，可也得时时提心吊胆，担心自己会在获得自由前与焚尸队的人一起被除掉；我们大家都在等待，谁也不知道会不会在最后时刻被送进灭绝营。

"509，"黑暗中传来了亚哈随鲁的声音，"你在哪儿呢？"

"在这儿，什么事？"

"'牧羊犬'死了。"亚哈随鲁摸索着走过来。

509说:"他不是没病吗?"

"他是没病,可是睡过去以后就没醒过来。"

"要不要帮你把他抬出来?"

"不用,我刚才和他就躺在外面,现在他就在那边。我只是想跟谁说说。"

"唉,老头儿。"

"唉,509。"

17

　　营地里突然又来了一大批犯人。原因是西去铁路线前些天中断了，铁路刚刚修复后，几节伪装好的货车车厢便跟随最初的一列火车驶进了城里。这几节货车本来要继续前行开往一个灭绝营。可那天晚上，铁路又遭轰炸，火车整整一天都停在轨道上。于是，货车里的犯人被送到了梅伦集中营。

　　他们全是犹太人，从欧洲各地押来的犹太人。有的来自波兰、匈牙利、罗马尼亚、捷克、俄国、希腊，有的来自南斯拉夫、荷兰、保加利亚，有些甚至来自卢森堡。他们说着十几种语言。大多数无法相互沟通，甚至连通用的东欧意第绪语似乎也各不相同。他们本来是两千人，现在只剩五百个，到达这里时，火车上还有好几百具死尸。

　　纽鲍尔大发雷霆："哪儿还有地方放他们？营里早就人满为患了！再说，他们本来也不是要到我们这儿的，这事跟我们没关系！真是乱七八糟！一点章法都没有了！这到底是怎么回事？"他在办公室里来回踱着步。他自己的烦恼已经够多了，现在又添上一个新烦恼！他气愤至极，不能理解对这些已经注定要死的人为何还要如此大费周折。他怒气冲冲地眼望窗外，说："这些人就躺在那儿，大包小包地躺在大门口，跟吉卜赛人似的！咱们这是在巴尔干，还是在德国？韦伯，您知道这到底是怎么回事吗？"

韦伯不动声色地说："肯定是哪个部门安排的。否则，他们也不会上这儿来。"

"正是这样！就是下面火车站的某个人物。事先也不同我商量一下，连个招呼都不打，更别提什么规章和程序了，好像这些不再存在了似的！每天都有新官出现。火车站的那些官员认为，这批犯人会喊会叫，会给市民造成坏影响。这同我们又有什么关系？我们这儿的人又不喊叫啊。"

纽鲍尔朝韦伯望了一眼，韦伯正懒洋洋地靠在门上，说："这事您同迪茨谈过吗？"

"没有，还没有。您说得对，我这就打电话给他。"

纽鲍尔接通了电话，谈了一阵，放下听筒，他已经冷静些了。"迪茨说了，我们只需留他们一个晚上。所有的人集中在一块，不把他们分到各个营房。这不是正式接收。只是让他们待在这儿，派人看守就行了，明天就把他们送走，到时候，铁路就修好了。"他又看了看窗外。"可是，把他们放到哪儿呢？这早就没地方了。"

"就让他们待在点名场上好了。"

"明天早晨劳工队还要上点名场呢，那不就乱套了？再说，那些巴尔干人会把点名场搞得又脏又臭，这可不行！"

"我们可以把他们集中到小营的点名场上，这样他们就不碍事了。"

"那儿够大吗？"

"够大，只要我们把那里的犯人全赶进营房就行了，有些犯人一直在外面过夜。"

"为什么？营房里这么挤吗？"

"这就看您怎样说这个问题了。这些人可以像罐头里的沙丁鱼一样挤在一起，还可以一层一层地堆起来。"

"反正就一个晚上，只能这么办了。"

"应该没问题。小营的人不会愿意同这批人搞在一起的，"韦伯笑道，"他们会像躲避霍乱一样抵触这些人。"

纽鲍尔脸上掠过一丝笑容，他很喜欢听自己营地的犯人愿意留在营房："我们必须布置警戒。不然，这些新来的会溜进营房，那咱们可就麻烦了。"韦伯摇摇头说："这事营房里的犯人自己会提防的。他们很害怕，唯恐我们明天会从他们中间抓人出去补缺额。"

"那好吧。您来安排一些咱们的人，加上卡波，加上营地警察担任警戒。而且把小营所有的营房都锁上。要把这些人看住，不过我们不能动用探照灯。"

茫茫暮色之中，慢慢走来长长的一队犯人，他们看上去像是一群疲惫到无法再飞翔的大鸟。他们摇摇晃晃，跌跌撞撞。一个人栽倒了，别的人几乎看也不看就迈了过去，直至后面有人将他扶起。

一个党卫队小队长正在检查营房上锁情况，他叫道："把营房门统统关上！都待在里边！谁出来就枪毙谁！"

这群人被赶到营房间的空地上，他们像潮水一样涌向这儿，涌向那儿。一些人倒在地上，另一些人在他们身边蹲了下来，一片混乱之中他们形成了一个不断扩大的岛屿。没多时，大家都在地上躺下来，灰蒙蒙的夜色，雨一般降落在他们身上。

他们躺下了，睡熟了，但仍然发出声响。这些声音时断时续，它们来自梦中，来自痛苦的睡眠，或者来自突然的惊醒。这些声音奇异刺耳，此起彼伏，有时，这些不多的声调好像汇成了一片绵绵长长的哀怨声，这声音不断冲向旁边的营房，仿佛一片苦难深重的汪洋大海，时时将安全的挪亚方舟冲撞。

营房里的人一整夜都听着这些声音。这声音撕扯着人们的神经。开始的几个小时里，人们很快失去了理智，也开始尖声喊叫。营房外面的人听到里面的声音后，呻吟声更响了，这反过来又加重了营房内的喊叫声。喊叫声跌宕起伏，听上去就像中世纪式的哭丧对唱，直到营房木板墙上传来枪托的撞击声，接着人们还听到对空射击声和警棍击在犯人身上发出的闷响，以及打在脑袋上发出的脆响。

一阵击打后，四周渐渐安静下来。营房里的哀叫也被难友们止住了。外面的人群之所以平静下来，与其说是警棍的功效，不如说被极度困乏击倒了。他们困乏至极，以致对落在身上的棒击几乎不再有所感觉。可哀怨的呻吟声始终没有完全消失，还会在这儿在那儿断续响起，只是声响已弱了许多。

老兵油子们听着这些声音听了很久。他们听着，战栗着，担心自己也会陷入类似的境地。从外表看，他们同外边的人们相差无几，但在营房里，他们仍会感到安全得多。尽管这个从波兰运来的营房充斥着恶臭和死亡气息，虽然他们这样层层叠叠挤在一起，虽然墙上有着从前的垂死犯人划出来的象形符号般的文字，虽然他们由于不能上厕所而异常难受，但他们还是觉得安全。他们甚至觉得营房好像他们的家和庇护所，能使他们免遭外面那样无边的折磨，那种折磨似乎比他们以往经受过的更要残酷可怕。

凌晨时分，营房里的人被许多陌生的低沉声音吵醒了。天还黑蒙蒙的。哭丧声已经停息，可营房板壁上响起了抓挠声音，好像有几百只老鼠咬着想要钻进来似的。那抓挠的声音很轻微。接着传来小心翼翼的叩门声、叩墙声。然后是一阵低声的恳求，听上去语气近乎谄媚巴结，绝望至极，那陌生的语言断断续续，像是节奏单调的唱诵。他们在乞求让他们躲进营房。

好像为了免受洪水之灾，他们在涌向挪亚方舟乞求帮助。他们顺从温和，安安静静，不再呼喊叫嚷。他们就躺在营房前，抚摩着墙上的木板，用手或用指甲抓着、挠着，用含糊不清的温和声音在黑暗中恳求着，他们只是乞求。

"他们说什么呢？"布赫问。

"他们恳求我们看在他们母亲的分上放他们进来，看在……"亚哈随鲁已经泣不成声。

"我们不能放他们进来。"贝格说。

"是，我知道……"

一个小时过后，上路的命令下达了。营房外面的吆喝声顿时响成一片，得到的回应是一片很响的哀怨声，紧接着又是命令声，气势汹汹，粗声大气。

贝格和布赫趴在顶层铺位上的小窗前，贝格问："你能看见吗？"

"能看见。他们不听命令，他们不愿走。"

"起来！"又有人在营房外面大声吆喝，"集合！站队！报数！"

那些犹太人都没有站起来，他们以惊恐的目光望着那些看守，用手臂护着头部，躺在地上不动。

"起来！"汉克吆喝道，"给我站起来！站起来，你们这帮臭东西！要不要给你们来点刺激？快起来！"

给了刺激也没奏效。这五百个生灵由于他们崇仰上帝的方式与迫害他们的人不同，已经被折磨得毫无人样，对于吼叫、咒骂和棒打，他们已经毫无反应。他们躺在原地不动，他们希望抱住大地，他们用手挖着泥土——集中营这块肮脏污秽的泥土好像成了他们孜孜以求的东西。对他们说来，这儿好像就是天堂，就是获救之地。他们知道自己将被带到什么地方。来这儿之前，在押送途中，他们一直木然地跟着行动。押送停了下来，他们停在这方土地上，现在他们同样木然地拒绝再被押送。看守们感到束手无策。上面命令他们不准打死这些犯人，这样要把他们赶上路就成了很棘手的难题。这道命令不过是一个通常的例行公事的行文，没有其他的原因。因为这批人不是押送到梅伦集中营的，因此必须尽可能一个不少地把他们打发走。

这时，又来了一些党卫队队员。509从20号营房的窗户处看到，韦伯穿着擦得锃亮的漂亮皮靴来了。只见他站在小营入口处，发出一道命令。于是，党卫队队员举起步枪，朝躺在地上的人群上方开枪。韦伯站在靠近门柱的地方，他两腿叉开，双手叉腰。他希望这样射击一阵后，那些犹太人会噌地跳将起来。

然而什么也没发生，威胁对他们已毫无作用，他们只想留在原地，再也不愿意走动了。即便有人朝他们开枪，他们恐怕也不会动弹一下。

韦伯脸色大变，他大声吼道："把他们都赶起来！用棍子让他们起来！朝他们腿上脚上打！"

看守们马上扑向人群，挥起警棍和拳头大打出手，还用脚踢踩他们的腹部和生殖器，用手揪扯他们的头发和胡髭，拖他们起来。但这些人又会躺倒在地，好像他们没有骨头似的。

布赫看着窗外。贝格低声说："你看，这些打人的不光是党卫队的人，也不光是带绿三角的刑事犯，其他颜色的也在里面。其实他们都是咱们这儿的人！他们跟咱们一样都是犯人，可他们一成了卡波，成了看守，打起人来就跟他们的主子没两样了。"他揉着发炎的眼睛，好像要把它们从脑袋中挤出来似的。一位蓄着白胡须的老人站在营房旁边，血从他嘴里流了出来，慢慢染红了他的白胡子。

亚哈随鲁说："别在窗户那儿看了。要让他们看见了，也会把你们带走的。"

"他们看不见我们。"

玻璃窗很脏又模糊不清，从外面是看不清昏暗营房里的景象的。相反，从里面倒能清楚观看到外面发生的事情。

"这种事情你们不应该看，"亚哈随鲁说，"观看这种事情是一种罪过，除非被逼着看。"

"这不是什么罪过，"布赫说，"我们看这些，是因为我们不想把这一切忘掉。"

"在集中营里你难道还没有看够吗？"

布赫不回答，但仍看着窗外。外边的恼怒和吆喝声渐渐低落下来。要把这群人打发上路，看守们就得把他们逐个拖走，这样的话，他们至少得有上千人。有时候，他们终于将十个或二十个犹太人拖上了路，可只要人数一增加，他们又会冲过警戒，冲回那一大片黑压压颤抖的人群。

"纽鲍尔亲自出马了。"贝格说。

纽鲍尔径直走向韦伯。"他们就是不想走，"韦伯说，话语间他已不再有以往那样泰然自若的神态了，"就是把他们打死，他们也不想动弹。"纽鲍尔一口一口吐出浓浓的雪茄烟雾，小营里的臭气很呛人。他对韦伯说："这算什么臭事！为什么把他们送这儿来？完全可以在当地解决嘛！干吗要走这么远的路送进毒气室？我倒想知道这是什么道理。"

韦伯耸耸肩膀说："道理就是，即使最脏污的犹太人，也是一个肉体。五百具尸体就是五百具尸体。处死本身很简单，可要毁尸灭迹，就麻烦多了。这批人在当地是两千。"

"没有道理！差不多每个集中营都有像我们这儿的焚尸炉。"

"这话不错。不过焚尸炉太慢了，特别是，如果营地需要迅速清空的时候。"

纽鲍尔啐出一小片烟叶，说："我还是不理解，为什么要把那些人运走。"

"还是尸体的问题，"韦伯已经镇定下来，"我们的当局不愿意出现让人发现大批尸体的事。到目前为止，只有焚尸炉能做到让人日后无法统计出尸体的数字。可惜的是，如果尸体的量很大，焚尸炉的速度就太慢了。要把大批量的犯人处理掉，现在还没什么先进的办法。大规模的填埋尸体即使很久以后也能被人揭开，让人编出许多暴行故事。在波兰和俄国已经有了先例。"

"可为什么在撤退时——"纽鲍尔马上纠正自己，"我是说，在策略性缩短战线时，不把这帮乌合之众留在原地呢？他们肯定已经没有用处了，应该留给俄国人或者美国人去处理，他们还求之不得呢。"

"这还是一个肉体问题，"韦伯耐心解释道，"这就是说，美国军队里有大批记者和摄影师。他们会拍下照片，声称这些人营养不良。"

纽鲍尔取下叼在嘴上的雪茄烟，目光锐利地望着韦伯，他看不出这位营地看守长是否在取笑他。他试过好几次了，但一次都没搞清楚。韦伯脸上还是往常一样的表情。纽鲍尔问："这是什么意思？您想说什么？他们当然是营养不良的。"

"我是说这些是民主报刊编造的暴行故事。宣传部每天都在提醒我们注意。"

纽鲍尔的眼睛还在盯着韦伯。他想，其实，我根本就不了解他。他一直执行我的命令，可根本上说，我对他一无所知。如果他突然笑话我，我也不会感到惊奇。笑话我，而且也许还笑话元首本人呢。不过是一个没什么真正世界观的雇佣工！也许对他来说，没什么东西是神圣的，连党也不神圣。党不过碰巧迎合了他的口味罢了。"您知道，韦伯——"纽鲍尔刚一开口，马上又停下了，再小题大做就没什么必要了。一时间，那种恐惧感又突然冒了出来，他说："这些人是营养不足。但是，这并不是我们的过错。是敌人的封锁迫使我们这样做的，不是吗？"

韦伯抬起头，他简直不相信自己的耳朵了。他看到纽鲍尔正紧张地看着他。

他慢条斯理地说："当然，是因为敌人的封锁。"

纽鲍尔点了点头，那个恐惧感又消失了。他朝点名场看了一眼，然后以一种几乎充满信任的口吻说："坦率地说，集中营与集中营之间的差别很大。咱们这儿的人看上去比这些人要强得多，即便是小营里的人也不像他们这么枯瘦，您不觉得吗？"

"是的。"韦伯含糊地应着。

"只要一比较，就能看出来。我们这儿肯定算整个帝国最人道的集中营了，"纽鲍尔颇有些轻松得意地说，"当然，总有人死去，而且还不少，可是，这年头这是不可避免的。不过，我们讲人道，不能干活儿的人就不用干活儿，哪个地方能像我们这儿这样对待国家的叛徒和敌人？"

"几乎找不出来。"

"我说的就是这个意思。营养不良？这可不是我们的责任！韦伯，我跟您说——"纽鲍尔突然想出一招，"您听着，现在我知道怎么可以把那些人打发上路了。您知道吗？得用吃的！"

韦伯坏笑起来，心想这老头有时想问题也还挺实际的，还不是总坐在自己的理想云端上。"高！好主意！"他说，"棍棒解决不了，吃的总能解决。可是，我们手头没有额外的食物。"

"那只能让这儿的犯人饿一顿了，让他们尽一下同类之谊吧。也就是说，他们中午少吃一点。"纽鲍尔这时抻了抻肩膀，"这些人懂德语吗？"

"也许有几个懂。"

"有翻译吗？"

韦伯问了几个看守，这些看守马上从人群中拖出三个人来。韦伯叫道："你们过来，把大队长先生的话给你们那些人翻译一下！"那三个人并排站到一起。这时纽鲍尔往前跨出一步，说道："大家听着！你们听到的消息是不对的，你们现在要去一个疗养营。"

"快翻译！"韦伯用肘碰了碰那三个人中的一个。他们便用一种听不懂的语言叽叽咕咕说了几句。场地上的人还是一动不动。

纽鲍尔把话又重复了一遍，还加上一句说："现在你们去伙房，去领咖啡，领饭。"翻译照译了，可还是没有动静。没有人相信这套话了，在这样的话语下，他们的难友离去便从此消失的事情，他们每个人都经历过。给吃的啊，可以洗澡啊，这些都是危险的许诺。

纽鲍尔这下火了，说："到伙房去！去伙房！有饭！有咖啡！去领吃的！领咖啡！还有汤！"

看守手持着棍棒扑向人群，也吆喝道："去喝汤！你们听不见吗？去领吃的！领汤！"每吆喝一句，就用棍棒殴击一下。

"住手！"纽鲍尔气恼地喊道，"谁命令你们打人的？他妈的！"

看守们赶快缩了回来。纽鲍尔又大喝一声："都给我滚！"

这些手持棍棒的看守顿时又成了犯人。他们聚在一起，缩到场地边缘。

"真要把这些人打残了，"纽鲍尔气哼哼地说，"那咱们就得吃不了兜着走！"

韦伯点点头说："火车站那儿还送来了几卡车尸体等着我们火化呢。"

"那些尸体呢？"

"堆在焚尸场了。现在，煤快不够了。咱们的库存还得用来满足咱们自己的日常需要。"

"他妈的，怎么把这些人打发走呢？"

"他们现在害怕极了，跟他们讲什么他们也不懂了，不过要是闻到了味道，可能会起作用。"

"什么味道？"

"食物的味道，或者看到吃的东西也行。"

"您是说把大锅搬到这儿？"

"对。许诺对他们已经不起作用了，他们一定得闻到、看到实物才会相信。"

纽鲍尔点点头说："这倒可能。咱们不是刚得到几口带轮子的大锅吗？您叫人推一口过来，或者两口。一口盛咖啡，一口盛吃的。吃的做好了吗？"

"还没呢。不过，我想昨天晚上还剩了一锅。"

两口带轮子的大锅推来了，停在离人群约二百米远的马路上。韦伯命令到："把一个推到小营去，把盖子掀开。等那些人过来，再把锅慢慢后退到这儿来。"

韦伯又转过身对纽鲍尔说："我们必须让他们动起来。一旦他们离开了点名场，把他们赶走就容易了。一般说来，总是这样的。他们就想待在他们睡觉的地方，因为那儿很太平，对他们有一种安全感。别的地方，他们都害怕。不过，一旦他们动起来，他们就会继续走下去。"他转向那些卡波说："先把咖啡推过去。不用退回来，盛出来！就在那儿分给他们。"

咖啡锅被推到人群跟前。一个卡波舀起一勺咖啡，冲着他近前的一个人的脑袋就浇了上去。就是那位白胡须上沾着血迹的老者。咖啡顺着他的脸滴下来，将他的胡须染成棕色，胡须于是第二次改变了颜色。老人仰起头，舔着淌下的咖啡，他那爪子般的双手也在胡须上抓摸起来。那个卡波将剩下的咖啡举到他嘴边："喝啊！咖啡！"

老人张开嘴巴，细脖子上的肌肉忽然活动起来。接着，他双手捧起勺子，一口一口吞了起来，他啜饮着，吞咽着，他的脸抽搐起来，他啜饮着，吞咽着，他的全身颤抖起来。

旁边一个人看见了。接着第二个、第三个人也看见了。人们直起身子，把嘴，把手臂纷纷凑过来，挤着拥着向勺子围拢过来，勺子的周围只见一只只手臂，一个个脑袋。

"他妈的！放手！"

卡波已经无法抽回勺子。他一边拽着，用脚踹着，一边谨慎地转过头朝纽鲍尔站着的地方看去。这时候，其他犯人也站了起来，向热气腾腾的咖啡锅扑去。他们一边喊着："咖啡！咖啡！"一边竭力将头伸向锅里，用瘦弱的手把咖啡捧起来喝。

此时，那个卡波觉得手里的勺子已经被众人松开，他大声喝道："按顺序来！排队，一个一个来！"

没人听他的话，人群已经无法控制。他们什么也听不见，他们嗅到了那个被称为咖啡的东西，闻到了那个可以饮用的热乎乎的东西，于是他们瞎了一样涌向那里。韦伯是对的，理性不管用的地方，食欲便是主导。"去把那口锅慢慢拉回来。"韦伯命令道。

这已经不可能了，人群已将咖啡锅团团围住。这时一个看守露出惊愕的表情，随之慢慢倒了下去。原来拥挤之中他的双脚离开了地面，只见他像游泳似的晃动着双臂，慢慢下沉。

"排成楔形队列！"韦伯马上命令道。

看到看守和营地警察排好阵势，韦伯又叫道："出发！到咖啡那儿去！把咖啡拉出来！"

看守们冲进人群，将犯人推开，在咖啡锅四周围成一圈警戒，终于把小车推了起来。锅里差不多空了，他们肩并肩簇拥着把锅拉出来。跟在他们后面的人，还拼命地在他们肩上或臂下把手臂伸向咖啡锅。这时，这群哼哼咳咳的人群中，突然有一个人发现不远处还有一口饭锅，他马上模样怪诞地摇摇晃晃地直奔过去。其他的也紧随而上。但韦伯已经做好了准备，那饭锅由几个身强力壮的人护着，而且马上给推动起来。人群追了上去，只有不多几个还留在后面用手刮着咖啡锅，舔着手指上的残余。地上还躺着三十个左右爬不起来的犯人。

"把他们拖走！"韦伯命令道，"然后排成人墙把道路截住，不让他们回去。"

小营的点名场上，满地是人类的污秽物。这群人在这里整整休息了一个夜晚，对这群人来说，这意味着很多。凭经验韦伯知道，就像水往低处流一样，饥饿引起的狂乱过去之后，这些人还会本能地回到这里，这正是他要避免的。

看守们去驱打留在后面的犯人，将那里的活人和死人一起拖走。死人只有七个。那群人是两千个人中存活下来的生命力最强的五百人。

还没走到小营出口处的大路上，几个犯人突然跑开了。拖着死人和垂死者的看守来不及追赶他们，结果最强健的三个跑回了小营，他们径直朝营房奔去，狠命扯拉营房房门。22 号营房的门被拉开了，他们钻了进去。

看到看守要追这些人，韦伯喊道："回来！"

"都到这儿来！待会儿再去收拾那三个。注意！其他的人现在想往回走。"

这群人跟着大锅走出了小营大门，走上大路，那个饭锅已经被掏空了。党卫队队员要把他们编成行军队列时，他们又掉过头来。可现在，他们与刚才不一样了。刚才他们是濒临绝望的一个完整团体，这赋予了他们一种沉甸甸的力量。可现在，经历了这番饥饿和争食的运动，他们重又陷入绝望，害怕和恐惧感又回来了，这使他们变得既疯狂又衰弱。他们不再是一个整体，而是散沙一盘，是一块块残肢弱体，他们就这样被他人轻易驾驭。他们不再紧挨着蹲在一起，他们不再有力量。饥饿与痛苦的感觉又恢复了，于是，他们又开始俯首听命。

一些人在大路上被截在山坡高处，另一些人已经开始掉头回走，其余的人则遭遇到韦伯一伙，他们对这些犯人拳打脚踢，但不打头部，只打他们的身子。渐渐地，队列形成了。犯人们个个呆若木鸡，排成四个纵队，垂死者被塞在还算硬实的人中间。为了避免摔倒，他们手挽起手，摇摇晃晃地迈起步子。从远处望去，不知原委的人一定会以为这是些可笑的醉鬼。这时，有几个人突然唱起歌来。他们昂起头，一边紧紧地架着难友，一边目光呆呆地望着前方张嘴歌唱。唱歌的人不多，歌声既单薄又不连贯。他们走到大营点名场，又从劳工队队列面前走过，然后走出了营地大门。

"他们在唱什么？"维尔纳问。

"哀悼死者的歌。"

那三个跑进 22 号营房的犯人，竭尽全力要把自己藏起来。两个爬到一张床铺下，头钻了进去，腿还颤抖着伸在床外边。它们抖一阵，停一阵，那颤抖传遍了他们全身。另一个则脸色苍白呆望着营房里的人。"藏，藏，朋友，朋友！"他用食指叩着胸部，一遍又一遍地说。这是他会说的唯一一点德语。

韦伯一把把门推开，说："他们在哪儿？"他带着两名看守站在门口。"快说！他们在哪儿？"

没人吭声。

韦伯大声喝道："组长！"

贝格上前一步，开始报告；"22 号营房——"

"闭嘴！他们人呢？"

贝格没有选择的余地，他知道那三名逃跑者反正会被很快找到，他也知道营房无论如何不能让人搜查，劳工营来的两名政治犯就藏在他们这儿。

他抬起胳臂指向那个角落，不待他开口，一个看守已看到了什么，抢先说道："在那儿！在床下面！"

"把他们拖出来！"

满满当当的营房里顿时一阵骚乱。两个看守走上前，抓青蛙似的抓住两人的大腿，将他们从床下拖出来。那两人还用双手死死抓着床腿，身子荡在空中。韦伯过来照他们手上就是一脚。随着两声喊叫，手松开了，被拖了出去。他们没有再喊叫，只是被拖过肮脏的地面时，发出了轻微而尖细的呻吟声。此时，那脸色苍白的第三个人自己站了出来，跟着走在他们后面。他的眼睛好像一对大大的黑窟窿。走过犯人身边时，他用眼睛直直地望着他们，大家都回避开来。

韦伯叉开双腿，站在房门前，说："你们这群臭猪，谁把门打开的？"

没有人回答。"都出去！"

所有的人都走了出去，汉克已经站到外边了。"营房长！"韦伯吼道，"早就下令不许把门打开，谁把门打开的？"

汉克答道："中队长，这个门已经年久失修，那三个人是自己把锁撞开的。"

"胡说！这怎么可能？"韦伯弯腰看了看门锁，见那门锁正挂在烂木头中间，又说："马上装一把新锁上去！这事早该做了！为什么一直没换？"

"中队长先生，这儿的门从来不上锁。营房里没有厕所。"

"那也一样！你负责办这件事。"说完，韦伯转过身去，跟在那三个逃跑者身后，沿着大路走了。那三个人已经放弃反抗。

汉克打量着营房的犯人，大家以为他又要发神经了，不过这次他没有光火。"你们这帮蠢货！瞧你们惹的烂事！"

他转身对贝格说："刚才要是彻底搜查营房的话，你们肯定不愿意，是不是？"

贝格一言不发，他面无表情地看着汉克。汉克干笑一声道："你们以为我是笨蛋，是不是？我知道的可比你以为的多得多。你们一个我都不会放过！一个都别想跑掉，你们这些傲慢的政治白痴，你知道吗？"说完，他跺着脚跟在韦伯后面走了。贝格转过身，问身后的戈尔茨坦："他这话什么意思？"戈尔茨坦耸了耸肩说："无论如何得马上通知莱文斯基。今天晚上那两个人得转移到别的地方。也许得让他们去 20 号营房。得去和 509 谈一谈。"

18

　　清晨，整个营地笼罩在浓雾之中。机枪岗楼和周围的铁丝网木桩都不见了身影。一段不短的时间里，集中营似乎不存在了，雾气好像把集中营融进了一个虚设的温和的自由中，人们似乎可以随处走动，反正营地好似不复存在。

　　这时，凄厉的警报声响了起来，接着传来第一批炸弹的爆炸声。这声响好像不知来自什么地方，也不知来自哪个方向，不知来自哪个软绵绵的出处。它既像来自山下的城市，又像来自空中或遥远的地平线。总之，它们滚滚而来，犹如暴风雨中沉闷的响雷。声响之处，一片灰蒙蒙白茫茫，似乎无穷无尽，让人觉得似乎并没有危险。

　　22号营房里，犯人们疲倦地缩在床铺上或过道里。这一夜他们睡得很少，一直忍受着饥饿的煎熬。前一晚上，他们只喝到一点点稀汤。此刻，他们对轰炸并不怎么在意。时至今日，他们对此也已习以为常，轰炸成了他们生活中的一部分。谁也没料到今天的爆炸声会突然剧增，最后还出现了一阵轰然巨响。

　　营房像发生地震似的晃动起来，爆炸声过后，还可以听见玻璃窗被震裂的脆响声。

　　"他们来炸我们了！来炸我们了！"有人喊道，"赶快出去！让我出去！"

营房里顿时乱成一锅粥。有些人跳下床铺，有些人想爬下来，但四肢却和下铺的四肢缠到了一起。只见四处是无力挥舞着的手臂，是闪着光亮的牙齿，骷髅般的头颅上一双双深陷的眼睛惊恐地张望着。

一切好似鬼使神差般地没有声响，因为高射炮的射击声和炸弹的爆炸声异常激烈，完全淹没了营房里的喊叫声。只见人们张着大嘴在无声高喊，好像恐惧使他们变成了哑巴。

又一阵轰炸震动着大地。人们更加惊恐慌乱，纷纷夺路奔逃。一些能走动的急急火火地要挤出过道，另一些则听天由命，漠然处之。他们躺在原处，观望那些打着哑语的难友，仿佛自己只是观众，在看一场与己无关的哑剧演出。"把门关上！"贝格喊道。

太迟了，门已被推开，第一批骷髅似的犯人已经消失在门外的雾色中，另一些也跟着冲出营房。老兵油子们蹲在自己的角落里，费了九牛二虎之力才没被人流裹走。"都别动！"贝格喊道，"岗哨会开枪的！"

营房里的人还在往外逃。"都趴到地上去！"莱文斯基高声喊道。他不顾汉克的威胁，这天晚上还是在 22 号营房过了夜。对他说来，这里还是比较安全的。他来的前一天，劳工营有四个姓氏以 H 和 K 开头的犯人给带走了，送进了焚尸场。他们是被斯坦布伦纳、布豪尔和尼曼下达的特别指令叫走的。幸好搜查是按姓氏第一个字母的字母表顺序进行，莱文斯基在他们查到姓名以 L 开头的犯人前就躲到小营来了。"在地上趴平！"他喊道，"他们就要开枪了！"

"还是出去吧！谁愿意留在这陷阱里挨炸？"

外边，高射炮声和炸弹爆炸的隆隆声中，已经出现了噼里啪啦的枪声。"听！开始扫射了！趴下！趴平！机枪子弹比炸弹更危险。"

莱文斯基错了。第三轮轰炸后，机枪停止了射击，岗哨仓皇地逃离了岗楼。莱文斯基爬到门外。他对着贝格的耳朵大声说道："没危险了！党卫队都逃了。"

"我们还待在里面吗？"

"都出去，营房里不安全，我们可能会陷在里面给烧死。"

"我们出去！"迈尔霍夫叫道。"如果铁丝网已经炸毁，我们就可以逃出去了。"

"住嘴，你这白痴！他们会很快追上你，把你毙了！"

"现在都出去！"

犯人纷纷挤出门外。莱文斯基又叫道："大家别走开！"接着，他一把抓住迈尔霍夫的前襟说道："如果你要干蠢事，我现在就拧断你的脖子，你明白吗？你这该死的白痴，你以为我们现在能冒这种危险吗？"他又摇晃着他说："你明白吗？是不是要我现在拧断你的脖子？"

"放了他吧，"贝格说道，"他不会那样干的，他哪里还有力气，我看着他。"

他们在营房近前趴了下来，透过蒸腾的雾气能隐约看到营房灰暗的墙壁。看上去，那雾气正从看不见的火焰上不断冒出。他们趴在地上，一阵阵的轰隆声紧压他们的颈背。他们紧紧贴着地面，等待着下一轮的轰炸。

可是，轰炸停止了，只有高射炮还在吼叫。从城市方向很快又有爆炸声传来，嘈杂声中还能听到步枪的射击声，而且越来越清晰。"这是集中营里的枪声。"苏尔巴赫说道。

"党卫队在开枪。"雷本塔抬起了头，"也许党卫队的住所挨炸了，韦伯和纽鲍尔都死了。"

"想得倒挺美，"罗森说，"这不太可能。今天雾气这么大，炸弹扔得不会很准确，也许会炸到一些营房。"

"莱文斯基哪儿去了？"雷本塔问。

贝格四下望了望说："不知道，刚才他还在这儿呢。迈尔霍夫，你知道他去哪儿了吗？"

"不知道。我也不想知道。"

"也许摸情况去了。"

他们继续听着四周，大家都感到很紧张。这时，又传来零零落落的步枪声。"也许那边有人逃跑，党卫队在后面追赶。"

"但愿不是这样。"

他们每个人都知道，如果有人逃跑，整个集中营就要进行一次列队点名，所有的人都必须一直站着，直到逃亡者——不管是死是活——被抓回来找回来为止。这意味着会造成几十人的死亡，而且所有的营房还要来一次彻底搜查。刚才莱文斯基对迈尔霍夫大声斥责，原因就在此。"他们现在为什么还想逃跑？"亚哈随鲁问。

"为什么不呢？"迈尔霍夫反驳道，"每天——"

"你就别说了！"贝格打断了他，"你侥幸从死人堆里爬出来，现在就忘乎所以了。别自以为是参孙[1]，你连五百米都跑不了。"

"也许莱文斯基已经逃了。他有充分理由，他比任何人都有理由逃跑。"

"胡说！他才不会跑。"

高射炮的射击声也停了下来。寂静中传来了命令声和跑步声。"我们还是回到营房去吧，你说呢？"雷本塔问道。

"你说得对，"贝格站起身来说，"C组的人，都回营房。戈尔茨坦，去叫你们那些躲在后边的人去，汉克随时都会来。"

雷本塔说："党卫队肯定没挨炸，炸弹总把他们漏掉，倒是我们这些人也许有几百个给炸成了肉块。"

"也许美国人已经过来了，"雾中有人说，"也许来的是炮兵部队！"

一时间，大家都沉默不语。"别胡扯了！"过了会儿雷本塔生气地说，"都是胡说！"

"快回去吧，还能爬的快爬进去。肯定还会点名的。"

---

[1] Samson，圣经中的一个人物，以力大著称。

大家爬回营房。营房里又是一片混乱。许多人都担心，先回去的人会抢占自己原有的地盘，特别是那些占有一小块床板的犯人。他们一边跌跌撞撞向前挤去，一边用沙哑微弱的嗓音喊叫着。营房里仍是拥挤不堪，这里本来只能容纳不到三分之一的人。有些人还留在外面，没有动静。刚才慌乱之中，他们被人流裹挟到营房外面，那番紧张把他们搞得筋疲力尽，现在再也爬不动了，再也动不了了。老兵油子们尽力把几个人拖到营房门口，透过雾气他们看到，有两个已经断气。他们身上淌着血，是被子弹击中的。

"小心点！"忽然，透过白雾他们听到一个比"穆斯林"更有力的脚步声。

脚步声越来越近，停到了营房门口。莱文斯基出现了，他朝门里张望了一下，悄声道："贝格，509在哪儿？"

"在20号营房。出什么事了？"

"你出来一下。"

贝格往门口走去。

"509不用再担心什么了，"莱文斯基话说得很快又不连贯，"汉克死了。"

"死了？炸死的？"

"不是炸死的，他死了。"

"怎么死的？党卫队把他击中了？在雾里？"

"我们把他解决了，这就行了，不是吗？重要的是，他死了。他是个祸害，这大雾是个好机会。"莱文斯基沉默了一会儿。

"你会在焚尸场见到他的。"

"要是射击距离太近，他们会发现火药和烧焦的痕迹。"

"没有用枪，另外两个恶棍也没命了，这是大雾和混乱给我们的机会。就是最可恶的那两个。其中一个是我们营房的，他告发过两个人。"

解除警报的汽笛响了，大雾正在渐渐消散，好像是让炸弹炸散了一般。雾气开启之处，先露出一小块蓝天，继而那里变成了银白色，不久，太阳高高地献出一片光明。机枪岗楼也开始从雾中显现出来，依稀之间仿佛是个脚手架。

这时有人走来。贝格悄声道："快进来，莱文斯基，小心点，快藏起来。"

他们把门关上了。"来的是一个人，"莱文斯基说，"没事。党卫队的人已经有一个星期没敢单独来了。现在他们也害怕了。"

门被小心地推开来了。"莱文斯基在吗？"来人问。

"什么事？"

"快来，我这儿有点东西。"

莱文斯基随即消失在雾中。

贝格四下看看，问："雷本塔上哪儿去了？"

"去20号营房了，他想把汉克的事告诉509。"

莱文斯基回来了，贝格问："是不是外边有什么新消息？"

"对。你到外边来一下。"

"有什么消息？"

莱文斯基慢慢笑着，他脸上湿漉漉的全是雾水。他眉开眼笑，咧着嘴，宽宽的鼻子抖动着。"党卫队的营房有一部分给炸塌了！有炸伤的，炸死的，具体的数字还不清楚。1号营房也有伤亡，军火库、后勤衣物房也给炸坏了，"这时他谨慎地往雾中看了看，"我们有点东西要藏起来，也许只藏到今天晚上。我们的人搞到了点东西，他们能下手的时间很短，是在党卫队回来前干的。"

"快给我。"贝格说。

他们站到一起，彼此挨得很近。莱文斯基递给贝格一包沉甸甸的东西，小声说："从军火库弄来的，把它藏到你那个角落。我这儿还有一包，可以把它放到509床底下的洞里。现在谁在那儿睡？"

"亚哈随鲁，卡雷尔，还有雷本塔。"

"太好了。"莱文斯基喘息道,"我们的人动作很快,炸弹刚把军火库的墙壁炸塌,他们就动手了。当时党卫队不在,等他们回来时,我们的人早溜了。我们还搞到了不少别的东西,那些会藏在伤寒病房里,大家分担风险,懂吗?这是维尔纳的原则。"

"党卫队不会发现武器丢失吗?"

"可能会发现,所以劳工营里我们什么都不能留下。搞到的东西并不很多,再说现在党卫队乱了套了,也许他们不会发现。我们本来还想点火烧军火库的。"

"你们干得太棒了!"贝格说。

莱文斯基点点头:"今天真的很幸运。咱们来把它藏起来吧,别让人看见,这儿不会有人怀疑。天开始放亮了。刚才实在没法再多搞点儿,党卫队的人很快就来了。他们以为铁丝网给炸毁了,所以他们见人就开枪,以为有人逃跑。不过现在他们平静些了,因为他们发现铁丝网没有被炸坏。真是运气,今天上午劳工队没有外出干活,因为党卫队怕他们趁雾逃跑。这倒让我们最能干的人大干了一场。现在很可能就要点名了。来,带我看看藏东西的地方。"

一个小时之后,太阳出来了。天空静谧蔚蓝,最后一缕雾气也不见了踪影。田野清新潮润,一片新绿。一排排的树木郁郁葱葱仿佛水洗过一般。下午,22 号营房听说,这次空袭期间以及空袭之后,有二十七名犯人被枪弹击毙,1 号营房有十二人被炸死,另有二十八人被弹片炸伤。党卫队的人死了十个,其中有盖世太保比克霍伊泽。此外,汉克死了,莱文斯基营房里也死了两个人。509 从 20 号营房过来看看。贝格问:"你那张字据呢?就是把瑞士法郎转让给汉克的那张。要是在他遗物里发现了怎么办?要是落到盖世太保手里,可怎么办?这事咱们没想到!"

"有人想到了。"509 说着从口袋里掏出一张纸,"莱文斯基知道这

267

事，他没有忘记，把汉克的遗物搞到了。有一个卡波很可靠，汉克刚死，他就把他的东西偷出来交给了莱文斯基。"

贝格舒了一口气，说"莱文斯基今天真他妈的太能干了。"

"把它撕了吧！我希望，咱们现在终于太平了。"

"也许吧。这就要看谁来当营房长了。"

一群燕子忽然出现在营地上空。它们划着大弧线在高空盘旋了一阵，然后俯冲下来，叽叽喳喳地掠过这座波兰营房，闪闪发亮的蓝翅膀几乎碰到了屋顶。

"这是我第一次在集中营里看到鸟儿。"亚哈随鲁说。

"它们在找地方做窝呢。"布赫说。

"到这儿来做窝？"雷本塔咯咯笑道。

"教堂尖顶已经炸没了，没法让它们做窝了。"

城市上空的烟云在渐渐淡去。苏尔巴赫确认道："是这么回事，最后一座教堂塔楼也塌了。"

燕子还在营房上空盘旋，发出刺耳的叫声。雷本塔摇摇头，他抬头望着飞来飞去的燕子说道："它们从非洲飞回来，就为到这儿来做窝？这么多地方不去，偏偏上这儿来？"

"只要城里还着火，它们就不会找到安身之地。"

大家全朝山下望着，罗森小声说："那里会是什么样子啊？"

"其他许多城市肯定也给炸得到处着火，"亚哈随鲁说，"那些大城市，重要的城市，该会是什么样子啊？"

"可怜的德国！"蹲在近前的一个人说。

"你说什么？"

"可怜的德国。"

"我的天哪！"雷本塔说，"你们听到了吗？"

天气渐渐暖和。晚上，营房里又传来消息，焚尸场也给炸坏了，有一块围墙被炸塌。绞刑架炸歪了。可焚尸场的烟囱仍在一股股地冒烟。

空中积聚着阴云，空气越来越闷热。晚上小营没有领到晚饭，各个营房都静悄悄的。尚能爬动的，躺到了营房外，好像低低的云层会给他们一些营养似的。云朵越积越大，越来越暗，看上去好像一个个可以落下食物的袋子。雷本塔在营地里巡视了一圈，拖着疲惫的身子回来了。他告诉大家说，劳工营中只有四个营房发了晚饭，其他的都没吃上，据说，军粮库也受到了损坏。他还说，党卫队没有搜查营房，显然，党卫队还没有发现武器丢失。

气温在不断上升。山下的城市罩在一片奇特的硫黄光晕中。虽然太阳早已沉落，云层上仍闪着灰蒙蒙的黄光，好像它们不肯褪去。

"要下雷雨了。"贝格说，他脸色苍白地躺在 509 身旁。

"但愿如此。"

贝格看了看 509，汗水流进了他的眼睛。他缓缓转过头，突然，一股鲜血从他嘴里涌出。这一切看上去毫不费力，非常自然，以致最初几秒钟内，509 竟然无法相信发生的事情。随后，他坐了起来。

"怎么啦？贝格！贝格！"

贝格曲起身体，静静地躺着，说："没什么。"

"是不是出血了？"

"不是。"

"那是什么？"

"是胃。"

"胃怎么了？"

贝格点了点头。他将嘴里的血吐出来，低声说道："没什么大不了的。"

"这够严重了。我们该做什么？请告诉我！"

"没什么。让我躺着，让我躺着就行了。"

"我们抬你进去好不好？你可以一人睡一张床，我们把别人赶走。"

"让我躺这儿就行。"

509 突然感到极度绝望。他已经目睹过许多人的死去，他自己也不知经历过多少次死里逃生了。他原以为，不管谁死去都不会对他产生多大影响了，然而此时他心里却感到十分震撼，就像第一次遇到一个人死去一样。他似乎感到他正在失去一生中最后的、唯一的朋友。顷刻之间，他完全绝望了。虽然贝格那张浸满冷汗的脸在对他微笑，可 509 却觉得他看到贝格纹丝不动地躺在水泥路边。"肯定还有人有点什么吃的！或者谁能弄点药来！雷本塔！"

贝格小声说道："我什么都不吃，"他抬了一下手，睁开了眼睛，又说，"相信我，还需要什么，什么时候需要，我会说的。现在什么都不需要，什么都不要。相信我，不过是胃病。"他又闭上了眼睛。

静夜哨声后，莱文斯基从营房走出来。他在 509 身边蹲下，问道："你怎么不入党？"

509 看了贝格一眼，贝格的呼吸均匀了。他反问道："你为什么现在想知道这个？"

"真遗憾。我真希望你是我们中的一员。"509 明白莱文斯基的意思。在集中营地下党的领导下，共产党员形成了一个沉默寡言而又精力充沛、坚忍顽强的集体。尽管他们也与他人合作，但他们从不完全信任他人，他们始终有自己特有的宗旨和奋斗目标，总是首先保护自己人，促进自己人的工作。

莱文斯基说："我们可以用上你。你以前是做什么的？我是指你的职业。"

"我是编辑。"509 回答道，他自己也很惊奇，这个字眼听起来怎么这样奇特。

"编辑对我们来说特别有用。"

509 没再说什么。他知道，跟一个共产党人讨论问题如同跟一个纳粹党人讨论一样毫无意义。过了一会儿，509 问："你知道，新来的营房长是谁吗？"

"知道，估计是我们自己人。不管怎样，应该是个政治犯。我们营房也设了一个新房长，是我们的人。"

"这么说，你要回去啦？"

"再过一两天吧。不过这同营房长没关系。"

"你还听到些什么？"

莱文斯基审慎地看了509一眼，然后他凑近些说："我们预计两周之后接管集中营。"

"什么？"

"对，就是两个星期以后。"

"你是说解放集中营？"

"是的，解放集中营，然后由我们来接管。党卫队一撤走，我们就要把集中营接管过来。"

"'我们'是谁？"

莱文斯基犹豫了一下，说："将来集中营总得有个领导，将来我们就是集中营的领导。我们已经准备好了，不然只会是一片混乱，我们必须随时准备接管。最重要的是，集中营的食品供给不能中断。此外，还有很多工作得做，营地人员的组织管理……这几千人不可能同时解散。"

"在这儿肯定不行。很多人已经走不了路了。"

"还得组织医生、药物、运输工具、食品供应，比如到乡下征集食品……"

"这么多事，你们打算怎么来办？"

"我们肯定也会得到帮助，但我们自己必须先组织好。前来解放我们的英国人和美国人都是作战部队，对于接管集中营，他们肯定没有准备。这个工作必须由我们来做，当然，要在他们的帮助下进行。"

莱文斯基头部的轮廓衬在多云的天空前，509看到，那是一颗又圆又大的脑袋，没有一点柔和感。"真的挺奇怪，"莱文斯基说，"我们已经在考虑怎样借助我们敌人的帮助了。"

贝格说:"我睡了会儿,现在挺好了。刚才只是胃不舒服,没别的问题。"

509 说:"你病了,不是什么胃不舒服,我从来没听说,胃不舒服会引起吐血。"

贝格睁大眼睛说:"我做了个很奇怪的梦。梦里的画面很清楚,跟真的一样。我在做手术,灯光很亮——"

贝格停下来,他凝望着黑夜。"艾夫拉姆,莱文斯基说两个星期后我们就能自由了。"509 静静地说。

"他们一直在收听新闻。"

贝格没有动弹,似乎什么都没听见。

"我已经切开了腹腔,准备做一个胃切除手术。手术正在继续,可是,我突然不知道该怎么做了,手术的步骤全给忘了。我浑身冒汗,病人就躺在那儿,上了麻药,腹腔已经打开,可是我却什么都不知道了,手术的步骤全忘光了。真可怕。"

"别想它了。是场噩梦,没什么要紧的。我什么梦没做过?还是想想等咱们从这里出去后会做什么梦吧!"忽然,509 分明闻到了煎蛋和熏肉的香味。他竭力不去想它们,又对贝格说:"当然,不会只有好事的,肯定不会。"

"十年了!"贝格仍然仰望着天空,"十年就这么过去了,什么都没做,就这么没了,一去不复返了!以前我一直没想过这事,今天才又想起来。很有可能很多东西我都忘记了。现在我也不大清楚手术该怎样进行了,很多细节我都想不起来了。刚进集中营的时候,为了不使技术荒废,一到晚上,我就在脑子里一遍一遍地回忆手术步骤。可后来,我放弃了。很有可能我现在都忘了——"

"那不过是感觉上离得远了,不会真忘记的。就像会说一种语言和骑自行车一样。"

"技术会丢掉的。手都笨拙了，没有了精确感，医道生疏了，跟不上了。十年的变化可真大啊，医学上肯定又有了许多新发现，可我却一无所知。我只是变老了……老了，累了，没有精神了。"

509说："奇怪，刚才我也想到了我以前的职业，莱文斯基刚问过我。他认为我们两个星期以后就可以离开这儿，你能想象吗？"

贝格心不在焉地摇摇头说："时间哪儿去了？以前，时间一直是无穷无尽的，现在你却说只有两个星期了，这十年都哪儿去了？"

下面的城市还在山谷中燃烧着，发着光亮。尽管夜幕已经降下，天气仍很闷热。水汽在向上蒸腾，天空电光闪闪，地平线上另有两处火光在闪耀——那是远处因轰炸起火的城镇。

"艾夫拉姆，现在我们又能想些什么了，从眼下看，咱们不该感到知足吗？"

"是啊，你说得对。"

"咱们又能像人一样思想了——还能考虑出去以后的事。以前咱们什么时候有过这样的想法？这样看来，别的事也都会回转过来的。"

贝格点点头说："出去以后，就是一辈子补袜子，我也愿意！尽管——"

一道闪电划破夜空，接着远处慢慢传来一声雷鸣。"你要进屋吗？"509问，"你能站起来吗？能爬吗？"

十一点时，雷雨下了起来。道道闪电将夜空照得通亮，刹那间，那座一片废墟似的城市豁然显现，那里弹坑累累，满目疮痍，好像一幅月球上的惨淡景象。贝格已经睡熟，509坐在门边。莱文斯基干掉汉克后，他又可以回到22号营房了。此刻，他的外套下藏着手枪和子弹，因为他担心，这样的大雨下，这些东西在床下的洞里会受潮失效。

不过这晚下的雨很少。雷雨在转移，散开。有一阵子，几道闪电如同利剑在地平线上刺来戳去。509的眼前，铁丝网那边的原野忽而被照得大亮，忽而又昏暗下去，对他来说，那里似乎是另一个世界。望着那片土地，509想，已经两个星期了，这个世界似乎不为人知地走得越来越近。它出现在无人垂顾的绝望之国，近来它已经慢慢走到铁丝网跟前了。它在等着什么，它不仅带着雨水、田野的气息，带着大火和毁坏中的焦臭，还带着生长的气息，带着树林和草绿。他感到，那道道亮起的闪电怎样照亮了他的心头，同时感到那些早已忘却了的过去在怎样悄然闪现，它们既黯淡又遥远，几乎无法接近，又无法理解。在这温暖的夜晚，他打起寒战，他不再拥有在贝格面前表现出的自信。往事纷至沓来，头绪繁多，令他感慨不已。他不能知道的还有，在这儿度过了这么多年后，这一切真的到头了吗？直至今日，这许多年里死亡的事他经历得太多了。他只知道活着就意味着要离开集中营。可是出去以后又会如何，他却无从知晓。一切都显得模糊不清、摇摆不定，让他无法预料。但莱文斯基可以预见，不过他是以一个共产党员的角度来看问题的。党会关心他，他投身其间，对他来说，这就够了。可是以后会怎样？509想，除了原始的生存愿望外，什么还在呼唤着生命？是复仇吗？单是复仇太不够了，复仇固然需要，但它属于事物阴郁的一面。复仇以后又会如何？忽然他感到脸上落下了暖暖的雨滴，就像不知来自何方的泪水。谁还有泪水呢？很多年来泪水已经烧尽、干涸了。以前，那些时而出现的无声挣扎，那些至少还想做什么的念头，几乎一直被视为一派空想——这仍是一切都还可以失落的唯一标志。就好像，温度计早已指到尚能感受的最低温度了，而只有当人目睹到冻僵的手指、手臂或者脚趾几乎无痛楚地掉落时，人们才会意识到，气温已经降得更低了。

　　闪电越来越频繁。轰鸣的滚雷中，阵阵闪电将对面的小山照得分外明亮，不见阴影——让人可以远远望见那座带花园的白色小房。509想，布赫至少还拥有什么，他还年轻，还有露丝，可以同她一起离开这里。可他们之间的感情能维系长久吗？谁又会关心这些呢？谁还指望有什么保障？谁又能给予什么保障呢？

509 的身子往后靠去。我在胡想什么？他想，一定是贝格的情绪影响了我，我们确实累了。他缓缓地呼吸着，在场地和营房的浊臭中，他又觉得自己闻到了春天的气息和蓓蕾的芳香。春天又来了，纵然人间在残杀争战，在死亡，在哀伤，春天每年还会伴着燕子和鲜花一起来到。它来了，这就足够了。

509 关上门，爬回自己的角落。这一夜雷电不绝，幽灵般的闪光不断射入破碎的窗子，整个营房好像一艘破船，正在一股地下洪流上无声摇荡。这是一艘满载死人的破船，这些死人由于某种神奇法术竟然还在呼吸——其中有一些人将永远不会放弃。

19

"布鲁诺，"赛尔玛·纽鲍尔平静地说，"别傻了，你冷静想想吧！最好赶在别人前面好好想想。这是我们的机会，能卖的都卖掉，地产、花园、还有这儿的房子，所有的都卖掉——别管亏本不亏本。"

"卖掉？钱有什么用！"纽鲍尔气恼地摇摇头，"真要是会像你说的那样，钱又有什么价值？你不记得上次大战后出现的通货膨胀了？十亿钞票只值一马克。那时候，不动产才是唯一靠得住的东西。"

"不动产，对，就是不动产！不过得是可以放进口袋里的。"

赛尔玛站起身，走到衣柜前。她打开衣柜，搬开几叠衣服，然后取出一个盒子，开了锁。只见里面有几个镀金烟盒、带镜子的小粉盒、一些钻石夹子、两枚红宝石胸针和几只戒指。"瞧，"她说，"这些东西都是我这几年买的，没让你知道，用我自己的钱买的，用我省下的钱买的。为买这些，我还卖了股票。今天，那些股票早不值钱了，工厂都毁了。可这些东西还值钱，又可以随身携带，咱们的财产要是能都换成这些东西就好了！"

"随身携带！随身携带！听你的口气好像我们是不得不逃跑的罪犯！"

赛尔玛把东西放回盒里，又用衣服袖口在一只烟盒上擦了擦，说：

"你们上台时对别人干的事，同样也会落到咱们头上的，你说是不是？"

纽鲍尔跳了起来，他气急败坏，又无可奈何。"听你这么说，干脆上吊好了。别人都有知心体贴的太太，工作一天回到家，还能得到些安慰，能高兴快活起来，可是你！就会说这些丧气话和不吉利的话。天天吵吵嚷嚷，没完没了，白天如此！晚上也如此！没个安生时候！现在又要卖这卖那，就没点儿好事！"

赛尔玛对他的话充耳不听，她把盒子收起来，藏回衣服下面，接着说："要买好钻石，洁净晶莹的上乘钻石，得找还没镶嵌的。就要最好的。一克拉、两克拉、三克拉的，还有六克拉、七克拉的，只要能搞到，尽量搞。这才是正经事，比你的什么布兰克大楼，什么花园、地产、房子都强。你的律师肯定把你骗了。我敢打赌，他肯定拿了双倍的提成。钻石可以藏起来，可以缝在衣服里，吞到肚子里也行，地产就别想了。"

纽鲍尔看着他老婆说："瞧你说话的样子！那几天几颗炸弹把你吓得歇斯底里，这几天你又像个犹太人，为了点钱能把人脖子拧掉。"

她向他投去一束轻蔑的目光，那目光扫向他的靴子、制服和手枪，扫向他唇上的小胡子，然后说："犹太人才不会拧别人的脖子，犹太人会为自己的家庭着想，他们要比许多日耳曼超人强得多。犹太人知道危急时刻该做些什么。"

"是吗？那他们做了吗？要是他们做了该做的，当初他们就不该留下，我们就不会抓到那么多犹太人了。"

"当初他们不相信你们会那样对待他们，"赛尔玛·纽鲍尔在太阳穴处抹了点科隆香水，"再说了，别忘了，自从达姆施塔特[1]开始关闭犹太人的商店，还有1931年国家银行陷入危机，犹太人的钱在德国就被查

---

[1] Darmstadt，德国中部城市，纳粹上台后，达姆施塔特是德国第一座强令关闭犹太人商店的城市。

封了，只能限量使用，所以很多犹太人没法逃走。从这以后，你们就把他们抓了起来。现在，同样的道理，你想留在这儿，他们会以同样的方式把你们都抓起来。”

纽鲍尔紧张地朝四下看去，说：“该死的，小心点儿！女佣哪儿去了？这话要是让人听见，咱们就完了，人民法庭可不讲慈悲，只要有人举报就够你受的。”

“女佣出门了。你们当初怎么对人家的，人家也会反过来对待你们，为什么不呢？”

“你说谁？犹太人吗？”纽鲍尔笑起来，他想起了布兰克，脑子里设想了一下布兰克折磨韦伯的样子，然后摇摇头道，“他们这些人只图有个清静日子。”

“不是犹太人，我说的是美国人和英国人。”

纽鲍尔又笑起来，说：“英国人和美国人？他们更不会了！这跟他们一点关系都没有！就像集中营的内部管理事务，他们才不会感兴趣呢！对他们来说，两国交战纯粹是军事和外交政治问题，你懂吗？”

“不懂。”

“他们讲民主，要是他们胜了，战争胜负现在还没定呢，他们会适当地对待我们，按照军事原则，该怎么处置就怎么处置。我们可以体体面面地当战败方，他们不可能做别的事情，这是他们的思维方式，他们的世界观。苏联人不同，不过苏联人在东边。”

“那就等着瞧吧，你就留在这儿吧。”

“没错，我就留在这儿，就要看个究竟。你说说看，要是咱们想跑，又能跑哪儿去？”

“几年前咱们本来可以带着钻石去瑞士……”

“本来可以！”纽鲍尔砰地捶了下桌子，他面前的一个啤酒瓶晃了晃，“本来可以！本来可以！你又来这一套！你倒说说怎么个去法？是不是咱们偷架飞机飞越国境？你都胡诌些什么呀！”

"当然不是偷飞机去瑞士，咱们可以旅游去，度假去，把钱和珠宝带过去。去上两次、三次，或者四次，每次都把东西留下。我知道有些人就这样做了。"

这时纽鲍尔向房门走去，他把门打开，又随即关上，走回来，说："你知道你说的都是什么吗？纯粹是叛变！只要让别人听到一句，你马上就会被枪毙！"

赛尔玛望着他，眼里闪着晶亮的目光。

"毙了我？这不正好可以显出你是英雄了？你恐怕早想摆脱掉你的危险老婆了，是不是！"

纽鲍尔受不住她逼人的目光，也不知道她是否已经听说有位寡妇偶尔去他那儿。他在房间里来回踱步。"赛尔玛，"最后他换了一种口气说，"你这是干什么？咱们现在必须团结一致！咱们都理智点吧，咱们现在只能坚持下去，没有别的办法。我不能逃跑，我是有军令在身的。再说了，我能往哪儿逃？到俄国人那儿去？不行。在还没被占领的德国境内躲起来？盖世太保马上就会找到我，你也知道这意味着什么。或者逃到另一边，到美国人英国人那边去？也不行。相信我，这一切我都考虑过了，还是留在这儿等他们来为好。不然，倒显得我心虚了。真的，咱们只能坚持下去，没别的办法。"

"好吧。"

纽鲍尔惊讶地抬起头，看着她说："真的？你明白了？我都给你论证清楚了，是不是？"

"是。"

纽鲍尔小心翼翼地看了看她，几乎不相信这么容易就占了上风。但赛尔玛又突然改变了主意，她的两颊好像陷了下去。她想，什么论证清楚了，他们只会相信论证了的东西，好像生活是由论证组成的。这帮人真的无可救药了，都是些泥神仙，只相信他们自己。想到这儿，她久久地回头望着自己的丈夫，目光很奇特，那里面既有怜悯和轻蔑，还有一种淡淡的柔情。纽鲍尔浑身不自在起来，说:"赛尔玛……"他还想说什么。

她打断了他:"布鲁诺，还有一件事，也是最后一件事，求你办一下。"

"什么事?"他将信将疑地问道。

"去律师那儿，把这房子和地产转到弗莱娅名下。就这事，没有别的了。"

"为什么?"

"不是永久性的，只是临时措施。要是一切顺利，以后还可以再转回来。你总可以相信自己的女儿吧。"

"是的，是的。不过，给人的印象，那律师——"

"什么印象不印象，都见鬼去吧! 你们上台的时候，弗莱娅还是个孩子，没人会追究她的。"

"你这是什么意思? 你是说我会受到什么追究?"赛尔玛不言语了，她又用那种奇特的目光望着纽鲍尔。"我们是军人。"纽鲍尔说，"军人以服从军令为天职，军令就是军令，这个人人都明白。"他舒展了一下身子，又说:"元首发出指令，我们坚决服从。元首对自己发出的指令负有全权责任，这个是他一再重申的。对每一个爱国者来说，这就足够了，不是吗?"

"是的，是的，"赛尔玛不想再和他争论了，"你就去律师那儿走一趟吧，将我们的财产转到弗莱娅名下。"

"这没说的，我可以跟他去谈。"纽鲍尔嘴上这样说，心里却不这样想。他觉得妻子不过是吓得歇斯底里了罢了。他拍了拍她后背又说:"就让我来办吧，到现在为止，我不是都办成了吗。"

说完，他噔噔地走出房间。赛尔玛·纽鲍尔走到窗前，看着丈夫进了汽车。她想，论证和军令，这就是他们所有行动的指南，不过只要行得通，为什么不可以! 她自己不也曾对此坚信不疑吗? 她看了看自己的婚戒，这枚戒指她已经戴了二十四年了，因为手指变粗，她已经让人把它撑开过两次。当初戴上这枚戒指的时候，她还完全是另外一个人。那时候曾有个犹太人想同她结婚。那个人叫约瑟夫·邦费尔德，个子矮小，精明强悍，说话有点口齿不清，从不高声大喊。1928 年他去了美国，他是个聪明人，走得是时候。后来，她从一个熟人那儿听到过一些他的消息，那个熟人说，他给她的信上写着，他过得挺不错。想到这儿，她机械地转了转她的婚戒。美国，她想，那儿从来没有通货膨胀，那儿的人都很富有。

509 缩在一堆死人后面，他在听着什么，他听得很仔细，觉得这声音很熟悉。

他知道，莱文斯基今晚从劳工营里带来了一个人，那人得在这儿躲几天。莱文斯基没透露这人是谁，这是老规矩，只有接头人互相认识。

那个人讲话声音很轻，但是很清楚。只听他说："只要同我们合作，不管什么人，我们都需要。"他还说："纳粹垮台以后，会一时缺乏行政管理，会出现无政府状态。所有的政党在过去的十二年间，不是分裂了，就是遭殃了，剩下的都转入了地下。我们不知道他们目前的活动情况。这就需要一些坚定的人来建立一个新组织。在战败后的混乱中，只有一个党还会完整无损地保存下去，那就是纳粹党。我不是指他们的追随者，他们会胡乱加入别的政党的。我是指纳粹党的核心。它将整个转入地下，等候时机重整旗鼓，东山再起。这是绝不允许的，这就是我们要抗争的。为此，我们需要人。"

这是维尔纳，509 想，这一定是他，我还以为他死了呢。可是他看不到他，夜色灰蒙蒙的，没有月亮。只听那声音又继续说下去："现在外面大多数群众都很颓唐消沉，这是十二年的恐怖、封锁、举报和恐惧造成的，加上这场战争眼看就输了。这些年纳粹搞的恐怖破坏活动，会使广大人民日后很长时间内都处于惶惶不安、恐惧忧虑的状态。我们一定要把群众争取过来，把那些受蒙骗、惶惶不安的人们争取过来。有些可笑的是，集中营里的抵抗力量反而比外边任何地方的抵抗力量都强大。在这里，我们被关在一起，而在外边，各种组织却是分散的。在外边，要想保持联系非常不容易。在这儿，倒挺简单。在外边，几乎每人都得靠自己来渡过难关。在这儿，我们可以互相给予力量，这样的结果是纳粹没有预料到的。"这时那声音笑了起来，那是一种并没什么欢愉的短短的笑声。

"可是一些人被杀害了，"贝格说，"还有一些人死了。"

"当然，这也是事实。可是我们还有活下来的，这些活下来的，能以一抵百。"

这肯定是维尔纳，509 想。这时，黑暗中他能看到那颗苦行者的模糊脑袋了。瞧，他又在分析，又在组织，又在演讲了。他仍是那个党的激进分子和理论家。"集中营要成为战后重建的基地。"那声音低沉而清晰，"眼下有三点至关重要。首先，只要党卫队还在集中营，我们只能消极抵抗，万不得已时才进行积极抵抗。第二，接管集中营的时候，要防止惊慌和过激行为。我们一定要做出榜样，我们要讲纪律，我们是不会肆意报复的。将来，会有合适的法庭——"

那人的话头忽然打住，509 站起身，朝这堆人走来。这堆人中有莱文斯基、戈尔茨坦、贝格，还有那个陌生人。

"维尔纳！" 509 唤道。

那人在黑暗中问着："你是谁？"

509 直了直身子，走近几步说："我以为你早死了呢。"

维尔纳仔细地端详他的脸。509 说："我是科勒。"

"科勒！你还活着？我也以为你早死了！"

"我是死了，名义上我是死人。"

"他是 509。"莱文斯基说道。

"啊，原来你就是 509，这事就更简单了。我名义上也死了。"

两个人透过黑暗相互端详着。这不是什么新鲜事，集中营里常会有人见到他们本以为死去了的熟人。可 509 和维尔纳在进集中营之前就已经认识了。他们曾经是朋友，后来因为政见不同慢慢疏远了。

"你要待在这儿吗？" 509 问。

"对，要待几天。"

莱文斯基说："党卫队按政治犯的姓氏字母顺序搞清洗，现在清洗到最后几个字母了。他们把福格尔抓起来了，他落到一个认识他的家伙手里——一个该死的党卫队副小队长。"

"我不会成为你们的负担的，"维尔纳申明道，"我会照料自己的饭食。"

"那当然，" 509 带着几乎察觉不到的讥刺口吻说，"我知道你会说这话的。"

"明天，穆尔泽会弄到一些面包，雷本塔可以到他那儿去取。他给的会多出我一个人吃的，你们一组人也会有分。"

"我知道，" 509 回答说，"维尔纳，我知道你是不会白受别人的帮助的。你留在 22 号营吗？我们也可以把你安排到 20 号去。"

"我就留在 22 号好了，你当然也可以留在这儿，反正汉克已经给除掉了。"

在场的人中，谁也没意识到这两个人正在进行一场口水战。509想，我们多像斗嘴的孩子！很久很久以前，我们是政治上的对手。现在，我们两人还是不愿意受惠于对方。维尔纳到我们这儿避难，这竟让我愚蠢地感到得意，而他却在向我暗示，要是没他那一帮子人，我恐怕早被汉克干掉了。

想到这儿，509 说："我刚才听到你对形势的解释，你说的是那么回事。那咱们现在该做些什么呢？"

维尔纳、莱文斯基和戈尔茨坦进营房睡觉去了。两个小时以后，雷本塔应该把他们叫醒，换其他人去睡。509、布赫等一些人还坐在外边。夜变得十分潮闷，贝格还穿着暖和的轻骑兵外衣，那是509坚持要他穿的。

布赫问："新来的那人是谁？是个大人物？"

"在纳粹执政之前，是个大人物，也不算很大，中等吧，外省的大人物，精明能干，是个共产党，很激进，没有私生活，也没有半点幽默感。现在是集中营地下组织的一个头儿。"

"你怎么认识他的？"

509想了想说："1933年以前，我是一个报社的编辑。我们之间经常争论问题，我经常抨击他的政党，他的政党和纳粹，这两者我们都反对。"

"那你们当时有什么主张？"

"我们当时的主张现在看来十分荒唐，不着边际。我们当时主张人道和宽容，还有要让个体拥有自我观点的权利。很奇怪，是不是？"

"不是，"亚哈随鲁一边咳一边说，"还有什么别的吗？"

"报仇，"迈尔霍夫突然说道，"还要报仇！要为这儿所有的一切报仇！为每一个死者报仇！要为他们干的一切报仇！要以血还血，以牙还牙！"

大家都惊讶地抬起头。迈尔霍夫的脸扭曲着，双拳紧握，每说出一声"报仇"，就用拳头在地上狠捶一下。苏尔巴赫问道："你这是怎么啦？"

"你们都怎么啦？"迈尔霍夫反问道。

"他疯了，"雷本塔说，"他病好了，就开始神神道道。六年前，他还是个大气不敢出的战战兢兢的德国佬，可是到了这儿，出了奇迹，他起死回生成了参孙·迈尔霍夫了。"

罗森悄声说："我可是一点都不想报仇。我只想离开这儿。"

"什么？什么账都不算，就这么便宜了党卫队？"

"这我可不管！我只想出去！"罗森一脸绝望，他使劲握着拳头，低声冲动地说，仿佛一切都取决于此似的，"我什么都不想，就想出去！出去！"

迈尔霍夫瞪着他说："你知道你这是什么吗？你是——"

"冷静点，迈尔霍夫！"贝格直起身子，"我们不想知道我们是什么。在这儿，我们都不是曾经的样子了，也都不是我们自己希望的样子了。我们到底是什么，以后才会表现出来。现在谁能知道呢？现在我们只能等待和希冀，谁要愿意，也可以做做祷告。"他用那件外套裹住身子，又躺了下去。过了一会，亚哈随鲁若有所思地说："报仇？要报仇的事情多着呢。可是报仇只会带来新的报仇，这有什么好呢？"

这时，地平线上泛起了一阵光亮，布赫问："那是什么？"

接着，传来一阵低沉的隆隆声。苏尔巴赫说："那不是轰炸。又要下雷雨了，天气太热。"

雷本塔说："要是下雨，我们就得把劳工营那几个叫起来。他们可以睡外边，他们比我们壮实。"接着他转身对509说："你的那位朋友，那个大人物，也得到外面来。"

又有一道闪电掠过。苏尔巴赫问："那几个劳工营的，他们有没有人听说党卫队要把一批人转押出去？"

"只是些传言。最新的说法是，党卫队要把一千人送出去。"

"天哪！"黑暗中罗森的脸显得惨白，"那他们准会送我们出去，找我们这些最弱的，把我们打发掉。"

罗森看了看509，大家都想起上次亲眼看到转押犯人经过这里的情景。

509说："这都是谣传。现在谣传很多，每天都能听到这样那样的谣传。没接到命令前，我们等着就是了，不用急。即便命令下了，我们还能看看莱文斯基、维尔纳和办公室那些人能为咱们做什么，或者，咱们自己再想想办法。"

罗森打了一个寒战："还记得党卫队怎样抓着他们的腿把他们拖出去的吗？"

雷本塔一脸不屑地看他一眼，说："你这辈子就没见过比这更惨的了？"

"见过。"

亚哈随鲁这时说："我曾在一个犹太人的大屠宰场待过。那是在芝加哥，我在那里干屠宰。那些牲口有时候知道会发生什么事情，它们能闻到血腥味，于是乱跑乱窜，就像那天那些人一样，到处乱跑，钻到角落里，然后被抓着腿拖出来……"

"你以前在芝加哥？"雷本塔问。

"对。"

"在美国？可是你又回来了？"

"那是二十五年前的事了。"

"你又回来了？"雷本塔盯着亚哈随鲁问。

"有谁听过这等事？"

"我想家了，想波兰。"

"你明明知道……"雷本塔哽咽住了，他说不下去了。

20

天已渐亮，四处还是乳白的灰色。闪电已经停止，但树林后面，仍在传来一阵阵隐隐约约的隆隆声。

布赫说："这雷雨真怪！一般只能看到闪电，听不到雷声，可这雷雨正相反。"

"说不定雷雨还会回来。"罗森接过话说。

"怎么回来？"

"在我们家乡的山区，雷雨有时能下上好几天。"

"这儿没有什么峡谷，只有一道山脉，也不高。"

雷本塔问布赫："你还有什么心事？"

布赫静静地说："列奥，你最好看看能不能再搞些什么让我们嚼嚼，哪怕旧皮鞋的鞋皮也行。"

"还有什么吩咐？"雷本塔愣了一下，又问道。

"没了。"

"好啊，你胡扯什么，说话当心点！自己去搞你要吃的吧，你个臭小子！有这么厚脸皮的吗！"

雷本塔想啐一口唾沫，可是嘴里太干，他一使劲，却把那副假牙吐了出来。在它没落地之前，他又将它一把接住，放回嘴里，然后愤愤道:"这就是我每天为你们担风险得到的报答。又是指责,又是命令!这样下去,卡雷尔也能对我发号施令了!"

509走过来:"你们这是怎么啦?"

"问他吧,"雷本塔指了指布赫说,"还发号施令呢,估计都想当营房长了。"

509看了布赫一眼。他变了,509想,只是我一直没注意到,不过,他是变了。"到底怎么回事?"他又问。

"没什么,我们只是谈了谈雷雨。"

"你们怎么关心起雷雨?"

"也没什么,只是觉得奇怪,怎么一直只有雷声,但没有闪电,也没有云。那边灰蒙蒙的,又不像雷雨前的云。"

这时,雷本塔从他那个角落粗声喊道:"不得了了,出大事了!光打雷不闪电啊!这也算大事!抽风!精神病!"

509抬头望了望天空。天灰蒙蒙的,却看不到云。接着他凝神听起来:"真的是响雷——"他顿住了,神情突变,忽然,他全神贯注地听起来。

雷本塔说:"又是一个精神病!今天精神病特别多。"

"别出声!"509严厉地轻声道。

"这么说你也——"

"别出声!该死的。安静点,列奥!"

雷本塔静了下来。他注意到这不再是雷雨的问题了。他注视着509,509全神贯注地听着远处的轰隆声。这时大家都肃然无声地竖起了耳朵。

"你们听!"509缓慢又轻声地说,好像担心声音大了会把什么东西惊跑。

"那不是雷雨。那是——"

他又在倾听。"什么?"布赫紧挨着他站着,他们对视了一下,继续听下去。

轰隆声更大了些，随即又小了下去。

509 说："那不是雷声。那是——"他又等了一会儿，向四周环视了一下，然后轻声道："是炮声。"

"什么？"

"是炮声，不是雷声。"

大家面面相觑。"你们怎么了？"戈尔茨坦问道。

没有人作声。戈尔茨坦又问："我说，你们都冻僵了？"

这时，布赫转过身对他说："509 说，我们听到的是炮声。战线肯定离我们很近了。"

"什么？"戈尔茨坦走过来问，"真的吗？不是你们在想入非非？"

"这种事情，谁会胡说八道？"

"我是说，你们没听错吧？"戈尔茨坦说。

"没错。"509 说。

"你能听出那种声音吗？"

"能听出。"

"我的上帝啊！"罗森的脸扭歪了，蓦然抽噎起来。

509 还在倾听。"风向改变后，我们会听得更清楚些。"

"你觉得，离这儿有多远？"布赫问。

"我不能肯定。五十公里，六十公里，不会再远出多少的。"

"五十公里，那不远啊。"

"是啊，那不算远。"

"他们一定有坦克，"布赫接着说道，"进攻速度一定很快。如果他们突破防线……你看他们需要多少天，也许一天——"他打住了话头。

"一天？"雷本塔重复道，"你说什么？一天？"

"要是他们突破防线，那就快了，昨天我们还什么都没听到，今天就听到了，明天就更近了。后天，也许大后天——"

"别说了！别说了！别让人发疯！"雷本塔突然喊道。

"列奥，这完全可能啊。"509说。

"不可能！"雷本塔大声说着，用双手挡住眼睛。

"你说什么，509？"布赫的脸变得死一般苍白，他十分激动，"你说后天？或者还有几天？"

"还有几天！"雷本塔叫起来，他放下双手。"怎么现在就剩下几天了呢？"他喃喃道，"一年又一年，无止无终。可你们现在突然说只有几天，只有几天了！别骗人了！"他走近些，又轻轻地说："别骗人！我求求你们，别骗人。"

"这种事，谁会说谎骗人？"

509转过身。戈尔茨坦正站在他身后，微笑着对他说："我也听到炮声了。"他的眼睛突然变得越来越大，异常乌黑。他笑着，举手抬腿，好像要跳舞似的。猛地，他不笑了，一头栽倒下去。雷本塔说："他昏过去了。把他上衣解开，我去搞些水来，水槽里肯定还有些水。"

布赫、苏尔巴赫、罗森和509将戈尔茨坦的身体翻过来。布赫问："把贝格叫来吗？他能起来吗？"

"等一等。"509在戈尔茨坦上方俯下身去，把他上衣纽扣和裤带松开。他直起腰的时候，贝格已经到了。雷本塔已经把情况告诉了他。509对贝格说："你怎么起来了？应该在床上待着。"

贝格在戈尔茨坦身旁跪下，仔细查看起来。没用多长时间，便说："他已经死了。也许是心脏骤停，这是很容易出现的。他的心脏早被他们毁了。"

布赫说："可是他到底听到了。这才是要紧的事情。他听到了！"

"听到什么了？"

509伸出手臂搂住贝格那窄窄的臂膀，温和地说："艾夫拉姆，我觉得这一天快到了。"

"什么？"

贝格抬起了头。509忽然感到自己说话十分费劲。"他们——"他说出这两个字后顿了顿，用手向地平线的方向指去。"他们来了！艾夫拉姆，我们能听到他们的声音了。"说完，他朝着乳白色日光中忽隐忽现的铁丝网和机枪岗楼望去，又说："他们来了，艾夫拉姆！"

中午，风向转了，隆隆声变得更加清晰。它犹如来自远方的电流，一下子照亮了千万人的心田。营房里变得不再安宁。这天，派出去干活的劳工队不多，集中营里到处可以看到窗上有人把脸贴在上面倾听，各个营房门口，还能看到一个个伸长脖子张望远方的瘦弱人形。

"又近点了吗？"

"好像是，声音越来越清楚了。"

在制鞋车间，大家鸦雀无声地干着活。几个卡波在一旁监视，不许他们交谈，党卫队的监工也在场。只见大家用刀子刷刷地将皮革分开，切掉腐烂部分。今天许多人都感到，手中的刀子摸上去感觉大不相同了，不再像工具，倒像是武器。犯人中不时有人朝卡波和党卫队队员以及他们身上的手枪和机关枪瞥上一眼，那机关枪以前从没出现过。尽管党卫队监工戒备森严，车间里人人都已知道了这一天里发生的事情。这些年来，大多数人都学会了说话不动嘴唇的本领。每当送货人把装满皮革片的筐子送来，又把倒空后的筐子带走后，送货人在外面看到的情况便不胫而走，传遍了整个车间：炮声还可以听到，没有停下。

今天党卫队对外出劳工队加倍了警戒。先是绕着城走，然后由西部向农贸市场所在的老城区挺进。犯人们的行进一直井然有序，可看守们却紧张异常，会无缘无故地在一旁吼叫吆喝。以前，他们清除废墟的地方只是城市的新区。可现在他们第一次来到市中心——老城区。这次，他们目睹到那里的毁坏惨景，看到了这一地区烧成焦黑色的断壁残垣。从前这里自中世纪时留下的木格墙房鳞次栉比，而今几乎荡然无存。他们在废墟中走着，看着。看到犯人经过时，当地市民不是站住脚，便是转过身子。犯人们继续在街道间行进，忽然他们不再感到自己是犯人了。虽然他们没有参加战斗，他们却奇异地感到自己赢得了胜利。一时间，漫长的身陷囹圄的岁月不再是孤凄无援的时光，它们成了战斗的岁月。而且战斗胜利了，他们幸存了下来。

他们来到集市广场，得到铁锹和镐头后，人们开始干起活儿，清除废墟。这里的市政厅塌成了一片。废墟乱石中散发着烧焦的气味。在这焦臭气味下，他们还能嗅到另一种气味。那种腐败味，带有甜味，令人恶心，是他们最熟悉不过的——那是尸体腐败的气味。此时正值温和的4月，埋在瓦砾堆下的尸体让这座城市尸臭四溢。两小时之后，在瓦砾底下他们发现了第一具尸体。起初人们只看到尸体脚上的靴子。这是一个党卫队正小队长。

"天翻过来了，"穆尔泽低声说，"天终于翻过来了！我们现在挖他们的死人了。他们的死人！"他继续挖着，身上仿佛增添了新的力量。

"当心！"一个看守咆哮着走过来，"下面有人，你们没长眼睛？"

他们铲掉一些碎砖，那人的肩膀露了出来，接着是头。他们将死人抬起，放到一边。

"接着干活！"那党卫队队员神情紧张地说。他看看那尸体，又说："打现在起，干慢点儿！"

很快，又有三具纳粹党人的尸体被挖出，他们把这三具尸体同第一具放到一起。接着，人们抓住死人的靴子和穿制服的手臂，把尸体抬走。对犯人们说来，这个经历真是前所未有啊。迄今为止，他们只从禁闭室和刑讯室抬过自己的难友，抬过那些被打得皮开肉绽满身污秽的人，他们不是奄奄一息，便是已经断了气。最近这些日子里，他们也这样抬过一些被炸死的平民。而现在，他们抬自己的敌人，这可是第一次。他们继续挖着，无须他人驱使催促，他们汗流浃背，只想着多挖些死人出来。他们以令人意想不到的力量将条条梁木和铁条搬开。他们搜寻着死人，心中既充满仇恨，又充满欢愉，仿佛他们在找金子。

又过了一个小时，迪茨被挖了出来。他的脖颈已被砸断，头紧贴在胸前，看上去好像他想咬断自己的喉咙似的。开始时，人们没去碰他，只是将他四周的瓦砾清除掉了。他的两条胳膊也断了，横在那儿，活像多出了一个关节。

"上帝是存在的，"穆尔泽身边的一个犯人谁也不看，低声说道，"到底还是有上帝的！上帝是存在的！"

"闭嘴！"一个党卫队队员大声喊道，"你刚才说什么了？"

他朝那人膝盖踢了一脚。"说什么呢？我看到你说话了。"

那人摔到迪茨身上。他站起来后，面无表情地答道："我说我们应该做个担架来抬党卫队联队长，不能像抬别人一样抬他。"

"这儿没你说话的分儿！现在还得听我们的命令！懂吗？"

"是。"

现在，莱文斯基也听到了他的话，还得听我们的命令！原来他们也明白了。想到这儿，他又挥起铁锹。

那个党卫队队员朝迪茨望了一眼，自动行了个立正礼。这倒救了那位崇信上帝的犯人。那党卫队队员转身去把纵队长叫来，纵队长看到迪茨后也霍然来了个立正。

"担架还没运到。"那个党卫队队员说。刚才那位犯人的话显然对他产生了影响，像迪茨这样的高级军官确实不能让人抓着手脚给抬走。纵队长环顾一下四周，发现不远处有一扇门半埋在瓦砾中。

"把那个东西挖出来！"他叫道，"我们暂时只能用那个东西将就一下。"他又朝迪茨敬个礼，命令道："把联队长放到那扇门上，小心点！"

穆尔泽、莱文斯基和另外两个犯人把那扇门挖出来。门上有一幅描绘摩西出世的十六世纪雕刻。门上有道裂缝而且已经有了烧痕。他们抓住迪茨的腿和肩膀，把他往门板上抬去。只见迪茨的双臂悬下摇晃着，脑袋向下耷拉着。

"当心一点，你们这帮畜生！"纵队长咆哮着。

迪茨的尸体给平放到宽大的门板上。他的右臂下，婴儿摩西躺在苇筐里微笑着。穆尔泽望着摩西，心想，他们怎么忘了把这扇门从市政厅拆下来了，摩西也是犹太人啊。一切都是曾发生过的：法老、镇压、红海、拯救。[1]

"来八个人！把门抬起来！"

听到这话，一下来了十二个犯人，动作从没这么敏捷过。纵队长向四周看了看，对面的圣玛丽教堂，一半已经烧毁。他想了想，打消了去那儿的念头。总不能把迪茨抬进天主教教堂啊。他很想打电话请示一下，可电话设施已经瘫痪，他只得硬着头皮去干他最恨而且最怕的事——自行处理。这时，这位纵队长看到穆尔泽在说什么："什么？你说什么？站出来，你这畜生！"

畜生好像是他最爱用的字眼。穆尔泽往前跨出一步，立正站好："我是说，让犯人来抬联队长会不会有损他的尊严。"穆尔泽盯着纵队长看，一副毕恭毕敬的模样。

纵队长叫道："你说什么？畜生，关你屁事！不叫你们抬，叫谁抬？我们——"

他不言语了。穆尔泽的话似乎有道理，死者委实应该由党卫队队员来抬。可是，那样的话，犯人就可能会逃跑。

"你们都站着干什么？"忽然，他灵机一动，知道该把迪茨往哪儿送了。"快抬走，抬到医院去！"

把死人抬到医院，又能怎么样？这个谁也搞不清。也许因为医院是个中立的地方，去那儿比较合适。"快走！"说完，纵队长走到前头去领路，在他看来，这似乎也很必要。

走到集市广场的出口，迎面突然出现了一辆汽车，那是一辆矮型梅赛德斯轿车。车子正在废墟间择路缓行。一片破败之中，这光洁高雅的

---

[1] 圣经中，摩西率领希伯来人渡过红海，摆脱了埃及法老的奴役。

轿车显得格外无耻丑陋。纵队长马上做出立正姿势，梅赛德斯轿车是高级军官和大人物的专车。两个党卫队高级军官正坐在后排，司机旁边也坐着一位。车顶上绑扎着几个行李箱，车里还能看见几只小箱子。军官们的脸上都是一副不屑一顾、怒气冲冲的表情。司机只能在瓦砾堆中缓慢行驶，车子开到抬迪茨的犯人身边了，那些军官看也不看他们一眼，"开过去！"坐在前排的军官对司机说，"快点！"

犯人们站住了。莱文斯基正抬着门板的右后角，他看看迪茨折断的脖子，看看幼儿摩西满脸微笑的雕刻，又看了看梅赛德斯轿车和那些行李，以及那几个狼狈逃跑的军官，他深深地喘息着。车子开过去了。一个党卫队队员忽然啐了一口道："他妈的！"这人像个魁梧的屠夫，顶着一个拳击手的鼻子。"他妈的！"他指的当然不是犯人。

莱文斯基侧耳听着。梅赛德斯车的引擎声一时盖过了远处的隆隆声。而后，那隆隆声又传了过来。它低沉却不可阻挡，宛如来自地下的送葬鼓声。

"走！"纵队长怒气冲冲地命令道。"走！快走！"

时光挨到下午。集中营里谣言四起，沸沸扬扬，而且内容不断更新。一会儿说党卫队已经撤离集中营了，一会儿又冒出一个人来说，恰恰相反，党卫队得到了增援！一会儿说美国人的坦克已经兵临城下，一会儿又说那是德国军队，是来守城的。

三点钟，新上任的营房长来了，是个戴红三角的犯人，不是戴绿三角的刑事犯。

维尔纳失望地说："不是我们的人。"

509问道："怎么不是？他是我们的人，是个政治犯，不是刑事犯。或者，你说的'我们'是什么意思？"

"你明明知道，干吗还问？"

他们正坐在营房里。维尔纳打算静夜哨过后再回劳工营，509留在里面则要对新营房长观察一番。他们身旁躺着一个满头龌龊的白发犯人，他得了肺炎，已经气息奄奄。

维尔纳解释道："'我们的人'就是指集中营地下组织的成员。"他笑了笑又说："这就是你想知道的，是吗？"

"不是。"509回答，"这不是我想知道的，这也不是你所指的。"

"就目前而言，是这个意思。"

"是啊，只就目前而言，只要这里还需要一个临时联盟。那以后呢？"

"以后嘛，"维尔纳说，他对509知道得这么少感到惊讶，"以后，当然喽，得有一个党来领导。一个有组织的党，而不是一群乌合之众。"

"你是说，你们党？共产党？"

"还能是谁？"

"还得有其他的党，"509说，"只要不再是一党专政。"

维尔纳笑了笑："你这傻瓜！不能要别的，就得要一党专政。你还看不出这个趋势吗？所有中间党派都瓦解了，只有强大的共产党保存下来。战争即将结束，苏联已经占领了德国大部分地区，它仍然是欧洲最强大的国家。联合的时代已经过去，这种联合是最后一次了。盟国帮助了共产主义，却削弱了自己，真是一群笨蛋！世界和平将取决于——"

"我知道，"509打断了他的话，"我听过这些美丽的言论。但是请告诉我，假如你们胜利了，夺取了政权，那些反对你们的人将会有什么样的命运？那些不拥护你们的人会怎样呢？"

维尔纳沉默了一会儿，说："有许多不同的出路。"

"我知道一些，你也知道，就是要被杀掉、受酷刑，或被送进集中营。你说呢？"

"还会有其他的，只要必要。"

"这点比纳粹有进步，所以值得在这儿受监禁！"

"就是有进步，"维尔纳泰然自若地说，"在宗旨上就是有进步，方法上也有进步，我们不是为了残酷而残酷，只是出于必要。"

"这个我常听到，已经听够了。韦伯将点燃的火柴放在我指甲下烧指甲的时候，他也是这么对我解释的。这是为了得到情报，这是必要的。"

这时，那位白发犯人的呼吸渐渐变成了时断时续的临终前的气喘，集中营里的人都熟悉这种声音。气喘的间隙里，地平线那方低沉的轰隆声又会出现在一片寂静之中。这仿佛是一种应答式的祷告，一边是垂死犯人的最后喘息，一边是远处的隆隆声。维尔纳看着509。他知道，1932年，为了从509处逼出别人的姓名和地址——其中也有维尔纳的地址——韦伯曾把509拷打折磨了好几个星期，509始终守口如瓶，后来维尔纳却被一个懦弱的党内同志出卖了。这时维尔纳问："科勒，你为什么不到我们这边来？我们很需要你。"

"莱文斯基也这样问过我。再说咱们十多年前就争论过这个问题了。"维尔纳笑了，这是一种没有设防的真挚微笑。"是啊，是争论过，争论过很多次了。尽管如此，我现在还是要再问你。个人主义的时代已经过去，一个人不能再独立存在了。未来是属于我们的，不属于腐朽的中间派。"

509看了看那颗苦行僧式的脑袋，然后一字一句地说："等眼前这一切过去后，你会成为我的敌人，就像站在机枪岗楼上的那些人。我在想，这段时间会有多长？"

"不会很久的。现在我们在这儿建立了反纳粹的临时联盟。可战争一结束，联盟也就消亡的。"

509点了点头，说："我还想知道，要是你们的党夺取了政权，你会用多长时间把我抓起来？"

"时间不会很长，你仍然是个危险分子，不过我们不会给你施酷刑的。"

509耸耸肩膀。

"也许我们会把你关起来，让你干活，或许把你毙了。"

"这让我感到万分安慰，我一直是这样想象你们的黄金时代的。"

"你的讽刺相当无聊。你也明白，强制手段是必需的。这是开始阶段必须采取的防护措施，以后就不再需要了。"

"哦，也会需要的。"509嘲讽道，"每种暴政都离不开强制，而且强制会逐年增加，不会减弱。这是暴政的命运，也是暴政的终结，这里的情况你都看到了。"

"不对。纳粹分子犯了个根本错误，他们发动了一场没有做好充分准备的战争。"

"这不是错误。这是命中注定，他们不可能做别的。如果他们必须裁军，必须维护和平，他们就会垮台。你们也会有同样命运的。"

"我们会打赢我们的战争。我们进行的战争不同，我们是从内部着手。"

"不错，是从内部着手，向内部进行。你们可以马上接管集中营，再抓人来把它填满。"

维尔纳认真地说："我们有可能这样做。"接着他又问："你为什么不到我们这边来？"

"原因就在于此啊！如果你到了外边，掌了权，你就会把我干掉。可我不会干掉你。这就是原因。"

白发犯人气喘的间隙越来越长了。苏尔巴赫走了进来："他们说德国人的飞机明天早晨要炸集中营，他们要把一切都炸掉。"

"又是谣传，"维尔纳说，"但愿现在已经天黑了，我得去那边了。"

布赫远望着集中营后面的小山，那幢白房子环抱在树林之中，它好像没有受到半点损坏，正沐浴在斜阳下方。花园里的树木闪着浅色光亮，好像它们枝干上开满了第一批又粉又白的樱花。布赫对露丝说："你现在相信了吧？你能听见他们的炮声，他们正一小时一小时地逼近，我们马上就能出去了。"

他又望了望那幢白房子。他有种迷信，只要那白房子完好无损，一切就会顺利进行，露丝和他就会得救而活下去。

她趴在带刺的铁丝网旁："咱们出去以后能去哪儿呢？"

"离开这儿，越远越好。"

"可是去哪儿呢？"

"随便哪儿都行。说不定我父亲还活着呢。"

这点其实布赫自己也不相信，可他又不能确定父亲已经死了。509是知道的，但他从来没告诉布赫。

露丝说："我家里的人都死了。我看着他们被带走，送进毒气室了。"

"也许他们只是被转押走了，也许被关到了别的什么地方，没让他们死。他们不是也没让你死吗？"

"是的，"露丝说，"让我活下来了。"

"我们家在明斯特有一幢小房子，也许那房子还在。那时他们把房子占去了。如果那房子还在，也许我们可以把它要回来。咱们可以先去那儿，在那儿住下。"

露丝·霍伦没有回答。隔着铁丝网，布赫看到她在哭。他几乎没看到过她哭泣，以为她想起了已故的亲人。这里死亡每天都在发生，因而在他看来，这么长时间之后，还为此如此悲切似乎有些过分。"露丝，咱们不该回忆往事，"布赫显得有些不耐烦，"要不然，咱们怎么能活下去？"

"我没有回忆往事。"

"那你为什么哭？"

露丝·霍伦用握成拳头的手把眼泪擦去："你想知道他们为什么没把我送进毒气室吗？"

布赫隐约感到，她将说出一些他最好不要知道的事情，于是说："你不用告诉我。不过如果你想说，就说吧。反正没关系。"

"有关系。那时，我才十七岁，长得不像现在这么丑。这就是他们让我活下去的原因。"

"哦。"布赫不甚了解地应道。

她瞧着他。布赫第一次发现她有一双晶莹透明的灰眼睛，以前他从没注意过她的眼睛。她问："你不知道这是什么意思吗？"

"不知道。"

"他们让我活着，因为他们需要女人，要年轻的……为了他们的军人，也为了同德国人一起作战的乌克兰人。你现在明白了吗？"

布赫木然地坐了好一阵。露丝注视着他，可他眼睛不看她，过了一会儿，他问："他们就是这样对你的？"

"是的，他们就是这样对我的。"她不再哭泣了。

"这不是真的。"

"是真的。"

"我不是那个意思。我的意思是说，你不是自愿的。"

她短短地苦笑一声："那又有什么两样。"

布赫现在望着她了，她的脸似乎失去了一切表情，可那茫然空漠的神色使她的脸成了一张浸满苦难的面具，这使他突然感到，她说的是真话。他觉得自己五脏六腑正在被撕扯，同时他又不愿正视这事实，眼下还不愿意——此时，他只有一个愿望，那就是眼前这张脸会改变它的表情。

"这不是真的，"他说，"那不是你愿意的，你没有做过那种事情。"

她那眼神从空虚中回转过来。"这是真的，谁也无法忘记。"

"谁也不知道什么能忘掉，什么不能忘掉。我们必须忘掉许多东西，要不然，跟待在这儿死掉就没什么两样了。"

布赫是在重复前一天晚上 509 说过的话。这是什么时候的事？很多年前了。他咽了几次唾液，然后费力地说："可你还活着。"

"是的，我还活着，还能动弹，还能说话，还能吃你扔给我的面包。

可是那些事情也活着，它们也活着！活着！"

她用双手紧紧按住鬓角，转过头来。她在看着我，布赫想，她又在看我了，她不再只对着天空，对着那山上的小房子说话了。

"你还活着，"他又说了一遍，"对我来说，这就够了。"

她垂下了双手，心事重重地说："你这孩子！你这孩子！你知道什么呀？"

"我不是孩子。随便什么人，只要在这里待过，就不再是孩子了。连卡雷尔也不是孩子了，虽然他只有十一岁。"

她摇了摇头，说："我不是这个意思。现在你会这样认为，可是这不会长久的，那些事情还会回来的。不管你，还是我。以后，记忆会——"

布赫想，她为什么要对我讲这些事情？她本不该告诉我，那样的话，我就不会知道，这样的话，这事也就不存在了。想到这儿，他说："我不明白你是什么意思。但我相信，对我们来说，还有别的不寻常的原则。在集中营里，在我们中间，有人出于必要杀过人，"这次他想到的是莱文斯基，"但这些人不认为自己是杀人犯——就像前线打仗的军人不认为自己是杀人犯一样。他们也的确不是。咱们的情况也类似，咱们的情况是不能用正常标准来衡量的。"

"可是一旦咱们从这里逃出去，你会改变看法的。"她看着他说。

这时他突然明白了，为什么最近几个星期她总是没精打采，她是害怕——害怕得到自由啊。布赫突然觉得额后有一股热流在往上冒。"露丝，"他动情地说，"事情已经过去，忘了吧！你被迫做了你憎恶的事，留下什么了吗？什么也没有！你没做那事，那事情是别人要你做的。你得到的不过是担惊受怕。"

"以前我总是呕吐，"露丝轻轻地说，"差不多每次过后我都要呕吐。后来，他们把我攥走了。"她仍然盯着他看，"你将来得到的只是……一个满头白发、嘴里掉了不少牙的女人，一个妓女。"

301

听到这个字，布赫身子一震，久久说不出话来。过了一阵他说："他们糟蹋了我们所有的人，不只是你，我们大家都是如此，所有给关在这里的人，所有关在各处集中营里的人都是如此。于你而言是丧失了贞操，对我们大家而言是失去了尊严。不光是尊严，我们还丧失了人格。他们肆意侮辱我们，我们的人格被如此践踏，以致很难让人相信我们还能存活下来。过去几个星期里，我对这问题想了很多。我同509也谈过。他们犯下了那么多的罪行，对我也如此。"

"什么事？"

"我不愿谈这些事。509说过，假如你内心不认可，那便不是真的。起初，我也不明白他的意思，现在我懂了他要说的是什么。我不是懦夫，你也不是妓女。只要我们内心不认为自己如此，他们把我们当什么对待，就不算什么。"

"可我自己觉得是这样。"

"等咱们出去了，你就不会这样觉得了。"

"那会更厉害的。"

"不会的。真是那样的话，我们中就只能有很少几个人能活到今天。他们侮辱了我们，但我们没有失去尊严，失掉尊严的是他们，是加害于人的人。"

"这是谁说的？"

"贝格。"

"你的老师真好。"

"不错，我学到了很多。"

露丝这时将头斜到一侧，她满脸倦容，痛苦的神情还没有退去，但显得轻松多了。她又说："已经过去这么多年了，一天又一天，成了寻常——"

这时布赫看到，云朵投下的蓝色阴影正掠过建有那栋小白屋的山坡。一时间，布赫甚至感到惊奇，那白房子竟然没被无声的炸弹炸毁，还依旧立在那儿。于是布赫说:"咱们先别绝望,先等等,出去后努力努力再说,你说呢?"

露丝看了看自己枯瘦的双手,又想到自己的白发和脱落的牙齿。她还想到,这些年来布赫几乎没见过一个集中营外的女人。她虽比他年轻,却觉得比他老很多,压在她身上的偏见如铅一样沉重。她虽不相信他这番很有信心的预期,尽管如此,她心底仍寄托着一线希望。于是她说:"好吧,约瑟夫,那咱们就先等等。"

她朝自己的营房走去,脏裙子拂在她瘦骨嶙峋的腿上。布赫目送她远去,忽然感到心中怒火万丈。可他也深知,自己是孤弱无助的,知道自己什么也做不了,而且也知道,他必须想开些,要理解认清自己刚才对露丝说的那番话。想到这,他慢慢站起身来,朝营房走去。忽然,他觉得,自己再也无法忍受这晴朗的天空了。

21

纽鲍尔愣愣地看着那封信，然后把最后一段又读了一遍："这就是我要离开的原因。如果你愿意束手就擒，那是你的事情。我可是要自由，弗莱娅我带走了。你也快来吧。——赛尔玛"她还留下一个巴伐利亚小村子的地名作为通信地址。

纽鲍尔四下看看，他无法理解，这怎么可能？她们肯定会马上回来的，在这当口离开他——这不可能！他重重坐进一把法国沙发椅，椅子嘎吱直响。他站起来，朝椅子踢了一脚，然后一头倒在沙发上。真是他妈的破东西！他为什么不像其他人那样买货真价实、像样的德国家具，而偏弄这种东西呢？还不都是为了她。当时她读到有关文字，觉得这种沙发椅既贵重又雅致。这种沙发椅同他有什么关系？跟他这样一个粗鲁而忠诚的元首的追随者有什么关系？他抬腿想在单薄的椅子上再添一脚，转念一想又停了下来。这能有什么好处？也许可以把它卖掉。不过，在这隆隆炮声中，谁还有心思买这种艺术品？他站起身，走出客厅，来到卧室，随手打开衣柜柜门。本来他还存有一线希望，可当衣柜隔板空空荡荡呈现在他眼前时，他的希望便都烟消云散了。赛尔玛将她的毛皮物品和所有贵重物品都带走了。他把内衣拂到一边：那个首饰盒也不在了。他慢慢将柜门关上，呆呆地在梳妆台前站了一会儿，又心不在焉地拿起一瓶波希米亚香水，拔掉瓶塞，举到鼻子下闻了闻，其实紧张之下他什么都没闻到，这是他在显赫荣耀的日子里在捷克斯洛伐克得到的礼物——她没有把它们带走，也许太容易碎了。

忽然，他快步走到壁橱前，一把将门拉开，伸手去找钥匙。其实他不需要钥匙，保险柜开着，里面已空空如也。她把所有的证券和债券都拿走了。甚至连他那个上面镶有钻石纳粹标志的金烟盒也带走了，那是他在工业部门当技术顾问时别人赠送的礼品。他本应留在工业部门，继续从那班人身上榨取好处，到集中营现在已经证明是个错误。当初，这个职位倒是施加压力的便利手段，可现在却陷在里面拔不出来了。不管怎么说，他算是最仁慈的指挥官，这是众所周知的。梅伦集中营毕竟不是达豪，不是奥拉宁堡，也不是布痕瓦尔德，更别提那些灭绝营了。

他侧耳细听。一扇窗户敞开着，一块薄纱质地的窗帘幽灵一般拂在风中。地平线那边的轰隆声真他妈的可恶！让人心神不宁。他想把窗子关上，收回窗帘时，不想窗帘的一端挂到窗角上，哗啦一声撕裂了。他诅咒着，砰地将窗关上，然后返身走进厨房。年轻女佣正坐在桌子旁边，见他进来，唰地跳将起来。他嘴里嘟囔着，看也不看她一眼。她肯定都知道了，该死的婆娘！他径直从冰箱里拿出一瓶啤酒，随后看见了半瓶杜松子酒，随即拿上。拿着两瓶酒回到客厅后，一会儿又转身回到厨房，原来他忘了拿酒杯。女佣正站在窗子旁边聆听着，见他转来，倏地转过身，好像做了什么犯禁的事被人抓个正着，还连忙说道："我是不是该给您做些吃的？"

"不用。"

他噔噔噔地走出厨房。那杜松子酒浓烈而香醇，啤酒则冰凉沁脾，他想，老婆跑了，跟犹太人似的。还不如犹太人！犹太人才不跑呢！他们很抱团，这是他常看到的。她骗了他！撂下他不管了！这就是他得到的！他要不是那么一直为家忠心耿耿，尽心做好一家之主，他本可以享受到更多的生活乐趣。他太实诚了——是啊，差不多可以说是忠诚。要是考虑到他本来可以得到的一切，那他对家庭的确是很忠诚的。不过只有几次！那个寡妇——她几乎什么都不算。几年前，来过一个红头发女人，她来集中营是想把丈夫救出去——绝望担心之中她都干了些什么啊！实际上，她丈夫早死了，当然她不知道这点。那天晚上可真快活啊！不过，当她得到盛放骨灰的雪茄烟盒时，便翻脸不认人了。她所以被关进去，都是她自己的错。堂堂党卫队大队长岂能让人往脸上啐唾沫。他又倒上一大杯杜松子酒。怎么想起了这些事？哦，对了，因为赛尔玛。咳，想想他本来可以得到的一切吧！是啊，他坐失了一些良机。瞧瞧别人都搞到些什么吧，譬如盖世太保中的那个叫宾丁的瘸子，每天换一个！他把酒瓶推开，屋子里空荡荡的，好像赛尔玛把家具也带走了似的。她把弗莱娅带走了。他为什么没有儿子？这当然不是他的错，肯定不是！咳，该死的！他四下看看，现在在这儿待着还有什么意义？去找她？去那个村子？她还在路上呢，还得有段时间才能到那儿。

他的目光落到脚上那双锃亮的靴子上。荣誉多么光耀，现在却遭到了背叛的玷污。他沉重地站起身，然后离开了空寂的房子。

外边停着他的梅赛德斯轿车。"阿尔弗里德，去集中营。"他说。

汽车慢吞吞地驶过城市。"停一下！"纽鲍尔突然说，"到银行去。"

走出银行时，他竭力保持脚步平稳。绝不能让人看出什么！都是什么事啊！他竟遭到如此的尴尬！一半存款让她取走了。他责问银行为什么没有通知他时，他们却耸耸肩膀，说是什么联名账户。他们甚至还觉得，这是对他的照顾优待，因为银行一般不希望客户大笔提款。"阿尔弗里德，去果园。"

路上他们花了不少时间，最终抵达时，他看到了安然沐浴在晨光中的果园。有些果树已经花枝招展。草地上的水仙花已经钻出地面，紫罗兰、藏红花争相开放，色彩斑斓，就像掩映在草绿中五光十色的复活节彩蛋。它们不会悖逆不忠的，它们浑然天成，总会准时到来。大自然是可以信赖的，不会逃脱。

他走进棚子。兔子正在笼子里一小口一小口地咀嚼。它们晶莹的红眼睛里，不会有对银行存款的觊觎。纽鲍尔将一个手指伸进笼子网眼，轻轻地挠着安哥拉白兔柔软的皮毛。他本想叫人用这种兔毛给赛尔玛做一条围巾。真是个傻瓜啊！他对别人一片好心，可别人却要蒙骗他。

他倚靠在笼子上，通过敞开的门向外望去。他的身后，兔子们还在安详地咀嚼。一片宁静之中，他的怒气转变成深深的自我哀怜。那璀璨的天空，那门前栽满的鲜花、上下摇晃的树枝，那阴凉处动物温良的面孔，一切的一切都勾起了他自我哀怜的思绪。

突然，他又听到了那隆隆声。它不那么有规律，可是声音更响了，正以不可阻挡之势径直闯入他个人的不幸中。那是一种来自地下的沉闷击打。它一下一下袭来，恐惧又随之出现。而这次的恐惧不同于以往，它更深切了。如今他孑然一身，不用再去说服别人来欺骗自己，也不会再搞错了。现在他全身心地感受到了那个恐惧，它从胃部压到喉咙，又从喉咙压回胃里，压进肠子。他想，我没干过什么残忍的事，可他自己也不能坚信不疑，又想，我只是尽职尽责而已，我有证人，很多证人，布兰克就是一个，前不久我看见他时没把他抓起来，还给了他一支雪茄，要是换上别人，他那些房产肯定会被白白拿走，他一个子儿都别想拿到，布兰克本人也承认这点，他会作证的，我对他很公正，他会对此发誓的。可此时他的大脑里，有另一个冷静的声音在说，他才不会发誓呢！他转过身，好像有人在他身后说话。可是他身后谁也没有，只能看到身旁的耙子和铁铲，耙子漆上了绿色，还装有结实牢靠的木柄——我现在要是农夫、花匠、小旅店老板，或者随便一个无足轻重的人该多好啊！那根该死的树枝，它倒满自在，绽满花朵，不用负半点责任。可我，一个党卫队大队长能去哪儿？苏联人从这边来，英国人美国人从那边来，叫人往哪儿跑？赛尔玛说得倒轻巧，躲开美国人就意味着向苏联人靠拢，苏联人会怎么处置我还想不出来吗？！他们千里迢迢跋涉过自己的荒漠国土，从莫斯科，从斯大林格勒来到这里，他们不会白来的！

纽鲍尔擦去脸上的汗水，他的膝盖有些打战，于是他迈起步子。该仔细想想了。他摸索着走出棚子。室外空气清新，他深深地呼吸了几下。然而他吸进的似乎不只是空气，地平线那边不规则的轰隆声也吸了进去。它们震颤到他肺里，让他感到身上一阵发软。接着一个嗝都没打，他就在围着水仙花的大树前吐了起来。"因为啤酒吗？"他自言自语道"啤酒和杜松子酒看来不能一起喝。"他往果园门口看了看，阿尔弗里德看不到他。又站了一会儿，他感到汗水被风吹干了，这才慢慢走回汽车："阿尔弗里德，去妓院。"

"上哪儿，大队长先生？"

"妓院！"突然纽鲍尔气不打一处来，"你连德语都不懂了？"

"妓院已经关了。现在那儿成了临时野战医院。"

"那就回集中营。"

他上了车。回集中营去——他还有别的地方可去吗？

"韦伯，您觉得眼下形势怎么样？"

韦伯看看他，面无表情地说："很好！"

"很好？真的吗？"纽鲍尔想找雪茄，随即想起韦伯不抽雪茄。"真不巧，我这儿一根纸烟都没有了。原先有一盒的，可不知哪儿去了，鬼知道我把它放哪儿了。"看着用木条钉起来的窗子，他对自己不满地说。窗子在空袭时震破了，新玻璃眼下又配不到。他不知道的是，空袭混乱之际，他的纸烟被偷走了，后来纸烟经过红头发文书及莱文斯基，传到了22号营房的老兵油子们手中，最后换成面包吃了两天。幸运的是，他那些秘密文件尚未遗失——那是些能证实他人道精神的命令，是被韦伯和其他人曲解滥用的命令。他用眼角观察着韦伯，这位集中营看守长看上去神态自若，尽管他罪孽深重，比如，最近的绞刑……

纽鲍尔突然感到身上一阵发热。尽管他办事隐蔽，有遮有盖，而且

308

遮盖至少是双层的此时还是不免担心。"韦伯，"这时他语气恳切地说，"如果在一段短时间内，出于军事原因，您知道我指什么，就是说如果一定时间里，敌人占领了我们国家，我们不得不潜伏下来伺机行动，您会有什么打算？当然，"他马上补上一句，"正如历史经常证明的那样，这并不意味着我们的失败。"

韦伯略带微笑地听着，然后就事论事地答道："像我这样的人总会有事干的。我们还会重整旗鼓，比如打出别的旗号，以共产党的名义也行，我没意见。也许几年内人人都成了民主党人，不会有民族社会主义工人党[1]的拥护者了。这也没什么。我可以去当警察，也许得伪造证件。工作总会做下去的。"

纽鲍尔露出了笑容。韦伯的信心感染了他，他又自信起来："这主意不坏。那我呢？您看我该干什么？"

"这我就不知道了。大队长先生，您是有家室的人。您想改头换面，转入地下，不是很容易的事。"

"是不容易，"纽鲍尔的好情绪随即消失，"您知道吗，韦伯，现在我想到营里巡视一下，我好久没去了。"

他一出现在医院消毒间，小营里的犯人就已经知道发生什么事了。这时，维尔纳和莱文斯基已将大部分武器偷偷运回劳工营，只有509还坚持留下他的手枪，藏在自己的床铺下面。

十五分钟过后，令人惊奇的消息又从医院通过厕所传过来：这次巡视不是惩罚性的，也不对营房进行彻底搜查。这次纽鲍尔一反常态，这一回确实态度和蔼。

新上任的营房长却十分紧张，他不是朝这儿喊两句，就是冲那儿骂两声。贝格对他说："别这么嚷嚷，起不了什么作用！"

---

[1] 即纳粹党。

"什么？"

"别嚷嚷。"

"我爱怎么嚷嚷就怎么嚷嚷！营房里的人，全给我出去！站队！"那些还能走的犯人都走出营房，站好了队。那营房长检查了一下队伍："还没到齐！还有人没出来！"

"死人是不是也得站队？"

"住嘴！给我把病号都抬出来！"

"听着。还没说检查呢，什么命令都还没下达，你没必要让整个营房预先站队。"

营房长身上出了汗。"我想怎么样就怎么样，我是营房长。那个人呢？那个总跟你们坐在一起的人呢？跟你，还有你。"他指指贝格和布赫说。说着营房长推开营房门，想自己看个究竟。这是贝格极力要避免的，509躲在里边。他得避开韦伯。贝格站到门口，说："他不在这儿。"

"什么？你给我滚开！"

"他不在这儿。"贝格站着一动也不动，"就是这样。"

营房长两眼直瞪着他。布赫和苏尔巴赫走了过来，站在贝格旁边。营房长问："你们这是什么意思？"

"他不在这儿。"布赫回答说，"你想知道汉克是怎么死的吗？"

"你们都疯了？"

罗森和亚哈随鲁也走过来。营房长气势汹汹地说道："你们是不是知道，我可以把你们这帮人的骨头都掰断？"

"你听听，"亚哈随鲁伸出他干瘦的食指，指着地平线的方向，"声音越来越近了。"

布赫说："你知道，汉克可不是被炸死的。"

苏尔巴赫说："汉克不是我们打死的，不是我们。你没听说过营地法庭吗？"

营房长退了一步，他听说过叛徒和告密者的下场。"你们都是营地法庭的？"他满腹狐疑地问。"放明白点，"贝格静静地说，"别把你自己和我们都逼疯了。某些人的账是一定要算的。到现在这个时候了，谁还愿意把自己跟那些人搞到一起？"

"你们又没跟我说什么，"营房长开始做起手势，"你们要是不说，我怎么知道会出什么事？到底怎么回事？到现在为止，大家不是都挺信任我吗？"

"那就好。"

"勃尔特来了。"布赫这时说。

"好吧，好吧。"营房长往上提了提裤子，"我会小心的，你们可以对我放心，我是你们的一分子。"

他妈的，纽鲍尔心想，炸弹怎么不掉到这儿来？那样的话问题不都解决了？真是事事不顺心。

他问："这就是静养部？"

"对，是静养部。"韦伯答道。

"嗯，不管怎么说，"纽鲍尔耸了耸肩膀，"我们到底没强迫他们干活。"

"是这样。"韦伯觉得好笑，想着要让这些不人不鬼的家伙干活，场面一定很滑稽。

纽鲍尔说："到处都是封锁，这不是我们的错，那是敌人——"这时他向韦伯转过身，"这儿怎么臭得像动物园里的猴山，没办法改善一下吗？"

"这里流行痢疾，"韦伯答道，"这本来就是病号休养的地方。"

"都是病号，当然当然！"纽鲍尔马上接过话茬，"又是病号，又是痢疾，自然臭气熏天，在医院里也一样。"他四下看看，又不太肯定地问："这些人不能洗个澡吗？"

"传染的危险太大了，所以我们一直把这块地严格隔离开来，那边营区可以洗澡。"

听到"传染"二字，纽鲍尔不自觉地后退了一步，说："我们有没有足够的内衣让这些人换上？还有，旧衣服都该烧了，您说呢？"

"那倒不必，旧衣服可以消消毒。储衣室里有的是内衣。贝尔森集中营运来了大批衣服。"

"那好，"纽鲍尔释然地说道，"那就给他们发些内衣、干净的外衣、裤子或者其他什么我们有的。再发给他们一些漂白粉和消毒剂。这样马上就会有所改善。您把这些都记下。"他身边的营地第一总管，一个胖胖的犯人，正一本正经地记录着。"要保持绝对的整洁卫生！"纽鲍尔又口述道。

"绝对的整洁卫生。"总管重复了一遍。

韦伯强忍着不笑。纽鲍尔转过身问一个犯人："你们应该得到的都得到了吗？"回答是十二年来一贯的范本："都得到了，大队长先生。"

"很好，那继续保持。"

纽鲍尔又向四周看了看，一座座老营房又黑又破，活像摆在这儿的一口口棺材。他想了想，忽然有了个主意："得在这儿种些绿色的东西。现在正是时候，北边种上几排灌木，南面墙边可以种几排花。这样环境就美化了。咱们苗圃里还有这些东西，是不是？"

"是的，大队长先生。"

"那好，马上动手吧。劳工营的营房也可以这么搞一下。"纽鲍尔对自己的主意兴致很高，一下子拿出了他果园拥有者的劲头，"种一排紫罗兰怎么样？不要，不要，樱草花更好些。黄花更要夺目……"

这时，两个犯人慢慢昏倒在地。谁也没动一下去扶他们。"要樱草花，咱们苗圃里有那么多樱草花吗？"

"有，大队长先生，"胖总管立正答道，"有不少，都开花了。"

"好，那你负责一下。还有，叫营地乐队抽空也到这儿下面来演奏演奏，让这儿的人也能欣赏音乐。"纽鲍尔往回走去，其他的人跟在后面，犯人们没有什么怨言，这使他心里平静了些。多少年了，他从未听到过犯人有什么怨言。他相信这点，并习惯了将自己的观点理所当然地看作事实。因而，甚至在这个时候，他还希望犯人能像他希望的那样看待他，知道他在此等艰难条件下仍在为犯人尽心尽力。至于这些犯人都是人这一点，他早就不知道了。

22

"什么？"贝格简直无法相信，"今天没有晚饭？"

"什么都没有。"

"汤呢？"

"汤也没有，也没有面包。这是韦伯的明确指示。"

"那其他人呢？劳工营呢？"

"也一样。整个营地都没有晚饭。"

贝格回过头说："你们说，这是什么意思？内衣发给咱们了，却不给咱们饭吃。"

"樱草花也给咱们种上了。"509指着大门两侧可怜巴巴的两块泥地，上面栽着几棵半蔫的植物。它们是苗圃队犯人中午种上的。

"也许这花可以吃？"

"别打它们的主意。要是它们没了，咱们准得一星期吃不上东西。"

贝格道："这是怎么回事？纽鲍尔表演一场后，我还以为以后汤里会多点马铃薯块呢！"

雷本塔走过来："准是韦伯捣鬼，不是纽鲍尔。韦伯对纽鲍尔很恼火，他觉得纽鲍尔假装仁慈是想明哲保身，纽鲍尔肯定有这种打算。所以韦伯一有机会就跟他唱对台戏，我是从办公室那儿听来的。莱文斯基、维尔纳，还有那边别的人都这么说。结果遭殃的还是我们。"

"又得有很多人死掉了。"

他们抬头看看发红的天空。雷本塔说："韦伯在办公室说，谁也别痴心妄想，为此他要给咱们减餐。"雷本塔从嘴里摸出那副假牙，瞧了一眼，又赶快放了回去。

营房里传出微弱的哼叫声。消息已经传开，一些骷髅一样的犯人摇摇晃晃地走出门外，他们仔细查看饭锅，看看里面是否有食物的味道，看看是不是有人骗了他们。锅里空空如也，哼叫声更响了。有些人干脆倒在地上，用他们瘦骨嶙峋的拳头捶打身下的脏土地。大多数人还是走开了，或者纹丝不动地躺到地上，嘴巴大张，眼睛大睁。门口处可以听到卧床不起者微弱的呼叫。他们在叫什么，让人无法听清。那只是一种节奏单调的绝望的轻声合唱，里面已不再有言语、哀求和诅咒了，它已经同绝望不沾边了。生命之火行将终结，那里只剩下最后的一点生命——那是一片嗡嗡声、嘶嘶声和抓挠声，一座座营房好似一个个巨大的盒子，里面挤满了垂死的昆虫。

晚上七点，营地乐队开始演奏。乐队直接站在小营外面，小营里可以听得清清楚楚。纽鲍尔的命令执行得倒是很彻底。同往常一样，第一首曲子是大队长先生最喜爱的圆舞曲——《南国玫瑰》。

"如果咱们什么吃的都没有，"509说，"那咱们就吃希望吧！不管什么希望，只要还存在。咱们来吃那隆隆的炮声！咱们得挺住，咱们一定能挺住！"

这一小群犯人紧挨着营房蹲在一起。这是一个凉气袭人、迷雾朦胧的夜晚。他们却不觉得冷。刚才几个小时里，他们营房已经死了二十八个人。老兵油子们把死者身上尚有用处的衣服剥了下来，披在自己身上，抵御着寒气和疾病的侵袭。他们不想留在营房里，那里到处是喘息声、呻吟声和咂嘴声，死气沉沉。他们已经三天没得到面包了，今天甚至连汤都喝不上。每一张床上，都躺着受饥饿煎熬的生命，他们在挣扎，在苟延残喘，然后放弃，死亡。老兵油子们不愿意再进营房，不愿意挤在濒死者之间。死亡是会传染蔓延的，而且好像尤其容易出现在缺乏抵御力的睡眠中。因此，老兵油子们索性裹上死者的衣服，坐在外边，眺望远处的地平线，那里将是自由出现的地方。

"只有今天晚上了，"509 说，"只有这一个晚上了！相信我好了！纽鲍尔会了解到这个情况，明天就会撤销这个命令。他们已经不能统一意见，这是他们末日的开始。咱们已经坚持这么久了，这个晚上也一定要坚持！"

大家都没出声。彼此偎依蜷缩在一起，就像冬日里的一群动物。他们得到的不仅是彼此的体温，更多的还是要活下去的勇气，这后者比体温更为重要。"咱们还是随便聊聊吧，"贝格说，"随便什么，只要同这儿没关系就行。"接着，他问身边的苏尔巴赫："离开这儿以后，你打算干什么？"

"我吗？"苏尔巴赫迟疑了一下，"还是到时候再说吧，现在谈不吉利。"

"不会有什么不吉利了，"509 激动地接过话来说，"这些年咱们一直没聊这个问题，因为只要一提起，它就会把我们吞掉。可是现在我们得聊聊了，尤其是今天晚上！不然还等到什么时候？让我们以希望为食吧！苏尔巴赫，你出去以后想做什么？"

"我不知道我妻子在哪儿。她以前在杜塞尔多夫，可杜塞尔多夫已经被炸毁了。"

"她要是在杜塞尔多夫，那她就没事了，杜塞尔多夫现在在英国人手里，广播里早就说了。"

"也许她已经死了。"苏尔巴赫说。

"当然这点也要考虑。外边的情况，我们毕竟知道得很少。"

"外边对我们知道得也很少。"布赫说。

509 看着布赫。他还没有告诉布赫他父亲的死，更别提对他讲他父亲是怎么死的。现在离自由还有些时间，到那时，他会更容易承受的。布赫还年轻，将是唯一能带女友一起离开这儿的犯人。他会很快知道他父亲的事的。

"出去以后，会是什么样子呢？"迈尔霍夫说，"我在这集中营已经待了六年了。"

"我十二年了。"贝格说。

"这么久了，是不是因为政治原因？"

"不是。我有个病人，是纳粹分子，1928年到1932年间，我给他看过病。后来他成了冲锋队小头目。其实，他不算我的病人。他来我的诊所，我给他看了病，就推荐给诊所的一位朋友给他治疗。我的这位朋友是专科大夫。那个纳粹分子之所以到我诊所来，就因为我们住在同一栋楼里，他来治疗很方便。"

"就因为这个把你关起来了？"

"对，他得的是梅毒。"

"那个专科医生呢？"

"被枪毙了。我自己装作对他的病一无所知，假装以为他的病是'一战'后留下的某种炎症。即便如此，为了小心起见，他还是把我关起来了。"

"你出去后他要是还活着，你打算怎么办呢？"

贝格想了想说："我不知道。"

"要是我，我就把他宰了。"迈尔霍夫说。

"然后为这再进监狱？"雷本塔说，"因为杀人罪进监狱，还得关上十年或者二十年。"

"列奥，你出去后打算干什么？"509问道。

"我准备开一家服装店，销售上等的半成品大衣。"

"夏天卖大衣？列奥，马上就到夏天了！"

"也有夏天穿的大衣。我还可以经营西装，当然还有雨衣。"

"列奥，"509问，"你为什么不接着从事食品业？食品可比大衣需求量大，这事你在这儿可是一直干得挺棒！"

"真的？"雷本塔感到被认可的愉悦。

"千真万确！"

"也许你说得有道理，我会考虑的。比如说，可以经营美国食品，这生意肯定能做大。你们还记得上次大战后能买到的美国熏肉吗？厚实，肉又白嫩，就像蛋白杏仁膏，上面还有淡红色的——"

"别说了，列奥！你疯啦？"

"没疯。只是突然想起来罢了。不知道他们这次是否也会运些过来？至少应该运些给我们，对吗？"

"利奥，别说了！"

"贝格，那你打算干什么？"罗森问。

贝格擦了擦他发炎的眼睛，说："我想找个药剂师当学徒，或者做类似这方面的工作。还做手术，用这双手？"他把手在披着的外衣下捏成了拳头，"停这么长时间了，肯定不可能了！我就去学着当个药剂师吧。你呢？"

"我妻子同我离婚了，因为我是犹太人，她现在的情况我一点也不知道。"

"你不想找她？"迈尔霍夫问。

罗森犹疑着说："她当时这样做也许是因为压力，她又能怎样办呢？是我自己劝她离婚的。"

"也许她现在体型早已走了样，已经不好看了，"雷本塔说，"那对你就不成问题了。也许你还挺乐意摆脱她呢。"

"咱们也不年轻了啊。"

"是呀，九年了！"苏尔巴赫咳嗽起来，"这么长时间了，该会有怎样的久别重逢啊？"

"真要能有重逢，就是幸运了。"

"这么长时间了，"苏尔巴赫重复说道，"相互还能认出来吗？"

从"穆斯林"稀稀落落拖拉的脚步声中，他们听到一阵有力的脚步。贝格悄声说："509，小心！"

布赫说："是莱文斯基。"他能辨别出不同人的脚步声。

莱文斯基走了过来，说："你们怎么样？今天哪儿都没饭。伙房里有一个我们的人，他偷了点面包和胡萝卜。煮熟的饭只给头头们，别想搞到。这里是面包，这还有几根胡萝卜。东西不多，不过我们今天也什么都没得到。"

509说："贝格，你分一下吧。"

每人可以分到半片面包，一根胡萝卜。"慢慢吃，嚼到每粒碎渣都嚼烂了为止。"贝格说。他先发了胡萝卜，几分钟之后，又把面包分了。"就这么偷偷地吃东西，让人觉得简直在犯罪。"罗森说。

"胡扯什么！那你别吃！"莱文斯基直率地说。

罗森心里明白，莱文斯基没错。他只是想说，在今天这个特殊的夜晚，因为大家为了忘却饥饿而谈起未来，他才有了这种感觉，而这种感觉也同未来有关。但他马上打消了解释的念头。这太复杂了，而且也太不重要了。

"他们开始动摇了，"莱文斯基哑着嗓子喘着气说，"那些刑事犯也在动摇，想同我们搞合作，咱们随他们去吧。一些卡波、营房长和组长都在向我们套近乎，以后我们得把他们分门别类。还有两个党卫队队员，甚至医院里的那个医生也想和我们搞关系。"

"他？这个畜生！"布赫说道。

"他是什么样的人，咱们心里清楚，不过目前咱们还用得着他。我们可以通过他得到一些情报。今天晚上上面来了一道命令，要押走一批犯人。"

"什么？"贝格和509不约而同地问。

"要押走一批人，总计要押走两千人。"

"他们要把犯人都押走？"

"暂时只押走两千人。"

"把人押走，我们担心的正是这个。"贝格说，"不用着急，那个红头发文书一直在盯着。如果他们要列名单，你们的名字不会给写上去的。现在到处都有咱们的人。再说，听说纽鲍尔还在犹豫，他还没把命令往下传达。"

罗森说："他们不会按名单抓人的。要是他们想不出别的办法，很可能会像我们集中营上次干的那样，把人赶到一起押走，名单过后再造。"

"先别激动，还没到那地步！现在情况随时都会变化。"

"他还说别激动呢！"罗森咕哝着。

"万一出了什么事，可以把你们藏到医院，那个医生现在什么也不管了，他会当睁眼瞎装没看见。我们已经把一些有危险的人转移到那儿了。"

"他们说没说女人也押走？"布赫问道。

"没有。他们不会这么干，这里的女人本来就很少。"

这时，莱文斯基站起身来，对贝格说："跟我走吧！我来就是要接你的。"

"上哪儿去？"

"去医院。你得在那里藏几天。斑疹伤寒病房旁边我们有个房间，那里没有纳粹分子敢去，一切都安排好了。"

"这是为什么？"509问。

"明天，党卫队要干掉焚尸场里干活的人。这是传言。贝格是不是在里面，我们不知道。不过，我猜会的。"他又转身对贝格说："你知道的事太多了，先藏起来只是出于安全考虑。你把衣服换一下，把你的换到哪个死人身上，你穿死人的。"

"去吧！"509对贝格说。

"那营房长怎么办？你们能对付吗？"

"没问题，"亚哈随鲁出乎意料地说，"他不会说出去的，这个我们能办到。"

"那就好，"莱文斯基通过鼻孔吸了口大气说，"所有的情况红头发文书都了解了。焚尸场的卡波德莱尔现在吓得要命，他不会到死人堆里找你的。死人实在太多了。我来这儿的时候，一路上尽绊在他们身上了。要把这些尸体都烧掉总得要四五天时间。可到了那时，又会有新的尸体。现在到处一片混乱，人心惶惶，谁也不知道局势会怎样发展。不过重要的是，不能让他们找到你，贝格。"他咧嘴笑了笑，"这种时候，最重要的是要远离枪口，让他们找不到你。"

509说："那快点！咱们找个身上没刺过号码的死人。"

光线十分昏暗。西边地平线上时隐时现的红光根本不起作用。他们必须弓下身，凑近那些死人的胳膊，才能看清胳膊上是否刺有号码。他们找到了一个身材与贝格相仿的死人，他胳膊上没被刺上号码，就把他身上的衣服给剥了下来。

"来，艾夫拉姆！"

他们坐到营房旁边，这里避开了岗哨。莱文斯基小声说："快把衣服换了，知情者越少越好。把你的夹克和裤子给我。"

贝格脱下了衣服。在天空的衬托下，他的侧影活像一个法国喜剧小丑的幽灵。那天意外分发内衣时，一条女人内裤投到了他的手里，穿上以后裤腿刚过膝盖，他上身还穿着件开口很低的无袖衬衫。

"明天早上，你们就报告说他死了。"

"好。党卫队的看守不认识他，对付营房长我们会有办法的。"

莱文斯基暗中咧嘴笑了笑说："你们可真够能干的！贝格，我们走吧。"

"瞧，他们还真要把人押走！"罗森望着贝格的背影。

"苏尔巴赫说得有道理，咱们刚才不该谈以后的事，不吉利。"

"胡扯！咱们有吃的了，贝格获救了，不能肯定的是，纽鲍尔是不是还会下达命令。你说的不吉利是什么意思？你是不是想得到什么几年有效的保障？"

"贝格还会回来吗？"509 身后有人问。

"他已经得救了，"罗森挖苦道，"不会给押走了。"

"住嘴！"509 厉声道。接着他又转身说："卡雷尔，他当然会回来的！你怎么不留在营房里？"

卡雷尔耸了耸肩膀说："我想你们可能会有皮革什么的可以嚼嚼。"

亚哈随鲁说："这里还有更好的呢。"他把自己的那份面包和胡萝卜塞给了卡雷尔，那是他特意给他留的。卡雷尔慢慢吃了起来。过了一会儿，他感到别人的眼光都在看他，就站起身走开了。等他回来时，已经不在咀嚼。雷本塔瞟了一眼他的那块镍壳表，说："用了十分钟。卡雷尔，你干得不错。这个我可办不到，在我嘴里，就用了十秒钟。"

"列奥，咱们能不能用这块表换点吃的？"509 问。

"今天晚上是不行了，就是金块也没用。"

"我们可以吃肝。"这时卡雷尔说。

"什么？"

"肝，新鲜的肝。要是挖得及时，是可以吃的。"

"上哪儿去弄？"

"死人身上。"

"卡雷尔，你这是从哪儿学的？"停了一阵，亚哈随鲁问。

"从勃雷克那里。"

"哪个勃雷克？"

"我在捷克的布尔诺集中营认识的。他说那总比死了强。死人活不过来了，而且不管怎么说都得给烧了。他教了我很多。教我怎么装死，

322

还做给我看。告诉我有人从后面射击时，怎么逃跑——得拐着弯跑，这跑两步那跑两步，一会儿跳起来，一会儿蹲下去。他还教我集体活埋时怎么找地方喘气，怎么在晚上从坑里爬出来。勃雷克知道的事情可多呢。"

"你知道的也不少，卡雷尔。"

"那当然喽，否则我就不会在这儿了。"

"是这么回事。不过，我们还是想点别的事吧。"509说，"我们还得把贝格的衣服给那个死人穿上。"

这事不难，死人还没完全僵硬。给死人穿好衣服后，他们又把另外几具尸体压在上面。然后，几人又蜷缩到一起。亚哈随鲁开始喃喃低语起来。布赫阴着脸说："老头，今晚你要祈祷的事情可多着呢。"

亚哈随鲁抬头瞧了一眼。过了好半晌，他又侧耳谛听着远处的隆隆声，接着，他慢慢说道："当第一个犹太人没有经过法庭审判就被打死的时候，他们就破坏了生命的法则，他们放声大笑，他们说，与伟大的德意志帝国相比，杀死几个犹太人又算得了什么？他们对此视而不见，放任自流。为此，他们现在要受到上帝惩罚了。一条生命毕竟是一条生命，即使是最卑微的。"

他又开始喃喃自语，其余的人默默无言。天气更阴冷了，他们相互挤得更紧了。

布豪尔小队长一觉醒来，睡眼惺忪地打开了床边的台灯。与此同时，书桌上也亮起两道绿光。光线来自一个骷髅头的两个眼窝，那里装着两个小灯泡。如果他再按一下开关，所有的灯就会熄灭，只留下骷髅头在黑暗中闪亮。这种效果很有趣，是布豪尔乐此不疲的游戏，是他自己的作品。

桌上放着一个餐盘，一个喝空了的咖啡杯，餐盘里有一些蛋糕碎屑，旁边放着一些书。有卡尔·梅[1]的冒险小说，还有一本私人印刷的有关一个女舞者爱情生活的淫书，布豪尔的文学修养仅限于此。他坐起身，打了个呵欠，觉得嘴里味道难闻。他四下听去，刑讯室小牢房一片寂静，没有人在呻吟。好像都让布豪尔训导得懂得遵守纪律了似的。

他从床下摸出一瓶白兰地，又从桌上拿下一个酒杯，斟了一杯，把酒喝完，又侧耳听起来。窗关着，尽管如此，他觉得还是听到了炮声。他又为自己倒了一杯，一饮而尽。然后下了床，看看手表：两点半。穿上靴子后，他把睡裤裤腿塞到里面。他喜欢踢犯人的肚子，因而需要穿靴子，否则效果不大。这身睡衣睡裤也挺实用，刑讯室毕竟很热。布豪尔不缺煤，焚尸场里煤快用完了，可布豪尔早为自己存了一批备用的。布豪尔在过道里慢悠悠地走着。每个单人牢房的门上都有一个查视孔，透过这个小孔可以看到里边的动静。可布豪尔无须查视。他了解他的"动物园"，并很为这个名称而自豪。有时候，他也将其称作他的"马戏团"，想象自己好像是一个手执鞭子的驯兽人。

他走过一间间小牢房，好像一个葡萄酒行家在自家的酒窖里巡视。就像一个饮酒老手甄选最佳陈酿一样，布豪尔决定，今晚要对付那个在这里关的时间最长的犯人——7号房里的鲁伯。布豪尔打开牢门。牢房十分狭小，而且闷热得让人难受，暖气已开到了最大。牢房内有一个犯人，手脚都铐在了暖气管上。他悬吊在那儿，已经失去了知觉。布豪尔打量了他一阵，然后从过道拿来一个浇花水桶，把水向那人浇去，就像在浇一株受旱的植物。浇在热暖气管上的水发出咝咝的声音，随即变成蒸汽。鲁伯没有动弹。布豪尔解开镣铐，鲁伯那双烤焦的手垂了下来。布豪尔又把剩余的水洒在瘫在地上的鲁伯身上。地上聚起了一摊水。布豪尔提着水桶走出牢门去灌水。一到门外，他站住了。前面两间牢房里有人呻吟。他放下水桶，打开其中的一个房门，走了进去。一会儿，里

---

[1]　Karl May（1842～1912），德国冒险小说作家。

面便传出他的谩骂声，接着是一阵好似用脚踢蹄的声音，然后是各式各样的杂音，有推撞声和金属的铿锵声。突然，响起了惨叫声和呼号声，紧接着呼号声又成了窒息前的喘息声。又是几下沉闷的击打声后，布豪尔出来了，右脚靴子湿漉漉的。灌满水桶后，他慢悠悠地回到 7 号牢房。"嘿，瞧啊！"他说。"醒过来了哈！"鲁伯脸朝下，直挺挺地躺着，他想用双手将地板上的积水刮在一起用舌头来舔。他动作笨拙，好像一只半死不活的癞蛤蟆。突然，他看到了盛满水的浇花水桶，他轻轻叫了一声，然后拱起身子，跌跌撞撞扑将过去，伸手去抓水桶。布豪尔过去一脚踩到他手上，鲁伯无法把手从靴子底下抽回来，于是尽量将脖子伸向水桶。他的嘴唇在震颤，头在颤抖，嘴里用尽全力发出声响。布豪尔以行家的眼神观望着。估计鲁伯快不行了的时候，他便吼道："那就喝吧！把你临终最后一餐全喝了吧！"

他很欣赏自己的俏皮话，狞笑着收回脚。鲁伯迫不及待地朝水桶扑去，以致水桶一个劲儿地摇晃。他简直无法相信自己的好运。"慢点，慢点，"布豪尔说，"咱们有的是时间。"

鲁伯一口一口喝了起来。他刚刚经受住了布豪尔"教育程序"的第六项——连续几天只靠咸鲱鱼和盐水为食，另外还被铐着悬吊在开足热气的暖气管上。

这时，布豪尔说了声："行了！"便一把将水桶夺下。"站起来，跟我走。"

鲁伯蹒跚着爬起来。他在墙上靠了一下，然后将一些水呕吐出来。布豪尔说："你瞧，我不是跟你说了慢点喝吗？走吧！"

他把鲁伯推在身前走进过道，然后走进自己的房间，鲁伯扑通一声倒在地上。布豪尔说："起来！坐到那张椅子上去！"

鲁伯爬上了椅子。他摇摇晃晃靠到椅背上，等着下一个酷刑。除了受刑之外，他什么都不知道了。

布豪尔若有所思地望着他："鲁伯，你是我这里待得最久的客人，六个月了，是不是？"

坐在他面前的那个鬼一般的人形晃了一下。"是不是？"布豪尔又问了一遍。那鬼一样的人形点点头。

"时间不短啊，"布豪尔说，"时间一长，人就会产生感情。我觉得我真的挺喜欢你的。听上去有些可笑，不过，真还是这么回事。我跟你没有个人恩怨，这个你知道，你知道，"停了一下他又说，"或者你不知道？"

那个鬼一样的人点点头，表示知道，他在等待接下来的酷刑。

"这样做是对付你们这批人的，不是对某个人的，"布豪尔用力地点着头，为自己倒上白兰地，"对个人，我们不感兴趣。真遗憾，本来我以为你能挺过去的。我们只剩下两个项目了，一个是倒头悬挂，一个是自选项目。这以后，你就算通过了，就可以出去了，你知道吗？"

鬼似的犯人又点点头，对此他并不能确信，但他也知道这样的事实：有时，布豪尔会让一些上面没有明文下令要处死的犯人回营房去，只要他们经受住了所有酷刑。在这方面，他倒是恪守承诺。谁要是挺过来了，就可以回营房。这是因为他也会不由自主地钦佩受害者坚韧无比的毅力。有些纳粹分子的确会这样思考问题，并以此自视为恪守公正原则的正人君子。

布豪尔说："真遗憾啊，我倒挺想把你放了，你已经显示了你的勇气。可遗憾的是，我还是得把你干掉。你知道这是为什么吗？"

鲁伯没有回答。布豪尔点燃一根烟，然后打开一扇窗户。"就因为这个。"他听了一会儿，问："你听到了吗？"他看到鲁伯的眼睛正迷惑不解地看着他，又说："这是炮声，敌人的炮声。他们越来越近了，就因为这个！小子，所以今天晚上得把你干掉。"

他把窗子关上，狡黠地笑了笑说："真倒霉，是不是？本来再过几天他们就可以把你救出去了！太不幸了，是不是？"

干掉鲁伯之前，要给他施加一些心灵上的折磨。布豪尔为自己想出的这个主意颇为得意，觉得这样做为这个夜晚增添了几分情趣。他接着说："很倒霉，是不是？"

"不是。"这时鲁伯轻声说。

"什么？"

"不是。"

"你活得腻味了？"

鲁伯摇摇头。布豪尔一脸惊奇地看着他，忽然觉得坐在面前的这个鬼一样的人不再是一分钟之前的那个废物了。鲁伯看上去好像转眼之间已经休息了整整一天。只见鲁伯从裂痕累累的嘴唇中轻声说道："倒霉的是，现在他们要抓你们了。"

布豪尔顿时暴跳如雷："放你的狗臭屁！"他意识到自己已经弄巧成拙，折磨不成，反倒给鲁伯了一个机会。可是，谁能料到这家伙竟还能如此置生死于度外呢？"狗屁！你别痴心妄想！我不过想逗弄逗弄你，我们不会失败的，我们不过要从这儿撤离！战线转移了，这才是事实。"

布豪尔自己也明白，这话听起来并不令人信服。他喝了一小口酒，心想，这也无所谓了，然后又喝了一口，说："你怎么想都行。不管怎么说，逼我把你干掉，倒霉的是你。"

他感到酒性涌了上来："遗憾啊，真遗憾，对你遗憾，对我也遗憾。生活本来多美好啊！当然，公平地说，对你不是这样。"

尽管鲁伯十分虚弱，他还在观察着布豪尔。布豪尔接着说："有一点，我很喜欢。那就是，你不屈服。可是我必须干掉你，这样你以后就不会再讲故事了。要干掉的首先就是你，因为你在这的时间最长。其他的人也会轮到的。"他很满意地又添上一句："绝不能留下见证人，这是纳粹党的老规矩。"

这时，他从桌子抽屉里取出一把锤子，说："跟你的事我得赶快办。"说着，他把锤子放到身边。就在这时，鲁伯摇晃着从座椅上站起来，伸出他那烤焦了的双手去夺锤子。布豪尔只用拳头轻轻一推，鲁伯便跌倒在地。"好啊，好啊，"布豪尔一脸温和地说，"还想试试？我能理解。为什么不呢？就在那儿待着吧，坐在地上，我干起来还随手些。"他又举起一只手放到耳后。"什么，你说什么？"

"他们会把你们，你们所有的——"

"鲁伯，你胡扯什么！那是你的一厢情愿。他们才不会呢，他们太有教养，太彬彬有礼了，不会干这种事的。再说，在他们来以前，我早就走了，没人会想起你们的。"他送了口酒后，突然问："想先抽支烟吗？"

鲁伯看着他，说："想。"

布豪尔将一支烟塞到他那仍在流血的嘴唇之间："这里，火！"他点燃了鲁伯的烟，又用同一根火柴给自己的点着火。

两人默默抽着烟。鲁伯知道他没救了，他朝窗子的方向聆听起来。布豪尔喝干了杯中的酒，放下纸烟，抓起锤子，说："好吧，现在来吧！"

"你不得好死！"鲁伯声音微弱地喊道。那支烟没从他嘴上掉下来，还紧紧粘在他流血的上唇上。布豪尔用锤子的平头猛击了几下。他没有用锤子尖头，算是对鲁伯的照顾。鲁伯慢慢倒了下去。有半晌的工夫，布豪尔坐着沉思着。他在想鲁伯刚才说的话。他模模糊糊地觉得自己受骗了，鲁伯欺骗了他，他本该大声嚎叫，可是他没有，从来都没有，即便把他慢慢杀死。他好像在呻吟，可是那不是，那不过是个躯体，那不过像什么东西在大声吸气，不是什么别的。透过窗户，布豪尔又听到那隆隆的炮声。今天晚上反正得有什么人哀号几声，否则简直受不了啦。对了，他现在明白了，跟鲁伯的事不能就此了结，要是那样的话，鲁伯就赢了。想到这儿，他沉重地站起身，向 4 号牢房走去。算他幸运，一个受到惊吓的声音马上响起，那声音尖叫着，哀求着，哭喊着，呻吟着，隔了很久，那声音才渐渐衰弱下去，直至完全消失。

布豪尔满意地回到自己房间。"你瞧！你们终究还在我们的手心里！"说着，他冲鲁伯的尸体踢了一脚。这一脚踢得并不重，可鲁伯的脸上有什么东西动了一下。布豪尔俯下身去，眼前的鲁伯好像正对他伸出了灰舌头。

原来，死人嘴里的那支烟刚才一直在燃烧，已经烧到了死者的嘴唇，他这一脚把小小的烟灰柱给踢掉了。布豪尔突然感到很疲倦，再没心思把尸体拖出去了，于是便用脚把它推到床下。明天再办也不迟。地面上留下了一道深色的痕迹。布豪尔睡眼惺忪地狞笑了一下。小时候，我连血都不敢看一眼，他想，真傻！

23

死人堆积如山，没有卡车来运了。死人的头发、睫毛和手上都挂着
银色的雨珠。地平线那边的炮声已经停息。一直到午夜，犯人们都能看
到炮弹发出的火光，听见爆炸的声响。午夜之后，一切静了下来。

太阳升起来了，天空湛蓝，暖风徐徐。城外的条条马路空空荡荡，
连难民也不见一个。城市一片焦黑，静立山下。河水蜿蜒前行，像一条
浑身发光的巨蛇，在吞食城市的残骸。四周没有军队的影踪。

夜里下了一个小时的雨。雨势不猛，雨量却不小，地上还滞留着几
处水洼。509 蹲在一个水洼旁边，无意之中他看见了自己在水中的倒影，
看见了自己的脸庞。

他俯下身子，凑近这块浅平清澈的水洼。他记不清上一回照镜子是
什么时候了，那一定是很多年以前的事了。在集中营里，他从没照过镜
子，此刻他简直不认识水洼中正看着自己的那个人。

那头发已成了灰白色的短茬。进集中营之前，他的头发是棕褐色
的，长得很浓密。自己的头发变了颜色，他是知道的，理发时他见过一
绺绺掉在地上的头发，可剪掉的落在地上的头发似乎与他毫无关系。现
在，他简直认不出自己的面孔了，连眼睛也认不出来了。在毁坏了的牙
齿和过于宽大的鼻孔上方，两个眼眶中眨动着的，似乎只是他与死人的

区别特征而已。

这是我吗？他想。他又朝水里看了一眼。他早该意识到自己的容貌同周围难友的相差无几了，可他却从来没这么想过。年复一年地生活在一起，他也注意到难友的面容发生了怎样的变化，然而，正由于朝夕相处，天天见面，才不会对变化感到诧异。可现在，多年之后，当他第一次见到自己的面容时，他震惊了。并不是因为他头发稀疏，已变得灰白，也不是因为他现在的脸庞是对记忆中那丰满健康面容的嘲讽。令他震惊的是，他面前见到的，竟是一个老头。

半晌，他默不作声地坐着。这几天来，他想了很多，却从未想到自己已经老了。十二年的时间不算很长，十二年的监禁生活可就算很长了。这集中营里的十二年，谁能知道它今后会产生多大影响呢？他是否还剩有足够的力量？也许，一旦脱身出去，他就会立即垮掉，就像一株树干内已腐朽的大树，平静的日子里，它还能貌似健康地挺拔屹立，而一旦风暴袭来，便会轰然倒下？撇开别的一切不谈，集中营的生活总归是平静的。尽管漫长，尽管孤单寂寞，尽管令人毛骨悚然，尽管如地狱一般，然而终究是平静的。几乎没有一点声音从外面的世界传进来过。可是，一旦铁丝网颓然倒下，将会出现怎样的局面？

509又一次朝光亮的水洼望去。不错，那是我的眼睛，他想，他又低下上身，想看个仔细。水面被他的呼吸吹皱了，倒影消失了。这是我的肺，它还在呼吸。他将手浸到水中，随着手的来回滑动，水流动起来——这是我的手，它能破坏水中的倒影。

这是破坏，他想，可是如何建设？我苦大仇深。不过我还能做什么别的吗？光是仇恨，没什么太大的意义。人要活下去，需要的远不止是仇恨！

509直起身子，他见布赫正朝他走来。他还有前途，509想，他还年轻啊！

"509，"布赫说，"听说了吗？焚尸场已经停工了。"

"真的吗！"

"焚尸队的人都死了。看来，他们好像也没准备再找新的人手。为什么不呢？是不是——"

他们面面相觑。布赫说："是不是没有必要了？是不是他们已经在——"布赫顿住了。

509 接了过来："在撤离了？"

"也许吧，今天早晨他们都没来运死人。"

罗森和苏尔巴赫走了过来。罗森说："已经听不到炮声了，到底出了什么事呢？""也许他们已经攻破了防线。"

"也可能给击退了。有人说，党卫队想死守集中营。"

"都是谣言，每五分钟就能听到新的谣言。要是他们真想死守集中营，我们就该挨炸了。"

509 抬头看看。但愿现在已是晚上了，他想，黑暗之中，躲藏起来要方便些。谁知道还会发生什么事情？黑夜降临之前还有好几个小时，可死亡只需几秒钟。在太阳从地平线那边无情地升起后的几个小时内，许多生命都可能会死亡。

"那儿有架飞机！"苏尔巴赫突然激动地指着天空，大声喊道。

过了一会儿，大家都看到了那个小黑点。罗森喃喃地说："那一定是德国飞机！要不，早该响警报了。"

他们环顾四周，想找个躲藏之处。曾有谣传说，德国飞机已经接到命令，要在最后时刻，把集中营从地球上抹掉。

"只有一架飞机！就这么一架！"

他们在原地站着。要是来轰炸，肯定会来很多飞机的。"也许是美国的侦察机，"雷本塔突然出现在他们身边，"现在他们已经不再拉警报了。"

"你怎么知道？"

雷本塔没有作答。他们都向那个迅速变大的黑点望去。苏尔巴赫说:"肯定不是德国飞机。"

现在,他们都能很清楚地看到那架飞机了,它正径直向集中营飞来。509感到,地下好像伸出了一只手,在把他的五脏六腑往下抓,又好像自己成了祭品,赤身露体地站在一个平台上,不可逃脱地被带来献给来意不善、俯冲直下的死神。他注意到其余的人都已经卧倒在地,自己也不理解他为什么还站着。这时,传来一阵嗒嗒的射击声。飞机急速拉起机头,改变航道,开始在集中营上空盘旋。枪声来自集中营后面的党卫队兵营。飞机飞得更低了,大家都抬头翘望,紧盯着飞机。突然,机翼摆动起来,好像在向他们致意。起初,他们还以为它被击中了,可它盘旋一周后,机翼又像鸟翅一样,上下摆动了两次,然后往上一蹿,迅疾飞走。它的身后跟上了一排排子弹,好几个岗楼向它一起射击。不过机枪很快沉默了,只有飞机引擎的嗡嗡声还依稀可闻。

"这是一种信号。"布赫说。

"它好像在用机翼致意,就像有人在打招呼似的。"

"那是给我们的信号!我敢肯定。还会是别的吗?"

"飞机想告诉我们,他们知道我们在这里!这是给我们的信号!不会有别的意思。509,你说呢?"

"我也这么想。"

自从身陷囹圄以来,这是他们从外面世界得到的第一个信号。从这一刻起,可怕的长年孤寂终于被打破了。他们蓦地意识到,对这个世界来说,他们还活着,还有人想着他们。素不相识的拯救者在向他们招手,他们不再孤立无援。这是他们得到的第一个自由的召唤,他们不再是地球上的渣滓了。甚至有人派飞机冒危险来宽慰他们,来告诉他们,有人知道他们的遭遇,有人要来拯救他们。他们不再是地球上的渣滓,不再被鄙视、受唾弃、被视为虫豸不如。他们又是人了,在那些不相识的人们眼里,他们又成了人。我这是怎么啦? 509想,掉眼泪?我——一个老头儿,在掉眼泪?

纽鲍尔打量着那套西服。赛尔玛把它挂在他衣柜内所有衣服的最前面，现在他悟出了其中的用意——便装。打1933年起，他就没再穿过它了。这是一套灰色西服。真可笑。他把它从衣架上取下来，端详着。然后脱下制服，走到卧室门口，把门锁上，试穿上衣。衣服太紧了，纽扣扣不上，不管他怎么收肚子还是不行。他走到镜子前，镜子里的他一副傻乎乎的模样。他的体重至少增加了三四十磅，难怪穿不上了。1933年以前，他可一直都在省吃俭用。

奇怪，一脱下军服，脸上那坚定刚毅的神情马上消失殆尽！人变得松松垮垮、软不拉几的，他自己也这么感觉。他又看了看那条裤子，它比上衣更不合身，无须再试。这一切到底是为什么呢？不错，他将交出集中营，他们也会恰如其分地对待他——按照有关军事规章。这是一些传统悠久的军事礼仪和法规。我本人就是军人，算个军人吧，是穿制服的，是个高级军官。

纽鲍尔舒展了一下身子。他会被拘禁起来的，这完全可能，不过拘禁的时间肯定不会很长，也许会监禁在附近的一个城堡中，与同级军官关在一起。他考虑着该怎样交出集中营，当然要按军事规范进行。不能抬手臂行纳粹礼。不行，最好不这样。行一般的军礼，把手举到帽檐边。

他向前跨了几步，行了个军礼。动作不能太生硬，不能像一个低级军官似的。他又试了一次，既要姿势正确，又要雍容雅致有尊严，真正做好委实不容易。这次手举得又高了，又成了该死的纳粹礼。现在想来，叫成年人这么行礼简直愚蠢透顶。把手臂往上这么一抬，这只适合流浪汉，不适于军官。奇怪的是，这么长时间里，我们一直都这么做的！

他又试着行了一次军礼。还得慢些！不能那么快。对着衣橱的镜子，他审视着自己的姿势。先后退几步，然后大踏步向镜子走去："将军阁下，我谨向您交出……"

大抵如此吧。从前，还得把剑交出来，就像拿破仑三世在色当那样。小时候上学时他就知道有这种仪式，现在又想起来了。可他没有剑，那交手枪？肯定不行！再说，他肯定不许有武器。现在才感到，太缺乏这方面的军事训练了。事先是否应该取下佩带手枪的腰带？他又试着往前走出几步。当然，离得不能太近。在相距几米远的地方停下："将军阁下——"

也许可以称呼"战友先生"，不行，如果对方是将军，这不行。不过，也许该行个利落的军礼，握一下手，敏捷而得当，别摇晃。最终，要得到敌方的尊重，这是军官对军官的尊重。广义上说，其实大家都是战友，即便来自敌对阵营。英勇奋战后，一方败北了。对实诚的战败者也应有适当的尊重。

纽鲍尔感到自己昔日做邮局职员时的劲头在抬头，他感到一个历史性的关键时刻到了："将军阁下——"

端庄威严，然后握一下手，也许还要共进便餐，像人们讲的从前骑士对待敌手那样。隆美尔接待英国战俘便是一个样板。真遗憾，我连一句英语都不会讲。不过，营地犯人中有的是人可以做翻译。

瞧，这么快我就习惯了行这种老式军礼！从根本上说，我从来都不是狂热的纳粹分子。不过是一名德国公务员罢了，一名为祖国竭尽忠诚的德国公务员。韦伯之流，迪茨之辈，他们才是纳粹分子呢！

纽鲍尔取出一支雪茄，牌子是"罗密欧和朱丽叶"。抽吧，盒里留上四五支就行了。到时候，还可以给对方敬烟呢！一支上等雪茄能起到很大的沟通作用。

他喷出几口烟，如果对方想看看集中营，怎么办？没问题！如果他们有什么看不顺眼，就推说他只是按命令执行的，而且执行时心常在流血。军人都会理解的。可是——突然间，他想起了什么。食物，美味可口的丰盛的食物！对啊，食物！人们想看到的往往首先是食物。他必须立刻下达命令，增加伙食定量。这样，就可以显示，在不再有上级命令后，他马上着手尽可能地为犯人办实事了。他马上要同营里的两位总管谈这件事，他们也是犯人，今后可以当他的证人。

斯坦布伦纳立在韦伯面前，一脸兴奋："两个犯人企图越狱，给枪毙了，全是头部中弹。"

韦伯慢慢站起身，懒懒地坐到一个桌角上："多远开的枪？"

"一个三十米，另一个是四十米。"

"真的吗？"

斯坦布伦纳的脸红了。两个犯人都是几米外被他枪杀的，这个距离正好可使伤口处不留下火药痕迹。

"是企图逃跑吗？"韦伯问。

"是的。"

他们两人都知道，当然不是什么企图逃跑，这不过是党卫队队员喜欢的一种取乐游戏的代名词。他们取下一个犯人的帽子，向身后扔去，然后命令犯人去捡。当犯人从他们身边经过时，就会被当成企图逃跑，背后挨上一枪。作为奖励，开枪的往往会得到几天休假。

"你想休假？"韦伯问。

"不用。"

"为什么？"

"别人会以为我想溜走。"

韦伯扬了扬眉毛，慢慢晃起搁在桌上的那条腿。阳光照在皮靴上，它的反光也在光秃秃的墙上跟着晃动，就像一只孤单明亮的蝴蝶。

"这么说，你不害怕？"

"我不怕。"斯坦布伦纳盯着韦伯。

"很好。我们需要好样的，尤其是现在。"

韦伯观察斯坦布伦纳有很长一段时间了。他喜欢他。他很年轻，而且在他身上仍然具有使党卫队一度闻名的那种狂热。"尤其是现在，"韦伯重复道，"我们需要党卫队中的党卫队。你懂吗？"

"我懂。至少，我想我是懂的。"

斯坦布伦纳脸又红了。韦伯是他的楷模，他对韦伯有一种盲目崇拜，就像某些小孩对印第安首领的崇拜一样。他曾经听说，1933年之前，韦伯在几次室内斗殴中表现勇敢。他知道，1929年韦伯曾参与暗杀五名共产党工人，因此在监狱里被关了四个月。那几个工人是他们夜里从床上叫起来的，当着家属的面被活活踩死。他也听说，当盖世太保时，韦伯审讯犯人手段如何残忍，还知道一些他对国家敌人残酷无情的事例。斯坦布伦纳唯一的心愿，就是要成为他心中偶像这种人，他是在纳粹党的教育下长大的。纳粹开始执政时，他才七岁，因而他是地地道道的纳粹党正统教育的产物。

韦伯说："没有经过仔细审查就吸收加入党卫队的人实在太多了。现在考验的时候到了，是辨别良莠的时候了。逍遥自在、无所事事的时光已经过去了，你知道吗？"

"是。"斯坦布伦纳挺直了身体。

"我们这儿已经有了十二名干将，都是经过仔细考核的。"韦伯审慎地看了斯坦布伦纳一眼，"晚上八点半，你到这儿来一下，我们再接着谈。"

斯坦布伦纳转过身，兴冲冲地走了。韦伯站起来，绕着桌子踱步。又多了一个，他想，足够在最后的时刻把老家伙的计划彻底搅乱。他狞笑起来，他早发现纽鲍尔要把自己打扮成天使，并有心要把全部责任推在他身上。至于责任，他倒无所谓。伤天害理的事他干过不少，但他不喜欢扮成天使。

下午的时间过得很慢。党卫队几乎不再进营地。他们并不知道犯人们已经有了武器，但他们的小心谨慎并不是因为这个缘故。即使犯人们现有的手枪多上一百倍，在公开的战斗中仍然无法与拥有机枪的党卫队较量。党卫队之所以突然这样畏缩不前，仅仅因为犯人实在太多了。

三点钟的时候，集中营大喇叭宣读了二十个犯人的名字，他们十分钟后应该在大门口集合。什么可能性都有，可能是审讯，可能是死亡。集中营的地下组织马上安排这二十名犯人离开了各自营房，其中有七名藏到了小营。广播又重复了党卫队的命令。这二十名犯人全是政治犯，可没有人听从命令。集中营里的犯人公开违抗命令，这还是头一回。过了一会儿，广播里又命令全体犯人到点名场集合。地下组织马上传话来，要大家留在营房里不动。只要一到点名场，犯人很容易受到机枪扫射。韦伯想动用机枪，但还不敢如此公然与纽鲍尔作对。集中营的地下组织从办公室人员那儿了解到，集合命令不是由纽鲍尔发布，而是韦伯的擅自主张。接着，韦伯又通过扩音喇叭宣布，如果所有犯人不到点名场上集合并且交出二十名政治犯，整个集中营就不发饭菜。

四点钟时，纽鲍尔传下话来，要几个集中营总管立刻去见他。总管们听从了命令，整个营地的犯人都提心吊胆起来，不知道他们是否还能回来。

半个小时之后，他们回来了。纽鲍尔给他们看了押送犯人的命令。这是第二道转押犯人的命令，就是要在一小时内把两千名犯人集中起来，押离集中营。可纽鲍尔对他们说，他本人准备把转送日期推迟到第二天早晨。秘密组织立即在集中营医院开了一个会。他们首先成功说服了党卫队医生霍夫曼——他已经加入了他们的行列——让他利用他和纽鲍尔的关系去劝说纽鲍尔把召集二十名政治犯的命令也推迟到第二天执行，并且取消全体犯人到点名场集合的命令。这样，不发饭菜的命令便自行失效。霍夫曼马上去了。地下组织还做出决定，第二天早晨也绝不交出任何人。如果党卫队试图抓出两千人来，地下组织要尽量搞破坏，阻止他们的行动。地下组织告诉大家，到时候要设法逃进营房或者逃到营区小路上去，由犯人自己组成的营地警察会予以协助。那些党卫队队员除去那十来个骨干之外大概不会有谁再有兴趣去尽职尽力。这时，党卫队小队长皮特传话过来说，他可以被视为可靠人士。最后一项是二百名捷克犯人的决议。他们宣称，要是最终还得有人被转送出去，他们愿意充当第一批转送出去的犯人——以便拯救另外二百名肯定再经受不住长途跋涉的捷克犯人。

维尔纳穿着病号服，蹲在斑疹热病房附近。他说："一天时间就够了，每拖延一小时都对我们有利。霍夫曼还在纽鲍尔那儿吗？"

"还在那儿。"

"要是他办不成，我们就得靠自己了。"

"用武力吗？"莱文斯基问。

"不能公开用武力。一半用武力。不过要等到明天。到了明天，我们就会比今天强大两倍。"维尔纳往窗外看了看，然后拿起他的计划，"再说一遍，如果一天只发一顿，我们还有四天的食品。面粉、麦片、面条都……"

"那好吧，医生，这事我来负责。明天见。"望着霍夫曼医生离去的背影，纽鲍尔轻轻吹了一声口哨。他想，你也如此，我当然愿意，人多多益善，彼此可以包容开脱。他小心地把转送犯人的命令放入他的特别公文夹。然后，在自己小巧的旅行用手提打字机上，噼里啪啦打出推迟转送犯人的命令，打好后也放入了特别公文夹。之后，他打开保险箱，将公文夹放进去，锁上。上面来的这道转送命令对他来说是个好运气。他重新把公文夹取出，打开打字机，接着慢慢打出一份新的备忘录——撤销韦伯不发饭菜的指令，随后又加上自己发放一顿丰盛晚餐的命令。事情虽小，可事关重大。

党卫队营房里笼罩着一派阴郁气氛。党卫队正小队长凯姆勒神情沮丧，他正考虑自己有没有资格领退休金，或者退休金能否付给他。上大学时，他忙于争斗，不学无术，没有一技之长，不知道以后能做什么工作。先前做过屠夫伙计的党卫队士兵弗勒斯特德则在回想，1933年至1945年期间他经手过的那些人是否都已经死去，他真希望一个都没幸存。其中的二十来个肯定已经死了，是他自己用棍子、桌腿和鞭子解决的。可是，另外十来个人是否死了，他不很清楚。党卫队小队长勃尔特，以前是个公司小职员。他很想向内行人打听一下，以前他侵吞过公款的事是否还会被追究。尼曼，这个注射毒剂的行家，在城里有一个同自己维持同性恋关系的朋友，此人答应替他搞些伪造的证件。可尼曼不能信任他，决定把最后一剂毒药留给这位朋友。党卫队士兵杜达想杀出一条生路，去西班牙，再去阿根廷。他相信，这年头，无所畏惧的人总是需要的。与此同时，布豪尔正在刑讯室里扼杀天主教神父魏肯迈斯特，他干一会儿，歇一会儿，做得不紧不慢。党卫队小队长佐莫，身材矮小，特别喜欢把高个子犯人折磨得发出恐怖的嚎叫。此时，他满面愁容，好像一个黄金青春时代已过、姿色衰败的处女。有六七个党卫队的人希望犯人们会给他们公平良好的证明。有些人仍然相信德国会胜利。另一些人准备投奔共产党。有一部分人深信自己从来就不是真正的纳粹分子。很多人什么都不想，因为他们从来没学过如何思想。不过，几乎所有的人都认为，自己从来都是在执行命令，因而他们对某个人或对整个人类都没有犯下罪行。

"已经一个多小时了。"布赫望着不见人影的机枪岗楼说。

岗哨已经离去，却没有人来接班。这种情况以前也常出现，可每次时间都很短，而且仅限于小营。可现在远远近近都见不到一个岗哨了。

下午不过去了三个小时，却好像有五十个小时那么长。大家都已筋疲力尽，说不出话来。最初，他们没注意到机枪岗楼上没有党卫队的人来换班。布赫首先发觉了。他还发现劳工营里也没有了岗哨。

"也许他们早就撤离集中营了。"

"没有。雷本塔听说他们还在。"

他们继续等待。岗哨没有出现，饭菜却发下来了。去领饭菜的犯人说，党卫队依然在那儿，但看上去他们正准备撤退。

饭菜开始分发，犯人之间有气无力的争抢扭斗也随之出现。他们只能把那些饿得瘦骨嶙峋的犯人向后推。509 叫道："人人都会有分！比往常多，多得多呢！每人都会有的！"

大家终于平静了下来。稍微壮实些的人在锅边围成了一圈，509 开始分发饭菜。因为贝格还藏在集中营医院里。

亚哈随鲁惊异地说："你们瞧，还有马铃薯呢！还有碎肉，真是奇迹！"

汤明显比往常浓得多，分量也几乎增加了一倍。另外，面包是双份。虽然饭菜仍少得可怜，可对小营的人来说，已经难以置信了。布赫汇报说："纽鲍尔亲自在伙房盯着，这种事我还是第一次碰到。"

"他是想为自己找证人。"

雷本塔点点头："他们以为咱们都是傻子。"

"他们想不到这一点，"509 把一个空杯子放到身边，"他们不会费心想我们的。他们以为他们希望怎样，我们就会怎样。就这么简单。不管什么事，他们都是这样，自以为什么都知道，都胜人一筹。他们战败的原因就在于此，因为他们自以为对苏联、英国、美国无所不知，比谁都了解。"

雷本塔打了一个嗝。"这声音多美妙啊！"他虔诚地说，"上帝啊，上一回我打嗝是在什么时候啊？"

他们又兴奋又疲劳，聊着聊着，几乎听不到自己在说什么，好像躺在一个无形的岛屿上。他们的周围，"穆斯林"正在死亡，尽管喝到的汤富有营养，那些"穆斯林"还是在一个个死去。他们慢慢挪动着蜘蛛般的细长四肢，时而发出几声尖叫，时而低声喃喃几句，或者睡过去一命呜呼。

布赫尽量挺直身子，他慢慢穿过点名场，走到将妇女营与小营隔开的双层铁丝网跟前。靠到铁丝网后他唤道："露丝！"

她站在铁丝网的另一边。晚霞映照在她的脸上，为她抹上了一层健康的色彩，好像她已享用了好几顿丰盛的饭菜似的。布赫说："瞧，我们都站着，就这么无遮无挡地站着，什么都不用担心。"

她点了点头，脸上现出微微一笑："是啊，头一回这样。"

"就好像这是花园的围栏，我们可以靠在上面，可以无所担忧地交谈，就好像在春天的一个花园旁边。"

当然，他们并不能无所顾忌。时不时地，两人还得四下张望，朝那些见不到人影的岗楼张望，这是他们根深蒂固的习惯。他们了解这点，而且也知道自己应该克服这种心理。他们相对微笑，两个人都坚持着不先往岗楼那边张望。

别人也开始模仿起他们。尚能站立起来的人，都站起来走动了。一些人向铁丝网走去，离得那么近，超出了一般允许的范围——要是岗楼上有岗哨，他们会开枪的。正因为如此，让人感到尤其得意，这似乎很幼稚，其实并非如此。他们小心翼翼地走着，好像身上装着木制假腿。有些人脚步不稳，不得不伸手去扶身旁的物体。一颗颗头颅又昂了起来，布满沧桑的脸庞上，眼睛不再茫然地盯着地面或呆呆空望，一双双眼睛又在巡视，又在观望。一些好像早已忘却了的东西忽然又隐现在他们的大脑里——几多痛苦，几多惊骇，又都不可名状。就这样，他们艰难地走过点名场，从一堆堆尸体旁走过，从一群群气息奄奄的难友身旁走过。那些难友，有的行将死去，有的只剩下挪动身体或想吃东西的力气。他们踱着步，好像一群骷髅在漫步，他们苦难受尽，形若幽灵，但心中最后的生命星火终究还没有死去。

最后一缕红霞消逝了。一片幽蓝覆盖了山谷，吞没了山丘。岗哨始终没来上岗。黑夜降临了，勃尔特却没来晚点名。莱文斯基却带来了新消息：党卫队营房那儿正乱乱哄哄忙做一团，美国人估计一两天内就能来到。明天不会再转送犯人了，纽鲍尔开车进城去了。莱文斯基咧嘴笑了笑，这回露出了全部牙齿："要不了多久了！我得赶快回去。"他把三个藏在小营里的人带走了。

这个夜晚很宁静，天空浩瀚，繁星密布。

24

临近拂晓，传来了嘈杂声。起初，509 听见远处有几声喊叫划破寂静。那不是受酷刑折磨的犯人发出的惨叫，而是一群喝得烂醉的暴徒的狂呼。

接着，枪声响彻夜空。509 伸手摸到藏在衬衣下的左轮手枪。他竭力想听出来是不是只有党卫队在放枪，还是维尔纳那批人已经开始回击了。接着又传来了冲锋枪的吼叫声。

他悄悄爬到一堆死人后面，观察小营的入口处。天色依然很暗，那堆死人周围死尸遍地，很便于混入其中。

狂呼嚎叫声和射击声持续了几分钟，忽然，声音变得越来越响，越来越近。509 将身体紧贴着那堆死人。接着，他看到机枪口喷射出的红色的火舌，听到子弹在到处飞溅。六七个党卫队成员正一边射击一边沿着营房间较宽的道路跑下来。他们朝道路两侧的营房扫射。流弹不时软软地射中地上的死人。509 平卧在地上，隐蔽得很好。犯人们突然从四下冒出，他们像受惊的鸟儿，摆着双臂，蹒跚着到处奔逃。"快趴下！"509 大声叫道，"趴下！装死，别动！"

有些人听到他的喊叫，卧倒在地上。另一些人则踉踉跄跄朝营房奔去，在门口挤成一团。大多数躺在营房外边的都待在原地不动。

那群党卫队的人经过厕所，朝小营奔来。大门被撞开了。昏暗中，509能看出他们的轮廓，在枪口的火光中，还能看见他们扭曲的面孔。其中一人喊道："到这儿来！到这儿的营房来，给咱们弟兄烧把火暖和暖和！他们正挨冻呢！快！"

"快，斯坦布伦纳，快点儿！把那几罐都用上。"

509听出那是韦伯的声音传来。斯坦布伦纳喊道："门口有人。"

机关枪嗒嗒嗒地射向门前黑乎乎的人群。那群人倒成了一堆。韦伯的声音传来："干得好！现在赶快动手吧！"509听到液体汩汩流动的声响，好像有水在倾倒出来。他看见一个乌黑的罐状物在摇晃，罐中泼出的液体高高飞溅到墙上。他闻到了汽油味。

这是韦伯的精锐小队在举行他们的告别仪式。午夜时，他们接到了撤退的命令。大部分队员很快撤走，而韦伯这一伙把剩下的烈酒拿来畅饮了一通，他们不甘心就此撤走，还要对整个集中营来一次突然袭击。韦伯叫人带上汽油。他们要把集中营变成一片火海，要给人留下长久记忆。

对于石质结构的建筑，他们奈何不得。但对小营那些从波兰运来的老木头营房，他们便可以为所欲为了。

"好了，火光魔术正式开演！"斯坦布伦纳叫道。

一根火柴点燃了，接着整整一盒都点燃了。手持火柴的那个人将它投到地上。另一个将第二盒扔进紧靠营房的一只桶里。火灭了。可是，从第一个火柴盒燃起的火苗则蹿出一道细长的蓝色火舌，由地面向营房延伸过去后，蔓延到墙壁上。很快，火舌像扇面一样打开，雾气飘忽之中，一会儿便成了一片颤动着的蓝色火焰。起初，它看上去并不危险，让人觉得像是微弱的放电，细细长长，飘飘忽忽，好像很快会灭掉。接下来，传出了爆裂声，在那飘飘忽忽腾向屋顶的蓝火中，突然蹿出了心脏形的颤抖着的黄色火芯——火焰。

营房门被推开了一角。"谁出来，就打死谁！"韦伯命令道。

他挟着机关枪扫射着，门口一个人影倒进门去。是布赫，509想，或者是亚哈随鲁。他们俩平时喜欢睡在门边。这时，一个党卫队跳到前面，拖开横在门前的死人，将门砰的一声关上，然后又跳回来。"现在可以开始了！追野兔子！"一束束火焰高高蹿起。透过党卫队成员的吼叫，509听见了犯人们的喊叫。隔壁营房的房门打开了，人们跌跌撞撞冲出来，张着的大嘴，好像一个个黑洞。枪声响起处，没有一个人能够逃脱。很快门前摞起一堆抽搐着的"蜘蛛"。

起先，509僵直地伏在地上。此刻，他小心地抬起身，他能清晰地看到火光中党卫队成员的身影。他看见了叉开双腿站在那儿的韦伯。慢点，他想，他身上的每一个部分都在颤抖，慢点，一步一步来。他从衬衣下抽出手枪。此时，在党卫队队员的吼叫和火焰嘶嘶声的片刻间歇中，他听到犯人比刚才更响的喊叫声，凄厉尖细，已不似人的声音。不假思索，他对韦伯的后背扣动了扳机。

枪声混杂，他没听到自己的枪声，也没看到韦伯倒下。突然，他意识到手中的手枪未曾震动过，他的心好像让锤子猛击了一下——手枪根本没有射出子弹！

他没有意识到自己在咬嘴唇，一阵晕眩像黑夜一样淹没了他，他咬紧嘴唇，竭力不让这黑雾把自己吞噬。莫非枪受潮了，不能用了？眼泪流下，是咸的。他一阵愤怒，再最后摸一下。手迅速摸过枪身光洁的表面，一个小小的扳扣退下了，这次，一阵欣慰，身上一阵热流，又一阵热流——刚才他忘记打开了手枪保险。

总算幸运，没有一个党卫队队员转过身来。他们没有防备这个方向。他们还在那儿站着，狂喊着，用火力封锁着那些营房门。509举起手枪放到眼前。闪耀的火光中，他看到保险已经打开。双手仍在颤抖，他索性卧在死人身上，为了保险起见，干脆把手支在上面。他用双手瞄准。韦伯就站在离他十步远的地方。509慢慢地吸了几口气，然后屏住呼吸，尽力稳住双臂，慢慢勾回手指。

枪声淹没在其他枪声之中，但509非常强烈地感到了枪的反冲。他又开了一枪，韦伯向前踉跄几步，然后半侧过身子，好像大吃一惊似的，接着双膝一软，倒了。509继续射击，他瞄准到另一个腋下挟着冲锋枪的党卫队队员，扣动了扳机，又扣动了扳机。子弹打完了，他还扣动了很久。那个党卫队队员并没有倒下。509站了起来，手里无力地提着手枪，他以为自己会即刻被击中。可一片纷乱之中，谁也没有注意到他。他又颓然倒在死人堆后面。这时，一个党卫队队员突然注意到了韦伯。

"嘿！"他大叫起来，"中队长！"

韦伯刚才站在他们身后几步远的地方，所以他们没有马上发现他出了事。"中队长！你怎么啦？"

"他受伤了！"

"谁干的？你们中哪个干的？"

"中队长！"

他们根本不会想到韦伯会被其他人从背后击中，还以为是中了流弹。"他妈的！哪个白痴——"

又有枪声响起。可是这一回，子弹是从劳工营方向射来的。枪口的火光，已经闪闪可见。"美国人来了！"一个党卫队队员喊道，"走！快走！"

斯坦布伦纳朝厕所那边扫射了一阵。"快撤！从右边跑！穿过点名场！"有人喊，"快！别让他们把我们堵在这儿！"

"中队长怎么办？"

"我们拖不动他！"

来自厕所方向的枪口的红光越来越近了。"快！快跑！"

那几个党卫队队员一边射击，一边绕过燃烧着的营房跑着退去。509站了起来，跌跌撞撞地向营房跑去。他摔倒了，再爬起来，营房门终于被他撞开了："出来！快出来！他们跑了。"

"他们还在开枪——"

"是咱们自己人。出来！出来！"

他又跌撞着跑到隔壁营房，抓住一些死人的手脚把他们拖开："快出来！他们跑啦！"

一个个人形冲出营房门，跨过地上的死人跑了出去。509还在匆忙奔跑。A组的门已经着火了，无法靠近，他喊着喊着。他听见了枪声，只听哗啦一声，一块燃烧着的木头从屋顶上掉下来，砸到他的肩上。他倒了，又挣扎着站起来。突然他感到猛烈的一击，一下子坐到地上。他竭力想站起来，可是他做不到。又听到喊叫声，看见人。突然，人很多，好像都在很远的地方，他们不是党卫队队员而是犯人，他们抬着或背着自己的难友，跟跟跄跄要绊到他身上了——他爬到一边，可他什么也不能做，他筋疲力尽，觉得要累死了。他不想挡道。他刚才没有击中那个党卫队队员，也许韦伯也没有被击中要害，一切都白费了，他一事无成。他继续爬去，前面就是那堆死人，他也要加入其间。他不值一文。布赫死了，亚哈随鲁也死了。他本该让布赫去干的，应该把手枪给他，如果那样就好了。他都干了些什么啊？

他艰难地靠在死人堆上。身上什么地方疼得厉害。他用手在胸前摸了一下，举起来一看，上面是血。他看到了血，可是这对他什么触动都没有，他不再是他，他只能感到火烧火燎，听到人们的喊叫声，然后，这一切越来越远。

他醒了过来。营房还在燃烧，空中弥漫着木头和人体的焦煳味，还有阵阵腐臭。火烧的热气把死人烤热了。尸体横在那儿本来就几天了，现在开始流出液体，发出臭味。恐怖的叫喊声已经停止。长长一列没有尽头的人们正抬着被火灼伤烧伤的幸存者离开那几个营房。509听到布赫正在什么地方说话。这么说，他没死！也就是说，一切并没有白费。他朝四下看了看，隔了一会儿，他觉得身边有什么东西在动。又过了一会儿，他认出来了，那是韦伯。

韦伯趴在地上。他在维尔纳那伙人来到之前，爬到死人堆后面，维尔纳他们没发现他。他一条腿蜷起，双臂伸开，嘴里流着血。他还活着。

509想举手招呼人，可他太虚弱了。他感到喉咙焦干，只能发出一些嘶哑的声音，而这声音全淹没在营房燃烧发出的噼噼啪啪声中。韦伯看到了509移动着的手，他用眼睛盯着那只手，接着，他的目光遇上了509的双眼，两人四目相对。

509不能断定韦伯是否认出了他，也不知道对面那双眼睛在说什么。只是他突然觉得，自己的目光一定要比韦伯的坚持得更长久，自己一定要活过韦伯。这一点在此刻突然变得格外重要——似乎他这一生始终深信不疑并为之奋斗、为之受尽苦难的一切，其正确与否就取决于此了，就取决于他此时此地脑中的生命星火能否比韦伯的燃烧得更长久了。这好像是一场决斗，是一次上帝的裁决。如果他能挺住，那么，那个对他说来至关重要以致他甘愿以生命来冒险追求的东西便也能挺住。这是最后的一搏，命运又给了他一次机会——他必须成功。

他轻轻地、小心地呼吸着，不让呼吸引起太大的痛楚。他看见血从韦伯的口里流出，他用手摸了一下，想知道自己嘴里是否也在流血。他感到了什么，可当他举起手来查看时，发现血迹并不多。他这才想起，这是从咬破的嘴唇流出来的血。

韦伯的眼睛盯着他的手，他们的目光又相遇了。

509竭力想思考一下。他想知道什么事情最重要以及那是什么。他希望它能给自己增添力量，它与人类最简单的东西有关，失去了它，世界就将毁灭。这一点，他那疲惫的大脑知道得还很清楚。通过它，另一个东西将被消灭，那另一个东西就是全然的邪恶，是反基督精神，是与精神相对立的肉体的深重罪孽。还应该说什么吗？他想，可语言能表达的实在太少了，语言还有什么用？他必须坚持，必须让他死在前面，这就够了。

奇怪，居然没人看到他们俩。他自己没让人看到，这不难理解，这里本来就死人遍地。可韦伯呢？他躺在死人堆的阴影里，穿着黑色制服，靴子也不反光，原因一定在这里。再说，四周已经没有多少人了。人们都站在远处，望着大火中的营房。那营房的木板墙已有几处倒塌了。多少年的苦难，多少年的死神，正在烈火中化为灰烬。多少个刻写在板壁上的名字和字迹正在烈焰中消失。

轰的一声，火焰蹿得老高。营房的屋顶落进一片火海中。509看到，燃烧着的木板在空中飞起，看上去它们飞升得很慢，有一块飞过死人堆，落到一只脚上后，翻了一个个儿，砸到了韦伯身上，正巧砸在他脖颈处。韦伯的眼睛颤抖起来，制服的领子开始冒烟。509本可以翻过身去，把木板推开。至少他觉得，他还可以这么做。不过，他不知道自己的肺是不是已经受伤，不知道这样做会不会引起大口喷血。然而，这并不是他躺着不动的原因。他袖手旁观也不是因为要报仇。此刻，它关系的是比报仇更重要的东西。如果是报仇，那它的意义便太微小了。

韦伯的双手抖动着，脑袋抽搐了一下。木板继续烧着他的脖子，他的制服已经烧穿，冒出小小的火苗。韦伯的头又动了一下。木板往前滑去，紧跟着他的头发烧着了。木块发出咝咝的声音，火舌向他的耳朵和脸部舔去。509现在更能清楚地看到他的眼睛了。那眼珠凸得很厉害，血正从无声蠕动着的嘴中一股一股地涌出。营房大火的爆裂声淹没了所有其他的声响。

那颗脑袋变得光秃乌黑了，509还盯着它看，木板渐渐烧尽，韦伯嘴中不再有鲜血流出。一切都在下沉，剩下的只有那双眼睛，整个世界都缩成了它们。

509不知道就这样过了多长时间，是几个小时，还是几分钟——只见韦伯那两个没有动静的双臂，似乎突然松了一下。接着，那双眼睛发生了变化，它们不再是眼睛，而是成了两团胶状物。509静静地坐了一会儿。然后，他小心地支起一个手臂，向前挪去，他得在临死前再证实一下。此刻，只有他的脑子还能完成某些过程，身体在似乎失去了重量的同时，拥有了大地的重量，他几乎无法支配他的身体，再也无法让它前行。

慢慢地，他将身体向前探去，伸出一个手指头，戳进韦伯的眼睛。没有反应。韦伯死了。509想坐起来，可现在他连这个也做不到了。刚才，他的向前探身引起了他先前猜到的情况，什么东西从他身体深处喷射了出来，就好像它喷发自大地。血流得毫不费劲，他也没有感到痛楚，血流到了韦伯头上。这血似乎不只从他的嘴中涌出，而是从他整个身体里涌出，鲜血涌出后流回了大地，流回刚才那儿涌出了喷泉般鲜血的大地。509听任血流，他的双臂渐渐软了，麻木了。烟雾中，他看到了亚哈随鲁的身影，在营房衬托下，那身影好像巨人一般。原来他没有死，509这样想道。接着，支撑他的大地软成了一片沼泽，他沉陷了进去。

最初的惊慌混乱稍稍平息后，人们才开始找他。找了一个多小时，最后还是布赫想到，再回营房那儿找找，终于在死人堆后，他们发现了他。

看到莱文斯基和维尔纳走来，布赫说："509死了，被子弹打死的。韦伯也一样。他们两个都在那边。"

"被子弹打死的？那他当时在外边？"

"对，当时他在外边。"

"他带着手枪？"

"对，带着手枪。"

"韦伯也死了？这么说，是他把韦伯打死的！"莱文斯基说。

他们把509抬起来，又把他身体放直。然后，他们把韦伯的身体翻过来。

"是让子弹打的，"维尔纳断言道，"他背后中了两枪。"

维尔纳向四周看了看，看到了那支左轮手枪，他捡起手枪："子弹打光了，他肯定用过了。"

"我们得把他抬走。"布赫说。

"抬哪儿去？这里到处都是死人。七十多个人被烧死，一百多人受伤，先让他留在这儿吧，等有了地方再来抬他。"说着维尔纳改变了话题，他问布赫："你会开车吗？"

"不会。"

"我们需要——"维尔纳停住了话头，"我在说什么呢？你们是小营里的。我们得找能开卡车的。走吧，莱文斯基！"

"唉！509死了，真遗憾。"

"是啊……"

他们离开了。莱文斯基还回头望了一次，随后跟在维尔纳后面走了。布赫仍站在那里。清晨一片灰蒙蒙的，营房的残骸还在燃烧。七十来个人给烧死了，布赫想，要不是509，死的人还会更多。

他久久地站着，热气从营房那边吹来，好像此时是个不正常的夏天。热风吹拂着他，他感受着，又很快将它忘记。509死了。死去的人好像也不是七十，而是几百。

地下组织的领袖们当即接管了集中营。到了中午，伙房已经恢复工作。手持武器的犯人守候在各个入口处，以防党卫队反扑。临时委员会也由各个营房选出的犯人组织成立，并已经开始工作。此外，还成立了一个小分队，准备尽快到附近村子征集食品。"我来接您的班。"有人对贝格说。

贝格抬起头来，他疲乏得几乎什么都听不懂了。"给我打一针吧，"说着他伸出胳臂，"不然，我要倒下了。我已经看不清眼前的东西了。"那人说："我已经睡了一觉，现在我来接您的班。"

"麻醉剂快用完了，现在咱们急需麻醉剂。去城里的人还没回来吗？我们让他们去城里几家医院找药去了。"

来接班的是斯沃博达教授，捷克营房里的犯人，布尔诺人。他看出贝格已经疲惫不堪，可还像一个自动机器一样在机械地工作。于是他大声说道："您现在必须去睡觉。"

贝格眨了眨他那发炎的眼睛，说："好吧，好吧。"可身子还朝那个烧伤的犯人俯了下去。斯沃博达抓住他的胳膊，说："去睡觉吧！我来接您的班。您得去睡一会儿。"

"睡觉？"

"对，去睡觉。"

"好吧，好吧。可是营房——"贝格一下子清醒过来，"营房已经烧塌了。"

"您去储衣室里睡，那儿给咱们准备了几个床铺，您去那儿睡一会儿。过几个小时，我会来叫您。"

"过几个小时？我一睡下去，就醒不过来了。我还得，我的营房，我还得——"

"走吧，"斯沃博达坚持说，"走吧！您已经干了很多了。"

他招手叫来一位帮手说："带他去储衣室，那儿有几张给医生准备好的床。"

接着，他抓住贝格的手臂，让他转过身去。

"509——"贝格说着已经处于神志不清的状态。

"是，是，好的。"斯沃博达支吾着，不知道他指的是什么，"509，当然，当然，都没问题。"

贝格听任别人帮他脱下白大褂，把他领出房间。室外的空气扑面而来，好像是一股沉重的巨浪。他摇晃了一下，站住了脚，好像水浪还在向他劈头盖脸地扑来，他对那个扶着他的人说："我的天哪，我做手术了！"那人接话道："当然了，还会是别的吗？"

"我做手术了。"贝格重复道。

"就是,做手术了。一点也没错。你先做了包扎,涂上油膏,然后,拿起手术刀,就开战了。我们抽空给你打了两针,还让你喝了四杯可可。有你在这儿,真是帮他们大忙了!伤员可真多啊!"

"喝可可了?"

"是啊。都是那些混蛋留着自己喝的。可可,黄油,天知道都还有什么!"

"我做手术了!我真做手术了!"贝格喃喃自语道。

"可不是!要不是我亲眼所见,我说什么也不会相信。就你这把骨头,居然还能给人开刀。现在你必须到床垫上睡几个小时。这回你要在一张真正的床上睡觉,一张党卫队小队长的床。走吧。"

"本来我还以为……"

"以为什么?"

"我还以为再也干不来这一行了。"

贝格仔细看了看自己的手,把双手翻过来又看了看,然后垂下手臂。"好吧,"他说,"睡觉……"

天色灰暗,紧张气氛在加剧,座座营房像蜂窝似的嘈杂一片。这是一个异乎寻常的时期,前途未卜。虽已获得了自由,却似乎还不自由。希望、谣言和令人毛骨悚然的恐惧,接踵而来。党卫队暴徒或者有组织的希特勒青年团仍有可能随时进行反扑。尽管弹药库里的武器已经分发下去,但对付这个集中营只消几个装备精良的小分队就足以解决,或者用几门大炮,随便就可以将这里夷为平地。

死人都运到了焚尸场,没有别的办法,人们只能将尸体像堆木柴一样堆起来。医院里已经拥挤不堪。

午后不久,天空突然出现了一架飞机。它从城市后面低低的云层中钻出来,犯人们又是一阵骚动。

"都到点名场上去！能走的都到点名场上去！"

又有两架飞机出现在云层中。它们绕了一圈，跟上了第一架，引擎轰鸣着。成千上万的犯人翘首仰望。

飞机飞驰而来。委员会的几个头头把劳工营的一部分犯人带到了点名场上。他们排起两行长队，形成了一个巨大的十字。莱文斯基还从党卫队住处拿来几条床单，十字的四端，有四个犯人举着床单在挥动。

现在，飞机飞到集中营上空了，并绕着它盘旋起来，它越来越低。

"看！"有人叫道，"那些翅膀，又摆起来了！"

犯人们摇着床单，摇着双臂，在引擎的噪声中高声呼喊。许多人干脆脱下外衣，举起来挥舞。飞机又一次降低高度，飞了过来，机翼又做了一次摇摆致意后，飞走了。

人群蜂拥着往回走去，一边走一边不住地抬头仰望天空。"熏肉好啊，"有人说道，"上次大战开始后，1914年能买到很多外国熏肉……"就在这时，他们忽然看到山坡马路上出现了第一辆美国坦克，它正沿着公路，急迫地隆隆驶来。

25

果园沐浴在一片闪亮的银光里，空气中飘着紫罗兰的芳香，靠近南墙的果树看上去都像被粉色和白色的蝴蝶盖满了。

阿尔弗里德走在前面，他身后跟着三个人，他们脚步很轻，接着阿尔弗里德指了一下棚屋，三个美国人马上无声地散开。

阿尔弗里德把门推开。"纽鲍尔，"他叫道，"您出来一下！"

一阵咕哝声从温暖的黑暗中传出："什么？谁啊？"

"快出来。"

"什么？阿尔弗里德？是阿尔弗里德吗？"

"是。"

纽鲍尔又咕哝道："真该死！没睡好！光做梦了。"他清了清嗓子说："都是些乱七八糟的梦！你刚才跟我说'快出来'？"

一个美国人蹑手蹑脚走到阿尔弗里德身边，按亮手电筒说道："出来！把手举起来！"

白色的光斑下，纽鲍尔正衣冠不整地坐在一张行军床上。他的凸眼睛在明亮的手电光中瞪着，眨巴着。他含糊不清地问："什么？这是怎么回事？您是谁？"

"把手举起来！"那个美国人说，"你是不是叫纽鲍尔？"

纽鲍尔半举着双手，点点头。"梅伦集中营的大队长，对不对？"

纽鲍尔又点点头。

"出来！"

这时，纽鲍尔看到一把黢黑的自动手枪枪口正对着自己。他站起身，双手举起的动作太猛，以致手指杵到了低矮的顶棚。"我还没穿好衣服。"

"出来！"

纽鲍尔犹豫地走出来，他只穿着衬衫、裤子和靴子。他站在那儿，脸色灰白，睡眼惺忪。一个美国兵上前很快在他身上搜了一遍，另一个队员则走进棚屋去搜查。

纽鲍尔看着阿尔弗里德问："你把他们带这儿来的？"

"对。"

"犹大！"

"纽鲍尔，你不是基督，"阿尔弗里德慢悠悠地答道，"我也不是纳粹。"

进棚屋的那个美国兵这时走出来，摇了摇头。那个会讲德语的美国兵说："我们走吧。"他是一个下士。

"我可以把外衣穿上吗？"纽鲍尔说，"就挂在棚屋里，在兔子笼后面。"

下士犹豫了一会儿，然后走进棚屋，拿出一件便装。

"对不起，不是这件，"纽鲍尔说，"我是军人。对不起，请把我的制服拿来。"

"你算什么军人？"

纽鲍尔眨了眨眼睛说："这是我的党内制服。"

下士走回屋，取来了那件制服。他检查了一下，然后递给纽鲍尔。纽鲍尔穿上制服，扣上纽扣，挺直身子，说道："大队长纽鲍尔在此听从吩咐。"

"行了，行了，走吧。"

他们走在果园里。纽鲍尔发现纽扣扣错了，他解开扣子，重新扣好。最后的时刻，事事不如意。韦伯这个叛徒，竟然纵火烧营房，想让我吃不了兜着走，那完全是他自作主张。这是很容易得到证实的，那天晚上，纽鲍尔已经不在集中营了。他是后来从电话里听说这件事的。不管怎么说，是个该死的悲惨事件，特别是在眼下。现在，阿尔弗里德又成了第二个叛徒。他干脆不露面了。纽鲍尔想逃走的最后时刻，他却没了汽车。部队都已经撤离，在树林里他又走不动，最后，他只能躲到这果园里来了。本来觉得永远不会有人来这儿找他的，他已把希特勒式的小胡子剃光了。阿尔弗里德，这个浑蛋！

"坐那边去！"下士指着一个车座对他说。

纽鲍尔爬进了车子，他想，这也许就是他们称为吉普车的玩意儿吧，这些人倒没有不友好，还是很规矩的。这人可能是个德裔美国人。我听说过一些海外德国弟兄的事，还有德国同胞联盟或此类组织。

"您德语讲得真好。"他小心翼翼地说。

"当然了，"下士冷冷地答道，"我是法兰克福人。"

纽鲍尔"哦"了一声。看来今天的确倒霉，那些兔子也被偷光了。他进棚子睡觉的时候发现的，兔子笼的门都开着，这些全是凶多吉少的征兆。这会儿，那些兔子也许正在谁家的烧烤架上被火烤得哔哔作响呢。

营地大门大敞着。营房前竖起了临时缝制的旗帜，大喇叭不断传来最新的消息和指示，一辆卡车载着一个个牛奶桶开回来了，营区道路上到处都是犯人。

押着纽鲍尔的汽车停在了大队长住处前，一位美国上校正和一些军官站在那里，他正在发布各种指令。纽鲍尔走下汽车，他拉了拉制服，迈步上前："大队长纽鲍尔在此听候您的吩咐。"他行了一个军礼，不是纳粹式的。

上校看着下士，下士把纽鲍尔的话翻译了一遍。

"Is this the son of a bitch? [1]"上校问。

"Yes, Sir.[2]"

"Put him to work overthere. Shoot him, if he makes a false move.[3]"

纽鲍尔竭力想听懂他们的话。下士说："去，干活去。到那边抬死人去。"

纽鲍尔一直还抱着什么希望，他结结巴巴地说；"我是军官，相当于上校级别。"

"那就更糟了。"

"我有证人，我对他们很仁慈，你们可以问问这儿的人！"

下士答道："我们恐怕还得专门找几个人来，不让这里的人把你撕成碎片。真要是那样，我是没有意见的。走吧！"

纽鲍尔又朝上校看了几眼，上校已经不再理睬他。纽鲍尔转身离开，两个士兵走在他旁边，还有一个跟在他后面。

没走出几步，他便被认了出来。三个美国人忙伸开手臂，做好了围挡准备。他们以为犯人们会向纽鲍尔扑过来。纽鲍尔开始冒汗，他望着前方，想走得快些，又想走得慢些。

不过，什么都没发生。犯人们原地站下，他们没有朝他扑来，只是眼睛盯着纽鲍尔看。他们给他留出一条小道，没有人走近，没有人说话，没有人冲他喊叫或者朝他扔石头，也没有人用棍棒揍他。他们只是看着他，给他让开一条小道，一直看着他走到小营那边。

纽鲍尔释然地松了口气，可很快他开始汗流浃背。他嘴里嘀咕着什么，不再敢抬头，可还能感到投射在他身上的目光，那种众目睽睽仿佛

---

[1]　英语，意为："这就是那个狗娘养的？"

[2]　英语，意为："是的，长官。"

[3]　英语，意为："让他到那边干活去。他要是不老实，就毙了他。"

是一个巨大牢门上有无数窥视孔，好像他已经给关进牢房了，每一道射向他的目光都无比冷酷。他觉得越来越热，走得也更快了。人们的目光依然停留在他身上，而且越发犀利。他能从皮肤上感到，那些目光好像水蛭一样在吸吮着他的血液。他抖了抖身子，但仍然无法摆脱。它们渗在他的皮肤上，吸附在条条血管上。他喃喃低语着："都是军令……我什么都没有……我一直是，他们到底要什么？"

当他走到 22 号营房时，已经浑身湿透了。六名被俘的党卫队队员正同几个卡波一起干活，附近站着几个手持冲锋枪的美国兵。

纽鲍尔突然身上抖了一下，停住了脚步，他看到前面地上的一些黑色尸骸："这……这是什么？"

"别装傻了！"下士厉声喝道，"这就是你们放火烧掉的营房。里面至少还躺着三十具死尸，去，把骨头搬出来！"

"这……我没有下这个命令。"

"当然没有。"

"我当时，不在这儿。这事我一点都不知道，是那些人自己要干的。"

"当然了，总是别人干的。那，这么多年在这儿给糟蹋死的那些人呢？也跟您没关系，是不是？"

"那都是命令，我只是执行。"

下士对身旁的一个人说："往后这两句话将是这里最常用的遁词，'我只是执行命令'和'对这事我一点都不知道'。"

纽鲍尔根本不听他说什么："我总是在尽心尽力——"

下士狠狠地说："瞧，这会是第三句。行了，干活！"他突然喊道："快点！动手把死人搬出来。以为没把你打成肉泥，就这么便宜了？"纽鲍尔弯下腰，摇摇晃晃地开始在废墟中搬动尸体。

犯人们被带来了，他们有的坐在手推车上，有的躺在简易担架上，有的则由同伴们搀扶着，或者自己相互搀扶着，被带到党卫队队员住地的走廊里。那些身上满是虱子的破衣烂衫被要求脱下，跟着将被烧毁。接着，他们被带进党卫队的浴池。

许多人不知道将会发生什么，他们漠然地在走廊里坐着或者躺着。只是当他们看到蒸汽从敞开的门里飘逸出来时，一些人突然活了起来，他们开始哇哇乱叫，惊恐万状地往外挤。"这是澡堂！这是澡堂！"他们的同伴喊叫道，"我们是来洗澡的！"

可这都无济于事。骷髅似的人们互相扭绊着，推搡着，像大个头的虾蟹一样往门口拥去。对这些人说来，洗澡和蒸汽只不过是毒气室的代名词。肥皂和浴巾拿来给他们看了，可还是没有用。以前他们见过这一套，那不过是诱使犯人走进毒气室的伎俩。许多人就这样手上拿着一块肥皂和一条毛巾给毒死了。直到第一批洗得干干净净的犯人走到他们跟前，用身体和言语证实了这只是去洗热水澡，而不是进毒气室后，他们才平静下来。

蒸汽在砌着瓷砖的四壁间腾旋。热水如同温暖的双手。犯人们坐到水里，用他们皮包骨头的双臂和肿胀的关节在水里拍打着。身上厚厚的污垢软化了，肥皂又滑润在他们受饥挨饿的皮肤上，为他们去除脏污。水的温暖不仅仅渗进了骨头，还渗进了更深的地方。热水——他们已经忘记什么是热水了。现在他们躺在其间，感受着它。对许多人来说，热水让他们第一次尝到了自由和解放的味道。

布赫坐在雷本塔和贝格身旁，暖流流遍他们全身。这是一种心灵的喜悦，复活的喜悦。这种生命力诞生于温暖，又进入冻结的血液和呆板的细胞中，它富有生长力，它是一种水状的阳光，对那些他们原以为已经死亡的幼苗轻轻抚触和呼唤。随着皮肤上污垢的溶化，心灵上的污垢也消融了。他们重又感到有人在保护自己，这是一种最简单的受保护感，它来自温暖，就像穴居原始人坐在第一个火堆前感受到的那样。

毛巾递到了他们手中，他们擦干了身体，惊讶地看着自己的皮肤。由于长期饥饿，他们的皮肤是那样灰暗，斑痕块块。尽管如此，在他们看来，那已经白若羽毛了。在储衣室，他们领到了洁净的衣服，他们用手指抚摩着，仔细察看一番后才穿上。接着，他们被领到另一个房间。热水刺激了他们，又使他们疲惫不堪。他们睡意蒙眬地往前走着，准备着继续经历不可思议的事情。

摆着一排排床铺的房间并没使他们感到多么吃惊。他们朝那些床铺看了看，打算接着往前走。"就在这儿。"带他们来的那个美国人说。

他们呆呆地望着他："是让我们睡的？"

"对，让你们睡。"

"一张床睡几个人？"雷本塔指着跟前的一张床，然后指指自己和布赫，问："两个人？"接着他又指了指贝格，竖起三根手指，说："还是三个人？"

那美国人咧嘴笑了，他一把拉过雷本塔，把他轻轻推到最近前的床上，然后把布赫推到第二张床上，贝格推到第三张床，苏尔巴赫推到第四张，说："就这样睡！"

"一个人一张床！"

"还有毯子！"

"我甘愿投降，"雷本塔说道，"还有枕头哩！"

他们得到了一口棺材。这是一个普通大小、分量较轻的黑箱子。可对509来说还是太宽了，再放进一个死人都没问题。这些年来，他独自占有这么大空间还是头一次。

在22号营房的原址上，人们为他挖了一个墓穴。他们觉得这是埋葬509的合适地方。他们将他抬到那里时正值晚上，月牙挂在灰蒙蒙的天上。劳工营里的几个犯人帮他们将棺材放了下去。大家轮流走上前，用一把小铲子往棺木上送上一铲土。轮到亚哈随鲁时，他走得太近，竟一下子滑到了棺材上，大家又把他拉了上来。最后，一些体力比较好的犯人帮他们填满了墓穴。

他们往回走，罗森拿着铲子，打算把它还回去。走近 20 号营房时，有两个人正把一个死人从里面抬出门来，这两个人是党卫队的。罗森在他们跟前停住脚，这两人想绕过他，走在前面的就是注射专家尼曼，他在城郊让美国人逮住后，被押回了这里。就是这个小队长，509 就是从他手里把罗森救出来的。这时，只见罗森往后退了一步，抢起铲子就朝尼曼脸上打去。当他再举起铲子时，担任警戒的美国兵一步跨到前面，从罗森颤抖的手中轻轻取下铲子。

"Come, come…We'll take care of that later.[1]" 美国士兵用英语说道。

罗森浑身发抖，那一铲并没伤着尼曼，只是脸上擦破了点皮。贝格一把拉过罗森的手臂："走吧，干这事你身体还太弱。"

罗森突然哭了起来，苏尔巴赫拉住他另一个手臂说："罗森，他们会给他判罪的。所有的账都会算清的！"

"打死他们，必须打死他们！非打死他们不行！不然他们说回来就会回来！"

他们把他拉开了，那个美国人把铲子递还给布赫，他们又继续往前走。过了一会儿，雷本塔说："真奇怪，你以前可一直不主张报仇。"

"列奥，别惹他了。"

"我随他去了。"

每天都有犯人离开这里。那些可以走动又没什么病的外国劳工被一队一队送上火车。一些波兰人还没有走，他们不想回苏联占领区。小营里的人几乎都弱得走不动路，他们依然需要受到一段时间的照料。再说，许多人不知道他们该往哪儿去。他们都已妻离子散，家破人亡，财

---

[1] 英语，意为："好了，好了……我们以后会跟他们算账的。"

产被剥夺。他们获得了自由，却不知道生活该从何处开始。他们身无分文，留在营地，每天还可以帮着打扫打扫营房。这儿至少有吃有住。他们成群结伴，在这里观望等待。

除了这些感到前途渺茫、无所企盼的人外，也有一些人还没有心灰意冷。他们每天都会下山寻找，手里拿着民政部门和军事当局发给他们领取定量供应的证明，心里揣着这样或那样模糊热切的期望。

许多事情都出乎意料。他们一直期待着解放，大多数人却没有考虑过往后的事情。现在，突然从桎梏中解放出来，呈现在眼前的却不是什么伊甸园。他们面前没有出现奇观，没有花好月圆的团聚，也没能奇妙无比地返回过去无忧无虑的年代。他们获得了解放，随之却陷入了凄凉的孤独和可怕的回忆中。他们的面前是空旷的荒漠和一些渺茫的希望。他们往山下走去，只寄希望于几个人名、地名和几个集中营的名字，寄希望于一种模糊的可能性，他们希望也许还能找到一两个什么人——没有人敢奢望过多。

"只要可能，咱们还是尽早离开为好。"苏尔巴赫说，"这里不会有什么变化的。在这儿待的时间越久，想走就越困难。慢慢地，自己会发现，又糊里糊涂地进到了另一个集中营里，一个为没有去处的人们设的集中营。"

"你觉得你现在的身体能吃得消吗？"

"我已经长了十磅了。"

"这还不够。"

"我会慢慢来，不让自己累着。"

"你打算去哪儿？"雷本塔问。

"杜塞尔多夫，去找我妻子。"

"你怎么走？有去那儿的火车吗？"

苏尔巴赫耸耸肩膀说："我不知道。还有两个人要往这个方向走，他们要去索林根和杜伊斯堡，我们可以结伴一起走。"

"你认识他们吗？"

"不认识。不过，能有人搭伴一起走就已经很不错了。"

"这倒是。"

他伸出手来同大家一一握手告别。雷本塔问："吃的东西都带上了吗？"

"带上了，够吃两天的。路上我们还可以找美国占领军，不会有什么问题的。"

说完，苏尔巴赫同那两个准备去索林根和杜伊斯堡的人一起走下山去。他挥了一下手，以后就再没挥过手。

"苏尔巴赫说得对。"雷本塔说，"我也要走了。今晚我就住在城里，我得跟那个愿意跟我合伙做生意的人谈一谈。我们准备开个公司。他出资本，可我有经验。"

"好啊，列奥。"

雷本塔从口袋里掏出一包美国香烟，分递给周围的人。

"这肯定是个大买卖，进口美国香烟。就像上次大战结束以后似的，现在的机会很好，不能错过这个商机！"

望着彩色包装盒，他说："我告诉你们吧，这东西可比钱好。"

贝格微笑道："列奥，你可真行！"

雷本塔疑惑地看着贝格说："我可从来没宣称，我是一个理想主义者。"

"别生气，我这么说真没别的意思，我们以前可是一直靠你渡过难关的。"

雷本塔笑了，心里感到获得承认后的满足。"尽力而为嘛！有个注重实际的生意人在身边总是好事。如果我能为你们做什么的话……嗨，布赫，你呢？你还想在这儿待着？"

"不是，我想等露丝身体强壮点再走。"

"那当然了。"雷本塔从口袋里掏出一支美国钢笔，在纸上写下一行字，"这是我在城里的地址。如果——"

贝格问："你这钢笔打哪儿弄来的？"

"换来的。美国人正狂热收集集中营里的东西呢。"

"你说什么？"

"他们在收集纪念品。手枪、匕首、像章、鞭子、旗帜——是桩好买卖。幸亏我及时想到了，存了一批东西。"

贝格说："列奥，有你可真好！"

雷本塔毫不惊讶地点点头说："你打算暂时留在这儿？"

"对，暂时留在这儿。"

"那我还会常见到你的。我准备睡在城里，不过到这儿来吃饭。"

"我早料到你会这么干。"

"那还用说。你的烟够吗？"

"不够。"

"拿着，给你们的。"雷本塔从口袋里取出两包还没拆封的香烟分别递给贝格和布赫。

"你还弄到些什么？"布赫问。

"还有罐头。"雷本塔看了一下手表，"好了，我得走了。"他从床底下抽出一件崭新的美制雨衣穿在身上。这回没人再说什么，即便他现在有一辆汽车停在外边，大家也不会感到惊奇了。"别把地址弄丢了，"他对布赫说，"要是我们不能再见面，那可就太遗憾了。"

"我们要走了，"亚哈随鲁站在贝格面前，"卡雷尔和我。"

贝格说："再留几个星期吧，你们身体还没完全养好呢。"

"我们得走了。"

"你们去哪儿呢？"

"不知道。"

"那为什么还想走？"

亚哈随鲁做出一个含义不明的表情，说："我们在这儿的时间够长了。"

他穿着一件式样过时的灰黑色长风衣，风衣的衣领很大，很像披肩，而且一层一层长达肘部。这也是积极经商的雷本塔替他搞来的。风衣的主人原是一位文理中学的教师，在最后一次空袭中给炸死了。卡雷尔穿的则是一个美国大杂烩。

"是卡雷尔得走。"亚哈随鲁说。

这时，布赫凑过来仔细打量起卡雷尔的衣着，说："你这是怎么了？"

亚哈随鲁说："美国人已经接收了他。就是最先到这里的那个军团，他们派了一辆吉普来接他，我顺便搭车走一段。"

"他们也把你收下了？"

"不是。我只是跟车走一段。"

"那以后呢？"

"以后？"亚哈随鲁向下面山谷望了一眼，他的大衣在风中飘拂，"我在很多集中营里都有熟人。"

贝格看着他，心想，雷本塔把他装扮得真挺像样，看上去像个朝圣者，从一个集中营寻到另一个集中营，从一个坟墓寻到另一个坟墓，可是哪个犯人能享受坟墓的奢侈？他到底想找什么呢？

亚哈随鲁说："你知道，在路上有时候会出乎意料地遇上什么人。"

"是啊，老头儿。"

他们目送他俩远去。

布赫说："真奇怪，咱们大家就这么分道扬镳了。"

"你也会很快离开的，对吗？"

"是啊。不过，咱们不应该就这么分离了。"

"是要分离的，"贝格说，"总会这样的。"

"什么时候咱们一定还得再聚聚，不管怎么说，咱们在这儿一起过了这么多年呢。"

"不必了。"

布赫抬起头来。贝格又说了一遍:"那就不必了。我们不应该忘记这里的一切,但也不应该来纪念它。否则,我们将永远生活在岗楼可恶的阴影里。"

小营已经清空了,彻底打扫过了。小营的犯人分别住进了劳工营和党卫队队员的营房。这里虽然都经过肥皂水和消毒剂的冲洗,但仍然弥漫着污秽、苦难和死亡的气味。铁丝网到处都被打通,可让人通行。

"你觉得,如果咱们上路,你不会累吗?"布赫问露丝。

"不会的。"

"那咱们就走吧。今天是星期几?"

"星期四。"

"星期四。真好,一个星期中的七天又有了名称。以前咱们只是算数,算够七天就是一个星期,天天都一样,没有区别。"

他们从营地管理部门领到了有关证明。露丝问:"咱们去哪儿?"

"去那儿,"布赫指了指那栋白房子所在的小山,"我们先上那儿,看看那栋白房子,是它给咱们带来了好运气。"

"以后呢?"

"以后?咱们还可以回这儿来,这儿有饭吃。"

"别再回来了,永远也别回来了!"

布赫惊讶地望着露丝说:"那好。你等着,我去拿咱们的东西。"他们的东西不多,不过他们带够了可以吃几天的面包和两罐炼乳。露丝问:"咱们真走啊?"

看到她脸上紧张的神色,布赫说:"是啊,露丝。"告别贝格以后,他们向围在小营外围的铁丝网走去。那里开出一扇门来。从那儿,他们已经到外面去过几次了,虽然每次都没走得很远——可每次他们都能感到突然置身于铁丝网外的激动。铁丝网上似乎还带着看不见的电流,岗楼上似乎还架着准星瞄着一条条光秃秃道路的机枪。第一步跨出铁丝网的时候，他们不由自主地打了个寒战。而后，世界在眼前展开来，宽广无垠。

他们并肩缓缓地走去。天气温和，天上飘着云朵。多少年来，他们从来都得蹑手蹑脚地行动，或者匍匐爬动，或者拼命奔跑。可现在，他们竟可以昂首挺胸，悠闲漫步，且不会有灾难相随了。再没有人在他们背后开枪，再没有人对他们喊叫，再没有人朝他们猛扑过来。

"真是难以置信啊！"布赫说，"我还是会感到不可思议。"

"是啊，甚至让人感到害怕！"

"别回头。你刚才又想回头看，是不是？"

"是啊。那种感觉还在颈背上，好像有人在我脑袋里，总要把我的头往回拉似的。"

"咱们试试，尽量忘掉这一切，尽力别去想它。"

"好吧。"

他们向前走去，过了一条小路后，面前出现了一片碧绿的草地，上面开着黄黄的樱草花。以前在营地时，他们常看到这块草地。忽然，布赫想起，纽鲍尔叫人在 22 号营房外种的樱草花可怜巴巴的，很快就蔫萎了。布赫立即摒弃掉这个回忆，说："来，咱们打这儿穿过去。"

"可以吗？"

"我觉得可以，咱们可以做的事多着呢，咱们用不着再怕什么了。"

他们感到了脚下的青草，感到了青草擦着他们的鞋子。很长很长时间以来，他们都没有这种感觉了，他们熟悉的只是点名场上硬邦邦的土地。布赫说："来，咱们往左边走。"

他们朝左边走去。一丛榛子树灌木挡在他们面前，他们拨开几根树枝，绕过灌木，感到了树叶、蓓蕾和叶芽的气息。这个感觉同样很新颖。布赫又说："来，咱们往右边走。"

他们向右走去。这样做看上去很孩子气，他们却感到非常满足。他们可以做自己想做的事了，再没有人向他们下命令了，再没有人对他们吆喝或开枪射击了。他们自由了！"这真像是做梦！"布赫说，"只怕一觉醒来，会发现那营房和污臭依然存在。"

"这儿的空气也不一样，"露丝深深地吸了一口，"富有生气，不是死气沉沉的。"

"是啊，让人感到生气勃勃，这里飘溢着芳香，不再臭烘烘。"这时布赫端详起露丝来，只见她脸上微微泛红，眼睛突然变得神采奕奕起来。

他们站到了几棵白杨树旁边，布赫说；"咱们可以在这儿坐一会儿，没有人会来赶我们。如果咱们愿意，跳舞也行！"

他们坐下来，观望着四周的甲虫和蝴蝶。在集中营里，能看到的只是大家鼠和绿头苍蝇。白杨树下传来了小溪淙淙的水声。他们聆听着，那溪水澄澈透明，水流湍急。在集中营里，他们总是缺水。而在这儿，溪水自在流淌，甚至没人来取用。他们还有很多新鲜事得慢慢适应呢。他们继续向山下走去，步履从容悠闲，不时停下来短暂休息一下。当他们走到一片洼地前，终于回头张望时，集中营已经看不到了。他们坐了下来，久久地，默不作声。集中营看不到了，那座满目疮痍的城市也看不到了。他们的眼前只是一片草地，头顶着静谧的天穹。暖风吹拂在他们脸上，他们感到暖风好像正吹在往事的黑蜘蛛网上，在用温柔的双手将它们轻轻除去。也许就应该这样开始吧，布赫想，一切从头开始，不必有痛苦的回忆，不必有仇恨，应该从最简单的事物开始，从对生活的感觉开始，这感觉不是在集中营里那种要挣扎活下去的感觉，而是简简单单生活的感觉。他能感到这并不是什么逃遁。他知道509对他有着怎样的希望，那就是他应该成为一个坚持到底而不被毁掉的人——为了见证历史，为自由而奋斗，这是死去的难友给他留下的历史重任。可此时，他还突然感到，只有当明确而强烈的生活愿望与之融为一体时，这种责任才不会成为无法承担的重负。它将引导他，赋予他双倍的力量，让他既不会忘记过去，也不会毁灭在记忆里，如同临别时贝格对他们说的那样。

"露丝，"过了一会儿，布赫说，"我想，如果谁能像咱们这样能从这么低的起点起步，那他的面前一定有很多幸福在等着他！"

花园里花团锦簇。可当他们走近白房子时，两人看到后面落有一枚炸弹。房子后部遭到了严重的破坏，只有房子正面还基本完好。房门关着，上面有木雕图案。把门推开，面对他们的却是一堆废墟。

"原来它早就不是什么房子了。"

"好吧，咱们不知道它已经被毁了。"他们打量起这栋房子。他们一直坚信，只要它还存在，他们就会存在下去。原来，他们一直相信的只是一个幻觉，一个装有门面的废墟。可以说这是个嘲弄，可同时它又是个奇妙的慰藉。白房子给过他们极大的帮助，这才是最重要的。

两人没有发现死人。白房子挨炸时，人们一定都撤离了。房子的一侧，一堆残砖碎瓦的下面，他们发现了一扇窄门，它还歪斜地挂在铰链上，门后面是厨房。

厨房不大，不过有一部分坍倒了，炉灶还完好无损，旁边甚至还有一些锅碗。没费多大力气，他们就重新固定好炉灶的出气管道，把它一直引到破碎的窗户外边。布赫说："现在，我们就可以生火了。"

"外面有的是木头，生火不成问题。"

布赫在废墟堆中寻找起来。"这下面还有一些床垫。用不了几个小时，咱们就能把它们挖出来。现在就动手吧。"

"这不是咱们的房子。"

"这房子又没人住。咱们不妨先在这儿住几天！就当作开始。"

傍晚时分，他们已经在厨房里铺上了两个床垫，还找到了几条沾满了墙粉的被子和一把完好的椅子。从桌子的抽屉里，他们找到了几把叉子、一些汤匙和一把刀子。炉里点上了火，烟通过烟道，飘到窗外。布赫还在屋外瓦砾堆里寻找着。

露丝找到了一面镜子，将它偷偷放进口袋。布赫叫她时，她正站在窗户附近照镜子。她应了一声，可眼睛仍在看着镜子里的自己。镜中，她眼睛深陷，头发灰白，嘴唇深埋着辛酸，一口牙已经掉了不少，现出个个缺口。她毫不怜惜地久久端详自己的模样，然后将镜子扔进火炉。

布赫走进来，他又找到一个枕头。这时，天空变成了苹果绿，黄昏一片静谧，透过破损的窗口，他们向外望去。忽然，他们意识到，他俩现在单独在一起了。单独相处的滋味两人几乎没有经历过。在集中营时，到处是挤来挤去的人群，营房里拥挤不堪，甚至厕所里也总是水泄不通。与难友们朝夕相处的裨益固然很多，然而，永远没有独处的可能，也常常让人感到压抑。

"奇怪，忽然咱们能单独在一起了，露丝，这真是太美了。"

"是啊，好像咱们是世界上最后的两个人。"

"不是最后的两个，是最初的两个。"

他们把一张床垫铺整了一下，这样坐在上面便可以从敞开的房门望到外边。打开几个罐头后，他们开始进餐。然后，两人走到门口并排坐下。他们的身后，一堆瓦砾的背面，黄昏余晖正在天边闪耀。

文
景

社 科 新 知　文 艺 新 潮

Horizon

生命的火花

[德] 雷马克 著

郭力 译

出 品 人：姚映然
责任编辑：张　晨
营销编辑：杨　朗
封扉设计：周伟伟
美术编辑：安克晨

出　　品：北京世纪文景文化传播有限责任公司
　　　　　（北京朝阳区东土城路8号林达大厦A座4A　100013）
出版发行：上海人民出版社
印　　刷：山东临沂新华印刷物流集团有限责任公司
制　　版：北京楠竹文化发展有限公司

开　本：890mm×1240mm　1 / 32
印　张：11.75　字　数：249,000　插页：2
2023年6月第1版　　2023年6月第1次印刷
定　价：65.00元
ISBN：978-7-208-12565-0 / I·1308

图书在版编目（CIP）数据

　生命的火花 /（德）埃里希·玛利亚·雷马克
（Erich Maria Remarque）著；郭力译 . -- 上海：上海
人民出版社，2022
　ISBN 978-7-208-12565-0

　I.① 生… Ⅱ.① 埃… ② 郭… Ⅲ.① 长篇小说-德
国-现代 Ⅳ.① I516.45

　中国版本图书馆CIP数据核字（2022）第200425号

本书如有印装错误，请致电本社更换　010-52187586